Für Jessica und Eve.

Manchmal ist es nicht die Zeit, die dich heilt, sondern der richtige Mensch.

W0360859

Die Autorin

Maddie Holmes ist das Pseudonym von Simone Olmesdahl, unter dem sie zeitgenössische Liebesromane schreibt. Sie lebt zusammen mit ihrem Hunderudel in einem winzigen Dorf im Hochsauerland, wo ihre Ideen fließen.

Die Autorin ist seit 2013 Mitglied bei der Vereinigung deutschsprachiger Liebesromanautoren (DELIA).

Weitere Romane der Autorin:

Riverside: Ein Teil von dir
Summertime: Dein Herz bei mir
Kissing Death: Verliebt in den Killer
All about Chloé: Wildblumenküsse

MADDIE HOLMES

BEDTIME TROUBLE

CODEWORT LIEBE

New Adult Romance

ROMANCE EDITION

BEDTIME TROUBLE

MADDIE HOLMES

© 2017 Romance Edition Verlagsgesellschaft mbH
8712 Niklasdorf, Austria

1. Auflage
Covergestaltung: © Sturmmöwen
Titelabbildung: © CURAphotography
Lektorat: Romance Edition
Korrektorat: Melanie Reichert

Printed in Germany

ISBN-Taschenbuch: 978-3-903130-26-5
ISBN-EPUB: 978-3-903130-27-2

www.romance-edition.com

1. KAPITEL

Kol

Der einzige Mensch, der mir je eine Lebensweisheit mit auf den Weg gegeben hatte, war mein Onkel Gordey gewesen: *Begehe Dummheiten, solang du jung bist. Dann hast du ein paar lustige Geschichten zu erzählen, wenn du später alt bist.*

Ich wusste nicht, ob diese Weisheit etwas taugte, schließlich war Gordey nicht unbedingt eine seriöse Quelle, was kluge Ratschläge anging. Wahrscheinlich wäre es besser gewesen, nicht auf einen Mann zu hören, der bereits mit Mitte dreißig in die Erde eingelassen worden war, weil er sich zu Tode gesoffen hatte. Allerdings wäre es gelogen, zu behaupten, dass ich ihn als abschreckendes Beispiel betrachtete und deshalb keine Dummheiten beging. Im Gegenteil. Meine größte und unmöglich zu übertreffende Schnapsidee des noch nicht mal vier Monate alten Jahres lag gerade neben mir in ihrem Bett, schlug die Augen auf und blinzelte benommen gegen das Licht des frisch angebrochenen Tages an. Mein Plan, mich unbemerkt aus dem Staub zu machen und uns beiden auf diese Weise einen überaus peinlichen Moment zu ersparen, war somit dahin.

»Guten Morgen, Prinzessin«, sagte ich trocken, setzte mich auf und schlug die Decke zur Seite.

Professor Amelia Turner fuhr sich mit einer Hand über das Gesicht und schob sich ein paar blonde Haarsträhnen aus der Stirn, bevor sie den Kopf in meine Richtung drehte und mich verschlafen anblickte. Ich konnte an ihrer Miene erkennen, wie sich hinter ihren Schläfen eins zum anderen fügte und die Erinnerungen an letzte Nacht ihren Verstand aufweckten. Ihre Wangen flammten auf, sie kniff die Lippen ein wenig zusammen und in nächster Sekunde presste sie sich eine Faust auf die Stelle zwischen den Augen – einen Herzschlag lang. »Gott, ich dachte, das wäre ein Albtraum gewesen.«

»Wenn Weltklasse-Sex in deinen Albträumen vorkommt, will ich unbedingt wissen, wovon deine schönen Träume handeln.«

Das entlockte ihr ein kleines Lächeln. Sie richtete sich etwas auf und stützte sich auf einen Ellenbogen. Ihr schulterlanges Haar war verstrubbelt, ihre Wimperntusche verschmiert und mit der Röte in ihrem Gesicht und auf ihrem Hals – *Hölle noch mal, hatte ich ihr rechts einen Knutschfleck verpasst?* – wirkte sie fünfzehn Jahre jünger als in dem adretten Kostüm, das sie im Hörsaal trug, in dem wir uns jede Woche begegneten. Sie zog die Decke, die ihren nackten Körper verhüllte, noch ein Stückchen höher – als hätte sie Angst, dass ich ihr irgendwas weggucken könnte. Amüsant, da es keine Stelle gab, die ich letzte Nacht nicht gesehen, berührt oder vereinnahmt hatte.

»So war das nicht gemeint«, setzte sie an. »Es war gut. Wirklich gut. Der unbändige Johnny war ... großartig. Ich wollte damit nur sagen ...« Sie brach den Satz ab und biss sich auf die Lippe.

Stopp mal, der *unbändige Johnny*? Es dauerte einen Moment, bis ich begriff, was sie damit meinte. Ihr war der Ausdruck gestern Abend und in der Nacht schon herausgerutscht, nur war ich zu beschäftigt gewesen, um mir darüber Gedanken zu machen. Bis jetzt.

Ungeheuerlich, sie hatte meinem Schwanz einen Namen verpasst.

Na wunderbar.

»Ich meine ...«, probierte sie erneut, die richtigen Worte zu finden. Wer hätte gedacht, dass es der sonst so resoluten Frau einmal die Sprache verschlagen würde?

»Ich weiß, was du sagen willst. Der Sex war göttlich, aber du fühlst dich beschämt, wenn du darüber nachdenkst, wer ihn dir verschafft hat«, half ich ihr aus der Klemme und versuchte die Vorstellung zu verdrängen, dass sie mich während ihres Unterrichts versehentlich mit *Johnny* ansprechen könnte. Ich war sicher, dass Amelia Turner normalerweise nicht mit ihren Studenten ins Bett ging und keine Übung darin hatte, so ein Malheur zu verheimlichen. Tja, Shit – oder viel mehr *Wodka* – happens. Ich vögelte in der Regel auch nicht meine Dozentinnen.

Amelia nickte langsam und brachte es fertig, noch ein bisschen zerknirschter auszusehen. »Ja. Ich schätze, das trifft es in etwa.«

»Hey. Lass uns keine große Sache daraus machen.« Ich streckte eine Hand nach ihr aus und fuhr mit dem Daumen über ihre linke Wange, bevor ich mich abwandte und die Beine aus dem Bett schwang.

Ich musste schleunigst aus diesem Schlafzimmer verschwinden, bevor die Situation noch unangenehmer wurde. Doch für eine Sekunde drehte sich der weiß eingerichtete Raum und bremste meine Euphorie diesbezüglich. Als einhundertprozentig nüchtern ließ sich mein Zustand also noch nicht beschreiben.

Interessant.

»Glaub mir, von großen Sachen habe ich seit letzter Nacht erst mal genug«, murmelte sie hinter meinem Rücken.

Ha, immerhin hielt sie den *unbändigen Johnny* für eine große Sache. Dennoch. Ich würde Wes töten, so viel stand fest. Dieses Dilemma war allein seine Schuld. Ich hatte mich gegen meine Gewohnheiten von ihm breitschlagen lassen, unter der Woche einen Abstecher in diese Bar in South Side Flats zu machen. Darts spielen, ein Bier trinken. Dass es nicht bei einem Bier bleiben würde, hätte ich wissen müssen. Die Erfahrung zeigte, dass Barbesuche mit Wes meistens damit endeten, dass ich verkatert in fremden Betten aufwachte. Als Amelia die Bar betreten und Wes mir seine persönliche Theorie über Frauen ab vierzig unterbreitet hatte, wirkten bereits die ersten Kurzen in mir.

Sie war allein unterwegs, seit diesem Semester trug sie links keinen protzigen Ring mehr am Finger, und ich war betrunken genug gewesen, sie auf einen Drink einzuladen. Irgendwann, als wir alle schon ziemlich benebelt waren, war Weston auf die grandiose Idee gekommen, wir könnten *Ich habe noch nie* ... spielen.

Interessanterweise war Amelia leichter von dieser Albernheit zu überzeugen gewesen als ich. *»Ich habe noch nie mit jemandem geschlafen, der mehr als fünfzehn Jahre älter oder jünger ist als ich«*, provozierte ich, sobald ich an der Reihe war, eine Wahrheit auszusprechen. Weder Weston noch Amelia führten daraufhin ihr Schnapsglas an den Mund, was bedeutete, dass sie ebenfalls noch nie mit einem Menschen im Bett gewesen waren, der mehr als fünfzehn Jahre Altersunterschied hatte. Tja, und weil Wes kurz zuvor durch sein Ich-habe-noch-nie-Statement herausgefunden hatte, dass Amelia auf dunkelhaarige, große Männer stand, bot ich ihr übermütig an, dass wir das ändern könnten.

Glanzleistung, Jerschow. Selbst für mich, König der Dummheiten, war das ein starkes Stück gewesen. Von jetzt an konnten alle Montage nur noch beschissener werden, als Montage ohnehin schon waren. Wahrscheinlich musste ich in Zukunft jede Woche für jedes A oder B in meinem Soziologiekurs auf die Knie fallen und betteln, da ich der Frau, die ihn gab, letzte Nacht den Arsch versohlt hatte.

»Alles in Ordnung?«, wollte Amelia wissen. Vermutlich, weil ich mich nicht von der Bettkante rührte.

»Alles bestens«, behauptete ich.

Ich kniff ein paar Mal die Augen zusammen, um die Bilder von ihrem – zugegeben – sexy Hintern aus meinen Kopf zu verdrängen und das Schwindelgefühl in den Griff zu kriegen. Dann stand ich vom Bett auf und fing an, meine Sachen aufzuheben, die auf dem Boden herumlagen. Im Augenwinkel bemerkte ich, dass Amelia mir dabei zusah. Ihr Blick brannte auf meiner Haut, ich spürte ihn über jeden Zentimeter meines Körpers gleiten, meine Tattoos nachzeichnen, auf ... meinen Schwanz fallen. *Böses Mädchen.* Ich legte mein Zeug aufs Bett und behielt nur meine schwarzen Boxer Briefs in der Hand, bevor ich mich ihr zuwandte und tadelnd eine Braue anhob. Sie besaß genug Anstand, sofort ertappt auszusehen.

»Hattest du nicht gesagt, du hättest vorerst genug von großen Sachen?«

»Ich ...« Sie schüttelte den Kopf, wie um sich zur Besinnung zu rufen. Dann rutschte sie zur Bettkante und stand ebenfalls auf – wohl darauf bedacht, die Decke fest an sich zu drücken. »Willst du Kaffee? Ich sollte in die Küche gehen und welchen machen.«

»Wir sind uns einig, dass sich die letzte Nacht auf keinen Fall wiederholen wird?«, hielt ich sie mit einer Gegenfrage davon ab, sich peinlich berührt abzuwenden und fluchtartig das Schlafzimmer zu verlassen.

Sie nickte langsam und machte ein Gesicht, das wirkte, als ob sie mich für verrückt erklären würde, falls ich ihr unterstellen wollte, etwas anderes in Erwägung zu ziehen.

In meiner Welt war Sex eigentlich nichts, für das man sich schämen musste. Selbst dann nicht, wenn er schmutzig gewesen und bis zu einem gewissen Grad auf den Einfluss von Alkohol zurückzuführen war. Aber die Tatsache, dass sie mich als Professorin an der Uni unterrichtete, machte es mir ebenfalls schwer, an meiner Einstellung festzuhalten. »Perfekt. Dann lautet die Antwort nein. Danke, für mich keinen Kaffee. Ich glaube, es wäre das Beste, wenn ich so schnell wie möglich verschwinde.«

Unschlüssig stand sie einen Moment im Raum. »Ich kann auf deine Verschwiegenheit zählen?«, fragte sie schließlich.

»Der *unbändige Johnny* und sein Besitzer halten die Klappe«, versicherte ich ihr.

Ihre Mundwinkel zuckten und ich bemerkte, wie sie sich etwas entspannte. Aus dem verunsicherten und sich genierenden Wesen wurde die selbstbewusste, autoritäre Frau, die ich von der Uni kannte. »Du solltest dich beeilen. Du hast gleich einen Kurs.«

Einen Kurs.

Das saß.

Mist!

Aus diesem Grund ließ ich mich sonst mittwochs nicht dazu hinreißen, mit Wes in irgendwelchen Bars abzuhängen. Um acht hielt eine australische Gastdozentin einen Vortrag, zu dem ich mich angemeldet hatte. Ich brauchte die Stunden für meine Credits und durfte ihn keinesfalls verpassen.

Ich sah mich verzweifelt nach einer Uhr um, während Amelia die Chance ergriff, sich elegant aus der Affäre zu ziehen und sich auf den Flur zu verkrümeln. Es hatte den Effekt eines Stromschlags, als mein Blick den Wecker auf der weißen Nachtkonsole erfasste und mir die Uhrzeit fast die Augen rausbrannte.

Zwanzig nach sieben. Unmöglich, es rechtzeitig zum Campus zu schaffen. Wir hatten ein Taxi zu Amelias Haus genommen; mein Wagen stand noch in South Side Flats vor der Bar und somit am anderen Ende der Stadt. Pittsburgh war nicht riesig, aber die Forbes Avenue nach Oakland war morgens der reinste Albtraum. Ich würde mindestens eine Stunde brauchen, um mein Auto zu holen und einen Abstecher in die WG, in der ich wohnte, zu machen.

Mein Kopf summte und die Drinks von gestern Abend forderten ihren Tribut, während ich mich in Windeseile in meine Sachen warf. Ich musste mich aufs Bett setzen, um meine Jeans, Socken und Schuhe anzuziehen, weil mir mit einem Mal kotzschlecht wurde und sich mein Magen wie ein Reagenzglas anfühlte, in dem irgendeine giftige Substanz gemischt worden war. Vielleicht ergaben die durcheinandergewürfelten Drinks letzter Nacht ja im Nachhinein einen tödlichen Mix.

Trotz allem schaffte ich es irgendwie, zwei Minuten später den Flur zu betreten und mit meiner Lederjacke über dem Arm die Wendeltreppe anzusteuern.

Amelia lehnte im Türrahmen zur Küche, die sich ein paar Schritte neben der Haustür befand. Sie hatte sich das Haar sortiert und einen blauen Morgenmantel übergestreift. In ihrem Blick lag eine gehörige Portion Mitleid, aber bevor sie etwas sagen konnte, um es zum Ausdruck zu bringen, nahm ich ihr Gesicht zwischen die Hände und drückte spontan meine Lippen auf ihre. »Danke.«

»Wofür?«, fragte sie perplex.

»Du hast mir letzte Nacht ein paar Orgasmen verschafft und ich bin ein höflicher Mensch. Also danke. Und jetzt tun wir so, als wäre das alles niemals passiert.« Ich ließ ihren Kopf los und zwinkerte ihr zu, bevor ich mich mitsamt Achterbahn fahrendem Magen wacker nach draußen schleppte.

Leichter Nieselregen traf mein Gesicht, als ich die Tür des Reihenhauses hinter mir zuzog und durch den kleinen Vorgarten Richtung Straße ging. Ich nahm meine Jacke vom Arm und schob die Hände durch die Ärmel, während ich krampfhaft überlegte, wie ich auf schnellstem Weg zur Uni gelangte. Notfalls in den Sachen von gestern. In meinem verkaterten Zustand spielte das keine Rolle – ich würde ohnehin ein erbärmliches Bild abgeben.

Ich holte mein Handy aus der Innentasche der Jacke. Es zeigte einen verpassten Anruf meines Vaters an, mit dem ich mich jetzt nicht beschäftigen konnte. Oder wollte. In der Hoffnung, eine göttliche Eingebung zu bekommen, ging ich die Namen in meinen Kontakten durch und verspürte ein Ziehen in der Seite, als ich an Willows Nummer hängen blieb. Mal wieder. Meine Lieblingsmitbewohnerin hatte sich längst den Titel *Arschretterin des Jahres* verdient. Es nervte mich, sie dauernd um einen Gefallen zu bitten, und sie nervte das wahrscheinlich noch dreimal mehr.

»Es kann nichts Gutes bedeuten, wenn du um diese Zeit anrufst«, nahm sie das Gespräch an.

Ich beschloss, es kurz und schmerzlos zu machen. »Du musst mich abholen kommen.«

Stille. Dann ein Seufzen. »*Muss* ich das?«, hakte sie in sarkastischem Tonfall nach. Ich konnte mir bildhaft vorstellen, wie sie die braunen Augen verdrehte und sich mit der für sie üblichen Geste den schwarz-blaugesträhnten Pony aus der Stirn schob.

»Bitte, Will. Bist du noch zu Hause?«

»Ziehe gerade die Tür hinter mir zu.«

Ich hörte tatsächlich ein Geräusch, das dazu passte. Ich hatte sie gerade noch im rechten Moment erwischt. »Geh noch mal rein«, bat ich sie.

»Warum sollte ich das tun?«

»Um ein Shirt aus meinem Schrank zu holen und meine Zahnbürste.«

»Oh Mann, Kolja, du bist wirklich ein Chaos auf zwei Beinen«, schimpfte sie, aber ich registrierte, wie die Schlüssel an ihrem Bund klimperten. »Zuerst verrätst du mir, wo du steckst.«

»In Brookline. Moment ...« Warum zum Henker war hier nirgendwo ein Straßenschild?

»Was hast du um diese Zeit in Brookline verloren? Halt, nein. Ich will es gar nicht wissen. Hast du eine Ahnung, wie lang ich dahin brauche?«

»Es ist wichtig, Will. Ich darf diesen Vortrag um acht nicht verpassen. Ich habe das Semester echt knapp geplant und komme gerade so auf die nötigen Credits.«

»Leute wie du sollten sowieso niemals ihren Abschluss machen und danach Kinder unterrichten. Du eignest dich nicht als Lehrer, Kol«, meinte sie.

Ich verzog das Gesicht. »Lass mich nicht betteln. Ich bin schlecht darin.«

»Dir ist klar, dass wir beide zu spät kommen werden?«

»Ja«, gab ich zähneknirschend zu.

»Schön, du Held. Schick mir eine SMS mit der genauen Adresse. Ich versuche, mich zu beeilen. Aber hey, du schuldest mir was.«

Ich atmete erleichtert aus und schrieb den Gefallen im Geist auf die imaginäre Liste, auf der ich meine Schulden bei Willow sammelte. Ich würde zweihundert Jahre alt werden müssen, um sie in diesem Leben begleichen zu können. Leider war sie die einzige meiner vier Mitbewohner, die mit mir an der Pitt studierte und deshalb meist meine erste Wahl, wenn es darum ging, mich aus einer Misere retten zu lassen.

Auf der Suche nach einem Straßennamen lief ich den Bürgersteig entlang und kam nach ein paar Metern an eine Kreuzung, an der ich fündig wurde. Mein Blick verschwamm, während ich die Adresse ins Handy tippte und auf *Nachricht senden* drückte. Vielleicht würde ich den verdammten Vortrag ja nicht überleben, sondern vorher an dem mordsmäßigen Kater sterben, der sich zur Hölle entfalten musste, sobald der Restalkohol aus meinem Blut verschwand. In diesem Fall konnte man mich gleich neben meinem Onkel Gordey beerdigen.

Willow würde todsicher zwanzig Minuten brauchen, um mich hier in Brookline einzusammeln. Ich prügelte mich nicht darum, die Stimme meines Vaters zu hören, am liebsten war mir, er spielte den nicht Existierenden. Aber ich musste mir die Zeit vertreiben und außerdem rief er so selten an, dass es sich bei seinem Anruf durchaus um etwas Wichtiges handeln konnte. Also sprang ich über meinen Schatten – nicht zuletzt, um es hinter mich zu bringen – und wählte die Nummer der Mailbox.

»*Koljinko*, ruf mich zurück, wenn du das hörst. Ich werde Ende nächsten Monats nach Pennsylvania fliegen und deine Schwester besuchen. Es wäre schön, wenn wir uns dann auch sehen könnten«, hatte er mit seinem harten russischen Akzent auf das Band gesprochen.

Wow. Seine Nachricht löste denselben Effekt wie ein Eimer Eiswasser aus. Er wollte in die Staaten kommen? Zwei Jahre lang hatte ich ihn nicht mehr gesehen. Als ich sechzehn war – also vor sechs Jahren –, war er zurück in seine Heimat gezogen. Seit er in Moskau lebte, konnte ich unsere Begegnungen an einer Hand abzählen. Er bezahlte die Unterbringung meiner kleinen Schwester in einer Wachkomaeinrichtung. Das war der einzige Grund, warum ich den Mann nicht längst zur Hölle gejagt hatte. Raisa war auf seine finanzielle Unterstützung angewiesen. Zumindest noch so lang, bis ich meinen Abschluss in der Tasche und einen anständigen Job gefunden hatte. Ich durfte also nicht neben Gordey enden.

Ich ging links um die Straßenecke und lehnte mich gegen eine poröse Mauer, die das Grundstück eines großen Hauses umgab. Die toxische Mischung in meinen Adern verlor an Wirkung und ich fühlte mich schlagartig schon viel nüchterner. Ich war nicht scharf darauf, meinen Dad zu treffen, und erst recht nicht, mit ihm zusammen Raisa zu besuchen. Der Mann hatte unser Leben zerstört, es zu einem Haufen Scheiße zerfetzt. Mir war es lieber, wenn er sich von ihr fernhielt. Und von mir. Ich wollte mit Andrej Jerschow nicht mehr zu tun haben, als unbedingt nötig. Nur leider war der Typ ein heilloser Egoist, der sich nichts aus dem Willen anderer machte, solang ihm das keinen Vorteil einspielte.

2. KAPITEL

Novalie

Das Leben bestand nicht nur aus Schokolade, obwohl man das in der kleinen Konditorei, in der ich donnerstags nach der Uni arbeitete, beinah glauben konnte. Es war viertel nach sechs, vor fünfzehn Minuten hatte meine Kollegin Isobel das Schild an der Eingangstür umgedreht, sodass jetzt von außen ein *Geschlossen* zu lesen war, und wir waren so gut wie ausverkauft.

Ich brach ein Stück Schokoglasur von einem der drei übriggebliebenen Muffins ab und versuchte, nicht durch die Glasscheibenfront hinaus auf den Bürgersteig zu blicken, wo sich Julien und Audrey angeregt miteinander unterhielten. *Mein* Julien wohlgemerkt. Ich war keine besonders besitzergreifende Frau, aber sobald Audrey in seiner Nähe auftauchte, überkam mich das Verlangen, ihm wie eine Alphawölfin quer übers Gesicht zu lecken und ihn als *meins* zu markieren. Eifersucht war total scheiße.

»Meinst du, sie treiben es miteinander?«, fragte Isobel in ihrer unverblümten Art, stellte den Wassereimer vor den Kaffeevollautomaten und lehnte sich neben mir gegen die Arbeitsfläche. Ihr Blick folgte meinem nach draußen und ich hätte mich am liebsten auf den Fußboden übergeben. Allerdings hätte ich die Schweinerei dann selbst wieder wegwischen müssen.

Audrey hatte eine Hand auf Juliens Arm gelegt, während sie irgendeine Geschichte zum Besten gab, die wahnsinnig komisch sein musste. Zumindest hörte ich sein Lachen bis in den Laden. Ich musterte Audreys Outfit, die knallenge schwarze Jeans, das tiefausgeschnittene rote Oberteil, für das es eigentlich viel zu kalt war und unter dem sich ziemlich schlampenhaft ihre Nippel abzeichneten. Ihre kinnlangen blonden Locken bewegten sich im Wind.

Ich kam nicht umhin, mich mit ihr zu vergleichen. Nicht, weil ich Komplexe gehabt hätte – ich hatte keine –, sondern weil ich das absolute Gegenteil von ihr war. Um einiges kleiner, um einiges kurviger und mein Haar war um einiges länger und dunkler. Was wollte diese Teufelin bloß von meinem Freund? Klar, Julien sah gut aus, er war groß, dunkelblond und hatte unglaublich blaue Augen. Niemand wusste besser als ich, dass er ein Kerl war, in den man sich Hals über

Kopf verlieben konnte. Aber er war auch bodenständig, zielbewusst und diszipliniert – alles Eigenschaften, die männerfressende Vamps wohl eher nicht zu schätzen wussten. Und vor allem war er *vergeben*.

»Erde an Nova«, erinnerte mich Isobel daran, dass sie eine Frage gestellt hatte, und fuchtelte mit einer Hand vor meinem Gesicht herum.

»Nein, Isobel. Ich glaube nicht, dass sie es miteinander treiben. Ansonsten hätte ich längst ein paar Jiu-Jitsu-Stunden genommen und der Schlange den Hals umgedreht«, entgegnete ich im Versuch, das Ganze mit Humor zu nehmen, wandte mich ab und warf den angegessenen Muffin in den Mülleimer.

Ich vertraute Julien. Seit meinem ersten Jahr an der Carnegie Mellon University, an der ich Informatik und er Architektur studierte, waren wir ein Paar – ein perfektes Paar, wie ich fand –, und ich kannte ihn in- und auswendig. Er war kein Betrüger. Das bedeutete jedoch nicht, dass ich dieser Audrey vertraute. Mich nervte es, dass sie seit Wochen wie eine aufgescheuchte und nur zur Hälfte bekleidete Ballerina um ihn herumtanzte. Nur, was sollte ich machen? Ich konnte mir schlecht eine *Kalaschnikow* zulegen und ihr ein Loch in den hübschen Kopf pusten.

»Vielleicht bist du zu gutgläubig. Sie kommt nur donnerstags her, weißt du. An keinem anderen Tag«, sagte Isobel, die sechs Nachmittage in der Woche hinter der Theke der Konditorei stand. Sie strich sich eine schwarze Haarsträhne aus der Stirn und fügte an: »Fast so, als wolle sie ihn kontrollieren oder überprüfen, ob ihr noch zusammen seid.«

»Setz mir keinen Floh ins Ohr.« Dass mich Julien donnerstags von der Arbeit abholte, war unser kleines Ritual. Er kam immer ein bisschen früher und trank einen Karamellcappuccino, während ich noch mit Isobel den Laden aufräumte. Ich bezweifelte, dass Audrey ihm hinterherspionierte, um herauszufinden, ob wir uns aus heiterem Himmel getrennt hätten. Es gab genug Situationen, in denen sich die beiden über den Weg liefen. Wir hatten Audrey zusammen auf einer Party in der Silvesternacht kennengelernt und obwohl sie auf ein anderes College ging, war sie seitdem praktisch überall. Sie brauchte Julien nur zu fragen oder ihm eine SMS zu schreiben.

Ich ging in die Backstube, die streng genommen Auftau- und Aufbackstube heißen müsste, da *Hapers Bakery* die Torten, Kuchen und Cupcakes geliefert bekam, und holte den Besen und das Kehrblechset aus dem angrenzenden Abstellraum. Während ich den Laden fegte und die blauen Plastikstühle auf die Tische stellte, wischte Isobel die Auslage aus.

»Es bleibt dabei, dass du nächste Woche meine Schicht übernimmst?«, fragte sie, als die Konditorei blitzsauber glänzte und wir im kleinen Aufenthaltsraum neben dem Lager unsere Sachen holten.

Ich zog den Reißverschluss meines gelben Parkas nach oben und nahm meine rotkarierte Tasche vom Garderobenhaken. »Klar. Feiere du mal schön die Hochzeit deines Bruders.« In meinem ersten Jahr an der Forschungsuniversität hier in Pittsburgh hatte ich neben den Donnerstagen in der Konditorei noch zweimal die Woche an einem Zeitungsstand gejobbt. Aber dann hatte Mr Franklin, unser Chef, gefragt, ob ich nicht die Urlaubs- und Krankheitsvertretungen übernehmen wollte. Auf diese Weise bekam ich ein monatliches Gehalt, das meine Unkosten deckte und für das ich die Stunden, die ich eigentlich dafür leisten musste, erst im Laufe des Jahres vollmachte. Also hatte ich den unbequemen Job am Zeitungsstand an den Nagel gehängt.

»Wenn ich eine Wahl hätte, würde ich hierbleiben. Du hast keine Ahnung, wie anstrengend meine Familie sein kann. Bei jeder sich bietenden Gelegenheit versuchen sie, mich zu verkuppeln. Für meine Mom ist es ein Weltuntergang, dass ich mit Ende zwanzig noch keinen Ring am Finger trage und keine Enkel in die Welt gesetzt habe«, erzählte Isobel und folgte mir aus dem Aufenthaltsraum, als ich das Licht ausschaltete.

Vielleicht würde ich mir doch eine *Kalaschnikow* zulegen. Zumindest war das der vorherrschende Gedanke in meinem Kopf, als wir die Tür erreichten und mein Blick auf Audrey fiel. Julien hatte ihr seine Jeansjacke gegeben. Audrey war hineingeschlüpft, hatte den Kragen aufgestellt und die Arme um ihre Mitte geschlungen. So, als hätte sie nicht vor dem Verlassen ihrer Wohnung beschlossen, dass man bei zwölf Grad auf einen Büstenhalter und erst recht auf eine Jacke verzichten konnte.

In meinem Mund breitete sich ein bitterer Geschmack aus und ich verspürte kleine Stiche im Herzen. Wie Eisnadeln, die sich hineinbohrten. Die Vertrautheit zwischen den beiden ließ mir die Kehle eng werden.

»Ich könnte sie vor ein Auto schubsen«, bot Isobel an, der nicht entgangen war, dass Audrey Juliens Jacke anhatte.

»Keine halben Sachen. Wenn du sie schubst, dann vor einen Truck«, kam es mir über die Lippen.

»Im Ernst, Nova. Du solltest dein Revier abstecken. Sag ihr, dass sie die Finger von deinem Kerl lassen soll.«

»Ich kann ihm nicht vorschreiben, mit wem er befreundet ist.« Wollte ich auch nicht. Julien musste selbst entscheiden, mit wem er seine Freizeit verbrachte. Dass es über meine Definition von Freundschaft hinausging, wenn sie ihm zehn Kurznachrichten am Tag aufs Handy schickte oder ihm bei jeder Gelegenheit auflauerte, stand auf einem anderen Blatt. Ich hatte meinen Unmut über die Intensität dieser Freundschaft bereits geäußert und Julien war ziemlich aus der Haut gefahren. Sein Vortrag über Vertrauen in einer Beziehung lag mir noch gut im Gedächtnis. Ich konnte Streit nicht ausstehen und ich würde nicht zulassen, dass Streitereien wegen dieser Frau meine Beziehung zerstörten. Also hatte ich beschlossen, mein Audrey-Problem einfach auszusitzen. Früher oder später würde sie das Interesse an ihm verlieren. Hoffentlich.

»Aber du kannst ihm erklären, was der Unterschied zwischen befreundet sein und flirten ist. Sorry, Süße, sieh doch mal hin. Sie himmelt ihn an und wenn er behauptet, das nicht zu merken, dann ist er ein verdammter Lügner. Auf mich wirkt es, als stünden sie kurz davor, sich vor aller Welt die Kleider vom Leib zu reißen und auf dem Gehweg zu vögeln.« Isobel fischte den Ladenschlüssel aus ihrer Jackentasche und zog die Tür auf. Sie hielt sie mir auf und ich trat an ihr vorbei nach draußen.

»Herzlichen Dank für die aufbauenden Worte«, murmelte ich.

Ein dumpfes Gefühl schlängelte sich durch meinen Magen, während ich zu Julien und Audrey ging und bei ihnen stehen blieb. Isobel schloss die Tür ab und warf mir noch einen vielsagenden Blick zu, ehe sie zum Abschied die Hand hob und den Bürgersteig entlang in Richtung ihres Autos verschwand.

»... mindestens drei Stockwerke. Und ich will einen Pool im Keller«, erklärte Audrey gerade schwärmerisch.

»Die Frage wäre, wer diesen Kasten sauber halten soll?«, gab Julien zu bedenken. Er hatte die Hände in die Taschen seiner Jeans geschoben. Seine nackten Arme waren von einer Gänsehaut überzogen; offensichtlich fror er sich ohne seine heißgeliebte Jacke den Hintern ab.

»Angestellte?«, schlug sie mit einem Augenzwinkern vor, das sich auf zwei Millionen Arten interpretieren ließ. Die Hälfte davon war nicht keusch.

Julien lachte.

»Wovon redet ihr?«, fragte ich und schaffte es glücklicherweise, meiner Stimme nicht anmerken zu lassen, wie wenig Platz in meiner Kehle war. Ich wollte dieses eifersüchtige Mädchen wirklich nicht sein, das ich in letzter Zeit war.

»Bloß über Quatsch«, antwortete Julien. »Audrey hat mir gerade ihre Wünsche für das Haus mitgeteilt, das ich für sie entwerfen muss, sobald ich meinen Abschluss habe.«

Was? Wünsche für das Haus, das ER IHR entwerfen musste? Wahrscheinlich kam ich gerade noch rechtzeitig, um zu verhindern, dass sie gleich mitplanten, wie viele Babys er ihr machen sollte, die dann in diesem dreistöckigen Haus mit Pool aufwuchsen.

Reiß dich zusammen, ermahnte ich mich, bevor mir meine Gedanken noch über die Lippen rutschten.

»Vielleicht fragst du sie noch mal, wenn du deinen Master hast. Bis dahin vergehen noch drei Jahre und Geschmäcker verändern sich bekanntlich«, quetschte ich hervor. Ich hasste es, dass die Gegenwart dieser Frau mich jedes Mal in eine Idiotin verwandelte. Ich wollte weder eifersüchtig sein, noch mich wie eine Zicke aufführen. Ich war ein friedfertiger Mensch und brauchte eine große Portion Harmonie am Tag. Dennoch lehnte ich in einem lächerlichen Anfall, *mein Revier abzustecken*, den Kopf an Juliens Schulter.

»Seit dem Kindergarten habe ich eine genaue Vorstellung von meinem Traumhaus«, entgegnete Audrey an seiner Stelle und lächelte mich an. Dann schweifte ihr Blick kurz über Julien. »Wir Frauen wissen doch meistens exakt, was wir wollen. Da sind wir dem männlichen Geschlecht weit voraus.«

Meine Magenwände zogen sich zusammen. Das war eindeutig eine Anspielung auf Julien gewesen. Ich bemühte mich, sie nicht wütend anzufunkeln oder ihr einen spitzen Kommentar entgegenzuwerfen, und an mein Karma zu denken. »Stimmt, wir Frauen wissen ganz genau, was wir wollen.« Ich wollte vor allem, dass sie sich von Julien fernhielt, und mindestens für den Rest des Abends würde ich meinen Willen auch durchsetzen. Ich hob den Blick in sein Gesicht und zupfte an seinem Shirt. »Können wir los? Ich möchte nach Hause.«

»Klar. Mein Wagen steht an der Straßenecke.« Er deutete mit einer Kinnbewegung auf den dunkelroten *Chevrolet*, den er am Rand der Einbahnstraße geparkt hatte. »Sollen wir dich nach Hause bringen?«, fügte er an Audrey gerichtet hinzu.

»Nicht nötig, es sind ja nur fünf Minuten«, sagte Audrey zu meinem Glück. Sie machte Anstalten, sich aus Juliens Jacke zu schälen, aber er hielt sie auf, indem er sie an einer Schulter berührte.

»Gib sie mir einfach morgen Abend wieder.«

Morgen Abend?

Ich äußerte mich nicht dazu, spürte aber förmlich, wie die Wölfin in mir ihre Krallen wetzte. Sie fühlte sich bedroht – *ich* fühlte mich bedroht –, und vielleicht war die Zeit reif, nicht länger die Füße stillzuhalten, sondern etwas gegen diese Bedrohung zu unternehmen. Audrey war ein Virus. Glasklar. Sie hatte sich mit der Absicht, Schaden zuzufügen, in Juliens und mein Programm eingeschleust. Bisher hatte sie noch keine Veränderungen an unserem Betriebssystem vorgenommen, aber wenn Julien nun anfing, sich freitagabends mit ihr zu treffen, sah es so aus, als ob sich das sehr bald ändern würde. Ich kannte mich mit Viren aus, schließlich war mein Dad Gamedesigner und Computerspiele-Entwickler gewesen und ich auf dem besten Weg, in seine Fußstapfen zu treten. Viren hatten eine Achillesferse, an der man sie treffen konnte. Irgendein Scanner würde ihre Signatur aufspüren und sie aus unserem Programm löschen können. Ich musste nur schnell die Software finden, die dazu in der Lage war. Das Problem auszusitzen war nun nicht mehr möglich.

Ich wandte mich ab, als Julien den *Virus* zum Abschied kurz in den Arm nahm, und lief zu seinem Wagen. Ich würde kein Drama auf offener Straße anzetteln; ich würde ruhig und besonnen vorgehen und mir etwas einfallen lassen. Und allem voran würde ich einen Vorteil daraus schlagen, dass Julien heute Abend allein mir gehörte. Er wohnte mit *mir* unter einem Dach – okay, auch noch mit vier anderen Leuten –, und nicht mit dem BH-losen Monster.

»Man sieht sich, Novalie«, rief mir Audrey hinterher.

»Ja, man sieht sich«, erwiderte ich, ohne mich noch mal umzudrehen.

Nach einer halben Minute folgte mir Julien zum *Chevrolet*. Er sperrte das Auto auf und umrundete es, während ich auf der Beifahrerseite einstieg.

»Gott, war das ein Stresstag. Ich bin total erledigt und brauche unbedingt eine Dusche und danach eine Rückenmassage. Außerdem knurrt mir der Magen«, sagte ich und streckte die Beine aus, als Julien den Schlüssel ins Schloss neben dem Lenkrad schob und den Motor startete. »Ich bin dafür, dass wir zu Hause eine Pizza in den Ofen und eine DVD in den Recorder schieben und es uns heute Abend gemütlich machen.«

»Ich muss morgen früh raus«, antwortete er ausweichend.

»Ja, ich auch. Deshalb sehne ich mich nach ein bisschen Entspannung.« Und nach Zweisamkeit. Nur er und ich. In dieser Woche hatten wir noch keine Nacht im selben Bett verbracht. Er schlief in seinem Zimmer und ich in meinem. Julien hatte sich in diesem Semester fast ausschließlich für spätere Kurse eingeschrieben, meine hingegen begannen immer um acht. Ich wusste, dass er einen leichten Schlaf hatte und nahm es ihm nicht übel, dass er vor sieben nicht von meinem Wecker geweckt werden wollte. Nur deshalb hatte ich seine Idee, zwei Zimmer in einer WG zu beziehen, statt ein eigenes Apartment zu suchen, vor einem Jahr gutgeheißen. Damit sich jeder von uns auch mal zurückziehen konnte. Freitag war jedoch der Tag in der Woche, in der wir unsere Hintern beide früh aus dem Bett schaffen mussten. Heute Nacht gehörte Julien also mir.

»Isobel ist nächste Woche auf einer Hochzeit. Ich werde ihre Schichten in der Konditorei übernehmen«, erinnerte ich ihn daran, dass meine Zeit ab Montag knapp bemessen sein würde und mir ein paar anstrengende Tage bevorstanden.

Er brummte etwas Unverständliches.

Ich legte den Sicherheitsgurt um und lehnte mich in meinem Sitz zurück. Von Downtown nach Oakland brauchten wir ungefähr fünfzehn Minuten. Julien war ungewohnt schweigsam; ich versuchte ein paarmal, ein Gespräch anzureißen, aber seine einsilbigen Antworten brachten mich irgendwann zum Verstummen und ich begnügte mich damit, ihn heimlich aus dem Augenwinkel zu beobachten.

Er hatte beide Hände am Lenkrad, seine Kinnpartie wirkte angespannt. Normalerweise war sein Gesichtsausdruck weich und sein Blick wärmend. In meinem ersten Jahr auf dem College hatte ich mich in sein Lächeln verliebt, dann in seine blauen Augen. Später in seinen Charme, die Tatsache, dass er aufmerksam war und kluge Sachen sagte. Ich hatte nicht erwartet, während meines Studiums den Mann fürs Leben zu finden, allerdings konnte ich mir durchaus vorstellen, mit ihm alt zu werden. Er und ich waren aus ähnlichem Holz geschnitzt. Noch bevor sich herausgestellt hatte, dass wir beide ehrgeizig waren, chaotisch, über dieselben Dinge lachen konnten und ein Faible für die alten James-Bond-Filme hatten, wusste ich, dass das mit Julien und mir eine ernstere Sache war. Anders als mit den Jungs, mit denen ich mich während der Highschool getroffen hatte.

Ich atmete gegen ein Seufzen an. Keine Ahnung, wer ihm in die Schuhe gepinkelt oder Schuld an seiner schlechten Laune hatte, aber es machte mir Sorgen, dass er nicht mit mir redete. In Audreys

Gegenwart war er richtig gut drauf gewesen.

»Okay, schön. Raus mit der Sprache«, sagte ich, als er auf dem Interstate Highway, der am Fluss entlangführte, entsetzlich nah auf einen Campingbus auffuhr und erst in letzter Sekunde auf die mittlere Spur ausscherte, um das Teil zu überholen. »Hat dir jemand ins Mittagessen gekotzt oder was ist der Grund für deine hundsmiserable Laune?«

Er warf mir einen Seitenblick zu, konzentrierte sich aber sofort wieder auf die Straße. »Ich bin nicht schlecht gelaunt, bloß müde.«

»Zu müde, um mehr als einen Satz am Stück hervorzubringen?« Ich schlug die Stirn in Falten.

»Sieht ganz danach aus.«

Arschloch.

Vielleicht war es nicht nett, dass sich dieses Wort in meine Gedanken mogelte, aber es war auch nicht gelogen. Er benahm sich wie ein Arsch. Vor wenigen Augenblicken hatte er in meiner Gegenwart mit einem Mädchen geflirtet, mit ihr herumgealbert und lächerliche Zukunftspläne geschmiedet. Kaum war sie weg, behauptete er, er wäre zu erschöpft, um sich mit mir zu unterhalten? Das war ... aussagekräftig. Und beunruhigend. Vielleicht hatte sie ja bereits Änderungen an unserem Betriebssystem vorgenommen? Der Junge, mit dem ich seit zweieinhalb Jahren zusammen war, redete nämlich gern mit seiner Freundin und interessierte sich für das, was sie erzählte.

»Du triffst dich morgen mit ihr?«, fragte ich leise. Es war der falsche Zeitpunkt, das Thema anzusprechen. Ich wusste, dass ich besser einen günstigeren Moment abwarten sollte, da Julien in schlechter Stimmung schnell mal einen Streit provozierte. Allerdings ließ sich die Sache nicht länger hinauszögern. Ich musste ihm vor Augen führen, wie beschissen sein Verhalten war.

»Was meinst du?«

»Du hast ihr deine Jacke überlassen und gesagt, sie könne sie bis morgen Abend behalten. Also, triffst du dich morgen Abend mit ihr?« Ich konnte nicht verhindern, dass in meiner Stimme meine verletzten Gefühle mitschwangen.

»Nicht wirklich.«

Nicht wirklich? Was war denn das für eine unpräzise Antwort? »Ist es so schwer, mir die Frage mit ja oder nein zu beantworten?«

»Ihre Schwesternschaft an der Pitt gibt eine Party im Verbindungshaus. Sie hat mich eingeladen. Das ist alles, okay?« Er klang genervt.

»Und du wirst hingehen.«

»Da ist nichts dabei, Novalie«, behauptete er in einer so belehrenden Tonlage, als würde er einem Kleinkind erklären, dass man nicht mit Steckdosen spielte.

»Um ehrlich zu sein: doch. Da ist etwas bei«, widersprach ich. »Sie steht auf dich und ich denke, du bist dir dessen bewusst.«

»Sei nicht albern.«

»Sei du nicht albern, Julien. Glaubst du, ich würde nicht merken, wie sie dich anhimmelt? Du kannst ja praktisch nicht mal das Haus verlassen, ohne dass sie wie aus dem Nichts auftaucht und sich wie eine Klette an dich hängt. Und du machst dieses Spielchen mit. Nein, schlimmer. Du forderst sie sogar dazu auf, indem du voll auf ihr Flirten einsteigst. Es war kein schönes Gefühl, euch heute vor der Konditorei zu beobachten. Es tat mir weh, euch lachen und schäkern zu sehen.«

»Du übertreibst.«

»Ich übertreibe nicht. Seit Wochen geht das so und ich bin wirklich geduldig gewesen. Aber mir reicht es jetzt. Ich will nicht, dass du morgen Abend auf diese Party gehst.« So, es war raus. Ich hatte ihm gesagt, dass ich nicht damit einverstanden war, wenn er sich mit Audrey traf. So viel dazu, ruhig und besonnen vorzugehen.

»Wie gut, dass wir uns gegenseitig keine Vorschriften machen«, murmelte er mehr an sich selbst gewandt als an mich.

»Ich schreibe dir nichts vor. Ich habe dir nur gesagt, wie ich der Sache gegenüberstehe und dass ich mich im Augenblick grässlich fühle.«

Julien zog den *Chevrolet* auf die rechte Spur und drosselte das Tempo, um die nächste Ausfahrt der Interstate zu nehmen. Er verfiel zurück ins Schweigen. Ich ließ das Fenster auf meiner Seite ein Stück nach unten, weil die Luft im Wagen so dick war, dass ich nicht atmen konnte, und er drehte daraufhin das Gebläse der Heizung auf.

Ich erkannte ihn nicht wieder. War er wirklich ein so unsensibler Mistkerl geworden, der nicht bemerkte, dass ich aufrichtig litt? Oder war es ihm einfach nur egal, dass er mir wehtat? Beide Möglichkeiten verursachten ein Stechen in meiner Brust und ich wusste nicht, wie ich damit umgehen sollte.

Das Haus unserer WG befand sich in der Nähe des Oakland Square. Es war das letzte in einer Viererreihe aus Backsteinen. Julien bog hinter einem blauen Van in die breite Nebenstraße, ich löste den Sicherheitsgurt und stieß sofort die Tür auf, als er den Wagen wenige

Meter von der Haustür entfernt unter einem Baum abstellte. Ich wartete nicht auf ihn, sondern suchte den Schlüssel aus meiner Handtasche und war innerhalb von fünf Sekunden die Eingangsstufen der schmalen Veranda hochgesprungen.

»Wir sind nur befreundet, Novalie. Audrey und ich verstehen uns gut und ich glaube, dass es gesund für unsere Beziehung wäre, wenn wir zwischendurch mal getrennt ausgehen würden«, rief Julien mir vom Bürgersteig aus zu, während er den *Chevrolet* verriegelte.

Ich hielt nun doch inne und umklammerte den Schlüsselbund in meiner Hand etwas fester, weil mich seine Worte wütend machten. »Du denkst, es sei gesund für unsere Beziehung, wenn du dich von Frauen, denen der Speichel aus dem Mund tropft, sobald sie dich sehen, auf irgendwelche Partys einladen lässt? Ich sag dir was, Julien. Das ist pures Gift für uns. Mal abgesehen davon, dass ich die ganze nächste Woche in der Konditorei stehen werde und dieses Wochenende gern etwas Zeit mit meinem Freund verbracht hätte, haben wir uns bisher immer abgesprochen, bevor einer von uns eine Einladung zusagte.«

Julien schob die Hände in die Hosentaschen und kam langsam die Stufen der Veranda hinauf. Sein Gesichtsausdruck war unergründlich. Er wirkte verärgert, wahrscheinlich, weil ich ihm berechtigte Vorwürfe machte und er es nicht ausstehen konnte, wenn man ihn an die Wand stellte. Gleichzeitig lag etwas wie Mitleid in seinem Blick. »Ich finde, bei uns ist ganz schön die Luft raus. Wir hängen andauernd nur zu Hause ab, wir haben uns nichts zu erzählen, es ist Woche für Woche derselbe Trott. Selbst im Bett ...«

»Sprich den Satz nicht zu Ende«, warnte ich ihn. Ich wollte, dass er überhaupt nichts mehr sagte. So ein Gespräch führte man nicht auf der Veranda. Für eine solche Unterredung nahm man sich Zeit, legte sich Worte zurecht und tastete sich sensibel vor.

»Ich bin gelangweilt von uns, Novalie«, sagte er dennoch.

Ich wandte mich ab und schob den Schlüssel ins Schloss der Haustür. Meine Augen brannten und in meiner Brust tobten zweihundert Gefühle.

Ich bin gelangweilt von uns.

In meinen Ohren klang das wie: *Ich finde dich nicht mehr anziehend.* Denn andernfalls wäre er nicht gelangweilt von mir. Mir hatte noch nie jemand etwas Böseres an den Kopf geworfen.

»Erst drängst du darauf, dass ich mit dir rede, dann tue ich es und du bist auch unzufrieden«, hielt er mir vor.

Er hatte ja recht. Ich hatte ihn aufgefordert, mir zu sagen, warum er so übel gelaunt war. Ich wollte über das Thema Audrey sprechen. Nur hatte ich nicht erwartet, dass er plötzlich unsere komplette Beziehung infrage stellte. Genau das tat er schließlich gerade. Mit wirklich unschönen Worten.

Ich öffnete die Tür und betrat den grau gestrichenen Hausflur. Stimmen drangen aus der Küche, offensichtlich waren ausnahmsweise alle zu Hause. Ich hing den Schlüssel an den Haken des Recks, an dem jeder von uns einen beschrifteten Platz für seinen Bund hatte. »Für heute, Julien, ist bei mir die *Luft raus*. Ich muss erst mal verdauen, was du gerade gesagt hast«, entgegnete ich, bedacht darauf, mich nicht zu ihm umzudrehen und ihn anzusehen. Ich befürchtete, dass ich sonst losheulen würde. Und ich war keins dieser Mädchen, die in Tränen ausbrachen, bloß, weil ein Kerl gemein zu ihnen gewesen war.

Julien knallte die Tür hinter sich zu. Laut, als wollte er das Haus zum Einstürzen bringen. Ich zuckte zusammen und hielt den Atem an, als er an mir vorbeirauschte und die Holztreppe ins Obergeschoss anpeilte. Er nahm immer zwei Stufen auf einmal und verschwand aus meinem Blickfeld.

Die Vorstellung, ihm nach oben in sein Schlafzimmer zu folgen, zog mein Innerstes zusammen. Er hatte mich verletzt – nicht umgekehrt – und besaß keinen Grund, sich so zornig aufzuführen. Ich würde ihm nicht hinterherlaufen und ihn damit *langweilen*, die Dinge zwischen uns zu klären. Außerdem musste ich erst mal darüber nachdenken, wie er auf den Irrsinn kam, dass in unserer Beziehung die Luft raus wäre. Ich hätte das mitbekommen müssen und das war eindeutig nicht der Fall.

Ich wischte mir mit einem Handrücken über die Augen, um jede Spur zu vernichten, dass dort Tränen geschimmert haben könnten. Dann straffte ich den Rücken und spielte für eine Sekunde mit dem Gedanken, zu den anderen in die Küche zu gehen. Aber die Lust auf Gesellschaft war ebenso wie mein Hunger verflogen. Ich wollte nur noch eins: Mich ganz mädchenhaft in meinem Bett zusammenrollen und in Selbstmitleid suhlen, während ich dem Kerl, der nur durch eine dünne Wand von mir getrennt in seinem Zimmer schmollte, in Gedanken einen Haufen Beschimpfungen an den Kopf warf.

3. KAPITEL

Novalie

»Genau das ist der Grund, warum ich damals dagegen war, dass wir hier ein Liebespaar einziehen lassen. Die sorgen nicht nur dafür, dass ständig der Haussegen schiefhängt. Die bringen abends sämtliche Wände dazu, in sich zusammenzufallen, und verbreiten dann in aller Frühe schon schlechte Laune«, sagte Kol, als ich in meiner grünen Shorty verschlafen die Küche betrat, und sich Julien daraufhin mit einem Kaffeebecher in der Hand und missmutigem Gesichtsausdruck an mir vorbeiquetschte, um in den Flur zu verschwinden. Er musste schon das Bad benutzt haben, denn der Geruch seines Duschgels umwehte mich, doch er würdigte mich keines Blickes. Kol hingegen stützte sich mit beiden Unterarmen auf der Frühstückstheke ab, an der er saß und die den Raum teilte, lehnte sich etwas vor und sah mir amüsiert in die Augen.

Willow, die den Hocker neben ihm in Beschlag genommen hatte und ein Müsli löffelte, stieß ihm einen Ellenbogen in die Seite, während Davis von der Anrichte aus etwas murmelte, das wie ein *Weil du vor sieben ja so ein Sonnenschein bist* klang.

»Euch auch einen wundervollen Morgen«, erwiderte ich die durch und durch *nette* Begrüßung, schlurfte geradewegs zur Kaffeemaschine und schob Davis zur Seite.

Ich behielt also recht. Wir hatten letzte Nacht volles Haus gehabt, was eine echte Seltenheit in dieser Wohngemeinschaft war. Davis verbrachte Dreiviertel seiner Nächte bei Jacky, mit der er seit zwei Jahren zusammen war, und Kol schlief sich die Hälfte der Zeit durch irgendwelche Frauenbetten. Natürlich war es auf mein Karma zurückzuführen, dass sie an einem Abend, an dem ich mit Julien gestritten hatte, ausnahmsweise alle zu Hause gewesen waren und sein Türknallen mitbekommen hatten.

»Davis und ich waren uns damals einig, dass wir einem Lady-Killer keine Singlefrauen vor die Nase setzen wollen. Mit dir und irgendwelchen alleinstehenden Mädels unter einem Dach ... Da hätte der Haussegen seit einem Jahr durchgehend schiefer gehangen, als ich Flöte spiele, mein Freund. Ich für meinen Teil bin also glücklich darüber, mit diesem zuckersüßen Liebespaar zusammenwohnen zu dürfen«, ergriff Willow noch mal fröhlich das Wort.

Danke schön, formte ich mit den Lippen, als sie mir zuzwinkerte.

»Seid ihr denn noch ein Liebespaar, Novalie?«, fragte Kol. »Oder ist Julien gerade nach oben gestapft, um seine Koffer zu packen?«

»Haha, sehr witzig«, sagte ich genervt und verdrehte die Augen, deren Lider mir irgendwie geschwollen vorkamen. Warum musste er eigentlich ständig auf meiner Beziehung rumreiten oder mich aufziehen?

Ich mochte unsere Mitbewohner. Meistens zumindest. Willow war, obwohl sie sich manchmal wie eine Diva anstellte, alle drei Wochen ihre Haare umfärbte und verdammt zynisch sein konnte, zu einer echten Freundin geworden. Davis brachte – wenn er uns seine Gesellschaft zuteilwerden ließ – Ruhe in unseren buntgemischten Haufen. Der blonde Hüne studierte mit Julien Architektur und wir hatten ihm unsere Zimmer in dieser WG zu verdanken. Kolja war ... eigentlich gab es kein Wort, das ihn wirklich beschrieb. Er sah *zu* gut aus, er war *zu* chaotisch. Er war *zu* direkt und *zu* selbstverliebt. Er war von allem ein bisschen *too much* und dass sich jedes Wochenende eine neue Frau aus seinem Schlafzimmer schlich, konnte einem fast so sehr auf den Zeiger gehen, wie die Tatsache, dass er mich andauernd neckte. Waren alle Halbrussen so? Aber mal abgesehen davon war er ein netter Kerl, so wie alle in diesem Haus ihre guten Seiten hatten. Nur ... nachdem ich die komplette Nacht Trübsal geblasen, über Juliens Worte nachgedacht und mich unruhig von links nach rechts gewälzt hatte, war ich heute Morgen empfindlich. Dünnhäutig und beinah klinisch tot. Ich konnte also gut und gern auf Witze über meine Beziehung verzichten.

Kol schenkte mir halbes Lächeln, das er in der Regel benutzte, um Höschen feucht werden zu lassen, und nahm dann endlich seinen stechenden Blick von mir.

Ich holte eine Tasse vom Regalbrett über der Spüle, stellte sie unter den Kaffeeautomaten und tat ein Pad in den Schiebebehälter. Während der Kaffee durchlief, rieb ich mir mit den Händen übers Gesicht und versuchte verzweifelt, etwas wacher zu werden.

»Falls einer von euch vorhat, am Wochenende einkaufen zu gehen, dann vergesst bitte nicht, mehr von diesem Müsli mitzubringen. Es schmeckt fantastisch und ich schwöre, ich kann fühlen, wie sich meine Zellen mit Energie aufladen«, schwärmte Willow vor sich hin.

»Du bist doch dran mit Einkaufen«, entgegnete Davis, der gerade seinen leeren Kaffeebecher abstellte.

»Nein, *ich* verbringe das Wochenende am Susquehanna River. Ich bin eingeladen worden und habe euch schon ungefähr zehnmal daran erinnert.« Willow wackelte vielsagend mit den Augenbrauen.

»Stimmt. Wie hieß der Typ noch gleich, der seine armselige Schwanzlänge damit kompensieren muss, dich alle zwei Wochen mit einem Kurztrip zu bestechen, damit du ihn noch in dein Höschen lässt? Brad? Bane?«, stichelte Kol.

»Er heißt Buck und seine Schwanzlänge ist überhaupt nicht armselig, Schwachkopf.« Sie verpasste ihm einen Klaps gegen den Hinterkopf.

Das war definitiv mein Signal. Wenn es ein Thema gab, mit dem ich mich ganz und gar nicht befassen wollte, dann war es die Länge von Bucks Penis. Ich war dem Kerl schon ein-, zweimal begegnet und wollte ihm weiterhin ungeniert in die Augen blicken können, ohne mir dabei sein Geschlechtsorgan vorzustellen.

Ich nahm meine dampfende Tasse an mich und wandte mich ab, um auf dem Weg in mein Zimmer den Kaffee zu schlürfen und dann das Bad zu benutzen. Doch wie aus heiterem Himmel streifte etwas um meine Beine und jeder Zentimeter von mir verwandelte sich augenblicklich zu Stein. »Oh mein Gott, tu ihn weg!«, rief ich panisch, da ich sehr genau wusste, was dort unten um meine Füße herumschlich. Meine *nackten* Füße. Ich machte mir auf der Stelle Sorgen um meine Zehen.

»Was ist?«, hakte Willow nach und hörte sich dabei beinah so erschrocken an wie ich.

»Dutch. Dutch schleicht um meine Beine«, presste ich hervor und hoffte, dass ich nicht anfangen würde zu zittern. Jede noch so kleine Bewegung stellte eine Riesengefahr dar.

Willow quietschte los. Ich warf einen Blick über die Schulter und sah, wie sie die Füße auf den Hocker zog und einen Arm um die Knie schlang. Selbst Davis gab sich die Blöße, sich mit seinem Hintern auf die Arbeitsfläche zu schwingen und die Beine anzuziehen. Alle Augen waren auf das Ungetüm gerichtet, während ich mich selbst nicht traute, den Blick zu senken.

Kolja brach in Gelächter aus. Er schob *viel zu* gemächlich seine Tasse von sich und rutschte langsam vom Barhocker. »Kommt schon, er ist nur ein Kater.«

»Du meinst, er ist ein Monster«, korrigierte ich ihn.

Ich liebte Vierbeiner. Alles, was Fell hatte, schloss ich sofort in mein Herz. Zu Hause in York hatte ich selbst eine Maine-Coon-

Katze besessen; Pinky gehörte jetzt meiner Mutter. Aber Dutch war echt die Friedhof-der-Kuscheltiere-Version eines Katers. Er war ein zerzaust und zerrupft aussehendes, graues Etwas, riesig, vierzehn Pfund schwer, mit mordlüsternen gelben Augen. Eine Woche nach meinem Einzug war ich in Gedanken versunken gewesen und hatte versucht, den Kopf des Tiers zu streicheln. Dieser Versuch endete damals in der Notaufnahme des *UPMC*. Dutch hatte mich so böse mit seinen Krallen und Zähnen erwischt, dass die Wunde genäht werden musste. Alle in diesem Raum hatten schon seine Wutattacken zu spüren bekommen. Meistens griff er ohne ersichtlichen Grund an, einfach aus einer Laune heraus oder weil er partout keine Menschen mochte. Außer Kol – seinem Besitzer – konnte ihn keiner anfassen.

»Die Vereinbarung war, dass er auf deinem Zimmer bleibt«, beschwerte sich Willow. »Du hast versprochen, dass er nicht mehr durchs Haus stromert.«

»Ich kann ihn nicht den ganzen Tag im Schlafzimmer einsperren«, meinte Kol. Er war inzwischen bei mir angelangt und ging in die Hocke, um sich die Katze zu greifen.

»Dann schaff ihn ab. Bring ihn ins Tierheim oder besser gleich zum Einschläfern«, brachte Will ihre Abneigung gegen den Kater noch weiter zum Ausdruck.

»Solang ich der Hauptmieter dieses Hauses hier bin und mein Name als einziger im Mietvertrag steht, werde ich Dutch nirgendwo hinbringen. Du kannst ausziehen, wenn du so ein jämmerlicher Angsthase bist, dass du dir wegen einer Katze die Hose nassmachst.«

Kol richtete sich mit dem Kater im Arm auf und stand gefährlich nah vor mir. Ich war nicht sicher, ob er imstande war, einen Angriff abzuwehren, falls Dutch sich entschloss, mit den Krallen in meine Richtung zu schlagen. Ich hielt vorsichtshalber den Atem an und konzentrierte mich darauf, in Kols Gesicht zu blicken und das Monster an seiner Brust einfach auszublenden.

»Bist du auch so ein herzloser Mensch, der einem unschuldigen Tier den Tod an den Hals wünscht, Novalie?«, fragte er leise.

Ich verzichtete darauf, ihm zu sagen, dass an dieser Bestie rein gar nichts unschuldig war, und schüttelte bloß mit dem Kopf. Ich wünschte Dutch nicht den Tod an den Hals. Mir reichte es, wenn er fünf Meter Abstand zu mir einhielt.

Kol lächelte und ... oh mein Gott. Da waren Grübchen. Ich hatte diesen Kerl schon hundertmal lächeln gesehen, aber noch nie aus nächster Nähe. Überhaupt war ich ihm noch nie so nah gekommen wie jetzt.

Ich merkte, dass ich unwillkürlich ausatmete. Mein Blick glitt über sein Gesicht, über das noch stoppelige Kinn, den dunklen Bartschatten auf seinen Wangen, bis hin zu seinen braunen Augen. Wobei ... die Farbe war viel zu komplex, um sie einfach nur als braun zu bezeichnen. Sie war wie Karamell, das man in einen köstlichen Cappuccino tauchte, mit bronzefarbenen Kreisen, die nach außen zerliefen. Für eine Sekunde – ich schwöre, länger dauerte der Moment nicht – fühlte ich mich wie eins der vielen Mädchen, die ihn begehrten und denen das Wasser im Mund zusammenlief, sobald er den Raum betrat. Ich war heilfroh, dass sich Dutch zwischen ihm und mir befand, sodass sich mein Blick und meine Gedanken nicht weiter verselbstständigen und den Rest von ihm begutachten oder anschmachten konnten. Ich war mir nämlich durchaus bewusst, dass er überflüssigerweise den passenden Körper zu seinem Gesicht hatte.

Ich schluckte fest und erwachte aus der Trance, in die ich gefallen sein musste. Da er meinen Blick nicht losließ, wandte ich den meinen ab und setzte meinen Weg aus der Küche zur Treppe fort. Vielleicht ein bisschen zu hastig, aber auf die anderen musste es wirken, als ob ich vor Dutch Reißaus nahm.

Keine Ahnung, was da gerade passiert war, aber ich schämte mich abgrundtief dafür. Kol war ein Frauenheld, ein Chaot, ein Kerl, um den Frauen wie ich einen Bogen machten. Ich stand nicht auf Chauvis – zur Hölle, ich stand ja nicht mal auf dunkelhaarige Männer und ich war mit Julien zusammen. Obwohl nichts dagegensprach, woanders den Appetit anzuregen und sich den ein oder anderen Blick auf einen heißen Typen zu gönnen, sprach doch alles dagegen, in meinem Mitbewohner diese Art sexy Kerl zu sehen. Ein Jahr lang war ich gegen sein hübsches Äußeres und seinen Charme immun gewesen. Ich würde es ab sofort auch weiterhin sein. Festentschlossen.

»Novalie«, hielt mich Kol auf, als ich auf der Hälfte der Treppe angelangt war. Ich drehte mich um und sah, dass Dutchess und er mir in den Flur gefolgt waren. Wahrscheinlich wollte er das Monster in sein Zimmer einsperren, da er wie Willow eins im Erdgeschoss bewohnte. »Solltest du und dein mürrischer Traumprinz zu der Erkenntnis kommen, dass ihr doch kein Liebespaar mehr sein wollt, lass es mich wissen. Du und ich könnten zusammen garantiert eine Menge Spaß haben.«

»Trag deinen Namen für die nächsten zwei Wochen auf die Putzliste fürs Badezimmer ein«, entgegnete ich geistesgegenwärtig.

Willow hatte diese WG-Regel aufgestellt. Kein Geflirte unter Mitbewohnern, mit Ausnahme fester Pärchen. Wahrscheinlich war Kolja der Einzige, der je wegen Bruch dieser Regel zum Putzen des Badezimmers verdonnert worden war, und ich sorgte nun ein weiteres Mal dafür, dass er außerhalb der Reihe einen Lappen in die Hand bekam.

Er grinste und trug Dutch kopfschüttelnd an der Treppe vorbei in sein Zimmer.

Meine Beine waren schwach, als ich die übrigen Stufen hinaufstieg und mich innerlich dafür ausschimpfte, nicht noch schlagfertiger gewesen zu sein. Ich fühlte mich ertappt, weil er ausgerechnet nach diesem seltsamen Moment zwischen uns, mit so einem Bullshit daherkam. Ich hoffte inständig, dass er mir nicht angesehen hatte, wie vertieft ich kurzzeitig in seinen Anblick gewesen war.

Julien hatte die Tür zu seinem Zimmer geschlossen, meine hingegen stand offen. Wir mussten beide in etwa zwanzig Minuten das Haus verlassen und hatten denselben Weg zum Campus vor uns.

Ich zögerte, obwohl ich mich besser beeilen und mein Zeug zusammensuchen sollte. Ich musste mich noch anziehen, Zähne putzen, die komplette Morgentoilette hinter mich bringen. Aber der Gedanke daran, dass wir uns an der Tür treffen könnten und er dann vermutlich in seinen Wagen steigen würde, anstatt wie ich bei Davis mitzufahren, stellte etwas mit meinen Eingeweiden an. Sie krampften sich hässlich zusammen. Außerdem war es albern, sich wegen eines Streits aus dem Weg zu gehen. Wir waren erwachsene Menschen und sollten imstande sein, über unsere Probleme zu reden, um sie gemeinsam aus der Welt zu schaffen. Entgegen Kols blödsinniger Bemerkung hatte ich nämlich nicht vor, unsere Beziehung wegen einer lächerlichen Auseinandersetzung aufzugeben.

Ich nahm einen Schluck Kaffee und stellte die Tasse im Türrahmen zu meinem Schlafzimmer ab. Ich wusste nicht genau, was ich sagen wollte, klopfte aber bei Julien an. Ich wartete nicht darauf, dass er mich hereinbat, sondern drehte den Türgriff und trat selbstbewusst ein.

Die Jalousien an den Fenstern waren noch heruntergelassen, nur die Nachtlampe war eingeschaltet. Julien saß auf seinem blau bezogenen Doppelbett und sortierte irgendwelche Zettel in einen Ordner. Er trug Jeans und das helle Sweatshirt, das mir gut an ihm gefiel. Ich fand, es brachte seine Augen zur Geltung. Leider sah er nicht auf, als ich die Tür hinter mir zudrückte und auch nicht, als ich zu ihm hinüberging.

»Langweilig, wie ich bin, wollte ich dir anbieten, dich wieder mit mir zu vertragen«, sprach ich aus, was mir als Erstes in den Sinn kam.

Julien machte ein Geräusch, das sich verdächtig nach einem Seufzen anhörte. Er legte das Blatt aus seiner Hand zur Seite und raufte sich einmal durchs Haar. »Ich habe keinen Streit mit dir.«

»Ach nein? Für mich fühlte sich der gestrige Abend nämlich verdammt danach an.« Abgesehen davon, war er eben vor mir aus der Küche geflüchtet.

»Ja, aber es war kein richtiger Streit.«

»Hm«, machte ich. »Also ist die Welt zwischen uns in Ordnung? Ich meine, außer der Tatsache, dass wir darüber nachdenken müssen, wie wir unsere Beziehung aufpeppen können?« Mir war zwar noch immer nicht eingefallen, warum er sich von uns gelangweilt fühlte, aber nachdem ich letzte Nacht stundenlang hin und her überlegt hatte, war ich zu der Entscheidung gekommen, dass der einfachste Weg darin bestand, ihn genau das zu fragen. »Du könntest mir zum Beispiel sagen, was genau dich stört oder so einschläfernd an unserer Beziehung ist.«

»Setz dich bitte mal hin«, forderte er mich auf.

Ich kam seiner Bitte nach und ließ mich neben ihm auf der Bettkante nieder. Instinktiv wollte ich nach seiner Hand greifen und sie mit der meinen verknoten. Ich mochte schließlich seine Hände. Er hatte lange und sanfte Finger, mit denen er mir in Nullkommanichts eine Gänsehaut auf den Körper zaubern konnte. Doch dann bemerkte ich, dass er angespannt war und nervös oder verlegen an seinen Nägeln knibbelte. Das tat er, wenn ihm etwas mörderisch schwerfiel.

»Ich werde ehrlich sein, okay?«, setzte er an. »Nichts beschönigen.«

Oh Mann, war das, was er zu sagen hatte, denn so schlimm, dass er in Erwägung ziehen musste, es schönzureden? Er machte mir Angst, aber ich nickte trotzdem langsam. »Klar.«

»Die Wahrheit ist ... mich kotzt an unserer Beziehung einfach alles an. Schon eine ganze Weile. Wir leben irgendwie nebeneinander her, wir schmieden keine Pläne oder machen mal irgendwas Aufregendes. Selbst im Bett ... Du musst zugeben, dass es da schon mal besser mit uns funktioniert hat. Ich finde unseren Sex todlangweilig und mir graut es vor der Vorstellung, mich schon wieder ein ganzes Wochenende mit dir in deinem oder meinem Zimmer zu verschanzen, anstatt vor die Tür zu gehen und was zu erleben. Und in erster Linie liegt das an dir. Ich bin so genervt von dir, dass mir deine bloße Anwesenheit auf den Geist geht.«

Ich wollte schlucken, aber meine Reflexe verließen mich. Sein Mund war eine Waffe, deren Lauf sich direkt auf mein Herz richtete, und seine Worte kamen wie Kugeln, die es durchbohrten. »Was?«, stieß ich rau hervor.

Julien stand vom Bett auf. Vielleicht, weil er sich von meiner *bloßen Anwesenheit* genervt fühlte und Abstand zu mir aufbauen wollte. Doch anstatt zurückzuweichen ging er vor mir in die Hocke. Ich spürte seine Finger an meinem Kinn und mir wurde bewusst, dass ich die Augen geschlossen hatte. »Versteh das bitte nicht falsch. Ich habe immer noch Gefühle für dich. Du bist mir wichtig. Aber ich glaube, es wäre das Beste, wenn wir mal eine Pause einlegen.«

Mir wurde schlecht. Der kleine Schluck Kaffee von vorhin versuchte, sich meine Kehle emporzuwinden. Eine Pause? Das war die nette Umschreibung für Schlussmachen. Dabei wollte er doch gar nichts beschönigen.

Ich zwang mich, die Lider zu heben. In meinen Wimpern hingen Tränen, aber ich strengte mich an, sie nicht abperlen zu lassen. »Was meinst du mit einer Pause?«

Er ließ mein Kinn los und zuckte in einer verzweifelten Geste mit den Schultern. »Wir sollten nicht ständig zusammenhocken und vielleicht mal mit anderen ausgehen.«

Wir sollten uns mit anderen treffen? Wow, das war ... unfassbar. Diese Äußerung war nicht zu fassen. Er wollte, dass ich ihm einen Freifahrtschein ausstellte, mit anderen Frauen ins Bett zu steigen und ihm gleichzeitig die Möglichkeit gab, ein Hintertürchen zurück in meins zu nehmen?

»Das ist es. Es geht um Audrey, oder? Du willst einfach nur Audrey bumsen«, brachte ich erstickt und unbeherrscht hervor. Mein Gott, wie sehr ich diese Frau hasste. Ich hasste es, dass ihre Brüste klein genug waren, damit sie ohne BH aus dem Haus gehen konnte und sie jedem ihre hübschen Nippel präsentierte. Ich hasste es, dass sie ihren Mund dauernd kirschrot schminkte und damit alle Blicke auf sich zog oder dass Julien über ihre Witze lachte und bei meinen nicht mal einen Mundwinkel verzog. Aber am meisten hasste ich es, dass sie aufregend war, während ich neben ihr das Paradebeispiel eines Mauerblümchens abgeben musste. Ich war nicht prüde, ich hatte auch ein paar sexy Fummel im Schrank und ich konnte mich ebenfalls aufbrezeln. Aber mir fehlte unter der Woche schlichtweg die Zeit und auch ein bisschen die Lust und ich sah auch keinen Sinn in dem Ganzen.

»Können wir Audrey einmal aus dem Spiel lassen? Hier geht es um uns, Novalie. Wie ich gestern schon sagte, ist bei uns die Luft raus, und leider kann ich so nicht weitermachen. Du musst mir die Chance geben, dich zu vermissen, denn im Moment fühle ich mich in unserer Beziehung gefangen. Du engst mich ein und du bist verdammt noch mal immer da.«

Die Tränen waren nun nicht mehr aufzuhalten. Sie rollten über meine Wangen, und weil ich unter keinen Umständen vor Julien heulen wollte, erhob ich mich abrupt vom Bett und schubste ihn unsanft aus dem Weg.

»Novalie, bitte wein jetzt nicht.«

»Das sind Wuttränen, du Mistkerl«, sagte ich, im kläglichen Versuch, meinen Rest Würde zu retten, bevor ich halb blind zur Tür lief, sie aufriss und nach draußen taumelte.

Er verdiente das Wasser aus meinen Augen nicht. Er hatte gerade auf die herablassendste und widerlichste Weise mit mir Schluss gemacht, auf die man mit einem Menschen Schluss machen kann. Er hatte mich beleidigt, gekränkt und mit Füßen getreten. Meine Gegenwart kotzte ihn an und meine Person war für ihn die fleischgewordene Langeweile.

Verfluchter Bastard. Hundsgemeiner, elender Bastard.

Als ich meine Zimmertür hinter mir zugeworfen hatte und mich aufs Bett fallen ließ, bekam ich Schluckauf. Ich bekam dauernd Schluckauf, wenn ich weinte, deshalb weinte ich so selten wie möglich. Ich vergrub das Gesicht im Kissen und hielt die Luft an, da ich wollte, dass dieses schreckliche Hicksen aufhörte. Aber vor allem wollte ich, dass meine Brust aufhörte, wehzutun, als ob sie jemand in der Mitte durchsägte.

4. KAPITEL

Kol

»Du hast vergessen, Meister Frosch Tschüss zu sagen, Kol.«

Ich hatte gerade die Ausgangstür der Musikschule aufgedrückt, als jemand von hinten an meinem weißen Kapuzenpulli zog. Ich wusste, dass dieser Jemand ein Meter fünfzig groß war, braune strubbelige Haare hatte und mich mit seiner runden Brille immer ein bisschen an einen übergewichtigen und leicht schielenden Harry Potter erinnerte.

»Stimmt, Ryan. Schande über mein Haupt, ich habe tatsächlich vergessen, Meister Frosch Tschüss zu sagen«, entgegnete ich, während ich mich umdrehte und einen entschuldigenden Gesichtsausdruck aufsetzte. Die Tür in den Feierabend fiel zurück ins Schloss.

Ryan Matters hielt mir das fette Plastiktier entgegen, das ich in einem Anfall von Leichtsinn an meinem ersten Tag hier Meister Frosch getauft hatte. Es war so ein hässliches Exemplar, das man sich für gewöhnlich an den Gartenteich stellte, und es besaß einen integrierten Bewegungsmelder, der jetzt Gott sei Dank ausgeschaltet war. Das dauernde Gequake konnte einem tierisch auf den Geist gehen, aber die Kids standen drauf. Für sie war Meister Frosch verzaubert, in Wahrheit ein Prinz und weil er Geräusche von sich gab, erwachte er selbstverständlich während unserer Musikstunden zum Leben. Ich hatte ihn zum Star gekrönt, indem ich ihm einen Namen verpasste und löffelte nun seit über einem Jahr die Suppe aus, die ich mir damit eingebrockt hatte. Den Frosch zu vergessen, war für Kinder wie Ryan, die mit elf Jahren auf dem geistigen Stand eines Vierjährigen waren, quasi eine Todsünde.

»Wir sehen uns, Meister Frosch. Bleib sauber«, sagte ich und kam mir albern vor, als ich den gigantischen Kopf des Nervtöters tätschelte.

»Ryan?« Claudine, Ryans Mom, die ihm Gegensatz zu ihrem Sohn schlank und blond war, trat aus dem Unterrichtszimmer in den breiten Gang. Ihre Absätze hinterließen ein dumpfes Klackern auf dem Parkett, als sie zur Tür kam. »Lass Kolja nach Hause gehen, Schätzchen. Ihr seht euch nächste Woche wieder.«

»Aber er hat Meister Frosch vergessen, Mom«, antwortete er in vorwurfsvollem und belehrendem Ton.

»Oh, das geht natürlich nicht. Wie gut, dass du immer aufpasst.« Sie zwinkerte mich vergnügt an.

»Ihr Sohn weiß eben, was sich gehört, Claudine. Man haut nicht ab, ohne sich zu verabschieden. Aber jetzt haben wir alles geregelt. Also bis nächste Woche ihr zwei ... ähm, drei.«

»Schönes Wochenende, Kolja.«

»Euch auch.«

Ich wandte mich ab, drückte die Ausgangstür mit einer Schulter auf und sah zu, dass ich meinen Hintern diesmal ins Freie schaffte, bevor mich noch jemand aufhielt. Normalerweise liebte ich meinen Job; zweimal die Woche arbeitete ich nachmittags in der Musikschule mit behinderten Kindern und es war genau das, was ich nach dem Studium machen wollte. Ich belegte die entsprechenden Sonderpädagogik-Kurse an der School of Education der Uni und es war ein Glücksgriff, dass ich hier praktische Erfahrungen sammeln konnte. Außerdem gab es verflucht gutes Geld für das bisschen Arbeit. Aber heute war ich irgendwie nicht ganz bei der Sache gewesen. Vielleicht, weil mein Dad mir mittags noch mal aufs Band gequatscht hatte. Ich würde nicht daran vorbeikommen, ihn zurückzurufen, allerdings hatte ich vor, diese unschöne Angelegenheit in die nächste Woche zu schieben. Ich wollte mir nicht das ganze Wochenende kaputtmachen lassen und es würde unweigerlich im Eimer sein, nachdem ich mit dem Mann telefoniert hatte. Ich holte den Wagenschlüssel aus den Tiefen meiner locker sitzenden Jeans und umrundete das Eckgebäude, das an einer Hauptstraße lag, um zum Parkplatz hinter dem Haus zu gelangen. Der schwarze Lack meines *Furys* glänzte in der rötlichen Sonne, die sich zum späten Nachmittag hin endlich mal durch die Wolken gekämpft hatte. Ich hatte die Karre mit sechzehn von meinem Grandpa geerbt, sie mit eigenen Händen generalüberholt und seither in Schuss gehalten. Sie war in den Siebzigern gebaut worden und irgendwann würde sie wahrscheinlich einen stattlichen Sammlerwert haben. Ich hatte vor, sie bis zu dem Tag zu fahren, an dem sie mir fünfzigtausend Dollar bringen würde.

Die Fahrertür knarrte, als ich sie öffnete, um auf den Ledersitz ins Auto zu sinken. Es war zwanzig nach fünf, wahrscheinlich würde sich gleich Wes melden, weil er freitags meistens einen draufmachen wollte. Er arbeitete normalerweise bis halb sechs oder sechs und ich konnte fast die Uhr nach seinem Anruf stellen. Deshalb nahm ich vorsorglich mein Handy aus dem Handschuhfach und wollte es griffbereit in das Fach unter der HiFi-Anlage legen, als ich sah, dass das Kurznachrichtensymbol leuchtete.

Du, ich, eine Flasche Rotwein, heute Abend bei mir?

Die SMS hatte eine Callie geschrieben. Zumindest ging ich davon aus, dass die Absenderin Callie hieß, denn unter diesem Namen hatte ich ihre Nummer gespeichert. Einen Moment lang musste ich darüber nachdenken, ob ich überhaupt eine Callie kannte, bis mir einfiel, dass ich vor ein paar Wochen mit einem Mädchen namens Callinda ausgegangen war. Na ja, strenggenommen war *ausgehen* das falsche Wort, mit Frauen wie ihr machte man keine richtigen Dates aus. Wir waren nach einem Kaffee bei Starbucks zu ihr verschwunden und hatten das Wochenende zusammen im Bett verbracht. Sie war so nett gewesen, ihre Rufnummer selbst in mein Handy einzugeben – Callinda konnte ja nicht wissen, dass ich sie niemals anrufen würde – und hatte offensichtlich ihren Spitznamen verwendet.

Ich rieb mir mit einer Hand den Nacken und überlegte, ob ich ihr antworten sollte. Falls Wes heute Abend wieder in diese Bar in South Side Flats gehen wollte, lief ich Gefahr, Amelia zu begegnen. Sie hatte durchblicken lassen, dass sie sich öfters dort aufhielt – beim schlimmen Kriegsbein meines toten Großvaters: Ich hatte nicht vor, dieser Frau außerhalb des Soziologiekurses noch mal in die Augen zu blicken. Sicher würde ein zweites Treffen mit Callie Callinda entspannter ablaufen, als ein frühzeitiges Wiedersehen mit Professor Turner.

Handynachrichten zu tauschen war nicht mein Ding, weshalb ich die Idee, ihr zu schreiben, verwarf und stattdessen ihre Nummer wählte. Mein Finger rutschte jedoch sofort auf die Auflegtaste, als mein Blick über den Parkplatz zur Hauptstraße glitt.

Heiliges Kanonenrohr. War das Julien? Auf jeden Fall sah der Typ aus wie mein Mitbewohner. Fransiger Kurzhaarschnitt, zu enge Jeans. Der Riemen seiner Collegetasche schnitt ihm in die Brust. Nur, dass das Mädchen an seiner Seite nicht Novalie war. Er hatte einen Arm um einen Marilyn-Monroe-Verschnitt gelegt, den ich eine Sekunde später als Audrey Goldman identifizierte. Die beiden wirkten ziemlich vertraut; sie warteten darauf, dass die Fußgängerampel auf Grün sprang und waren offenkundig auf dem Weg in die Ross Park Mall.

Ich kannte Audrey. In meinem ersten Jahr an der Pitt hatten wir ein paar Wochen lang was am Laufen gehabt. Vielleicht sagte das nicht so viel aus, denn den Gerüchten zufolge war inzwischen schon jeder an der Uni mit Audrey im Bett gewesen. Allerdings hätte ich nicht gedacht, dass sie auf Jungs wie Julien abfuhr. Der Typ wohnte zwar seit über einem Jahr mit mir zusammen, aber ich war nie mit ihm warm geworden. Er war ernst und grüblerisch, hielt sich für was Besseres und er hatte einen gewaltigen Stock im Hintern stecken. Dass er am helllichten Tag einer fremden Frau den Arm um die Schultern legte und mit ihr durch Uptown schlenderte, obwohl er seit Ewigkeiten mit Novalie zusammen war, machte außerdem deutlich, dass er ein tierisch großes Arschloch sein musste. Eins, dem ich schon bald sehr heftigen Unfrieden in meinen vier Wänden zu verdanken haben würde. Wie ich es hasste ...

Warum waren Will und Davis dafür gewesen, ein Pärchen bei uns einziehen zu lassen? Ich hatte geahnt, dass das Ärger geben würde. Die Wahrscheinlichkeit, dass man im ersten Semester auf dem College den Menschen fand, mit dem man den Rest seines Lebens verbrachte, standen ungefähr bei eins zu einer Millionen. Mir waren Leute, die es dennoch versuchten, suspekt und ich hatte absolut keine Lust auf ein Drama zu Hause.

Ich warf das Handy auf den Beifahrersitz und ließ den Motor an. Ich war ein miserabler Geheimnisbewahrer – sogar ein elendig miserabler – und ausgerechnet mich hatte Klugscheißer-Julien unbewusst zu einem Mitwisser gemacht. Irgendwann würde mir vor Novalie über die Lippen rutschten, was ich gerade gesehen hatte und dann musste ich mir auch noch die Schuld an dem Theater geben, das darauf folgen würde. Obwohl es für Novalie wahrscheinlich das Beste war, was ihr passieren konnte, dass sie den Kerl in den Wind schoss. Sie war viel zu lebensfroh für eine Schlaftablette wie Julien. Okay, sie war auch ein Freak mit einer schrägen Leidenschaft für Computerkram, aber manchmal bedeutete ein Freak zu sein, besonders zu sein. Sie war klug, besaß Humor und ... sie sah gut aus. Ich würde sie sicher nicht von der Bettkante stoßen.

Ich fuhr vom Parkplatz, ordnete mich auf der Abbiegespur zur Interstate ein und fühlte mich nicht ganz wohl in meiner Haut. Bei meinem Glück würde ich Novalie zu Hause antreffen. Allein, da Will auf irgendeinem Wochenendtrip war und Davis garantiert bei seinem Mädchen abhing. Es gab einen unausgesprochenen Ehrenkodex zwischen Männern, der besagte, dass man sich gegenseitig nicht in die Scheiße ritt. Selbst dann nicht, wenn man den Kerl zum Kotzen fand. Tratschen war etwas für Mädchen. Also konnte ich nur hoffen, dass Novalie kein Wort über Julien verlor, auf das ich versehentlich mit einer verräterischen Antwort reagieren könnte.

5. KAPITEL

Novalie

In Liebesfilmen gab es immer ein Happy End. Überraschende Happy Ends, vorhersehbare, manchmal welche in letzter Sekunde. Es gab Irrungen und Wirrungen und hin und wieder starb einer der Helden zum Schluss, aber selbst dann war sich der andere Part der ewigen Liebe seiner zweiten Hälfte bewusst. Keine Geschichte endete damit, dass der *Love Interest* seiner Angebeteten sagte, sie wäre langweilig und er bräuchte eine Pause von ihr, um sich mit anderen Frauen zu treffen. Eine solche Äußerung hätten die Zuschauer dem Kerl nicht verziehen. Jeder noch so grandiose Film wäre mit solch einem Ende zu einem gigantischen Misthaufen geworden.

Ich drehte mich auf die Seite und griff vorsichtshalber schon mal nach einem Taschentuch, während ich auf der Couch lag und *Julia Roberts* und *Hugh Grant* bei ihrem romantischen Katz- und Mausspiel beobachtete. Gerade erklärte sie ihm, dass sie einfach nur ein Mädchen war, das vor einem Jungen stand und ihn bat, es zu lieben, obwohl Welten zwischen ihnen lagen.

Und er? Er reagierte damit, völlig überfordert auszusehen. Wenigstens antwortete er nicht, dass sie ihn ankotzen würde. Aber Julia Roberts spielte in *Notting Hill* ja auch einen gefeierten Star, keine langweilige Informatikstudentin und Hugh nur einen unscheinbaren Buchhändler. Warum fand *sie* den Kerl eigentlich nicht sterbenslangweilig?

Ich wischte mir über die Augen und verbot meinem Gehirn, Vergleiche zwischen der geschauspielerten Liebe des Hollywoodpaars und meiner beendeten Beziehung zu ziehen. Liebesfilme waren scheiße. Total realitätsfern. Ich musste verrückt geworden sein, die Uni zu schwänzen und mir den kompletten Tag Schmachtfetzen wie *Bodyguard* oder *Harry und Sally* reinzuziehen. Als emanzipierte Frau sollte ich mich deswegen in Grund und Boden schämen, aber immerhin hatte ich es irgendwann gegen Mittag geschafft, aus dem Bett zu kriechen, den längst überfälligen Abstecher ins Bad zu machen und mein Selbstmitleidslager auf der Couch im Wohnzimmer aufzuschlagen. Da Willow am Susquehanna River war, Davis jedes Wochenende bei Jacky verbrachte und Kol irgendwelchen Röcken nachjagte, brauchte ich mir keine Sorgen zu machen, dass mich jemand bei meiner peinlichen Session erwischen könnte. Julien würde unter Garantie nicht nach Hause kommen. Audrey hatte ihn wahrscheinlich mit manikürten Krallen an sich gerissen und ihn mit ihren fast durchsichtigen Oberteilen bestochen, ihr bei den Vorbereitungen in ihrem Verbindungshaus zu helfen. Die Party würde er sich doch wegen dem Kummer einer *Langweilerin* nicht entgehen lassen und es spielte auch keine Rolle, dass er Studentenverbindungen normalerweise lächerlich fand.

Ich putzte mir die Nase, warf das Taschentuch zu den zwanzig anderen auf den Wohnzimmertisch und beschloss, dass damit jetzt Schluss sein musste. Es war eine Sache, sich einen ganzen Freitag lang Trashfilme anzusehen, aber heulen würde ich dabei nicht mehr. Auf keinen Fall. Ein Mindestmaß an Stolz sollte sich jedes Mädchen bewahren.

»Was ist denn hier passiert?«

Ich löste den Blick vom Fernseher und wünschte in der nächsten Sekunde, es nicht getan zu haben. Kol lehnte mit einer Schulter am Küchentürrahmen und hatte freie Sicht auf mich und mein Lager. Der Durchbruch zum Wohnzimmer umfasste beinah die ganze Wand, weshalb ihm nicht ein einziges benutztes Taschentuch verborgen blieb. Er tat auch nicht so, als würde er sie nicht sehen, sondern starrte verwirrt auf den Haufen.

»Ausgerechnet«, entgegnete ich mit einer Stimme, die genauso klang, wie mein Tag verlaufen war. Kratzig und als hätte ich über Stunden geweint. Ich fühlte mich auf der Stelle noch ein bisschen grauenhafter.

Kol war nicht der Typ, von dem man dabei ertappt werden wollte, in Herzschmerz zu zerfließen. Er war eher der Typ, der groß, dunkelhaarig und gut aussehend auf einen herabsah, während man selbst unter seinem Blick schrumpfte, sich auf der Couch zusammenrollte und ihn auf einen anderen Planeten wünschte. Dass ich meinen türkisfarbenen Jogginganzug anhatte, den Julien dauernd abwertend *den Flicken* nannte, weil ich zwei Löcher mit einem Aufnäher geschlossen hatte, machte diesen Wunsch nicht kleiner.

»Ausgerechnet, was?«, fragte er mit gehobenen Brauen.

Ausgerechnet der taktloseste Kerl in diesem Haus musste mich in angeschlagener Verfassung erwischen. Nein, Stopp. Der taktloseste Kerl hier war seit neustem ja Julien.

»Ich bin krank«, sagte ich, anstatt ihm eine Antwort zu liefern. Die einzige Ausrede, die mir spontan in den Sinn kam.

Er sah mich unverwandt an. Skeptisch. Als wartete er darauf, dass ich noch etwas hinzufügte, womit ich mich selbst der Lüge überführte. Oder als wäre er mit der Situation überfordert. Ja, tatsächlich sah er ein bisschen so aus wie *Hugh Grant* vorhin, als der nicht wusste, wie er auf *Julias* Worte reagieren sollte.

Als ich mir schon ernsthafte Sorgen darum machte, ob er seine Brauen für immer nach oben gezogen lassen wollte und fortan seine Stirn faltig blieb, stieß er sich vom Rahmen ab und ging zur Küchenzeile. Ich hörte die Besteckschublade auf- und zugleiten, bevor er den Gefrierschrank öffnete und einen zwei Liter Eimer *Ben & Jerrys* Eiscreme herausholte. Strawberry Cheesecake – meine Lieblingsorte. Er warf seine Schlüssel auf die Frühstückstheke und kam in den Wohnbereich, um neben meinen Füßen auf das Ende der Couch zu sinken – ohne mich um Erlaubnis zu bitten.

»Willst du darüber reden?«

Ich setzte mich aufrechter hin und zog die Knie an, damit meine Zehen seinen Oberschenkel nicht berührten. »Darüber, dass man in diesem Haus nie so etwas wie Privatsphäre genießt?«

»Nein, aber du siehst aus, als wäre dein Meerschweinchen gestorben.«

»Ich habe kein Meerschweinchen.«

Ein Lächeln blitzte in seinen Mundwinkeln auf, während er den Deckel vom Eiscremebehälter nahm. Ein Grübchen zuckte an seiner Wange, seine vollen Lippen dehnten sich und ...

Verdammt, nein, rief ich meinen Verstand wach. Ernsthaft, schon wieder? Er musste damit aufhören. Sofort. Ich war heute schwach, verletzlich und anfällig für die Aufmerksamkeit des männlichen Geschlechts. Für die Sehnsucht nach starken Armen, die mich festhielten. Und für sein Grinsen, das unterschwellig immer etwas verkommen wirkte. Noch so einen Moment wie heute Morgen wollte ich keinesfalls erleben, denn der seltsame Augenblick war Minuten später auf das Schlimmste abgestraft worden.

»Wenn dir nicht unbemerkt ein paar Brüste gewachsen sind und dein Name nicht plötzlich Willow lautet, wäre es mir lieber, du überlässt mir die Couch, isst dein Eis woanders und beachtest mich nicht weiter. Ich fühle mich nämlich erbärmlich, aber das können nur Menschen verstehen, die sich die Beine rasieren. Selbst, wenn ich es erkläre.«

»Würde es helfen, wenn ich sage, dass er ein Arschloch ist?«, wollte er wissen und steckte den Löffel ins Eis. So, als hätte ich ihn nicht gerade dazu aufgefordert, mich allein zu lassen.

Gott, war es so offensichtlich, dass ich wegen Julien litt? Ich hatte nicht mal eine Anspielung in die Richtung gemacht.

»Ich meine, ich kann mir auch die Beine rasieren, obwohl das extrem unsexy aussehen würde und dich dann noch mal fragen, ob du reden willst. Allerdings wäre es mir lieber, wir kriegen das so auf die Reihe und ich bräuchte mich nicht zu entmannen.«

Ich bezweifelte, dass so etwas wie eine Beinrasur ihn entmannen würde. Wie schon öfter bemerkt, fand ich, dass Kol von allem ein bisschen *too much* war. Auch *zu* männlich. Falls so was überhaupt ging. Aber er war groß, vermutlich eins neunzig, sportlich, mit breiten Schultern und auch seine scharf geschnittenen Gesichtszüge wirkten auf mich ziemlich maskulin. Nein, ich kam zu der Einsicht, dass er selbst mit rasierten Beinen noch ein ganzer Kerl sein würde.

»Du kannst es ja mal mit einer Beleidigung probieren«, sagte ich dennoch, um ihm entgegenzukommen.

»Ich wollte das schon immer mal laut sagen: Julien ist ein Arschloch«, kam es prompt von ihm, als hätte er tatsächlich darauf gewartet. Kol zwinkerte mir zu und ich konnte nichts dagegen unternehmen, dass ich sein Lächeln erwiderte. Nur kurz, die Haut auf meinen wund geweinten Wangen spannte nämlich gewaltig.

»Ein bisschen hat es geholfen«, gestand ich.

»Siehst du. Ich brauche keine Brüste, um dich aufzuheitern. Fehlende Körperteile mache ich mit Charme ... und manchmal mit anderem wett.«

Ich verzichtete, auf die doppeldeutige Äußerung einzugehen, und beobachtete ihn stattdessen dabei, wie er sich einen Löffel Eiscreme in den Mund schob. Zwischen die sinnlichen Lippen, die mich eben noch angegrinst hatten.

Vielleicht war es ja doch keine schlechte Idee, ihm zu erlauben, mir eine Weile Gesellschaft zu leisten. Falls Julien mich fragen würde, wie ich meinen Freitag verbracht hatte, konnte ich dann immerhin eine bessere Antwort geben als *allein auf der Couch*. Die Vorstellung, wie er pikiert das Gesicht verzog, weil ich damit seine Unterstellung, eine Langweilerin zu sein, bestätigte, verursachte Stiche in meinem Magen. Und Kol mochte Kol sein, aber er war auch ein Kerl und extrem attraktiv dazu. Er konnte optisch eindeutig mit Nippel-Audrey mithalten, spielte vielleicht sogar noch in einer höheren Liga. Wenn ich Julien sagte, dass ich den Freitag mit Kol abgehangen hatte, würde ihn das sicherlich fuchsen. Zumal Kolja und ich keine Freunde waren. Mitbewohner, ja. Aber wir unternahmen nie etwas zusammen. Dass sich unser *Abhängen* wohl nur auf einen Moment beschränken würde, weil er wahrscheinlich später etwas anderes vorhatte, brauchte ja keiner zu erfahren.

»Also, was gucken wir?« Kol wandte den Blick zum Fernseher, trat seine Sneakers von den Füßen und legte diese auf den Tisch.

»Notting Hill«, sagte ich leise. Weil ich das nicht so stehen lassen wollte, fügte ich an: »Aber eigentlich wollte ich gerade die DVD wechseln.«

Ich bemerkte, dass er die anderen DVDs auf dem Tisch ins Auge fasste. Den kleinen Stapel, den ich bereits angeschaut hatte und danach den großen, auf dem weitere Kitschfilme lagen. So schnell ruinierte man sich also den Ruf, eine unabhängige, starke Frau zu sein.

»Aber *Julia Roberts* ist scharf und wenn du sie jetzt gegen *Renée Zellweger* eintauschst, muss ich dich leider schlagen.«

Wieder dehnten sich meine Lippen zu einem Lächeln. Unwillkürlich. Ohne dass mein Gehirn sie bewusst dazu aufgefordert hatte. »Du musst das nicht tun.«

»Was? Dich schlagen? Da bin ich aber froh. Der einzige Ort, an dem ich je einer Frau den Hintern versohlt habe, ist nämlich das Schlafzimmer gewesen. Ich will das nicht unbedingt ändern.«

Ich lachte heiser, meine Stimme war noch immer belegt. »Ich meinte, du musst dich nicht zu mir setzen und mich aufmuntern. Mir geht es gut. Ich ...«

Er steckte den Löffel in die Eiscreme und hielt mir den Behälter hin. »Du brauchst mir nichts zu erklären, aber ich teile mein Eis mit dir. So was machen Mädchen doch, wenn sie zu Tode betrübt vor einem Berg Taschentücher auf der Couch liegen und sich *Hugh Grant* ansehen – sich mit Süßkram vollstopfen.«

»Das ist ein Klischee.«

»Und jedes Klischee beinhaltet Wahrheit.«

Ich verzog das Gesicht, bevor ich mich vorbeugte und ihm den Becher abnahm. Nicht, weil ich ein Klischee erfüllen wollte oder ernsthaft glaubte, dass Süßigkeiten gebrochene Herzen heilten. Aber der Blick, den er mir zuwarf, brachte etwas Essentielles in mir zum Schmelzen. Falls er diesen Effekt auch auf das Eis ausübte, war es sicherlich besser, das Zeug schnell zu vernichten.

»Er hat gesagt, unsere Beziehung wäre langweilig und er bräuchte eine Pause von mir«, offenbarte ich, bevor ich eine riesige Menge *Ben & Jerrys* auf den Löffel schaufelte und Probleme bekam, sie in den Mund zu schieben. Keine Ahnung, warum ich ihm das erzählte. Vielleicht, weil es sowieso rauskommen würde, dass Julien mich abserviert hatte. Möglicherweise erhoffte ich mir auch eine typische Kol-Bemerkung. Dass er sich zurücknahm und seltsam höflich war, ließ mich erahnen, was für ein jämmerliches Bild ich abgeben musste. Und damit war ich nicht einverstanden.

Er antwortete nichts, aber in seinem Blick spiegelte sich Belustigung wider.

»Du findest das komisch? Glaub mir, das ist es nicht. Es ist kränkend. Und er hat es nicht mal in nette Worte verpackt.«

»Ich finde es nicht komisch. Oder doch. Es ist erheiternd, dass sich ausgerechnet Julien über Langeweile beschwert, wo er ja so aufregend und ein Abenteurer ist.« Seine Augen blitzten auf und tatsächlich klang die Umschreibung der Sachlage aus seinem Mund ziemlich witzig. Julien war kein Abenteurer. Wenn er mich für langweilig hielt, war er es definitiv auch. Das hieß, bis Audrey irgendwelche Abenteuergelüste in ihm geweckt hatte.

»Ich denke, es liegt an einer anderen Frau. Er oder besser gesagt wir haben ein Mädchen kennengelernt. Sie ist ... Er ... steht auf sie.« Den letzten Satz brachte ich nur stockend über die Lippen und spürte dabei ein Brennen in der Brust. *Er steht auf sie* war die Untertreibung des Jahrhunderts. Immerhin tauschte er mich ohne mit der Wimper zu zucken gegen sie ein. Zweieinhalb Jahre gegen einen Flirt. Er hatte mir nicht mal die Chance gegeben, etwas an mir zu ändern.

Ich fuhr mit dem Löffel erneut in das Eis, aber Kol schnappte sich plötzlich den Behälter und klaute mir das Schaufelwerkzeug aus den Fingern. »Teilen, Novalie. Sonst hält er dich bald für langweilig *und* fett, und mit einer Sache hat er dann sogar recht.«

Ich versuchte, ihm mit einem Fuß in die Seite zu stoßen, aber er wehrte meinen Tritt mit einer geschickten Handbewegung ab.

»Und, wirst du etwas unternehmen?«, wollte er wissen.

Das war eine interessante Frage. Bisher hatte ich diese Möglichkeit nicht mal in Erwägung gezogen. Zu kämpfen. Nicht aufzugeben. Ich hatte mir keine Gedanken darüber gemacht, wie es weitergehen könnte. In erster Linie, weil ich sonst unweigerlich über das Thema nachdenken musste, ob Julien und ich weiterhin in dieser WG leben konnten. Und für solche Themen war es eindeutig zu früh. *Viel* zu früh. Vielleicht kam er ja von ganz allein zur Besinnung.

»Keine Ahnung. Ich weiß nicht mal, ob ich etwas unternehmen kann«, antwortete ich nach einer halben Minute.

»Die Frage ist doch, wie du das Ganze siehst. Hat er recht? Ist eure Beziehung langweilig? Falls ja und es fällt dir ein, woran es liegt, könntest du bestimmt etwas tun. Meine persönliche Meinung wäre allerdings, dass der Typ es nicht wert ist.«

Ich musterte ihn interessiert und fand die Situation mit einem Mal ziemlich abstrus. In welchem Paralleluniversum war ich gelandet, wenn mir Kolja-ich-nehme-das-Leben-nicht-so-ernst-Jerschow Beziehungsratschläge gab? Er war nicht in der Lage, eine *Beziehung* zu führen, die länger als zwei Tage andauerte. Dennoch traf seine Frage den Nagel auf den Kopf. Ich war nicht sicher, ob Julien nicht bis zu einem gewissen Punkt recht gehabt hatte. »Ich schätze, das hängt davon ab, was man unter Langeweile versteht. Ich mag Routine.«

»Routine – was für ein abtörnendes Wort«, meinte Kol.

»Was ist dagegen einzuwenden, wenn Dinge nach einem gewissen Muster ablaufen? Vertraute Strukturen bringen Sicherheit.« Ich dachte an die Donnerstage, an denen mich Julien immer in der Konditorei abgeholt hatte oder an unsere regelmäßigen James-Bond-DVD-Abende. Aber ich konnte nicht daran denken, ohne dass mir das Herz schwer wurde. All das hatte ich an unserer Beziehung geliebt. Wie konnte ich diese Dinge lieben und er sie langweilig finden?

»Ich hoffe, du redest nicht von Sex.«

»Nein, ich rede nicht von Sex, Kolja. Es gibt Menschen, die denken nicht den lieben langen Tag an das eine«, erinnerte ich ihn daran, dass er ein Problem mit seinen Hormonen hatte.

Er grinste und sah mich aufmerksam an. »Also war er für deine Begriffe gut?«

»Auf die Gefahr hin, dass du mich für verklemmt hältst, werde ich dir keine Antwort darauf geben, wie *es* für meine Begriffe war. Du würdest dieses intime Wissen sonst in unpassenden Momenten dafür nutzen, einen von uns in Verlegenheit zu bringen. Oder dich lächerlich machen.«

»Niemals«, hielt er dagegen, aber es klang, als würde er sagen: *Jederzeit.* »Ich kann mir die Frage aber auch selbst beantworten. Wenn ein Kerl zu einem Mädchen sagt, er wäre gelangweilt von ihr, meint er eigentlich, er ist gelangweilt davon, wie es im Bett läuft. Stimmt der Sex, stimmt der Rest.«

Ich wich seinem Blick aus, weil mir Juliens Worte noch gut im Gedächtnis lagen. Er hatte ganz deutlich gesagt, dass er der Meinung war, früher hätte es im Bett zwischen uns besser funktioniert. Insgeheim musste ich ihm sogar recht geben. Dadurch, dass wir die meiste Zeit in getrennten Zimmern schliefen, war Sex zu einer Wochenendangelegenheit geworden. Wir schliefen freitags miteinander und samstags. Wie ein Paar nach zwanzig Jahren Ehe. Vielleicht hätte ich mir ein Unterbrustmieder zulegen und Julien bei jeder Gelegenheit meine Nippel vor die Augen halten sollen, um mit Audreys Sexappeal mitzuhalten und ihn öfter ins Bett zu kriegen.

Das Thema war mir nicht ganz geheuer, also tat ich, als würde ich mich wieder auf den Film konzentrieren. Inzwischen lief aber schon der Abspann über den Fernseher.

»Jetzt haben wir das Happy End verpasst«, sagte Kol mit einem dramatischen Seufzen.

Ich grinste und diesmal spannte mein Gesicht schon viel weniger. Mir fiel auf, dass ich schon eine ganze Weile nicht mehr in ein Taschentuch geschnäuzt hatte. Er war nicht die schlechteste Gesellschaft, wie ich zugeben musste.

Kol übergab mir die Eiscreme, nahm die Füße vom Tisch und erhob sich schwungvoll, um die DVDs auf dem Tisch durchzusehen. »*Keira Knightley*.« Er äußerte das, als wäre ein Streifen mit ihr durchaus passabel, selbst wenn es sich um einen Schnulzenfilm handelte. Er hielt die Hülle hoch, um mich wissen zu lassen, dass er als nächstes *Abbitte* einlegen würde, doch auf dem Weg zum Recorder vibrierte sein Handy. »Das wird Weston sein. Er ist heute verdammt spät dran.«

Es betrübte mich, dass er das Telefon aus der Hose zog und das Gespräch annahm. Das erstickende Gefühl in meiner Brust hatte ein wenig nachgelassen, seit er nach Hause gekommen war. Mit Liebeskummer sollte man sich nicht allein auf dem Sofa zusammenkrümmen, sondern versuchen, ein bisschen Zerstreuung zu finden. Aber wenn Weston anrief, bedeutete das wahrscheinlich, dass die beiden verabredet waren. Vielleicht brauchten sie nicht mal etwas auszumachen, es schien ein ungeschriebenes Gesetz zu sein, dass sie freitagabends in irgendwelchen Bars abhingen. Allerdings würde ich dann wieder allein mit meinen Gedanken sein; und ob ich wollte oder nicht, kreisten die um Julien.

Ich stellte den Eiscremebehälter auf den Tisch und streckte die Beine auf der Couch aus, während Kol telefonierte. Es war witzig, ihm dabei zuzusehen. Seine Miene besaß einen interessanten Spielraum und obwohl sein Gesprächspartner ihn nicht sehen konnte, unterlegte er seine Antworten mit ausschweifenden Gesten. Eine Weile beobachtete ich ihn, und kam zu dem Entschluss, dass Männer nicht zum Telefonieren geboren waren. Groß und breitschultrig wie Kol war, sollte sich besser niemand in direkter Nähe von ihm aufhalten, wenn er einen Hörer am Ohr hatte. Man riskierte sonst womöglich, einen kräftigen Haken zu kassieren.

»Weston sagt, in Downtown hat irgendein neuer Club eröffnet. Was ist, Novalie, sind wir dabei?«, fragte er plötzlich an mich gewandt, obwohl er das Telefonat noch nicht beendet hatte.

Wir? Das klang, als ob er es von mir abhängig machen wollte, seinem Freund zuzusagen. So ganz erschloss sich mir diese Logik nicht, denn *wir* waren ja nicht mal richtig befreundet. Die Aussicht darauf, ihn und seinem Flügelmann Wes, den ich nur flüchtig kannte, in eine Bar oder einen Club zu begleiten, stimmte mich zudem nicht sonderlich euphorisch. Bestimmt waren sie ein ziemlich aktives Aufreißergespann und ich würde ihnen nur im Weg stehen. Da bevorzugte ich lieber mein Gedankenkarussell.

»Heute ertrage ich keine fröhlichen Menschen«, lautete deshalb meine Antwort. »Ich bleibe besser hier und sehe mir an, wie *James* und *Keira* dank *Vanessa Redgrave* nur ein Roman-Happy-End bekommen. Das passt zu meiner Verfassung.«

Kolja rieb sich das Kinn, auf dem schon wieder ein dunkler Schatten lag, obwohl er sich heute Morgen rasiert hatte. Er blickte mich durchdringend an und schien ein paar Sekunden lang nachdenken zu müssen. »Novalie hat keine Lust und da ich sie für akut selbstmordgefährdet halte, bleibe ich mit ihr daheim«, sagte er schließlich zu Weston.

Was? Einen Atemzug lang verschlug es mir die Sprache. Meinetwegen musste er nun wirklich nicht auf seine üblichen Streifzüge verzichten. Ich erinnerte mich an kein einziges Wochenende, seit Julien und ich vor einem Jahr eingezogen waren, das er zu Hause verbracht hatte. Ich wollte nicht, dass er sich in der Pflicht sah, meinen Babysitter zu spielen.

»Du musst wegen mir nicht hierbleiben«, erklärte ich, aber er überhörte mich einfach und beachtete mich nicht mehr, bis er sein Handy auf den Wohnzimmertisch legte.

»Doch, ich muss das«, widersprach er dann erst. »Ich würde von dir dasselbe erwarten, wenn ich depressiv auf dieser Couch herumlungern würde und sonst niemand hier wäre.«

»Ich bin nicht depressiv«, stieß ich unwillig aus, wobei ich mir nicht sicher war, wie sich depressiv sein überhaupt anfühlte.

»Nein, kein bisschen«, erwiderte er sarkastisch. Das amüsierte Zucken um seinen Mund sagte mir, dass ihm mein entsetzter Ton Vergnügen bereitete. »Wie dem auch sei, du hast mich jetzt an der Backe und ich verlange, unterhalten zu werden. Also wie wäre es, wenn du die Nummer vom Pizzaservice raussuchst und irgendetwas abartig Fettiges bestellst, während ich mich kurz um Dutch kümmere und unter die Dusche springe? Ich bin sicher, *Keira* und *James* haben nichts dagegen, wenn wir ihnen zu zweit beim Leiden zusehen.«

Ich bekam keine Chance, Widerworte zu geben, er wandte mir einfach die breite Fläche seines Rückens zu. Perplex beobachtete ich, wie er sich aus dem Zimmer entfernte und auf dem Flur verschwand.

Insgeheim wollte ich auch nicht protestieren. Meine Meinung, dass es Julien ärgern würde, wenn er erfuhr, dass Kol und ich vor dem Fernseher abgehangen hatten, hatte sich nicht geändert. Außerdem verspürte ich ein befremdliches und kurioses Prickeln in meinem Bauch, als ich darüber nachdachte, dass Julien auch allen Grund zur Eifersucht hatte. Kol sah toll aus und auch wenn zwischen uns nie etwas laufen würde, hatte er einfach diese Wirkung auf Frauen. Man genoss seine Aufmerksamkeit und ich war überzeugt, dass es mein Ego etwas aufrichten würde, wenn er sich für mich einen unterhaltsamen Bar-Abend und die Möglichkeit, ein Mädchen aufzureißen, entgehen ließ.

6. KAPITEL

Kol

»In Russland sagt man, Trinken wäre Sauferei, wenn man zuvor keinen Trinkspruch aufgesagt hat. Deshalb: Auf einen *langweiligen* Freitag in *langweiliger* Gesellschaft.« Ich lehnte mich mit dem Rücken gegen das Sitzpolster der Couch und stieß mein halb volles Wodkaglas gegen Novalies, die meinen flachen Witz mit einem müden Lächeln quittierte. Oder mit einem betrunkenen.

Nach einer Flasche Wein, die wir auf dem Fußboden zur Pizza geöffnet und während dieses unsäglichen Films geleert hatten, war ich so geistreich gewesen, vorzuschlagen, auf ein besseres Getränk umzusteigen. Ich mochte keinen Wein. Vor allem wusste ich aus eigener Erfahrung, dass sich ein beschissener Tag nicht ändern, durchaus aber mit den richtigen Mitteln erträglich trinken ließ. Novalie hatte ein paar Drinks nötig gehabt, die einen größeren Effekt hatten als Chardonnay.

»Ich hoffe, du hast von dir gesprochen, als du die langweilige Gesellschaft erwähnt hast. Ich gebe mir nämlich größte Mühe, unterhaltsam zu sein, dabei bist du der Aufmunterer. Solltest du dich nicht etwas mehr ins Zeug legen?« Novalie setzte vergnügt das drei fingerbreit gefüllte Glas an die Lippen und stürzte die klare Flüssigkeit hinunter. Es war ihr dritter Drink nach dem Wein.

Ich beobachtete, wie sich ihre Nase kräuselte und sie gab ein kleines ersticktes Husten von sich, bevor sie mit einer Hand über ihr Gesicht fuhr, um sich quasi die Züge zu glätten – schöne Züge. Feminine. Ihr Gesicht war weich gezeichnet, das wellige braune Haar rahmte es perfekt ein. Ich war schon immer der Meinung gewesen, dass Novalie gut aussah – sie war viel zu schade für einen Typ wie Julien. Allerdings hatte ihre Beziehung zu dem Mistkerl bisher im Weg gestanden, sie ausgiebiger zu betrachten. Zum Beispiel ihre gebogenen Lippen, auf denen noch ein winziger Tropfen Wodka hing, oder die Form ihrer dunkelblauen Augen. Sie waren leicht mandelförmig und hatten beinah schon absurd lange Wimpern. Julien musste ein Riesenidiot sein, wenn er Novalie durch ein Mädchen wie Audrey ersetzte. Novalie hatte Klasse. Sie war süß und witzig, stand mit beiden Beinen fest auf dem Boden. Außerdem besaß sie eine

Oberweite, die mich heute mehr als einmal vom Film abgelenkt hatte und die sich nicht mal durch diesen mörderisch weiten Hausanzug kaschieren ließ. Auch jetzt wagte ich einen Blick, bis ihr Unterarm plötzlich meinen berührte. Sie hatte sich die Ärmel ihres Sweaters nach oben gekrempelt; ihre helle Haut sah bezaubernd neben den bunten Tattoos auf meiner gebräunten aus. Sie fühlte sich warm und zart an. Ich fragte mich, ob ihre Haut überall warm und zart war. Zum Beispiel zwischen ihren schlanken Schenkeln.

Gott, ich war eindeutig betrunken. Schöne Frauen in Verbindung mit Alkohol kehrten immer das Schwein in mir hervor. Meine Gedanken durften keinesfalls weiter in diese gefährliche Richtung abschweifen, sonst würde ich wahrscheinlich bis in alle Ewigkeiten den Badezimmerputzdienst übernehmen. Obwohl ... Wie viele Wochen würde mir Will dafür aufbrummen, mich zu Novalie zu beugen und ihr diesen Tropfen von der Lippe zu lecken? Wahrscheinlich würde ich mir eine Backpfeife einfangen – damit konnte ich leben. Nur Putzen war absolut nicht mein Ding.

Ungeachtet meines bereits bedrohlichen Pegels, kippte ich den Inhalt meines Glases hinunter und bemühte mich, das Gesicht nicht mädchenhaft zu verziehen. Wodka schmeckte bei Zimmertemperatur scheußlich, aber in Russland war es so etwas wie die achte Todsünde, das Zeug mit Eis zu trinken. Als Sohn von Andrej Jerschow war mir noch vor dem Kindergarten eingebläut worden, dass man ein solches Verbrechen nicht beging.

»Leider heiße ich nicht Brodey, sonst hätte ich dich spontan zu einem Kurzurlaub eingeladen, um dich zu beschäftigen«, sagte ich in Anspielung auf Willows seltsamen Lover. »Aber ich kann für dich strippen, wenn du findest, dass ich meinen Job als Aufmunterer schlecht mache. Ich bin sicher, danach wärst du für immer von deinem Liebeskummer geheilt.«

»Der Kerl heißt Buck, nicht Brodey und mir fehlen noch ein paar Promille, um auf dein Angebot einzugehen.« Sie legte den Kopf schief und sah mich an, als würde sie überlegen, ob ihr wirklich noch ein paar Promille fehlten. Von oben bis unten und verheißungsvoller, als gut für mich war.

»Wenn das so ist, lass uns noch einen trinken.« Ich griff nach der Wodkaflasche, die neben mir stand und die wir schon zur Hälfte geleert hatten, und goss erst ihr und dann mir ein viertel Glas ein. Novalies Blick blieb währenddessen auf meinem Gesicht hängen und ich erkannte, dass sie meine Antwort lustig fand.

»Glaubst du, ich hätte für ihn strippen sollen?«, fragte sie, als ich die Flasche zuschraubte.

Nein, ich finde, dass du für mich strippen solltest. »Für wen?«

»Na, für Julien. Vielleicht hätte er sich nicht von mir getrennt, wenn ich hin und wieder einen Striptease hingelegt hätte.«

Okay, ich war nicht der Einzige, der hier angetrunken war. »Du hast nie für ihn gestrippt?«, wollte ich neugierig wissen.

»Nein.«

»Was für ein Pech für den Kerl.«

Sie nippte an ihrem Drink und nahm den Blick von mir. »Ich fürchte, ich war wirklich eine langweilige Freundin.«

»Hat er für dich gestrippt?«

»Nein. Er ist nicht gerade ein guter Tänzer.«

»Dann war er auch ein langweiliger Freund. Mach es wie er und such dir einfach einen anderen.« Ich zuckte mit den Schultern.

»Du bist nicht gerade feinfühlig.«

»Stimmt, aber dafür weiß ich, wie man aufregenden Sex hat«, antwortete ich und wartete darauf, dass ihre Wangen aufglühten. Es zauberte ihr jedes Mal einen rosa Hauch aufs Gesicht, wenn ich das Gespräch auf ein nicht salonfähiges Thema lenkte. Ein-, zweimal war das heute Abend bereits passiert.

»Wow, das war gemein«, entgegnete sie, bevor sie überraschend hinter sich langte und mir kurz darauf ein Sofakissen ins Gesicht schlug. »Du könntest deine Weisheiten ja teilen, anstatt dich über den Grund meiner Trennung lustig zu machen.«

Ihre schlagfertige Antwort kribbelte auf meinen Lippen. »Wenn du Tipps oder Nachhilfeunterricht willst, brauchst du nur zu fragen.«

»Würde ich. Nur glaube ich nicht, dass mir deine Ratschläge weiterhelfen können. Es ist leicht, sich für einen aufregenden Liebhaber zu halten, wenn man jedes Mal eine neue Frau im Bett hat, anstatt sich mehrmals derselben beweisen zu müssen. Ich brauche Tipps von jemandem, der weiß, wie man guten Sex ohne wechselnde Partner hat.«

Ha, aber ich war gemein, ja? »Ich hatte schon Beziehungen.«

»Schwer, sich das vorzustellen«, entgegnete sie todernst, doch ihr unschuldiges Lächeln milderte die Tatsache etwas ab, dass sie mich gerade quasi als männliche Schlampe bezeichnet hatte.

»Sandra Nielson. Sie war einen Jahrgang über mir auf der Highschool. Ich bin anderthalb Jahre mit ihr gegangen«, sagte ich, um sie aufzuklären.

»Highschoolbeziehungen zählen nicht.«

»Warum zählen die nicht? Sandra war heiß und es hat mich einiges an Anstrengung gekostet, sie bei der Stange zu halten. Das Mädchen hatte nymphomanische Züge.«

Novalie brach in Gelächter aus. Keine Ahnung, was sie so witzig fand, aber ihr Lachen war ansteckend. Sie rutschte in eine bequemere Position und lehnte den Kopf an meine Schulter, wo sie ihr Gesicht vor mir versteckte. Ihr Körper bebte und es dauerte eine geschlagene Minute, bis sie sich wieder beruhigt hatte und zu mir aufsah. »Du armer Kerl, das klingt, als hätte dir Sandra das Leben schwer gemacht.«

»Richtig schwer, wir wohnten beide noch zu Hause. Meine komplette Freizeit ging dafür drauf, uns beiden ein lauschiges Plätzchen zu suchen.«

»Ich hatte noch nie außerhalb des Schlafzimmers Sex«, gestand sie offen. Eine angeheiterte Novalie war offensichtlich eine redselige Novalie, die keine Hemmungen hatte, ein paar Details aus ihrem Privatleben auszuplaudern. Aus ihrem *sehr* privaten Leben.

»Ich wiederhole mich nur ungern, aber: Sei froh, dass du den Kerl los bist. Wenn er dir nicht mal ein aufregendes Abenteuer außerhalb des Schlafzimmers bieten kann, ist er ein Loser. Das sind doch genau die Dinge, mit denen man eine Beziehung lebendig hält, wenn man schon der Meinung ist, eine führen zu müssen.« Ich spülte den Wodka hinunter, bevor ich das Glas neben der Flasche abstellte.

»Autosex rettet also Beziehungen«, sagte sie mehr zu sich selbst als zu mir und hängte ein kleines ungläubiges Geräusch an.

Selbst in meinem benebelten Zustand registrierte ich, dass die Situation sonderbar war. Dass ich mit Novalie Watson, mit der ich seit über einem Jahr zusammenwohnte, auf dem Wohnzimmerboden saß und über Sex diskutierte, obwohl sich unsere Berührungspunkte normalerweise auf ein WG-gemeinschaftliches Minimum beschränkten, kam mir hochgradig merkwürdig vor. Durch mein Bewusstsein glitt außerdem der verschwommene Gedanke, dass es falsch war und ich mich auf dünnem Eis bewegte. Mädchen wie Novalie sollten nicht mit Kerlen wie mir abhängen oder ihnen vertrauen. Sie war nicht der Typ für eine schnelle Nummer und ich hatte heute Abend bereits ein paarmal an Sex mit ihr gedacht. Allerdings hätte ich bei der Behauptung lügen müssen, dass es mir nicht gefiel, wie sie den Kopf an mich lehnte oder dass der traurige Ausdruck in den letzten Stunden mehr und mehr aus ihrem Gesicht verschwunden war. Ihr Haar roch nach dem Wildkirschenshampoo, das auf der Ablage unter dem Spiegel im Badezimmer stand. Unwillkürlich zog ich meinen Arm zwischen uns weg, um ihn ihr über die Schultern zu legen und mit einer Strähne davon zu spielen.

»Vielleicht nicht unbedingt Autosex, aber der Nervenkitzel dabei, wenn es nicht immer konventionell abläuft«, sagte ich, meinen Mund viel zu nah an ihrer Schläfe. Ich sah, dass mein Atem eine Gänsehaut über ihren Nacken legte, und hielt für zwei Sekunden die Luft an. »Es gibt da zum Beispiel dieses Spiel, es heißt *Ten-Minutes*. Man spielt es mit seinem Partner oder dem Menschen, mit dem man häufiger Sex hat. Es braucht ein Codewort, das man zusammen aussucht, und wenn es einer der beiden Parteien sagt, hat man zehn Minuten Zeit, sich irgendwohin zurückzuziehen und es zu machen. Ganz egal, wo man sich gerade befindet.« Keine Ahnung, warum ich ihr ausgerechnet von dem Spiel erzählte, dass Audrey und ich im ersten Semerster erfunden hatten. Wahrscheinlich war das ziemlich arschig von mir. Novalie wusste nicht, dass ich das Mädchen kannte, auf das Julien neuerdings stand. Um ihr das zu erklären, hätte ich ihr ebenfalls erzählen müssen, dass ich Julien heute zusammen mit Audrey gesehen hatte und ich wollte nicht in frischen Wunden bohren. Oder es mir mit ihr verscherzen.

»Ein Codewort?«, fragte sie amüsiert.

»Ein Wort, das niemand Außenstehendes versteht.«

»Muss es versaut sein?«

Meine Mundwinkel zuckten und ich zog leicht an der Haarsträhne, die ich noch immer zwischen meinen Fingern zwirbelte. Sie hatte verdammt weiches Haar. Perfekt, um es sich um eine Faust zu wickeln und ihren Kopf in den Nacken zu zwingen. »Das wäre zu auffällig. Besser wäre ein neutrales Wort, das man nicht allzu häufig benutzt. Ansonsten würde das Spiel schnell anstrengend werden.«

Sie lachte und das Geräusch sank mir unerwartet heiß in den Magen, wo es für ein heftiges Knistern sorgte.

Mist. Wir sollten lieber das Thema wechseln und uns über etwas weniger Anmachendes unterhalten. Mit einem erstklassig hübschen Mädchen die Regeln für ein erotisches Spielchen zu erörtern, hatte eine Wirkung auf mich. In Kürze würde sich vermutlich der *unbändige Johnny* regen. Nur eine Frage der Zeit.

»Also eher etwas wie Apfelbaum?«, wollte Novalie wissen.

»Apfelbaum wäre schon ganz gut, aber ein Wort, das man beiläufig in einem Satz unterbringen kann, würde die Sache vereinfachen.«

»Macht Sinn«, stimmte sie zu und schmiegte sich in dem fälschlichen Gefühl von Sicherheit fester an mich. Als würde von mir keine Gefahr ausgehen oder als wäre es das Normalste auf der Welt, sich an einen potenten Mann zu kuscheln, während man sich über Sex unterhielt. Vielleicht spielte sie in Wahrheit aber auch gern mit dem Feuer. Was wusste ich schon über sie?

Ich nahm ihr den Drink aus der Hand, um mich zu beschäftigen und trank das Glas in zwei Zügen aus. Ich kniff die Augen zusammen und als ich sie wieder öffnete, hatte ich, ohne es zu wollen, den Blick auf Novalie gesenkt. Der fruchtige Geruch ihres braunen Haarschopfs lullte mich ein, während ich die verlockenden Rundungen unter dem Joggingsweater anstarrte. Ich erwischte mich bei der Frage, ob ich eine ihrer Brüste in meine Hand kriegen würde.

»Scheibenkleister«, meinte sie plötzlich und ich verstand nicht sofort, dass sie damit einen weiteren Begriff in den Raum warf.

»Was?«, fragte ich irritiert und kam mir mit einem Mal tierisch betrunken vor. Nicht bloß angezwitschert. Mit dem letzten Drink hatte ich mir definitiv einen zu viel hinter die Binde gekippt. Ich konnte praktisch fühlen, wie der Wodka die Hemmschwellen und Grenzen hinter meiner Stirn einriss.

»Scheibenkleister. Das Wort benutzt kaum jemand. Die meisten Leute fluchen derber«, erklärte sie.

»Oder Desaster«, murmelte ich, weil sich meine Lage damit treffend beschreiben ließ.

Novalie schaute auf. Ihr Blick war glasig, meiner verschwommen, dennoch verhakten sie sich einander. Ein Schwall Hitze löste sich aus meinem Magen und rauschte in meinen Kopf. Ich atmete tief ein und die Luft schmeckte plötzlich nach ihr.

»Damit würde man den langweiligen Sex mit mir wohl auf den Punkt bringen«, sagte sie leise. Und heiser. Sie klang wie vorhin, als ich nach Hause gekommen und sie wie ein Häufchen Elend auf der Couch vorgefunden hatte. Nur, dass diesmal nicht irgendwelche Tränen schuld waren.

Ich glaubte nicht eine Minute, dass es ein Desaster sein würde, mit ihr zu schlafen. Novalie war witzig und sexy. Gott, sie roch so bezaubernd. Mein Blick rutschte auf ihren Mund. Alles, woran ich noch denken konnte, war, meinen ganz fest auf ihre verführerischen Lippen zu pressen. Das Wohnzimmer war plötzlich klein wie ein Raubtierkäfig und das Reh war so dumm, sich an den hungrigen Wolf zu schmiegen.

»Mit Desaster, meine ich. Das Wort bringt es auf den Punkt«, fügte sie an.

»Desaster«, wiederholte ich wie in Trance flüsternd.

Novalie wandte den Oberkörper zu mir und beugte sich vor. Ich registrierte erst, dass sie dabei war, mein Verlangen nach einem Kuss zu stillen, als ich ihren Mund auf meinem fühlte. Mir fiel vor Schreck das leere Glas aus der Hand und ich hörte es über den Boden rollen. Aber ich war nicht in der Verfassung, danach zu greifen. Zu sehr war ich damit beschäftigt, den Drang zu kontrollieren, dieses Mädchen zu packen und es unter meinem Gewicht zu begraben.

7. KAPITEL

Novalie

Ich musste verrückt geworden sein. Übergeschnappt oder ich hatte einen Kurzschluss im Gehirn. Ich konnte nicht erklären, wie es dazu gekommen war, aber ich küsste Kol – mit vollem Körpereinsatz. Meine Lippen rieben sich an seinen, die warm und seidig waren, und meine Hand machte sich nahezu selbstständig auf die Reise, damit ich mich an seiner starken Brust abstützen konnte. Sein Mund schmeckte nach Wodka und nach etwas, von dem ich eindeutig sehr viel mehr haben wollte, weshalb ich die Finger in sein Shirt krallte und mich mit einer fließenden Bewegung auf seinen Schoß zog.

Wie ich bereits sagte: völlig verrückt.

Vielleicht hatte er irgendein Aphrodisiakum in die Wodkaflasche gemixt, das jetzt nach und nach seine Wirkung entfaltete. Oder es war, wie ich manchmal vermutetet hatte, einfach keinem weiblichen Geschöpf möglich, sich nicht von ihm angezogen zu fühlen, weil ein völlig natürliches und körpereigenes Antörn-Elexier durch seine Blutbahnen floss. Bisher war ich immun gewesen, von meinen Gefühlen für Julien geimpft, aber jetzt – frisch verletzt – war ich seiner Anziehungskraft schutzlos ausgeliefert. Dass ein attraktiver Kerl seine Schulter zum Ausweinen anbot, hätte auf viele Frauen eine sinnliche Wirkung gehabt. Selbst auf ein kluges Mädchen wie mich. Da war dieser Moment gewesen, während wir uns ansahen, der alle Lichter in meinem Verstand ausgeknipst hatte.

Ich schlang die Arme um seinen Hals und atmete insgeheim auf, als ich seine Hände auf meinen Hüften spürte und er meinen Kuss erwiderte. Er streckte die Beine aus, damit ich es auf seinen unnachgiebigen Schenkeln bequemer hatte und ein paar Sekunden lang kam es mir vor, als würden wir nur aus Lippen bestehen, die versuchten, den jeweils anderen zu verschlingen.

V.E.R.R.Ü.C.K.T.

»Du hättest mir sagen können, dass du anstatt Tipps lieber Nachhilfe willst«, sagte er atemlos, als ich mit meinem Mund über seine raue Wange glitt und die Hände in sein kurzes, leicht lockiges Haar schob.

»Mach es nicht kaputt«, entgegnete ich nah an seinem Ohr und befürchtete kurzzeitig, aus diesem köstlichen Rausch zu erwachen.

Ich wollte nicht zu mir kommen. Wenn ich erst anfing, nachzudenken, würde mich mein Kopf davon abhalten, weiterzumachen und dafür fühlten sich sein trainierter Körper und fordernder Mund viel zu gut für mich an.

Ich lehnte mich mit meinem Gewicht gegen ihn, rieb mein Gesicht an seinem. Spürte sein Grinsen an meinem Hals und sein Stöhnen auf meiner Haut, als ich mit den Zähnen nach seinem Ohrläppchen schnappte.

»Werde ich nicht, wenn du versprichst, mein Ohr heil zu lassen.«

Kol ließ seine Hände von meinen Hüften rutschen und strich mein Oberteil hoch. Seine Finger auf meinem nackten Rücken hinterließen ein Prickeln, wie ich es noch nie gefühlt hatte. Vielleicht musste man für dieses Empfinden genug Wodka intus haben oder ich war schlicht und einfach bisher mit den falschen Männern im Bett gewesen. Er schob eine Hand hinten in meine Hosen und entlockte mir ein kleines unanständiges Geräusch, während ich ihn dazu brachte, seine Aufmerksamkeit auf meine Augen zu richten.

Herrgott, ich war betrunken und er war es auch. Und ich war mindestens genauso erregt. Ich hielt seinen Blick fest und beobachtete das lustvolle Schimmern in seinen geweiteten Pupillen, während seine Finger tiefer glitten und über meinen Po strichen. Intuitiv richtete ich mich auf die Knie auf und zwang seinen Kopf in den Nacken, bevor ich mich mit beiden Händen hinter ihm auf der Sitzfläche der Couch abstützte und meinen Mund wieder hart auf seinen drückte.

Die Situation war heiß, die Luft aufgeladen. Wie in direkter Nähe eines glühenden Feuers. Ich schmolz regelrecht vor Verlangen dahin.

Kol zog mich zurück auf seinen Schoß und drängte seine Erektion an mich. Trotz des Stoffs meiner Hose und seiner Jeans konnte ich fühlen, wie hart und prall sein Glied war. Ich bewegte die Hüften ein wenig, rieb meine Scham an der Ausbuchtung, was uns beide in unserem Kuss aufstöhnen ließ.

Jeder Quadratzentimeter meiner Haut kribbelte, während ich uns mit meinen Beckenbewegungen einheizte und innerlich nach mehr lechzte. Mehr von seinem Mund, mehr von seinen Berührungen, mehr von der Hitze, die sein Körper ausstrahlte. Wild entschlossen, dieses Mehr von ihm einzufordern, stieß ich mich ab, richtete den Oberkörper auf und fasste an den Saum meines Sweatshirts. Himmel, dieses Teil war so dermaßen unsexy, dass ich es unbedingt loswerden musste.

»Scheiße«, flüsterte er mit belegter Stimme, als ich mir das Oberteil über den Kopf zog und beiseitewarf.

»Das ist kein Wort, das ein Mädchen in einer solchen Situation hören will, Kol«, ärgerte ich ihn, obwohl ich wusste, wie die Bemerkung gemeint war. Das erregte Zittern in seiner Stimme ließ keine Optionen offen: Ihm gefiel mein weißer Spitzen-BH und das, was ich darin verpackte.

Ein halbes Lächeln schlich sich in seine Mundwinkel und explodierte in meinem Bauch wie ein Feuerwerk. Er strich mit seinen großen Handflächen über meinen Körper. »Ich meine, *scheiße*, bist du ein Prachtexemplar.«

Prachtexemplar. Das sexy Kompliment beförderte meine Lippen zurück auf seinen sexy Mund. Ich schob sein T-Shirt hoch, weil er für meinen Geschmack noch viel zu viel anhatte, spürte die festen Muskeln seines Körpers unter meinen Fingern. Ich hätte ihm ebenfalls Honig um den Mund schmieren können, mir fielen zwanzig Begriffe ein, die ausdrückten, für welches *Prachtexemplar* ich ihn hielt. Für ein heißes Sahneschnittchen zum Beispiel. Aber es war wohl besser, die Ausdrücke für mich zu behalten, schließlich besaß Kolja bereits ein Ego, das so groß war wie die Amerikanischen Staaten. Ich wollte nicht riskieren, darüber nachzudenken, dass ich mit solchen Männern normalerweise nicht ins Bett ging. Ich ging überhaupt nicht mit fremden Typen ins Bett, aber streng genommen befanden wir uns ja auch auf dem Teppich.

Er half mir, sich das Shirt abzustreifen, und für ein paar Sekunden erlaubte ich mir, das Kraftpaket von einem Körper anzuschmachten. Es war nicht das erste Mal, dass ich ihn ohne T-Shirt sah, aber das erste Mal, dass ich ihn ansehen *und* anfassen durfte. Seine Arme waren überall mit abstrakten, bunten Tattoos geschmückt, von denen sich eins bis über die rechte Schulter schlängelte. Mit gespreizten Fingern fuhr ich über seine breite Brust und die harten Wölbungen an seinem Bauch und beobachtete, wie dabei seine Muskeln unter meinen Fingern bebten. Ich konnte nicht widerstehen, mit den Lippen eine blassrosa Linie nachzuzeichnen, die ich zuvor mit dem Daumennagel über seinen perfekten Körper zog. Er hielt den Atem an und presste sich mit dem Rücken gegen das Sofa.

Bevor ich den Kopf wieder hob, spürte ich, wie er um mich fasste und einhändig den Verschluss meines BHs öffnete. Mit forschen Händen streifte er mir die Träger über die Schultern. Eine Sekunde später landete das Unterwäschestück irgendwo hinter der Couch.

Ich liebte das Keuchen, das seinem Mund entschlüpfte. Es war wie eine Sturmböe, die mein kürzlich niedergetrampeltes Ego aufrichtete. Balsam für mein wundes Herz. Sein Blick setzte meine Haut unter Strom, meine Nippel zogen sich unter seiner Begutachtung noch fester zusammen. Wie gebannt beobachtete ich, wie sich seine Lippen öffneten, er durch den Mund atmete, während er meine Brüste anfasste. Er legte eine Hand auf eine der beiden, fuhr die sensible Unterseite entlang und hob sie an.

Dieser Moment war so sinnlich und sexy, dass sich in meiner Kehle ein Stöhnen formte. Es brach hinaus, als er mit dem Daumen über die harte Brustspitze rieb und sie dann zwischen den Fingern zwirbelte.

»Ich stehe auf deine Brüste. Ich kann es nicht erwarten, sie mit meinem Schwanz bekannt zu machen.«

Gott, das war irgendwie obszön. Und scharf. Heiße Funken stoben durch meinen Unterleib. Ich zog ihn an den Haaren nah an mein Gesicht, um ihn zu küssen, und Kol ließ es ein paar Sekunden lang zu. Er legte einen Arm um meine Mitte, drückte meinen nackten Oberkörper an seinen und stand ohne Vorwarnung mit mir auf. Als würde ich keine siebenundfünfzig Kilo auf die Waage bringen. Mir war ein bisschen schwindlig, als er mich auf meinen Füßen abstellte und meine Hose am Bund packte und sie über meine Schenkel zog. Während ich meine Hände zum Knopf seiner Jeans brachte, holte er ein in Folie eingeschweißtes Kondom aus einer der vorderen Taschen.

Okay, der Kerl machte keine halben Sachen. Nicht, dass ich auf Hälfte der Strecke anhalten wollte, mir fehlte bloß die Erfahrung, die Situation als selbstverständlich zu betrachten. Bevor ich anfangen konnte, nervös zu werden, hob er mein Kinn an und stoppte meine Gedanken mit seinem Mund. Er küsste mich so tief und verlangend, dass sich der leichte Schwindel hinter meiner Stirn zu einer ausgewachsenen Orientierungsstörung ausdehnte, ich nicht mehr wusste, wo unten und oben war. Ich schaffte es noch, den Reißverschluss seiner Jeans zu öffnen, bevor er mich bestimmend auf das Sofa hinabdrückte. Ich fiel mit dem Rücken gegen die Lehne und zog ihn beim Versuch, mich an ihm festzuhalten, mit mir. Er fing sich zu meinem Glück mit den Händen an der Couch ab – vielleicht hätte es mich ein paar Rippen gekostet, wenn seine ... was? Neunzig Kilo Muskeln mich eingedrückt hätten – und bedeckte meinen Hals mit Küssen.

Großer Gott. Woher wusste er bloß, dass ich unterhalb des Ohrs total sensibel war? Ich hatte keine Skizze auf meinen Körper gemalt, um die Stellen aufzuzeigen, die er verwöhnen musste, um mich ganz heiß zu machen. Aber er fand sie, als wären sie ihm nur allzu bekannt und er leckte und saugte an ihnen, bis aus meinem Atmen ein Japsen wurde. Ich strich mit den Fingern über seine Brust bis zu seinem Nabel und folgte dann dem Pfad feinster Härchen weiter nach unten. Seine Jeans war ein Stück hinabgerutscht und es brauchte nicht viel, um sie ihm bis zu den Knien zu ziehen.

Kol richtete sich auf. Mein Blick war leicht trüb, ich merkte die Drinks in meinem Kopf, aber ich war noch klar genug, um zu erkennen, dass die Ausbuchtung in den schwarzen Shorts vor mir ausgesprochen ... groß war. Allerdings war er ja von allem ein bisschen *too much*, deshalb versetzte mich der Anblick nur ganz kurz in Erstaunen. Ich wollte ihn anfassen, musste mich dafür etwas vorlehnen, aber Kol drückte mich wieder zurück und schob sich dann die Boxershorts von den Hüften. Ziemlich selbstbewusst streifte er sie zusammen mit den Jeans ab und stieg dann aus den Hosenbeinen. Vom Wodka leicht in seiner Koordination beeinträchtigt, wurde er seine Socken los, bevor er seine eins neunzig streckte.

Zugegeben, für eine Millisekunde bekam ich Angst. Himmel, jedes Mädchen, das zum ersten Mal einen entblößten Penis in Übergröße sah, hätte einmal kräftig geschluckt. Mir war absolut bewusst, dass ich ihm völlig ungeniert zwischen die Beine starrte, als ich mich bei dem Gedanken erwischte, dass ich wahrscheinlich den besten Sex meines Lebens bekommen würde, wenn er nur ein kleines bisschen mit diesem *Ding* umgehen konnte.

Kol griff nach meinem linken Bein. Zuerst war mir nicht klar, was er vorhatte, ich war viel zu beschäftigt damit, seine harten Zentimeter zu bewundern und den Umfang abzuschätzen, bis ich begriff, dass ich jetzt offensichtlich an der Reihe war. Er zog mir die an meinen Unterschenkeln zusammengeraffte Jogginghose aus, dann meine Socken und während der letzte davon zu Boden segelte, verstärkte er den Griff um mein Fußgelenk. Ich wusste überhaupt nicht, was genau passierte, aber beim nächsten Atemzug spürte ich seinen Penis an meiner Sohle.

Okay, das war der Augenblick, der endgültig klarmachte, dass ich in Sachen Sex keinen besonders weiten Horizont hatte. Bislang war ich mit keinem Kerl zusammen gewesen, der meine Füße mit ins Liebesspiel einbezog. Aber hier stand er, Mr-neunzig-Kilo-Perfektion und presste meinen Fuß gegen seine steinharte Erektion. Langsam rieb er ihn an seinem Schaft. Ich war fassungslos darüber, dass sein Körperteil nicht viel kleiner als das meine war. Wenn man die Zehen außer Acht ließ ... Ich krümmte sie, was Kol scharf einatmen ließ und sah zu, wie sich der Größenunterschied minimierte.

Grundgütiger. Sein Blick glitt zu meinen Brüsten, während sich meine Zehen eigenständig dazu entschlossen, ihn zu massieren. Bewusst konnte ich sie nicht dazu aufgefordert haben, denn ich hatte keine Ahnung, wie man es einem Typen mit den Zehen machte. Sein leises Aufstöhnen sagte mir jedoch, dass der Druck, den ich ausübte, und das Strecken und Einrollen ein gutes Empfinden auslösten.

Herrgott, sein Penis war verdammt steif und ich glaubte zu sehen, dass er unter meiner Liebkosung noch anschwoll. Experimentierfreudig nahm ich den zweiten Fuß hoch und er ließ mein Gelenk los, um mir vollen Spielraum zu gewähren. Ein paar Sekunden lang benutzte ich alle zehn Zehen, doch dann umfasste er meine Waden und drückte meine Beine hinunter.

»Das sind nicht die Freunde, die er sich heute machen will«, sagte Kol mit rauer Stimme. Er setzte ein Knie neben meinem Schenkel auf das Polster, beugte sich zu mir und küsste meine Lippen. Mit den Zähnen hielt er die untere fest, während er über mich stieg und meine Beine mit seinen zusammenpresste.

Ich war wie erschlagen von seiner Präsenz. Sein Mund nahm mich völlig in Beschlag. Ich legte meine Hände auf seinen angespannten und unverschämt knackigen Hintern und blinzelte benommen, als er den schnellen Kuss beendete. Ich musste zu ihm hochschauen, weil er den Oberkörper leicht aufrichtete und plötzlich verstand ich, was er mit seinem letzten Satz gemeint hatte. Sein Penis berührte meine Brüste. Härte traf auf Weichheit. Er hatte von unseren Körperteilen in der dritten Person gesprochen. Mann, er musste mindestens so betrunken sein wie ich.

»Verstehe, er wählt Freunde sorgsam aus«, hörte ich mich lächerlicherweise sagen.

Kol fuhr mir mit zwei Fingern über meine Wange, bevor er sie über meinen Hals wandern ließ und schließlich mit der Hand nach seiner Erektion langte. Wir blickten beide auf sie hinab und sahen zu, wie er mit der Kuppe über meine harten Nippel strich. Erst über den linken, dann über den rechten. Es bot sich ein unerlaubt schmutziges Bild, das überall in mir ein Kribbeln auslöste. »Ja, er ist sehr wählerisch, aber in diese beiden hat er sich spontan ein bisschen verliebt.«

Ich wollte ein Lachen ausstoßen, weil dieses Gespräch skurril war, allerdings verfing es sich vor Überraschung in meiner Kehle, als er seinen Penis losließ und mit beiden Händen meine Brüste zusammendrückte, um sein viel zu groß ausgefallenes Gottesgeschenk dazwischen zu schieben. Ich konnte fühlen, dass er noch immer das Folienrechteck in den Fingern hielt.

Er bewegte die Hüften und ich grub instinktiv meine Fingernägel in seinen Hintern. Wie schweinisch, er hatte Sex mit meinem Busen. Ich wusste, dass meine Brüste auf die meisten Männer eine anziehende Wirkung hatten, ich fand ja selbst, sie waren ziemlich gelungen. Aber bisher war niemand auf die Idee gekommen, sich auf diese Weise an ihnen Lust zu verschaffen. Ich blickte fasziniert auf die Spitze seines Glieds, die zwischen ihnen auftauchte, wenn er seinen Körper nah an mich drängte und verschwand, sobald er sich wieder zurücknahm. Mir wurde heiß im Gesicht und auch der Rest meines Körpers glühte noch intensiver.

Als ich zu seinem Gesicht aufsah, stellte ich fest, dass er meins beobachtete. Seine Augen glitzerten vor Erregung und bei Gott ... dieser Anblick verwandelte mich in ein Stück Butter, das in der Sonne schmolz.

Kol ließ meine Brüste los. Er nahm meinen Kopf zwischen seine Hände, senkte die Lippen erneut auf meine. Dabei zog er mich mit sich, als er sich auf die Couch fallen ließ.

Das Gefühl von seiner heißen Brust direkt an meiner ließ mein Herz trommeln. Ich lag auf ihm, meine Schenkel auf seinen, unsere intimen Körperstellen waren nur noch durch mein dünnes Höschen getrennt. Mit einer Hand hielt er meinen Kopf fest, während wir knutschten, mit der anderen glitt er meine Seite entlang, um sie dann zwischen uns zu meinem Bauch und in mein Höschen zu schieben.

Ich hatte nicht bemerkt, wie feucht ich geworden war. Mir wurde es erst bewusst, als er anfing, mich zwischen den Beinen zu streicheln. Ich keuchte gegen seine Lippen, wollte mich zurückziehen und nach Luft schnappen, aber ich hatte keine Chance gegen seinen unnachgiebigen Griff. Er küsste und küsste mich, rieb seine Finger über meine pochende sensibelste Stelle, bis sich unerträgliche Lust in meinen Lenden aufbaute und ich begann, mich auf ihm zu winden.

Kol zog die Hand aus meinem Slip und mit einer einzigen Bewegung streifte er mir das Höschen vom Hintern. Als er seine Hand von meinem Kopf nahm und ihn freigab, stemmte ich mich hoch, strampelte mir den Slip von den Beinen und setzte mich auf seine Oberschenkel.

Mein Atem ging schnell und so wie sich sein kräftiger Brustkorb anhob und senkte, atmete auch er ganz schön hektisch. Unsere Blicke verwoben sich, während er mir das Kondom hinhielt und ein winziges Lächeln über seinen Mund tanzte.

Tief in mir drin vibrierte Verlangen. In meinen Ohren rauschte es. Ich biss mir auf die Unterlippe, als ich ihm die Folie abnahm und sie aufriss. Meine Finger zitterten, weil ich so verdammt heiß auf ihn war und auch ein bisschen vor Nervosität. Ein elektrisierender Schauer lief über meine Wirbelsäule und ich senkte den Blick auf die auf seinem Bauch liegende Erektion. Kol stützte sich auf einen Ellenbogen und half mir mit einer Hand, das ausgepackte Kondom über sein mächtiges Glied zu rollen. Einen Wimpernschlag lang stellte ich mir allen Ernstes die Frage, ob das Teil überhaupt passen würde, doch meine Befürchtungen lösten sich in Rauch auf, als es komplett abgerollt war. Es passte. Gerade so.

»Komm her«, flüsterte er und ergriff meine Hand. Als würde er mich auf einem Ball auf die Tanzfläche bitten, zog er mich vorsichtig auf sich hinab. Ich rutschte auf seinen Schenkeln höher, bis ich ihn zwischen meinen Beinen spürte. Er streichelte meine Brüste und meinen Bauch und versuchte, mich mit seinem Blick aufzufressen.

In meiner Körpermitte saß ein glühender Feuerball. Ich fühlte mich in eine Million Partikel reinste Lust zersetzt und hob mein Becken an, während er seinen Penis in Position brachte. Er war Kavalier genug, um es mir zu überlassen, zu entscheiden, wann ich bereit für ihn war. Ich stützte mich auf seinem Körper ab und sank voller Ehrfurcht vor seiner Größe langsam auf ihn hinab. Mit sanften Fingern fuhr er mir über die Innenseite des rechten Schenkels und lenkte mich ein wenig von dem Druck in meinem Inneren ab.

Himmel, füllte er mich aus. Mit jedem Zentimeter, den er weiter in mir verschwand, kam ich mir ausgefüllter vor. Ich stieß keuchend den Atem aus. Die heiße, köstliche Reibung in meinem Innersten verschlang mich mit Haut und Haar.

»Sei nicht so schüchtern, Novalie«, sagte Kol und da war etwas so Liebevolles in seiner Stimme, dass mein Herzschlag stolperte. Nicht, als wollte er mich aufziehen, sondern mir tatsächlich meine Hemmungen nehmen. Nur hatte ich die schon mit den teuflischen Drinks weggespült.

»Ich bin nicht schüchtern. Ich versuche nur, mich an deine Größe zu gewöhnen«, erklärte ich.

Das ließ ihn leise auflachen.

Mistkerl.

Er war tiefer in mir, als jemals jemand zuvor. Probehalber bewegte ich mich auf ihm, kreiste das Becken und hob meinen Po ein Stück an, um ihn dann wieder in mich gleiten zu lassen. Rein und raus. Wie er mich dehnte, ließ sich nicht in Worten beschreiben. Ich stöhnte unterdrückt.

Kol legte eine Hand auf meine Hüfte und unterstützte meine Bewegungen. Wir kamen in einen Rhythmus, der nicht schnell und nicht langsam war. Ich schloss die Augen, weil die Intensität seines Blicks zu viel war und ich mich ganz auf die Gefühle in meinem Körper konzentrieren wollte.

Es war gut. Wirklich gut. Jedes Mal wenn ich mich auf ihn hinabstieß, prickelten all meine Nervenenden. Er drängte seine Hüften gegen mich, im perfekten Einklang mit mir und ließ sich zurück auf das Sofa sinken, um die zweite Hand an meine Taille zu legen.

Unsere Geräusche füllten den Raum. Unser keuchender Atem. Heiße Haut, die auf heiße Haut traf.

Ich ergab mich dem Verlangen nach seinem starken, sexy Männerkörper und ließ es geschehen, als er mich plötzlich festhielt. Kol stieß sich von unten in mich hinein. Kraftvoll, tief, schneller werdend. Ich rutschte mit den Händen über seinen Bauch, machte mich länger und beugte mich vor, bis sein Atem über mein Gesicht glitt. Wir küssten uns, dann rieb er sein raues Kinn an meiner Wange, während Kol mich um den Verstand vögelte. Ich war oben, aber er hatte die volle Kontrolle; seine Hüften und Beine arbeiteten unermüdlich, seine Arme umschlangen mich fest. Er versetzte mir ein paar harte, kurze Stöße und ich wimmerte meinen Wunsch nach Erlösung hinaus. Doch er hielt mich auf der Schwelle zum Höhepunkt fest. Bremste sich immer dann, wenn ich ganz kurz davorstand, zu kommen. Und er hatte Ausdauer. Ich war mir vollends bewusst, dass ich ihn noch einen Tag später spüren würde.

Gierig leckte ich an seinem Hals, seine Haut schmeckte salzig. Meine Nippel an seiner Brust und ... du liebe Zeit, es war nicht zum Aushalten. Ich schob bestimmend seine Hände von meinen Hüften, um das Regime an mich zu reißen. Ich nahm ihn mit schnellen, harten Stößen, unter denen sich mein Unterleib zusammenzog, sich meine Innenwände an seinen Schwanz schmiegten und sich der Feuerball in meiner Mitte ausdehnte. Ich bebte vor Erregung, konnte nicht mehr richtig atmen und drückte mich noch energischer auf ihn hinab, um endlich über die Klippe zu stürzen. Ich wollte geschubst werden. Jetzt. Die Wölfin in mir, die sonst nur präsent war, wenn sie etwas zu Knurren hatte, winselte demütig.

Kol bemerkte meine Sehnsucht, spürte wohl meine Bemühungen und kam mir zu Hilfe. Er strich über meine Haut, hinterließ Spuren aus Feuer und als er einen Daumen auf meine Klitoris drückte, ihn hin und her bewegte, kratzte ich ihm über den Bauch. Der zu einem Monster angewachsene Feuerball in meinem Leib explodierte.

E.X.P.L.O.D.I.E.R.T.E.

Die Funken stoben auseinander, alles in mir zog sich um sein stoßendes Glied zusammen. Der Höhepunkt nahm mich gefangen. Ich wusste nicht, wer in dieser Sekunde lauter war. Auf jeden Fall stöhnten wir beide wie die Darsteller in einem unanständigen Film eines Pay-TV-Senders.

Kol legte seine Hände auf meine Schenkel und zwang mich, mich weiter auf ihm zu bewegen, obwohl ich noch nicht wieder am Boden angekommen war und kleine Sternchen vor mir herumkreisen sah. Ich war erschöpft, fertig, wir mussten das hier umgehend zu Ende bringen. Ansonsten würde ich ihn nicht auch noch am nächsten Tag, sondern eine Woche lang spüren. Mit letzter Energie trieb ich meinen Körper noch mal zu Höchstleistungen an, drückte ihm die Knie in die Seiten und erhöhte das Tempo, bis ich ein Beben fühlte, das durch seinen Körper jagte. Er wurde noch ein kleines bisschen größer in mir, reizte Punkte in meinem Inneren, die dafür sorgten, dass ich mich auch noch mal aufbäumte. Er kam tief in mir und ich machte solidarisch das Spiel ein zweites Mal mit.

Eine Hand landete in meinem Nacken, Kol zog mich auf seine verschwitzte Brust. Er presste seine Lippen auf meine, stieß seine Zunge in mich und küsste mich im gleichen Stakkato, wie er sich in mich pumpte. Bis der Rausch vorüber war, unser Zittern nachließ und das Blut etwas abkühlte.

Ich hörte meinen eigenen Herzschlag in meinem Kopf widerhallen und in meinen Venen pulsieren. Unfähig, mich zu bewegen, weil es an ihn geschmiegt so gemütlich war und ich den Moment noch ausnutzen wollte, seufzte ich an seiner stoppeligen Wange. Er drehte sich unter mir weg, sodass ich von ihm hinunterglitt, doch er holte mich sofort wieder nah an sich ran und legte einen Arm über meine Seite. Ich konnte spüren, wie er mit meinen Haaren spielte und wagte einen Blick in sein Gesicht.

Er hatte einen entspannten Ausdruck aufgesetzt und sah anders aus, als der Kolja, den ich kannte. Sexy und zur selben Zeit ungewohnt süß. Als hätte sich ein heißer Kerl als Junge von nebenan verkleidet. Sein kurzes Haar war zerzaust, sein Lächeln merkwürdig weich und zufrieden, vielleicht intimer, seine Augen einen Ton dunkler. Er sah mich an und aus irgendeinem Grund stieg meine Temperatur wieder an.

»Auf einer Langeweile-Skala von eins bis zehn, war das ... null. Nein, Bullshit. Minus fünf, wollte ich sagen. Keinesfalls ein *Desaster*«, meinte er und die Grübchen auf seinen Wangen vertieften sich.

Seine Worte bewirkten etwas in mir. Die müden Muskeln in meinem Körper spannten sich ungewollt an. Irgendwo hinter dem angenehmen Nebelschleier in meinem Kopf schrillte eine Alarmglocke los. Ich versuchte alles, um sie zu ignorieren, da innere Alarmglocken nie etwas Gutes verhießen. Doch sie wurden lauter und lauter, bis sich ein schlimmer Satz in meinem Hinterkopf formte.

Ich habe Julien betrogen.

Etwas an diesem Gedanken war falsch. Ich registrierte sofort, dass er nicht stimmte, aber es dauerte ein paar Herzschläge lang, bis mir einfiel, dass sich Julien von mir getrennt hatte. Es war aus, ich war ein freier Mensch. Ich konnte schlafen, mit wem ich wollte.

Beinah hätte ich erleichtert durchgeatmet. Allerdings kam mir dieses Vorhaben während des Luftholens ebenso falsch vor wie der Gedanke vorhin, weshalb ich kurz den Atem anhielt.

Ich konnte nicht schlafen, mit wem ich wollte. Was redete ich mir da ein? Ich hatte nicht vor, mich mit unserer Trennung abzufinden. Oder? Wir waren seit zweieinhalb Jahren ein Paar und ich liebte ihn. Zumindest hatte ich ihn gestern noch geliebt. Jetzt war ich nur durcheinander. Die Tatsache, dass ich mit Kol – meinem Mitbewohner – Sex gehabt hatte, legte sich mir wie ein kalter Hauch in den Nacken.

Oh mein Gott.

Er und ... ich. Das ging nicht. Verdammt, ich war nicht mal überzeugt davon, ihn wirklich zu mögen. Dazu war er zu anstrengend, zu sehr von sich eingenommen und viel zu sprunghaft.

Kolja eben.

Plötzlich fühle sich sein Arm auf mir schrecklich schwer an. Erdrückend. Ich schob ihn von mir, rückte von ihm weg und weitete meine Augen.

»Nein, Novalie. Du wirst jetzt nicht in Panik ausbrechen«, sagte er, wahrscheinlich, weil er die Veränderung in meinem Blick bemerkte.

Zu spät. Meine Kehle wurde eng und mein Herz zog sich zusammen.

»Wir haben nichts Schlimmes getan. Wir sind zwei erwachsene, ungebundene Menschen, die Sex hatten. Da ist nichts Verwerfliches dran.«

»Das ist nicht verwerflich?«, fragte ich ungläubig.

Also ich empfand es als ziemlich verwerflich, dass ich nicht mal vierundzwanzig Stunden lang frei und ungebunden gewesen war, bevor ich mich auf Sex mit einem anderen Kerl eingelassen hatte. Es war doppelmoralisch, Julien Interesse an Audrey vorzuwerfen und im nächsten Moment nicht schnell genug die eigenen Klamotten loswerden zu können.

Ich drehte mich auf den Rücken und legte die Hände auf mein Gesicht, um mir über die Augen zu reiben. Mein Kopf war ein einziges Chaos. Ich war unentschlossen, ob ich ein schlechtes Gewissen haben musste oder mich einfach nur schämen sollte. Es war schwer, die letzten Stunden zu bedauern, wenn man sich bis in den hintersten Winkel völlig befriedigt fühlte. Allerdings war es nicht nur die frische Trennung von Julien, die mir leichte Zweifel einflößte, sondern auch der Gedanke daran, mit wem ich hier nackt auf der Couch lag. Der peinliche Morgen danach, von dem nach One-Night-Stands alle erzählten, würde bei uns eine peinliche Woche danach werden. Oder ein peinlicher Monat. Wir wohnten schließlich zusammen. Wahrscheinlich wählte man deshalb für eine Nacht ohne Verpflichtungen normalerweise einen Fremden aus.

Ich setzte mich hin und nahm die Füße vom Sofa. Kol machte hinter mir ein Geräusch, das einem frustrierten Seufzen ähnelte. Er richtete sich ebenfalls auf, einer seiner Ellenbogen streifte meinen Rücken und im nächsten Moment warf er das benutzte, zugeknotete Kondom auf den Fußboden.

Heiliger Strohsack. Wir befanden uns im Wohnzimmer. Einem Gemeinschaftsraum in unserer WG. Jede Sekunde konnte jemand zur Tür hereingeschneit kommen und uns in dieser eindeutigen Lage vorfinden. Vielleicht kam Willow aus irgendwelchen Gründen mitten in der Nacht von ihrem Kurztrip zurück oder Davis verbrachte die Nacht zu Hause, weil er mit Jacky gestritten hatte. Manchmal passierte das. Oder ... nein. An die dritte Möglichkeit wollte ich nicht mal denken.

Kol rutschte dicht an mich heran. Ich konnte die Wärme seines Körpers spüren, die mir ein trügerisches Gefühl von Geborgenheit einpflanzte. Mit Fingerspitzen hob er mein Haar zur Seite und drückte seinen Mund auf meine Schulter. Der Kontrast zwischen seinen seidenweichen Lippen und seinem unrasierten Gesicht sandte mir eine Gänsehaut über den Körper. Es wäre ein Leichtes gewesen, die Augen zu schließen, mich zurückzulehnen und das Durcheinander in meiner Brust noch eine Weile ein Durcheinander sein zu lassen. Seine Nähe und seine Berührungen fühlten sich einfach atemberaubend an.

Aber ich wollte die Sache nicht noch komplizierter machen. Deshalb brachte ich all meine Willenskraft auf und erhob mich auf die nackten Füße.

»Du weißt, dass du gerade an meinem Selbstbewusstsein kratzt? Ich sage dir, dass ich die Nummer großartig fand und du vermittelst den Eindruck, als könntest du gar nicht schnell genug von mir verschwinden. Ungeheuerlich, Novalie.« Er klang amüsiert. Nicht so, als würde er sich ehrlich entrüsten.

Ich traute mich nicht, mich zu ihm umzudrehen. Wenn ich ihn anblickte, würde ich einen überdurchschnittlich heißen und bunt tätowierten Mann vor mir sehen. Einen sexy Kerl mit einem *too-much*-Schwanz, der es mir gerade auf wunderbare Weise besorgt hatte. Ich war sicher, dass ich das nicht verkraften konnte, ohne erneut auf dumme Ideen zu kommen.

Gott, die nächsten Wochen werden ein Albtraum.

Ich bemühte mich, meine Gedanken nicht in die Richtung abdriften zu lassen, in der sie darum kreisen würden, dass ich jetzt nicht nur mit meinem Ex, den ich noch liebte, unter einem Dach wohnen musste, sondern auch mit dem hübschen Womanizer, mit dem ich mich getröstet hatte.

Ich fing an, mein Zeug vom Boden aufzusammeln, und kam mir tierisch bescheuert vor, weil ich dafür das halbe Zimmer absuchen musste. Ausgerechnet mein Höschen lag hinter der Couch und ich spürte Kols Blick auf mir, während ich nackt herumstolperte und verlegen nach meinen Sachen griff.

Als ich nicht mehr völlig entblößt im Raum stand, sondern Slip und Sweatshirt übergestreift hatte, nahm ich all meinen Mut zusammen und wandte mich ihm zu.

Er hatte sich inzwischen hingesetzt und die Füße auf den Boden gestellt. Seine starken Arme ruhten auf seinen Oberschenkeln und ich vermied es, den Blick dorthin zu senken, wo sein göttlicher Penis sein musste. Ich blinzelte, weil mir das Wort *göttlich* in meinem Kopf im Zusammenhang mit seinem Schwanz die Röte in die Wangen trieb und war heilfroh, dass man Gedanken nicht hören konnte.

»Können wir ...«, setzte ich an, ohne genau zu wissen, was ich eigentlich sagen wollte.

»Was? Keine große Sache daraus machen? Die letzte Nacht vergessen?«, vollende er den Satz für mich.

Ich nickte zögerlich. »Es wäre gut, wenn das zwischen uns bleiben könnte.«

Kols Mundwinkel zuckten. Er verzog das Gesicht, nahm die Unterarme von seinen Beinen und zeigte auf den *Giganten*. »Er ist nicht darüber erfreut, dass deine beiden Schönheiten ihm so schnell die Freundschaft kündigen.«

»Ich bin sicher, er hat bereits genügend *Freundinnen*, entgegnete ich und kam zu der Auffassung, dass wir beide noch nicht wieder nüchtern waren.

»Keine, mit denen er sich so prächtig versteht.«

Das war definitiv mein Zeichen. Unter keinen Umständen würde ich weiterhin so tun, als hätten sein Penis und meine Brüste ein eigenes Leben.

»Ich gehe jetzt lieber ins Bett. Gute Nacht«, sagte ich und drückte meine restlichen Anziehsachen an mich.

»Novalie«, hielt er mich auf, als ich schon bei der Tür zum Flur angelangt war.

Ich blickte über eine Schulter zurück.

»Meinetwegen kann der Abend unser *schmutziges*, kleines Geheimnis bleiben.«

Betonte er das Wort *schmutzig* mit Absicht? Er sollte solche Begriffe besser nicht mehr in meiner Gegenwart fallen lassen, denn sie stellten etwas in meinem Bauch an. Ein heißes Ziehen wand sich durch meinen Unterleib und ich bemerkte, dass ich recht behalten hatte. Ich würde morgen und den Rest der Wochen die Nachwirkungen dieser Nacht spüren können. In jedem Muskel und ganz besonders zwischen den Schenkeln.

Bevor mir noch einer meiner Gedanken über die Lippen rutschte, trat ich hinaus auf den Flur. Eine Etage Abstand zu *Mr-göttlicher-Schwanz* würde mir guttun und wenn ich allein war, konnte ich mein Chaos sortieren. Oder versuchen, den Mantel des Vergessenes auszubreiten, was mir im Augenblick jedoch unmöglich erschien. Ich wollte die letzten Stunden nicht aus meinem Gedächtnis streichen, denn sie gehörten zu den besten, die ich in einundzwanzig Jahren erlebt hatte. Auch wenn sie sich nie, niemals wiederholen durften.

8. KAPITEL

Novalie

Es war Mittag, als ich mich – wie es mir vorkam – in Einzelteilen zur Bettkante schob und meine bleischweren Beine über den Rand hievte. Mein Kopf tat weh und mein Kreislauf stand sicher kurz vor dem Stillstand. Der pelzige Geschmack auf meiner Zunge erweckte den Eindruck, ein Tier wäre in meinem Mund gestorben. Zusammengefasst ließ sich sagen: Ich würde in meinem ganzen Leben keinen Wodka mehr trinken. Das Zeug war nur für harte Russen bestimmt. Für Leute wie Kolja, die einen Kater irgendwie besser wegsteckten.

Ich raufte mir die Haare aus dem Gesicht, die sich aus dem Zopf verirrt hatten, den ich mir gestern Abend noch gebunden hatte, und versuchte, mehrmals tief durchzuatmen, um meinen kurz vor dem Krepieren stehenden Körper zu beleben. Es half nichts, vielleicht musste ich erst ein paar Schritte gehen. Dass es nicht die beste Idee war, mich zu erheben, registrierte ich, als ich die Knie durchgestreckt hatte und sich mein Zimmer wie ein Karussell drehte. Außerdem brannte das Tageslicht in meinen Augen.

Okay, immer langsam mit den jungen Pferden. Ich blinzelte und wagte es, einen Fuß vor den anderen zu setzen. Um ehrlich zu sein, war mir mein Zustand nicht unwillkommen, mein Leiden würde mich garantiert noch eine Weile beschäftigen und verhindern, dass mich mein schlechtes Gewissen umbrachte. Irgendwann letzte Nacht war ich zu der Erkenntnis gekommen, dass es richtig wäre, mich wegen meines One-Night-Stands mit Kol schlecht zu fühlen. Aber ich fühlte mich nicht richtig schlecht, und das fand ich schrecklich. Allerdings konnte ich mich im Augenblick um keinen Preis mit ihnen befassen. Ich musste mich erst mal ins Badezimmer schleppen.

Auf dem Weg zur Tür nahm ich Unterwäsche und meinen Bademantel aus dem Kleiderschrank. Ich schob das Fenster ein Stück nach oben, damit frische Luft hereinströmen konnte und verließ dann mit vorsichtigen Schritten mein Zimmer. Die erste Etage lag gespenstisch still vor mir. Julien war ein Frühaufsteher, er wurde immer vor mir wach und dass ich ihn nicht in seinem Schlafzimmer herumwerkeln hörte, weckte ein vertrautes Stechen in meiner Brust.

Lächerlich, Novalie. Du hast ganz sicher keinen Grund, eifersüchtig zu sein, nach dem, was du dir gestern geleistet hast.

Paradoxerweise war ich es dennoch. Er hatte die Nacht also bei Audrey verbracht. Ein beklemmendes Gefühl machte sich in mir breit, was mein geschundener Körper kaum aushielt. Mein Magen rebellierte, indem er sich einmal umzudrehen versuchte.

Mit einem Herz, das mindestens fünfzig Pfund wiegen musste, ging ich zur Treppe und stieg die Stufen hinunter, dabei ließ ich eine Hand sicherheitshalber über das Geländer gleiten. Allzeit bereit, mich festzuhalten, falls meine Beine nachgeben sollten.

Der Geruch von Kaffee wehte mir aus der Küche entgegen. Für einen irrwitzigen Moment wurde meine Brust etwas leichter, weil Hoffnung aufkeimte, dass Julien ihn aufgesetzt hatte. Er war der Einzige in diesem Haus, der die Padmaschine nicht benutzte. Vielleicht hatte er ja doch hier geschlafen. Aber als ich durch den Türrahmen trat, sah ich Kol an der Anrichte stehen – mit nichts als einer knappen Boxerbriefs bekleidet. Selbst halbtot sorgte sein Anblick für eine Hitzewelle, die meinen Körper erfasste. Vor letzter Nacht hatte er definitiv keinen so heftigen Effekt auf mich gehabt.

»Guten Morgen, ihr drei Hübschen. Ihr seht etwas mitgenommen aus«, begrüßte er mich zu meiner Verlegenheit.

Ich vergewisserte mich mit einem Blick, dass ich noch mein Sweatshirt trug und nicht versehentlich nackt die Treppe heruntergekommen war. Das war nicht der Fall, weshalb ich die Augen verdrehte. Super, würde er etwa bis in alle Zeit mit meinen Möpsen reden? Ich hoffte inständig, nicht.

»Mir fehlen die russischen Gene, um das hochprozentige Zeug schnell zu verarbeiten. Wie schön, dass du schon wach bist«, entgegnete ich und betonte besonders das *mir*, das darauf hinwies, wie sehr ich es vorzog, in Einzahl von mir zu sprechen. »Ich fühle mich grauenhaft.«

»Ich habe mich auch grauenhaft gefühlt, aber inzwischen wirkt das Aspirin.« Er griff hinter sich und warf mir ein Röhrchen mit Tabletten zu, das ich nicht auffangen konnte, ohne die Wäsche auf meinem Arm loszulassen. Der Bademantel fiel mir aus den Händen und beim Versuch, ihn instinktiv vor dem Boden zu retten, landete das Aspirin gleich daneben.

»Damit wäre klar, dass du dich nicht als Baseballspieler eignest«, meinte Kol grinsend.

»Also aus der Traum von einer Profikarriere.« Ich bückte mich seufzend nach meiner Wäsche und bemerkte im Augenwinkel, dass er sich von der Anrichte abstieß und zu mir kam, um das rollende Tablettenröhrchen mit einem Fuß aufzuhalten. Er griff danach und hielt es mir hin.

»Ich habe zwar schon geduscht, aber würde eine Einladung nicht ausschlagen, falls du vorhast, eine auszusprechen.«

Moment mal, was?

»Hör auf damit«, sagte ich und nahm ihm das Aspirin aus der Hand, schwer konzentriert, meinen Blick nicht an ihm festkleben zu lassen. Er stand so verführerisch nah, dass ich mit einer winzigen Bewegung, seinen trainierten Oberkörper berühren könnte. »Wir waren uns doch einig, dass ...«

»Nein, waren wir nicht. Ich war einverstanden, ein schmutziges Geheimnis zu hüten. Aber ich habe nicht zugestimmt, die letzte Nacht nicht mehr zu erwähnen«, unterbrach er mich, bevor ich meinen Satz zu Ende führen konnte.

Wunderbar. Er wollte es mir also unbedingt schwer machen. Ich murmelte etwas Unverständliches, über das ich mir selbst nicht so recht im Klaren war, und beschloss, auf Nummer sicher zu gehen und schnellstens im Badezimmer zu verschwinden. Wer wusste schon, was übertriebener Wodkakonsum für Spätfolgen hatte. Ich wollte nicht Gefahr laufen, doch noch überraschend ein gefährliches Angebot auszusprechen, das mit Wasser, ihm und mir zu tun hatte, bloß, weil sein halb nackter Anblick am Ende die Erinnerung an letzte Nacht auffrischte.

Ich schloss die Tür hinter mir, drehte den Schlüssel zweimal herum und legte mein Zeug auf dem Regal mit den Handtüchern ab. Unser grau gefliestes Badezimmer war groß, es gab zwei Waschbecken, eine Wanne und eine Dusche. Ich spielte kurz mit dem Gedanken, mir ein Bad einzulassen, verwarf aber die Idee, da ich vielleicht in der Wanne einschlafen und dann ertrinken würde. Nachdem ich mir die Zähne geputzt und zwei Aspirin eingeworfen hatte, stieg ich unter den hart eingestellten Strahl der Dusche und spürte, wie ich mit jeder Sekunde mehr von einem Zombie zum Mensch wurde.

Zwanzig Minuten später stieß ich mit einem auf dem Kopf zum Turban drapierten Handtuch und fest zugeknotetem Bademantel zu Kolja in die Küche. Er saß an der Frühstückstheke und hatte sein Tablet vor sich liegen, wahrscheinlich um die Onlinenachrichten zu checken.

Ich ging zur Küchenzeile und holte mir einen Kaffee.

Es wäre sicherlich klüger gewesen, mit meiner Tasse zurück nach oben zu gehen. Allerdings machte ich mir Sorgen, dass er all die Kommentare, die ihm wahrscheinlich noch auf der Zunge lagen, dann loswerden würde, wenn wir nicht allein waren. Deswegen trug ich meinen Kaffee zur Theke und nahm gegenüber von ihm auf einem Hocker Platz. Auf diese Weise verbarg das Holz der Platte einen Teil seiner ansehnlichen Muskeln.

Ich machte mir Gedanken darüber, was ich sagen wollte, ließ den Blick dabei in den Wohnraum gleiten und stellte fest, dass er aufgeräumt war. Keine Pizzakartons, keine leeren Gläser. Mich dafür zu bedanken, dass er das übernommen hatte, kam mir albern vor, deshalb richtete ich meine Aufmerksamkeit wieder auf ihn.

»Ich gebe dir zwei Minuten, falls du noch irgendwas über letzte Nacht sagen willst.« Ich schlug die Beine übereinander, was in meinen Oberschenkeln zog. Nachdem es meinem Kopf besser ging, fühlte sich mein Körper noch etwas gequälter an.

Kol legte das Tablet aus der Hand, sah auf und ein belustigtes Schimmern erhellte seine hübschen Augen. Er hatte sich noch nicht rasiert, der dunkle Bartschatten war zu harten Stoppeln geworden. Ich erwischte mich bei der Vorstellung, wie sich seine rauen Wangen wohl an den Innenseiten meiner wunden Schenkel anfühlen würden und presste die Beine dabei fester zusammen. Er hatte einen echt schönen Mund, vielleicht hätte ich mich gestern Abend von ihm lecken lassen sollen.

Novalie!

»Äußerst großzügig, aber wenn du mir zehn gewährst, könnte ich dich dazu bringen, meinen Namen zu stöhnen. Über Sex reden ist doch nur was für Langweiler.«

Ich räusperte mich, weil mir plötzlich ein Frosch im Hals saß. »Das wird nicht passieren.«

»Dass du mir zehn Minuten gewährst oder du in der Zeit meinen Namen stöhnst? Ich versichere dir nämlich, dass du das würdest. Vielleicht reichen auch schon sieben.«

Ich glaubte, dass er keine fünf brauchen würde, obwohl ich mich nicht daran erinnerte, letzte Nacht seinen Namen gestöhnt zu haben. Dafür hatte er mir Geräusche entlockt, die ich noch nie zuvor gemacht hatte.

Wir blickten uns an, auf seinen Lippen lag ein Lächeln. Eins, das die Grübchen um seinen Mund und in seinen Wangen aufblitzen ließ. Wie konnte ein Kerl gleichermaßen männlich und jungenhaft sein? Mich irritierte das. Und noch mehr irritierte mich, dass mir das über ein Jahr nicht aufgefallen war. Er war immer nur *too-much*-Kolja gewesen, der chaotische, alberne und vorlaute Schönling. Kein Mann, der ein merkwürdiges Kribbeln in meinem Bauch verursachte. Ich wollte auch nicht, dass da irgendwas kribbelte. Ich musste erst mal darüber nachdenken, was ich mit Julien anstellen sollte, ob ich um ihn kämpfen wollte, obwohl das nach vergangener Nacht wahrscheinlich ekelhaft heuchlerisch sein würde.

Kol streckte sich über die Theke und schnippte mit zwei Fingern gegen meinen Unterarm. Keine Ahnung, was er damit bezweckte. Vielleicht wollte er mich einfach nur ärgern.

Ich nahm einen Schluck Kaffee, wobei er mich beobachtete. Es war ein bisschen unangenehm, dass er mich nicht aus den Augen ließ und ich verschluckte mich leicht, konnte aber einen Hustenanfall unterdrücken.

»Mache ich dich neuerdings nervös, Novalie?«, fragte er scheinheilig, als ich die Tasse abstellte. Mit *neuerdings* meinte er wohl *seit letzter Nacht*.

»Nein«, log ich.

»Du machst mich aber ein wenig nervös.«

Ich schenkte ihm ein schwaches Lächeln. Nichts und niemand machte Kolja Jerschow nervös, schon gar keine Frau. Mit dem weiblichen Geschlecht anzubändeln, war sein Spiel. »Sagst du das allen Mädchen, mit denen du geschlafen hast?«

»Nein, nur denen, mit denen ich es noch mal tun will.«

Kleine Funken stoben mir prickelnd über den Rücken. Ich würde es kein zweites Mal dazu kommen lassen, aber es war eine Wohltat, zu hören, dass ich *ihn* von einem weiteren Stelldichein überzeugen könnte. Er war nicht bekannt dafür, sich mehrmals auf dieselbe Frau einzulassen, weshalb mich sein Geständnis befremdlicherweise mit so etwas wie Stolz erfüllte. Meinem Selbstwertgefühl tat dieser Mann jedenfalls gut.

Ich vernahm ein Geräusch aus dem Flur. Ein Schlüssel wurde ins Haustürschloss geschoben, dann herumgedreht. Schritte folgten, bevor die Tür recht laut wieder zufiel und nur zwei Sekunden später betrat Julien die Küche. Er sah mich kurz an, vermied Blickkontakt und wandte sich dann sofort an Kol.

»Hey.«

»Hey«, erwiderte Kolja. Allerdings in einem Tonfall, der sich verdammt nach *Ich habe dein Mädchen gefickt* anhörte. »Lange Nacht gehabt, *Jules*?«

Jules? Gott, ging es noch offensichtlicher? Wann hatte er Julien je mit einem Spitznamen angesprochen? Zumal es aus seinem Mund höchstens wie ein spitzer Seitenhieb klang. Mein Puls wurde unruhig. Hoffentlich war ich nicht gerade in einen Riesenalbtraum geschlittert. Der Ex und der Tröster in ein und demselben Raum wie ich. Großartig.

Julien schlurfte zum Kühlschrank und sah wirklich so aus, als hätte er eine lange Nacht gehabt. Er trug noch dasselbe wie gestern Morgen und über seine Jeans schien ein Drink gekippt worden zu sein. Oder mehrere. Er holte sich eine Flasche Orangensaft aus dem Kühlschrank und schraubte den Verschluss auf. »Ja, lange Nacht.«

»Warst du auf der Verbindungsparty?«, fragte ich und biss mir auf die Innenseite der Wange. Es ging mich nichts an, wo er gewesen war und ich wollte auch nicht, dass er glaubte, ich hätte mich die ganze Nacht mit diesen Gedanken beschäftigt. Außerdem kannte ich die Antwort längst. Natürlich war er mit Audrey zusammen gewesen.

Julien richtete den Blick in mein Gesicht. Und Halleluja, da war es ja; mein schlechtes Gewissen. Ich war also doch kein abgrundtief unmoralischer Mensch. Es kam mir vor, als wäre mir in die Stirn eingebrannt worden, dass Kol und ich letzte Nacht ein paar WG-Regeln gebrochen hatten. Zum Beispiel die Sache mit dem Flirten unter Mitbewohnern oder das Verbot von Sex in allen Gemeinschaftsräumen. Meine Wangen wurden heiß und meine Luftröhre schob sich zusammen. *Er war bei Audrey gewesen*, redete ich mir in Gedanken ein. Er war also keinen Deut besser als ich. Er hatte diese *Pause* gewollt, sie mir aufgezwungen und klargemacht, dass es okay war, wenn wir uns mit anderen trafen. Wir waren getrennt. Dennoch fühlte es sich so an, als hätte ich etwas Unrechtes getan. Die Tatsache, dass es sich für ihn nicht genauso unrecht anfühlte, die Nacht über weggeblieben zu sein, schnitt mir wie eine Klinge ins Herz. Es tat weh. Gefühle verschwanden nicht innerhalb weniger Stunden.

»Novalie«, sagte er leise und seine Stimme hatte einen beinah zärtlichen Hauch. »Ich glaube, es ist besser, wenn wir nicht darüber reden.«

Der Druck in meiner Brust raubte mir den Atem. Seine ausweichende Antwort beinhaltete alle Details. Er wollte mir nicht noch mal wehtun, indem er mir unter die Nase rieb, dass er in Audreys Bett geschlafen hatte. Alles andere hätte ich verkraftet, das wusste Julien.

Wow, er war also tatsächlich so schamlos gewesen, dieses Miststück zu vögeln. Direkt nachdem er mir den Laufpass gegeben hatte.

»Ich dachte, die Leute von der technischen Fakultät wären zu cool für die Verbindungspartys an unserer. Aber dass ihr für ein bisschen Spaß zu haben seid, hat mir Novalie gestern schon bewiesen. Wir haben auch einen draufgemacht und jede Menge neue *Freundschaften* geschlossen«, warf Kol – spöttisch – in den Raum.

Mist, Mist, Mist. Hatte er den Verstand verloren? Er musste dringend die Klappe halten. Ich ließ meinen Blick von Julien zu ihm gleiten und sah ihn eindringlich an. Was war in ihn gefahren? Er brauchte sich nicht wie ein Blödmann aufzuführen.

Kol zog eine Braue hoch und zuckte gleichgültig mit den Schultern.

»Tja, da hattest du wohl sehr lang einen falschen Eindruck von den Leuten an der Technischen«, meinte Julien.

»Scheint so. Dich zum Beispiel habe ich immer für einen Spießer gehalten, aber offensichtlich bist du obendrein auch eine Arschgeige.«

Julien schlug verstört die Stirn in Falten. Wahrscheinlich fragte er sich, warum Kol ihm heute Mittag dermaßen feindselig gesonnen war. Die beiden waren nicht die dicksten Freunde, aber für meine Begriffe hatten wir uns in dieser WG bisher alle gut verstanden. Nun ja, die Betonung lag wohl auf *bisher*.

»Hat dir heute Morgen jemand Schlechte-Laune-Pillen zum Frühstück gegeben, Kolja?«, wollte Julien wissen. Zum Glück war er niemand, der sich leicht provozieren ließ.

Ich tippte Kol unter der Theke mit dem Fuß gegen sein Schienbein. Es war sehr edel, dass er Partei für mich ergriff, indem er meinen Ex eine Arschgeige nannte. Vorausgesetzt, das war sein Beweggrund. Aber ich wollte auf keinen Fall, dass die beiden wegen mir aneinandergerieten.

»Nein, ich will nur sicherstellen, dass dir klar ist, wer von euch eine neue Bleibe suchen muss, falls ihr jetzt anfangt, in diesem Haus Unfrieden zu stiften.«

»Ich glaube nicht, dass das nötig sein wird, Kol«, mischte ich mich ein. Ein Teil von mir war froh, dass die Entscheidung im Ernstfall zu meinen Gunsten ausfallen würde, falls jemals das Thema *räumliche Trennung* auftauchen würde. Aber ein anderer Teil ärgerte sich darüber, dass er Julien auf solche Gedanken brachte. Es stand doch überhaupt nicht fest, dass unsere Beziehung für alle Zeiten beendet war. Es gab noch eine winzige Chance, dass wir uns noch mal zusammenrauften und die wollte ich mir nicht kaputtmachen lassen.

Julien erwiderte nichts. Was sollte er auch sagen? Er nahm einen

Schluck Orangensaft – direkt aus der Flasche – und senkte den Blick auf den Boden.

Die Stimmung war ungemütlich. Warum auch immer wirkte Kol ziemlich angepisst, seine Züge waren hart und seine Schultern verkrampft. Die Luft war zum Schneiden dick.

Ich versuchte, mir nicht anmerken zu lassen, dass ich ebenfalls bis in die Haarspitzen angespannt war und trank zügig meinen Kaffee aus. Vielleicht war es das Beste, sich aus dem Staub zu machen, bevor Kol auf die Idee kam, noch eine blöde Anspielung auf letzte Nacht fallen zu lassen. Außerdem konnte es nicht schaden, sich bei Julien ein bisschen rar zu machen. Er wusste jetzt, dass ich den Abend nicht allein und zu Tode betrübt zu Hause verbracht hatte und vielleicht weckte das ja am Ende neues Interesse an mir.

Er war mit Audrey im Bett, erinnerte mich eine gemeine Stimme in meinem Hinterkopf, die für meine Würde eintrat.

Auf das Interesse von einem Kerl, der mich auf hundsgemeine Weise abserviert hatte, um gleich darauf ein anderes Mädchen zu vögeln, sollte ich vielleicht dankend verzichten. Aber so einfach war das nicht. Gefühle verschwanden nicht von heute auf morgen und meine Weste war ja auch nicht sauber. Ich musste dringend in Ruhe nachdenken.

Ich rutschte von meinem Hocker. Das Aspirin hatte meine Kopfschmerzen vertrieben, aber mir lag noch immer ein flaues Gefühl im Magen. Kol verzog den Mund zu einem halben Lächeln, als ich ihm einen Blick zuwarf, bevor ich mich abwandte. Mein Herz begann daraufhin hektischer zu schlagen.

Ich würde das restliche Wochenende in Sicherheit auf meinem Zimmer verbringen und jedem männlichen Wesen in diesem Haus aus dem Weg gehen. Mein Dad hatte kurz vor seinem Tod angefangen, ein neues Onlinegame zu kreieren, an dem ich seit Jahren immer mal wieder arbeitete, um es fertigzustellen. Normalerweise machten sich an einem gescheiten Spiel mehrere Programmierer zu schaffen, aber ich hatte irgendwann beschlossenen, das Ding allein durchzuziehen und mir nur Hilfe bei der Erstellung der Grafiken gesucht. Heute schien mir ein guter Zeitpunkt, neue Energie in das Projekt zu stecken. Außerdem brauchte man zum Programmieren nichts weiter als seinen Verstand und ein paar Stunden Ablenkung von den Millionen Gefühlen in meiner Brust würden sicherlich guttun.

9. KAPITEL

Kol

»War sie denn die Woche über gut drauf?« Ich klemmte das Handy zwischen Ohr und Schulter ein, während ich in der chaotischen Ablage meines Schreibtischs nach einem Stift suchte, um die Medikamentenänderung meiner Schwester aufzuschreiben. Meine Mom bestand akribisch darauf, dass jeder Behandlungsschritt von uns notiert wurde und da sie nicht in der Lage war, sich darum zu kümmern, setzte ich ihren Wunsch die meiste Zeit über in die Tat um. Wozu das auch gut sein sollte.

»Ja, diese Woche war sie ausgesprochen wach. Sie hat fast jedes Mal auf Ansprache reagiert und viel gelächelt, wenn wir mit ihr geredet haben. Ich hatte auch den Eindruck, dass sie versucht, Bewegungen mit ihrem Blick zu verfolgen«, erklärte Bonnie am anderen Ende der Leitung mit ihrer vor Optimismus strotzenden Stimme. Eins musste man der Pflegerin die meine Schwester seit fünf Jahren betreute, lassen: Sie verlor niemals den Mut und sah jede noch so kleine Veränderung als Erfolg an. Selbst wenn Raisa dreimal statt zweimal pro Woche auf ihren Namen reagierte, war das in ihren Augen ein Fortschritt.

»Das klingt großartig«, sagte ich, obwohl es in Wahrheit der größte Bullshit war. Absolut nichts war großartig daran, dass ein dreizehnjähriges Mädchen ihr Leben in einer Einrichtung für Wachkomapatienten verbrachte. Es war ungerecht und an Tagen, an denen meine Laune der des *Grinchs* kurz vor Weihnachten Konkurrenz machte und ich die ganze Welt verfluchen wollte, fragte ich mich manchmal, ob es nicht besser gewesen wäre, meine Schwester wäre in dem Feuer damals gestorben. Sie war sieben Jahre alt gewesen, als unser Haus niederbrannte. Ich hatte zu dem Zeitpunkt im Unterricht in der Highschool gesessen, aber Raisa hatte die Grippe gehabt und war bei meiner Mom zu Hause geblieben. Als die Einsatzkräfte sie aus ihrem Zimmer bargen, war ihr Gehirn so lang mit Sauerstoff unterversorgt gewesen, dass es schwerste Schädigungen genommen hatte. Diagnose: Apallisches Syndrom. Sie war wach, aber nicht bei Bewusstsein. Anfangs hieß es, dass sie sich in einem vegetativen Zustand befinden würde, also Körperfunktionen vom Gehirn großteils aufrechterhalten wurden, sie aber nichts von ihrer Umwelt mitbekam, keine Denkprozesse nachgewiesen werden konnten und sie auch keine Gefühle wie Schmerzen verspürte. Erst nach mehreren Tests, auf deren Wiederholung wir wieder und wieder gepocht hatten, sagte man uns, dass ein minimales Bewusstsein vorhanden wäre. Ja, sie hatte Fortschritte gemacht, auf mich reagierte sie beispielsweise immer. Aber ... ich verstand unter Kommunikation etwas anderes, als ein Muskelzucken in der Lippe, während ich auf sie einredete.

»Mir ist klar, dass Sie immer auf ein Wunder hoffen, Kolja. Aber Sie dürfen nicht vergessen, dass anfangs überhaupt niemand daran geglaubt hat, dass Raisa noch in ihrem Körper stecken würde. Das Wichtigste ist, dass sich Ihre Schwester wohlfühlt und da sie wirklich nie negative Gefühle zum Ausdruck bringt, bin ich sicher, dass das der Fall ist. Ihr geht es gut. Sie leidet nicht. Und dass sie nach Jahren immer noch kleine Fortschritte macht, sagt uns, dass wir nicht aufgeben sollten.«

»Ich weiß«, erwiderte ich, nur um Bonnie einen Gefallen zu tun. Sie wusste genauso gut wie ich, dass die Chancen, einen größeren Erfolg zu erlangen, nach acht Jahren weit unter null lagen. Raisa würde nie wieder sprechen, nie wieder laufen. Sie würde nur daliegen, manchmal sitzen und hin und wieder stumm vor sich hinlächeln. »Wie hieß das Medikament noch mal, das sie jetzt bekommt?«, hakte ich nach, als ich endlich einen Stift in den Fingern hielt und das Notizbuch aufschlug, in das ich Raisas Kram reinschrieb.

»Tizandin, ein Muskelrelexans.«

Ich kritzelte den Namen in die Liste der Arzneien, von denen die meisten schon wieder abgesetzt waren.

»Hören Sie, ich wollte Ihnen noch sagen, dass Ihr Vater angerufen und um eine Kopie von Raisas Patientenakte gebeten hat. Er sagte, dass er sie in den nächsten Wochen besuchen kommt«, teilte Bonnie mir mit. Sie wusste um unser schlechtes Verhältnis und klang dementsprechend zögerlich.

»Was will er mit der Akte?« Dass mein Vater in der Einrichtung anrief, war schon ungewöhnlich, aber dass er sich für das medizinische Zeug interessierte, kam der Absurdität einer Entführung durch Außerirdische gleich.

»Das hat er leider nicht erzählt«, antwortete sie entschuldigend, als wollte sie sagen: Der Mann bezahlt Raisas Aufenthalt hier. Wir stellen keine Fragen, wenn er Einsicht in die Akte verlangt.

Mir stand ja sowieso das große Vergnügen bevor, ihn nächste

Woche zurückzurufen. Da konnte ich ihn gleich darauf ansprechen.

»Okay, wenn Sie wollen, stelle ich jetzt den Hörer auf laut und halte ihn Raisa ans Ohr. Sie hat die Augen offen, wir stören sie also nicht.«

»Dann mal los«, sagte ich und hörte zu, wie Bonnie Raisa erklärte, dass ihr Bruder am Telefon war. Sie wiederholte meinen Namen mehrmals, bevor Bettzeug raschelte und es still in der Leitung wurde.

»Hey, *Rajetschka*. Du liegst schon wieder faul im Bett, wie ich hörte? Es ist nicht mal halb sieben. Ich finde, du solltest mit Bonnie schimpfen, weil sie dich nicht länger im Rollstuhl lässt.«

Es war unbefriedigend, mit jemandem zu sprechen, der keine Antworten gab. Ich kam mir immer wie ein Idiot vor. Aber niemand wusste, wie viel Raisa von ihrer Umgebung wirklich wahrnahm und wenn auch nur die kleinste Hoffnung bestand, dass sie registrierte, dass ich sie jeden Sonntag anrief und somit verstand, dass es jemanden gab, der an sie dachte, war es das allemal wert. Sie hatte nur mich. Meine Mom konnte ihren und mein Dad wollte seinen elterlichen Pflichten nicht nachkommen.

»Dutch liegt gerade vor mir. Er hat sich auf meinem Schreibtischstuhl zusammengerollt. Der Streuner war den ganzen Tag im Garten und hat nicht auf mein Rufen gehört. Ich musste das Fenster offenlassen und jetzt ist es schweinekalt in meinem Schlafzimmer«, erzählte ich ihr.

Dutch war ihr Kater, ich spielte bloß den Aufpasser. Sie hatte ihn zum dritten Geburtstag bekommen und ihn sofort abgöttisch geliebt. Keine Ahnung, wie man sich eine andauernd schlecht gelaunte Kratzbürste als besten Freund aussuchen konnte, aber mit Raisa war er immer freundlicher umgegangen als mit anderen Menschen.

Ich sagte ihr noch, dass ich nächstes Wochenende bei ihr vorbeisehen würde und fünf Minuten später wünschte ich Raisa eine gute Nacht und warf das Handy aufs Bett. Ich kraulte Dutch hinter den Ohren, bevor ich mich streckte und beschloss, zu den anderen in die Küche zu gehen. Davis wollte heute Abend kochen und nachdem Novalie es erfolgreich geschafft hatte, mir seit gestern Morgen aus dem Weg zu gehen, obwohl wir beide zu Hause gewesen waren, fand ich, es war Zeit, ihr ein wenig auf die Nerven zu fallen. Aus irgendeinem Grund amüsierte ich mich jedes Mal königlich dabei, sie zu necken, und dank unserer gemeinsamen Nacht würde mir der Stoff dafür so schnell nicht ausgehen.

Meine Tür knarrte, als ich sie hinter mir schloss. Dem Geschnatter nach, das aus der Küche drang, war Willow dabei, von ihrem Kurztrip zu berichten. Ich hörte Novalie lachen und hoffte, dass Julien heute Abend nicht mit von der Partie war. Schon gestern hatte ich ihn auf den Mond gewünscht, weil sein Auftauchen mir beim Flirten mit ihr dazwischengefunkt hatte. Sie war nicht abgeneigt gewesen, bevor er seine ernste Visage zur Tür reingeschleppt hatte. Ich war entschlossen, an dem Punkt vor seinem Aufkreuzen anzuknüpfen. Der Sex mit ihr war fantastisch gewesen und sie hatte mich auch davor gut unterhalten.

Als ich die Küche betrat, stand Davis am Herd und rührte in einem riesigen Topf. Novalie und Willow saßen am Esstisch und halfen ihm, das Essen zuzubereiten, indem sie irgendein Grünzeug kleinschnippelten. Von meinem Freund Julien war weit und breit nichts zu sehen.

»Kol, du kannst dir direkt ein Brett und ein Messer schnappen und dir die Möhren vornehmen«, wies Willow mich an.

Ich schlenderte zum Tisch und blieb direkt hinter Novalie stehen. Sie hatte das Haar zu einem lockeren Knoten am Hinterkopf geschlungen, was für einen netten Ausblick auf ihren hübschen Nacken sorgte. Ihr weißes Baumwolltop war schräg geschnitten, sodass ihre rechte Schulter entblößt war. Am liebsten hätte ich sie berührt, nur um zu prüfen, ob ihre Haut wirklich so weich war, wie ich mich zu erinnern meinte.

»Nicht wirklich. Davis ist unser Starkoch, ich würde sein Meisterwerk nur zerstören, wenn ich mich an den Karotten vergehe. Außerdem reicht es doch, wenn wir ein paar Glieder von Novalies Fingern im Essen haben. Ich bin sicher, ihr Fleisch ist wenigstens *zart.*«

Sie blickte über die nackte Schulter und sah zu mir auf. *Lass diese Andeutungen*, schienen ihre blauen Augen zu sagen.

Nope, antwortete ich mit meinen.

Ich hatte ihr versprochen, vor niemandem zu erwähnen, dass zwischen uns etwas gelaufen war. Aber das bedeutete nicht, dass ich sie nicht ein bisschen nervös machen durfte. Sie ließ sich ja auch bezaubernd leicht ärgern.

»... jedenfalls haben wir das Drama beendet«, nahm Willow den Faden eines Gesprächs auf, das sie geführt haben mussten, bevor ich zu ihnen gestoßen war.

Novalie richtete ihre Aufmerksamkeit wieder ihr zu.

»Was denn, du hast Barry in den Wind geschossen?«, wollte ich wissen.

»Er heißt Buck, Kol. Merk dir das doch endlich mal. Und nein, ich habe ihn nicht in den Wind geschossen. Wir haben bloß eine Wanderung zu Ende gebracht, obwohl es in Strömen geregnet hat.«

»Ihr wart wandern? Hölle noch mal, Will. Wie alt ist der Typ überhaupt, dass er dir ständig so einen Scheiß vorschlägt? Wenn ein Kerl eine Frau zu einem Kurztrip einlädt, meint er damit eigentlich, dass er sich mit ihr ein paar Tage durch das Bett eines Hotelzimmers wühlen will. Er hat vor, sie zu vögeln, nicht, ihr die Vögel in den Büschen am Susquehenna zu zeigen.«

Will verdrehte die Augen, während Davis an seinem Kochtopf in Gelächter ausbrach.

»Siehst du, Davis stimmt mir da zu.«

»Das habe ich nicht gesagt«, stellte er richtig.

»Du stimmst mir nicht zu? Du lädst Jacky also auch ständig zum Wandern ein? So durchgenommen, wie sie nach jedem Wochenende aussieht, kann ich dir das leider nicht glauben.«

»Ich mache beides; sie erst zum Wandern mitnehmen und danach meinen Mann stehen. Deshalb sieht sie immer so fertig aus. Sie muss erst laufen und danach noch mal alle Energien aufbringen«, erklärte er mit einem Zwinkern in den Augen.

Ich schob den Stuhl neben Novalie zur Seite und ließ mich darauf fallen. »Und du, Novalie? Welcher Typ bist du? *Wandern* oder *vögeln*?«

Sie zerteilte ein Stück Paprika auf ihrem Brett in zwei Streifen. »Rate doch einfach.«

»Man muss kein Hellseher sein, um zu erahnen, warum Julien und sie die Wochenenden so oft zu Hause verbringen. Sie ist eindeutig der Typ *vögeln*. Ich will gar nicht wissen, wo es die beiden hier schon getrieben haben. Ich hoffe bloß, nicht auf dem Stuhl, auf dem ich gerade sitze«, meinte Will zu meinem allergrößten Vergnügen. »Oh, und natürlich hoffentlich nie in meinem Zimmer.«

»Ist das so?«, fragte ich an Novalie gewandt. Offensichtlich hatte sie den anderen noch nicht erzählt, dass zwischen ihr und Julien Schluss war. »Vernaschst du den *süßen* Julien entgegen der Hausregeln in sämtlichen Zimmern bei uns?«

In ihren Augen funkelte Mordlust, was mich ungemein belustigte. Ich wusste, dass ihr die Erinnerungen an vorletzte Nacht durch den Kopf gingen, sie an den Sex mit mir auf dem Sofa dachte. Verdammt, ich musste ja selbst daran denken. Ich konnte nicht verhindern, dass sich ein Grinsen auf meinem Gesicht ausbreitete und stellte zufrieden fest, dass auch ihre Mundwinkel irgendwann zuckten.

»Im Gegensatz zu dir, Kol, besitze ich Anstand. Vielleicht willst du Willow ja erzählen, wie ich dich und die Rothaarige dabei erwischt habe, wie ihr morgens aus ihrem Zimmer kamt. Wann war das noch gleich? Ach ja, ich glaube, es war das lange Wochenende, an dem Will mit Buck in Vermont war«, sagte sie schlagfertig nach ein paar Sekunden.

Autsch. Das war böse. Und leider die Wahrheit.

»Warte, was? Du hast ein Mädchen in meinem Bett flachgelegt?« Willow klang ehrlich entrüstet.

»Es liegt an Dutch. Das Vieh ist ein Stimmungskiller. Selbst die Frauen, die auf hartes Zeug stehen, haben keine Lust, sich von einem wahnsinnigen Kater das Gesicht zerkratzen zu lassen«, rechtfertigte ich mich, ohne Novalies Blick loszulassen. Inzwischen lächelte sie und das Funkeln in ihren Augen verwandelte sich in ein herausforderndes Glitzern. Sie war bereit, den spielerischen Kampf mit mir aufzunehmen.

»Oh mein Gott, das ist nicht zu fassen. Ich habe danach in dem Bettzeug geschlafen«, schimpfte Will und vergaß ihr Gemüse. »Warum hast du mir das nicht sofort gesagt, Novalie?«

»Weil sich verdorbene Menschen immer auf die Seite von anderen verdorbenen schlagen. Wir verraten uns untereinander nicht. Du bist der Typ *wandern* und damit ein Außenseiter«, sprang ich für sie ein.

»Ich konnte nicht wissen, dass er das ohne deine Erlaubnis gemacht hat«, sagte Novalie.

»Du hast nicht ernsthaft geglaubt, ich wäre einverstanden damit, dass er mein Schlafzimmer in einen Puff verwandelt? Ich muss reihern. Oder ausziehen.«

Alle außer Willow prusteten los, aber ich konzentrierte mich nur auf das Lachen von Novalie. Ich mochte es, der Klang war derselbe wie der ihrer Stimme und es hörte sich immer etwas unbeherrscht an. So, als wäre nicht klar, ob sie jemals wieder aufhören konnte. Ich stieß *versehentlich* mit meinem Knie gegen ihres und drückte dann leicht dagegen. Es überraschte mich, dass sie ihrerseits nach einer Sekunde ebenfalls Druck gegen meins ausübte. Ich ließ ihren Blick los und betrachtete den Rest ihres Gesichts, ihren Hals und musste mein Bein noch ein bisschen fester gegen ihres pressen, als ich meine Musterung bei ihren Brüsten fortsetzte. Das Oberteil saß tierisch knapp und ich konnte den gebogenen Rand ihrer BH-Körbchen unter dem Stoff ausmachen.

Verdammt, ich musste dieses Mädchen unbedingt noch mal haben.

Es passierte nicht oft, dass ich so hin und weg von einer Frau war, dass ich mich auf ein zweites Treffen einließ. Nicht, weil ich irgendwie gefühlskalt war, in meiner Brust saß durchaus ein Herz, das sich auch sicher verlieben konnte. Aber den meisten Mädchen, die für unverbindlichen Sex zu haben waren, fehlte das gewisse Etwas und eine Beziehung, die spätestens nach dem College endete, war in meinen Augen die Mühe nicht wert. Novalie hingegen hatte dieses Etwas, das ich nicht mal genau benennen konnte.

»Ich hasse dich«, sagte Will, als sich alle wieder beruhigt hatten. »Und du, Novalie, solltest ihn auch hassen, denn er hat dir gerade eindeutig auf die Titten gestarrt.«

»Es ist ja nicht so, als wären die beiden zu übersehen«, entgegnete ich. »Sie sind ziemlich präsent und auch ziemlich nett anzugucken.« Vorzugsweise nackt, da waren sie besonders hübsch. Aber das schluckte ich wohl besser herunter.

Novalie zog ein winziges Stück ihrer Lippe zwischen die Zähne und blickte mich entgeistert an.

Will machte sich wieder an ihren Zucchini zu schaffen. »Wenn du nicht beim Essenmachen helfen willst, solltest du vielleicht aus der Küche verschwinden. Du lenkst alle ab und ich habe Bärenhunger.«

»Weißt du was? Du hast recht. Ich wollte sowieso noch was in der Garage suchen«, sagte ich, als Novalie das Messer aus der Hand legte. Mir kam spontan ein Gedanke. Keine Ahnung, ob es eine gute Idee war, aber mehr als mich später für den Versuch zu töten, konnte sie auch nicht. »Hoffentlich ist das Zeug später genießbar und kein *Desaster.*«

Novalie hielt den Atem an. Beim letzten Mal, als dieses Wort zwischen uns gefallen war, hatte sie sich wie eine hungrige Löwin auf mich gestürzt. Sie erschauderte leicht, ich bemerkte es an ihrem Knie, das noch immer an meinem lehnte. Der Ansatz einer Gänsehaut zog sich über ihre Arme hinab.

Ha, ich wusste es. Sie war nicht abgeneigt. Ich hatte mir das gestern nicht eingebildet. Obwohl sie mehrmals betont hatte, dass es kein weiteres Mal zwischen uns geben würde, war sie zwischendurch viel zu intensiv damit beschäftigt gewesen, mich zu betrachten.

Ich erhob mich von meinem Platz, beförderte ein kleines Lächeln auf meine Lippen und zwinkerte ihr zu. Dann wandte ich mich ab und sah im Augenwinkel, dass sie ebenfalls aufstand, um das Brett mit den Paprika zu Davis an den Herd zu tragen.

Ich ging schnurstracks zur Verbindungstür und in die Garage. Wir benutzten sie nicht, um die Autos zu parken, sondern hatten sie als Lagerraum zweckentfremdet. Ich wollte tatsächlich in den Kartons nach ein paar alten Bildern suchen, um sie Raisa nächstes Wochenende mit in die Einrichtung zu bringen. Viele hatten das Feuer nicht überlebt, aber auf ihrem Nachttisch stand nur ein Foto von ihr und vielleicht ließ sich irgendwo noch eins von unserer Mom auftreiben.

Ich schaltete das Licht ein und stieg die beiden Stufen hinunter. Dabei horchte ich mit halbem Ohr hinter mich, um herauszufinden, ob Novalie mir folgte. Eigentlich schätzte ich sie nicht so verdorben ein, schließlich waren Will und Davis zu Hause, aber vielleicht lag ich damit auch völlig daneben.

10. KAPITEL

Novalie

Ich wusste nicht, was ich tat oder wie es passiert war, dass mich meine Beine in den Flur getragen hatten. Ich war nicht mal sicher, ob ich mich daran erinnerte, durch die Küchentür gegangen zu sein, aber ganz eindeutig war ich jetzt – ohne Schuhe – auf dem Weg zur Garage. Die sensiblen Härchen auf meiner Haut hatten sich aufgerichtet wie bei einer Katze und ich verspürte ein leichtes Gefühl in der Brust, das sich bis in meinen Bauch ausbreitete, sobald ich Luft holte.

Offensichtlich hatte mein Körper seine eigene Meinung über Kol und darüber, ob es klug war, seiner dreisten Aufforderung zu folgen. Mein Verstand war wie weggezaubert, meine Hormone hatten die Kontrolle an sich gerissen.

Desaster.

Mein Herz polterte wie verrückt, als das Wort durch meine Gedanken blitzte. Er hatte es wirklich gesagt und genau betont. Das Codewort, das für *Du und ich, Sex, in spätestens zehn Minuten* stand.

Himmel, er war unverschämt und unverfroren, leider aber auch zum Ablecken und Niederknien. Die Erinnerung daran, wie er sein Bein an meins gepresst hatte, das Gefühl seines Blicks auf meiner Haut ... Warum musste er so verführerisch nach Seife riechen? Oder Grübchen haben? Wieso lenkte er dauernd das Thema auf Sex, bis einem schwindelig wurde und man an nichts anderes mehr denken konnte? Es war einfach unfair, dass er so gut aussah und ein verfluchter Magnet war, dem eine Heftklammer wie ich nichts entgegenzusetzen hatte.

Ich atmete tief durch, als ich am Ende des Flurs an der Tür zur Garage ankam und hielt einen würdevollen Augenblick inne. Noch bestand die Möglichkeit, mich zur Besinnung zu rufen. Er ging nicht ernsthaft davon aus, dass er nur mit dem Finger zu schnippen brauchte, damit ich mein Höschen für ihn auszog? Wir hatten uns über erotische Spielchen unterhalten, nicht vereinbart, sie auch zu spielen.

Ich schloss die Augen und hörte ihn in meinem Kopf das Codewort wiederholen. Sah das Zwinkern in seinem Blick, bevor er sich vom Tisch entfernte. Ich hatte unzüchtig auf seinen Hintern geguckt, als er zur Tür lief und irgendetwas Heißes war über meinen Körper gerieselt.

Mist, ich konnte keinen Rückzieher machen. Mir war klar, dass ich ihn machen sollte, aber es war einfach nicht machbar. Es war, als hätte er meine sensibelste Ader gefunden, sie angestochen, mir irgendein Gift verabreicht. Ich besaß praktisch keine Macht über meine Hand, als sie sich auf den Türknauf legte, keine Kontrolle darüber, ob sie ihn umdrehte oder nicht. Erst als die Tür weit offenstand, ich diesen wahnwitzigen Schritt unternahm und ich mich plötzlich in der Garage befand, wurde mir bewusst, dass ich es durchgezogen hatte. Dass ich ihm gefolgt war, wegen eines lächerlichen Codeworts. Und ... mich deshalb gerade bis auf die Knochen blamierte.

Verdammt.

Kol hockte zwei Stufen unter mir in der Nähe des heruntergelassenen Tors und wühlte in einer riesigen Kiste. Er hatte mir den Rücken zugewandt und scheinbar nicht mitbekommen, dass ich so blöd gewesen war, ihm nachzulaufen. Geistesgegenwärtig wollte ich mich umdrehen und die Tür vor dem Zufallen retten, da er nicht so unverschämt und dreist war, wie ich ihm unterstellt hatte. Er ging nicht davon aus, dass er nur mit dem Finger zu schnippen brauchte. Er ging von gar nichts aus, sondern hatte mich allem Anschein nach bloß aufgezogen, weil er Kol war und Kol mich andauernd ärgerte. Doch die Tür schnappte zu, bevor meine Finger sie erreichten und brachte mich in eine missliche Lage. Das Geräusch war nicht besonders laut, hallte jedoch unangenehm durch die Garage. Ausgeschlossen, dass er es nicht gehört hatte. Ich wandte mich wieder um und konnte nicht sagen, wer von uns perplexer war.

Kol hatte sich aufgerichtet und blickte mich mit hochgezogenen Brauen an und ich tat in etwa dasselbe. Gott, war das peinlich oder war das peinlich? Meine Wangen flammten auf und ich rollte verlegen die Finger ein.

»Ich ...«, setzte ich an, weil ich irgendetwas sagen musste. Schließlich war ich ihm gefolgt. »... wollte mit dir reden.« Na, wenn sich das nicht nach einer Ausrede anhörte. Mir musste ins Gesicht geschrieben stehen, dass meine Absichten nicht so koscher waren, wie ich ihm weismachen wollte.

»Ach, wirklich?«, fragte er in diesem heiteren Ton, der eine sarkastische Note aufwies. Er benutzte ihn, wenn er sich ernsthaft amüsierte.

Nein, eigentlich bin ich dir hechelnd hinterhergelaufen wie eine läufige Hündin.

»Nicht wirklich. Um ehrlich zu sein, wollte ich nur den Witz mitspielen und deinen Gesichtsausdruck sehen, wenn ich plötzlich in der Garage stehe.« Das klang doch schon glaubwürdiger.

Oder ... auch nicht, denn ein schmutziges Grinsen erfasste seine Lippen. Der Anblick brachte etwas in meinen geheimsten Tiefen zum Summen.

»Du bist die schlechteste Lügnerin der Welt. Und zu deiner Info; ich habe keinen Witz gerissen, den du mitspielen könntest.«

Ich musste mich eine Sekunde von seinem Grinsen erholen, bevor ich darauf reagieren konnte. »Hast du nicht? Ich war nämlich sicher, das Codewort aus deinem Mund gehört zu haben. Also den letzten Vorschlag eines Codeworts für dieses Spiel ...« Du liebe Zeit, wohin hatte sich die coole Novalie verabschiedet? Die gestandene Frau, die sich nicht aus der Ruhe bringen ließ?

»Und, sehe ich aus, als würde ich mit solchen Dingen Scherze treiben?«, fragte er so ruhig und stark, wie ich gern gewesen wäre.

Ich blickte ihn an. Als musste ich tatsächlich erst überprüfen, ob er so aussah, als würde er mit solchen Dingen Scherze treiben. Er stand etwas breitbeinig da, in hellen, verwaschenen Jeans. Das olivgrüne T-Shirt, das er heute trug, spannte um seine muskulöse Brust, die Ansätze seiner herrlichen Bauchmuskeln waren zu sehen. Er hatte sich das Gesicht rasiert und etwas Gel in die dunklen Haare gegeben. Sein Blick war todernst. Nein, er machte keine Scherze, er war einfach nur lecker anzusehen.

»Die Zeit läuft, Novalie. Innerhalb von zehn Minuten bedeutet innerhalb von zehn Minuten und acht sind bestimmt schon verstrichen. Also willst du da oben stehen bleiben oder die zwei Stufen zu mir herunterkommen?«

»Ich habe es bis hierher geschafft, ein kleines bisschen musst du mir schon entgegenkommen«, sagte ich zu meinem eigenen Erstaunen. In erster Linie, weil ich es nicht fertigbrachte, mich jetzt da runter zu bewegen. Ein nervöses Beben zuckte durch meinen Bauch und die Innenflächen meiner geballten Hände kamen mir feucht vor.

Kol war mit drei Schritten bei der Treppe. Mit einem weiteren überbrückte er die beiden Stufen und stand plötzlich vor mir. Groß, nach Seife duftend, männlich. Schmunzelnd.

»Lach nicht, sonst denke ich, dass du mich auslachst.«

»Tu ich nicht. Komm her, kleiner Feigling.« Er fasste nach meinem Nacken, holte mich näher und nahm meinen Kopf zwischen seine Hände.

Die brennende Berührung unserer Lippen lief mir bis in die Zehenspitzen. Keiner von uns schloss die Augen. Ich schielte ein bisschen, bei dem Versuch, in seine zu sehen, und machte meine dann doch lieber zu, um mich auf das Gefühl von seinem Körper an meinem zu konzentrieren. Vielleicht war ich wahnsinnig, weil ich mich hierauf eingelassen hatte. Aber ich wäre ebenso wahnsinnig gewesen, wenn ich es nicht getan hätte. Wie sollte eine Frau freiwillig dieser Erfahrung widerstehen? Das Gefühl, als er mich so fest an sich zog, dass ich jede Linie seiner gestählten Muskeln an mir spüren konnte? Unbeschreiblich. Seine Zunge, die sanft und wild mit meiner spielte? Köstlich. Der Moment, in dem er seine Hände meine Seiten hinabgleiten ließ? Höschenschmelzend. Was er mit mir anstellte, war durch und durch ein *Desaster.*

»Ich schätze, wir haben etwa dreißig Minuten, bis Davis sein komisches Chili fertig hat. Dann kommt uns bestimmt jemand suchen«, raunte er in unseren Kuss und trat rückwärts die Stufen hinab.

Ich machte ein quietschendes Geräusch, als er mich forsch an der Taille packte und überraschend hochhob.

Ich schlang die Arme um seinen Hals und die Beine um seine Lenden und ließ mich von ihm durch die Garage tragen. Alles um mich herum verschwand, es gab nur noch ihn; seine Lippen auf meinen, den Geruch seiner Haut, sein Herz, das ein Stück unterhalb von meinem klopfte. Ein gleichmäßiges, schnelles Pochen, das blitzartig durch meinen Körper schoss und mein ansteigendes Verlangen zum Schwingen brachte.

Ich spürte die Kraft und die Energien, die ihn durchflossen, und einen aufregend feurigen Zungenschlag später, wie er mich auf einem Stapel Plastikkisten absetzte.

Ich öffnete blinzelnd die Augen, als er mir das Oberteil abstreifte und den BH auszog. Das breite Haargummi löste sich aus dem Knoten an meinem Hinterkopf und er fuhr mit seinen Fingern durch meine Strähnen, während er mich wieder küsste. Zwischen alten, staubigen Kisten und Kartons. Der Knopf an meiner Jeans sprang auf, der Reißverschluss glitt hinab; er kannte sein Ziel. Er fuhr mit den Händen unter meinen Hintern, es ging so schnell, dass sich mir der Kopf drehte, bis ich ohne einen Hauch Stoff am Körper vor ihm saß und selbst meine Socken verloren hatte, während er voll bekleidet in die Knie ging. Sein fester Griff, den ich plötzlich an meinen Waden registrierte, war alles, was mich noch auf dem Planeten hielt, als er mich weiter nach vorn zog und feuchte Küsse auf meinen Beinen platzierte. Die empfindliche Innenseite entlang, von den Waden aus bis ... ganz nach oben.

»Du musst das nicht tun«, flüsterte ich mit vor Erregung zitternder Stimme, weil ich meine extreme Feuchtigkeit spürte.

»*Was* muss ich nicht tun?« Er knetete meine Oberschenkel, drückte die Daumen in meine Haut, strich mit beiden Händen darüber und spreizte mich weiter.

»Du musst mich nicht ...«, ich beendete meinen Satz bei der Hälfte, da sich ein Stöhnen durch meine Kehle quetschte.

Er hatte seinen Mund auf mein Geschlecht gelegt, neckte mich mit seiner heißen Zunge und hob mein rechtes Bein über seine linke Schulter. Sein Atem kitzelte, seine Lippen elektrisierten und ... ich hatte mich gestern Morgen gefragt, ob es dumm gewesen war, dass ich es mir nicht auf diese Weise hatte von ihm machen lassen. Es *war* dumm gewesen. Ganz sicher. Über meinen Körper liefen Schauer, Stromstöße jagten unter meiner Haut entlang.

Er zog eine Hand zur Hilfe, stimulierte mich mit seinen Fingern, rieb sie an mir und übte Druck aus, um mit zweien davon in mich einzudringen. Er saugte an mir, ließ mich behutsam seine Zähne spüren und ich konnte nichts weiter tun, als mich leicht zurückfallen zu lassen, mich mit den Ellenbogen abzustützen und meinen Körper aufzubäumen. Ich drückte den Rücken durch, um seinen Mund noch intensiver zu fühlen, meine Hüften zuckten, während er seine Finger in mich stieß und seine Zunge an einen reizbaren Punkt schnellte. Mein Blick verschwamm, wurde unschärfer als unter dem Einfluss von Wodka.

Ich war noch nie schneller zum Höhepunkt gekommen, hatte nie keuchender geatmet oder mir fester auf die Lippe gebissen, um zu vermeiden, den Druck in mir laut hinaus zu stöhnen. Ein gewaltiges Beben ruckte durch mich hindurch. Ich hatte keine Kontrolle über meine Bewegungen und trieb ihm meine Ferse in den Rücken.

Kol wurde sanfter, seine Finger kreisten gefühlvoll in mir. Er gab mir Zeit, wieder auf dem Boden zu landen, ohne jedoch von mir abzulassen. Mein Atem beruhigte sich, er zitterte nur noch, als er mit seinem vollkommenen Mund über meinen Bauch glitt und eine feuchte Spur zurückließ. Er richtete sich auf, hauchte Küsse auf meine Brustspitzen, biss in eine von ihnen hinein und knabberte an meinem Hals, bevor seine Lippen meine erreichten. Er entzog mir seine Finger, zurück blieb das Gefühl von Leere, weil ich sie sofort zwischen meinen Beinen vermisste.

»Du wolltest mir *das hier* verwehren?«, fragte er rau und strich mit den von meiner Lust benetzten Fingerspitzen meine Unterlippe entlang. »Du hast mich vorsorglich schon mal für Davis' schlechtes Chili entschädigt.«

Ich lächelte, schnappte verspielt mit den Zähnen nach seinen Fingern und zog mich an ihm hoch, bevor ich mich mit den Händen zu seinem Gürtel tastete.

»So schlecht ist sein Chili nicht«, verteidigte ich Davis' Kochkünste.

Ich nestelte an seiner Jeans herum, bekam sie beim zweiten Versuch auf und streifte sie ihm von den Hüften. Über den Stoff seiner Shorts hinweg umfasste ich seine pralle Erektion, schob meine Hand unter den Bund und begann, ihn zu reiben. Leise stöhnte er an meiner Schläfe.

Kol drückte mein Gesicht an seinen Hals und fasste gleichzeitig hinter sich. Er hatte Mühe, an die Gesäßtasche seiner heruntergerutschten Jeans zu kommen, schaffte es aber schließlich und zauberte ein Kondom hervor. Er riss die Folie mit den Zähnen auf und ich schob seine Boxershorts nach unten.

Mein Rücken kribbelte, während ich seinen geübten Händen zusah, die das Kondom über seinen langen Schaft streiften. Er überprüfte den Sitz, indem er zweimal mit den Fingern darüberfuhr und hob den Blick in meine Augen.

Ich legte die Beine um seine Hüften und zog ihn so an mich. Nah genug, dass sein Atem mein Gesicht traf und das erwartungsvolle Prickeln in meinen Lenden raubte mir für einen Moment meinen. Ich war so feucht vor Lust und dem Spiel seiner Zunge, dass er sofort in mich hineinglitt, als er die Hüften bewegte.

Oh mein Gott. Vielleicht war es ein Fehler gewesen, ihm zu sagen, dass das hier nicht mehr passieren würde. Heute konnte ich nicht auf die Ausrede zurückgreifen, dass ich betrunken war. Ich war bei klarem Verstand, zumindest soweit seine Wirkung auf mich einen klaren Verstand zuließ. Und ... ich wollte es. Ich wollte ihn. Ich wollte, dass er in mir war, sein viel zu großes Glied meine inneren Wände aufrieb und dieses heiße Pochen in meinem Schoß besänftigte. Ich hatte mich immer für ein Mädchen gehalten, bei dem Sex und Liebe miteinander verbunden waren, aber wahrscheinlich musste ich meine Ansichten überdenken. Guter Sex eignete sich hervorragend, um sich von einem zerrütteten Herzen abzulenken. Ohne Kol wäre ich die letzten Tage nur ein Häufchen Elend gewesen, aber er hatte meinen

Kopf verhext, meine Gefühle durcheinandergebracht, sodass es mir erstaunlich gut ging. Es ging mir sogar besser denn je, als ich eine Hand auf meiner Hüfte spürte und er begann, kraftvoll in meinen Körper zu stoßen.

Verzweifelte Töne entglitten meinen Lippen. Ich wollte leise sein, weil Davis und Will nicht weit entfernt waren und uns hätten erwischen können, wusste aber nicht, ob ich es durchhalten würde, mein Stöhnen zu unterdrücken.

Kol nahm mich anders als beim ersten Mal. Seine Bewegungen waren genauso schnell, genauso kräftig, aber wesentlich koordinierter. Freitagnacht war ich sicher gewesen, den Sex meines Lebens gehabt zu haben, aber offenbar war noch eine Steigerung möglich. Vielleicht war es der Gedanke, dass jemand zu Hause war und jede Sekunde hereinplatzen könnte oder der Winkel, in dem er sich in mich stieß. Möglicherweise war es aber auch das Wissen, dass ich das hier in vollem Bewusstsein tat und akzeptierte, es gigantisch zu finden. Sex mit einem angetrunkenen Kol war unglaublich, Sex mit einem nüchternen spektakulär.

Ich ließ die Hände über die bunten Tattoos seiner angespannten, neben mir aufgestützten Arme gleiten, hielt mich an seinen Unterarmen fest. Seine Stöße kamen aus der Hüfte, aus seinen Oberschenkeln, er nahm mich mit seinem ganzen perfekten Körper. Der Gedanke, dass ich komplett nackt auf diesen Kisten saß, während er nicht ein einziges Kleidungsstück losgeworden war, brachte das Verlangen in meinem Bauch zum Brodeln. Es hatte etwas Obszönes und wie es schien, mochte ich Obszönität.

Kol küsste meine Lippen, mein Kinn, meinen Hals. Er drängte mich mit seinem Körper dazu, mich etwas nach hinten zu lehnen, damit er mit seinem Mund besser an meine Brüste kam. Er saugte an den Spitzen, ließ seine Zunge um meine vor Erregung schmerzhaft harten Nippel kreisen und die Geräusche, die mir entschlüpften, waren nun eindeutig nicht mehr leise. Er stieß sich tief in mich, ich spürte seine steinharte Erektion überall wie ein Klingeln in sämtlichen Nervenenden. Ich war dem Orgasmus gefährlich nah und jede Bewegung von ihm brachte mich noch ein Stück näher. Ich wölbte den Rücken, drückte die Beine an seine Seiten, um seinen arbeitenden Körper zu unterstützen. Mein Hintern rutschte über die Kisten, ich ließ seine Arme los, stützte mich mit einer Hand ab und benutzte die andere, um in seinen dunklen Haarschopf zu greifen. Ich zog seinen Mund von meinen Brüsten weg, weil ich seine Lippen, seine feuchte

Zunge dort nicht mehr länger ertragen konnte und als sein vor Begierde glitzernder Blick in meine Augen traf, war das zu viel für mich.

Kolja presste mir eine Hand auf den Mund, als ich kam. Mein Körper zuckte völlig unkontrolliert, während mein Blut heiße Wellen in meinem Unterleib schlug. Ich versuchte, mich von seiner Hand zu befreien, weil ich ganz dringend atmen musste. Oder schreien.

»Scheiße, Novalie, das ist echt heiß. Dich kommen zu sehen und dich dabei davon abhalten zu müssen, das Haus zusammenzustöhnen, törnt mich verdammt an«, stieß er keuchend hervor, während er unruhiger, schneller und härter in meinen zerfließenden Körper eindrang. Als ob ihm die Beherrschung entglitt.

Seine Stimme war weit weg, Sternchen tanzten vor meinen Augen. Das Ziehen und Pochen zwischen meinen Schenkeln hörte nicht auf, da er nicht aufhörte, in mich einzudringen.

Als er endlich seine Hand von meinem Mund zog, schnappte ich gierig nach Luft. Das Atmen durch die Nase hatte nicht genug Sauerstoff in meinen Körper befördert, meine Lunge brannte. Ich spürte, wie seine Muskeln hart wurden, ein tiefes, männliches, wenn auch leises Stöhnen durch seine Kehle wanderte. Keine Ahnung, wie das möglich war, aber als seine Oberschenkel zitterten, ich fühlen konnte, wie er tief in mir kam, bäumte sich mein abklingender Orgasmus noch mal auf. Da er mir seine Hand entzogen hatte, biss ich in seine Schulter, weil ich nicht wie er Einfluss auf meine Laustärke nehmen konnte. Er drückte sein Gesicht in meine Halsbeuge, während er sich in das Kondom ergoss und ich konnte jeden Schub als Ruck durch seinen Körper zucken fühlen, unter denen ich förmlich zersprang.

Für ein paar Sekunden schlang ich die Arme um seinen Hals und zerwühlte mit den Fingern das Haar in seinem Nacken. Ich ließ von ihm ab, als er sich von den Kartons abstieß und sein Glied aus mir herausglitt.

Federleicht und sinnlich küsste er mich auf die Lippen, bevor er mit einem beherzten Griff das Kondom entfernte, es neben mir ablegte und seine Hosen hochzog.

Ich war noch nicht wieder ganz bei mir, brauchte einen Moment, um mich zusammenzusetzen. Als ich mich halbwegs gefasst hatte, hielt mir Kol den BH hin – mit meinem Oberteil zwischen den Zähnen.

»Ich glaube nicht, dass ich Hilfe beim Anziehen brauche«, sagte ich und lächelte ihn an.

Er nahm mein Top aus seinem Mund. »Das glaube ich auch nicht, aber das ist kein Grund, sie dir nicht zu gewähren.«

Ich ließ zu, dass er mir die Träger des BHs über die Arme schob und die Kisten umrundete, um den Haken an meinem Rücken zu schließen. Ich zog ihm mein Shirt aus den Fingern, um hineinzuschlüpfen und glitt von dem Plastik auf meine Füße. Meine Knie waren weich. Ich benutzte Kol als Halt, als ich Slip, Jeans und Socken zurück an meinen Körper brachte.

»Dreh dich um«, sagte er und ich bemerkte mein Haarband in seiner Hand. »Du siehst fast so schlimm aus wie Jacky, wenn sie Davis sonntags nach Hause bringt.«

Ich musste lachen. »Vermutlich sehe ich noch viel schlimmer aus als Jacky, wenn ich dich an meine Haare lasse.«

»Blödsinn, ich habe eine kleine Schwester und bin quasi ein Meister im Haare zusammenbinden.« Er packte mich bei den Schultern und drehte mich, um mit seinen Fingern mein Haar durchzukämmen.

Ich schloss die Augen, da meine Kopfhaut ziepte, allerdings wäre es die Unwahrheit gewesen, wenn ich behauptet hätte, es nicht zu genießen. Seine Fürsorge war unglaublich süß und knisterte in meinem Körper.

»Ich wusste nicht, dass du eine Schwester hast«, sagte ich und gestand mir beschämend ein, dass ich generell nicht besonders viel über den Kerl wusste, mit dem ich seit einem Jahr zusammenlebte und mit dem ich inzwischen zweimal geschlafen hatte. Sollte ich nicht irgendwas über ihn wissen? Er studierte an der Pit, war im Lehrerausbildungsprogramm und zur Hälfte Russe. Das waren schon alle Informationen, die mir bekannt waren.

»Sie heißt Raisa und ist dreizehn«, erzählte er mir. »Als sie klein war, hat sie mich zum Zopfkönig gekrönt und mir *haar*genau erklärt, wie die Frisur eines Mädchens auszusehen hat. Ich bin fertig. Jetzt kannst du dich aus der Garage trauen. Allerdings solltest du dich vor dem Essen umziehen. Deine Sachen sind voller Staub.«

Ich wandte mich ihm wieder zu und ließ den Blick über seine hinreißenden Grübchen gleiten, bevor ich ihm in die Augen sah. »Ich wollte eigentlich nicht, dass das noch mal passiert«, sagte ich. »Aber ... dann habe ich meine Meinung geändert.«

»Das habe ich festgestellt.« Ein Muskel an seiner Wange zuckte.

»Ich ... ähm ...« Ich war völlig erfahrungslos in solchen Dingen. In der Nacht von Freitag auf Samstag war ich übereilt aus dem Wohnzimmer gestürzt, aber das konnte ich wohl kaum wieder bringen.

Sollte ich ihn noch mal küssen?

»Schleich dich ins Haus, ich komme in fünf Minuten nach, damit die anderen keinen Verdacht schöpfen«, half er mir aus der Klemme.

Ich nickte langsam. »Dann bis gleich beim Essen?« Gott, wieso klang das wie eine Frage. Ich war eben noch nackt gewesen. Jetzt war nicht der richtige Zeitpunkt, schüchtern zu werden.

Er grinste, legte mir plötzlich eine Hand auf die Wange und strich mit den Fingern darüber. »Bis gleich beim Essen, *Kisska*.«

Mein Herz überschlug sich beinah, so heftig donnerte es in meiner Brust, als ich mich auf den Weg zur Tür machte. Ich meinte, seinen Blick auf meinem Hintern zu fühlen und wusste nicht, was ich von dem mich leicht werden lassenden Gefühlscocktail in meinem Blut halten sollte. Ich fühlte mich ähnlich, wie in der Anfangsphase meiner Beziehung mit Julien, was mich ein wenig irritierte. Ich war schließlich nicht in Kolja verliebt, aber womöglich bestand die Aufregung, in die er meinen Körper versetzte, aus ein und denselben Hormonen.

Als ich die Stufen hinaufstieg, prüfte ich den Sitz meines Haarknotens, den er – wie es sich anfühlte – tadellos hinbekommen hatte, und hielt vor der Tür noch mal an. Mir war eingefallen, dass er irgendein Wort gesagt hatte, dass ich nicht kannte. Vermutlich ein russisches.

»Was bedeutet *Kisska*?«, fragte ich, die Hand auf dem Türknauf.

»Es heißt Kätzchen«, antwortete er.

Kätzchen. Das war ein Kosename, oder? Keine Ahnung, ob es gut war, wenn er mir einen Spitznamen verpasste, aber wenn wir Codewörter in den Raum warfen, um uns die Kleider vom Leib zu reißen, musste ich ihm das vermutlich erlauben. Auch wenn ich Gefahr lief, einen Herzinfarkt zu erleiden, weil sich das hektisch schlagende Organ in meiner Brust aufblähte.

»Kätzchen«, wiederholte ich und naives, heißes Glück rauschte durch meine Adern. »Mit Kätzchen kann ich ziemlich gut leben.«

11. KAPITEL

Kol

Über Montagen schwebte immer eine gewisse Schwere. Ich war absolut lustlos und müde, als ich den *Fury* in einer Bucht des Campus-Parkplatzes abstellte und unmotiviert die Handbremse anzog. Dass Will neben mir ein herzhaftes Gähnen entglitt, machte das erschöpfte Gefühl in meinen Knochen nicht besser. Zu allem Überfluss würde ich gleich Amelia über den Weg laufen. Unsere erste Begegnung, nachdem wir es uns in ihrem Bett bequem gemacht hatten und ich freute mich *wahnsinnig* auf diesen bevorstehenden Moment.

»Du steigst zuerst aus. Ich bleibe noch eine Sekunde länger hier sitzen«, stöhnte Will.

»Nein, du steigst zuerst aus. Ich muss nämlich noch was erledigen«, entgegnete ich.

»Oh nein, du wirst auf keinen Fall schwänzen, Kolja. Du nervst mich seit Wochen damit, dass du deine Credits nicht vollkriegst, wenn du auch nur einen Kurs ausfallen lässt.«

»Ich will nicht schwänzen, sondern telefonieren.« Ich musste meinen Vater anrufen. In Moskau war es bereits acht Stunden später, also vier Uhr am Nachmittag und nach meinen Kursen würde es wahrscheinlich zu spät sein, um ihn zu erreichen. Ich wollte herausfinden, wann er vorhatte, in die Staaten zu fliegen, und vor allem, wozu er eine Kopie von Raisas Patientenakte brauchte. Mich beschlich die Befürchtung, dass er sie vielleicht in einer günstigeren Einrichtung unterbringen wollte und damit war ich nicht einverstanden. Ein festes, sicheres Umfeld war in ihrem Zustand wichtig für sie. Ich würde nicht zulassen, dass sie Rückschritte machte, bloß, weil er irgendwo die Chance sah, ein paar Hunderter zu sparen. Die Versicherungssumme, die wir damals für das abgebrannte Haus bekommen hatten, deckte ihre Kosten. Raisa war nur wegen des Feuers krank geworden. Das Geld gehörte ihr. Ich hoffte, dass Andrej das ebenfalls noch so sah.

»Los, Will. Raus aus dem Auto, sonst komme ich zu spät und gerade bei Professor Turner darf das heute nicht passieren.«

»Turner ist doch locker drauf.«

»Ja, aber ... Vergiss es, es würde zu lang dauern, das jetzt zu erklären.«

»Schön, ich steige aus. Aber morgen fahren wir fünf Minuten eher los. Dann können wir auch fünf Minuten länger hier sitzen bleiben«, meinte sie und fasste zum Griff der Wagentür.

»Das ergibt zwar keinen Sinn, aber wenn du es schaffst, deinen Hintern fünf Minuten früher aus dem Bett zu bewegen, soll es mir recht sein.«

»Wie machst du das überhaupt? Deine Wochenenden sind doch viel anstrengender als meine und trotzdem reißt du dich irgendwie immer vor mir von deinen Decken los.«

»Ich war am Wochenende zu Hause.«

Das ließ sie die Stirn in Falten werfen und sie versuchte, mir eine Hand auf die Stirn zu legen, um meine Temperatur zu prüfen. Ich drückte ihren Arm nach unten.

»Du warst zu Hause?«

»Ja, war ich.« Allerdings konnte ich ihr den Grund nicht verraten. Den süßen, sexy Grund, dessen Name mit *N* anfing und auf *ovalie* endete. »Schluss jetzt mit dem Zeitschinden. Ich muss meinen Dad anrufen, das ist privat. Also verschwinde endlich und geh in deinen Kurs.«

Will schnitt eine Grimasse, bevor sie nach ihrer Tasche griff, die Tür aufstieß und sich mit einem qualvollen Stöhnen aus dem Wagen hob. Ungeheuer langsam kroch sie um den *Fury* herum und ich sah zu, wie sie den Weg zum Campus einschlug.

Ich rieb mir mit einer Hand das Gesicht und nahm mein Handy aus der Ablage neben dem Lenkrad. Die Nummer meines Vaters zu wählen, fühlte sich meistens so an, wie zum Zahnarzt zu gehen – vor beidem konnte man sich aber letztendlich nicht drücken. Deshalb tippte ich kurz und schmerzlos aufs Display des Telefons und hielt es dann an mein Ohr.

»*Koljinko*«, begrüßte er mich fröhlich, nachdem es nur zweimal geklingelt hatte. Im Hintergrund hörte ich Maschinen arbeiten, er war also noch bei der Arbeit. »Wie schön, dass du es schaffst, deinen alten Herren zurückzurufen.«

»Du bist weder alt noch mein Herr«, konnte ich mir nicht verkneifen, zu sagen.

Er lachte. »Du würdest dich wundern, wenn du sehen könntest, wie grau meine Schläfen jetzt sind.«

Ich tat ihm nicht den Gefallen, auf seinen Small Talk einzugehen.

Das *kurz und schmerzlos* bezog sich vor allem auf kurz. »Du willst in die Staaten kommen?«

»Ja, ich habe gestern Abend den Flug gebucht. Ich lande am Samstag in zwei Wochen. Sehen wir uns zu Hause?«

Zu Hause? Sein Zuhause war in Moskau. »Wie lang wirst du bleiben?«

»Nur bis Montag. Ich würde dich an dem Wochenende sehr gern treffen.«

»Was willst du mit Raisas Krankenakte?«, wich ich aus, weil es nichts gab, was ich auf sein Bekenntnis erwidern konnte.

Er atmete seufzend aus. Andrej war nicht der Typ, der zurückhielt, was ihm durch den Kopf ging, weshalb mir das nicht sonderlich beruhigend vorkam. »Ich möchte wissen, wie es meiner Tochter geht«, sagte er dann.

»Du hast mit der Einrichtung telefoniert. Sie haben dir sicher erzählt, dass es Raisa den Umständen entsprechend gut geht.«

Mein Vater schwieg einen Augenblick. Lang genug, damit mir vor Wut die Kehle zuschwoll. Wenn es um meine Schwester ging, fehlte mir die Geduld.

»Ich habe erfahren, dass deine Mutter in einer Klinik ist, Kolja.«

Ich hielt den Atem an. Das war der Grund? Was hatte meine Mom mit Raisas Papierkram zu schaffen? »Sie macht eine Therapie.«

»Du meinst, sie macht *schon wieder* eine Therapie.«

»Diesmal ist es anders«, behauptete ich, ohne zu Zögern und aus vollster Überzeugung.

Meine Mom hatte ein Suchtproblem. Sie trank und nahm Beruhigungsmittel in hoher Dosis. Aber das tat sie schon, so lang ich denken konnte. Als ich noch zur Junior High ging, war sie das erste Mal in einer Klinik gewesen, zweimal während meiner Zeit auf der Highschool. Sie war danach immer eine Weile sauber geblieben, aber am Ende hatte die permanente Untreue meines Vaters doch wieder dafür gesorgt, dass sie ihren Kummer auf diese Weise erstickte. Als er uns Hals über Kopf verlassen und nach Russland zurückgegangen war, hatte er sie damit fast umgebracht. Er war schuld daran, dass Raisa ihr Leben in einer Pflegeeinrichtung verbrachte. Wäre er nicht gegangen, hätte meine Mom sich vielleicht zusammengerissen. Sie wäre nicht auf der Couch eingeschlafen und meine Schwester hätte nicht mit dem Herd gespielt oder hätte ihn unbeaufsichtigt angelassen. Das Haus wäre nicht in Flammen aufgegangen. Ich war in der Schule gewesen und ...

Meine Brust wurde eng, mein Herz klopfte in einem Käfig. Ich konnte nicht beschreiben, wie wütend ich auf den Mann am Ende der Leitung war und das inzwischen seit Jahren. Er hatte sich fein aus der Affäre gezogen, anstatt seiner kranken Frau zu helfen, und er hatte seine Kinder im Stich gelassen. Welcher Mensch tat so etwas? Wer ließ sein eigenes Fleisch und Blut mit einer Frau allein, die gewaltige Probleme hatte?

»Ich mache mir Sorgen, Kol.«

»Um Mom? Das ist lächerlich. Sie ist dir doch scheißegal.«

»Nicht um deine Mutter, sondern um Raisa. Ich weiß nicht, ob Gabriella in der Lage ist, sich um sie zu kümmern. Sie kann ja nicht mal Verantwortung für sich selbst übernehmen.«

»Sie ist in guten Händen und *ich* bin in der Lage, mich um sie zu kümmern.«

»Du bist selbst noch ein Kind, *Koljinko*.

»Ich bin verantwortungsbewusster, als du es je sein wirst, *Andrej*. Es hat dich damals nicht geschert, was aus uns wird und es kann dir jetzt auch egal sein.« Es ärgerte mich, dass dieser arrogante Mensch mich als Kind bezeichnete. Er kannte mich nicht.

»Du kannst mir nicht vorwerfen, dass ich mir Sorgen mache. Ich bin dein Vater, ich bin Raisas Vater. Ich werde mich also davon überzeugen, ob Raisa noch gut aufgehoben ist. Und ich würde dich bei der Gelegenheit gern sehen.«

Was sollte das? Dass er ständig wiederholte, mich sehen zu wollen. Es beruhte nicht auf Gegenseitigkeit, aber ich würde ihn unter keinen Umständen allein zu Raisa lassen. Ich wusste nicht, ob ich ihm nicht zutrauen musste, sie klammheimlich aus dem Heim zu entführen. Denn ich kannte ihn ebenso wenig wie er mich. Jahre lag es zurück, dass er sich wie ein Dad verhalten hatte.

»Schick mir eine E-Mail, in der steht, wann dein Flieger ankommt. Ich werde dann am Flughafen sein.«

»Du machst mich gerade sehr glücklich, *Koljinko*.«

»Bis dann.« Ich drückte das Gespräch weg und bemerkte, dass sich meine Finger um das Telefon verkrampft hatten. Was glaubte er, wer er war? Nach Jahren des Desinteresses plötzlich auftauchen zu wollen, um zu überprüfen, ob es meiner Schwester gut ging. Was wusste er schon von ihr oder uns? Die Chancen, dass meine Mom den Entzug diesmal schaffte, standen um das Zehnfache besser als all die Male davor. Wenn sie entlassen wurde, kam sie nicht zurück in das Haus eines Mannes, der sie nicht liebte und nach Strich und Faden belogen hatte. Sie konnte sich dann ein eigenes Leben aufbauen. Raisa stand unter meinem persönlichen Schutz. Ich war für sie da gewesen, als es niemand mehr war und nur über meine Leiche würde dieser Mistkerl aus Russland bestimmen, was von nun an mit ihr passierte.

12. KAPITEL

Novalie

»Warum hat sich Julien gestern Abend auf seinem Zimmer versteckt? Habt ihr beiden immer noch Stress?« Davis, der mir zufällig vor meinem Kursraum begegnet war, schulterte seinen schwarzen Rucksack. Das Teil sah winzig an ihm aus, da er sogar noch ein paar Zentimeter größer als Kol war. Er hielt mir die Tür zur Mensa auf und ich schlüpfte unter seinem Arm hindurch ins Gebäude.

Ich hatte noch niemandem erzählt, dass Julien und ich gerade eine *Pause* einlegten. Zum einen, weil es kein Gesprächsstoff für ein gemeinschaftliches Abendessen war; ich diskutierte mein Liebesleben nicht mit einer hungrigen Meute. Zum anderen, weil ich mich nicht mit der Trennung beschäftigen wollte. Das komplizierte Durcheinander in meinem Kopf war mir lieber als ein schweres Herz. Mir ging es gut. Außer an dem Tag, an dem er mir unsensibel an den Kopf geworfen hatte, dass ich ihn zu Tode langweilte und er Abstand brauchte, hatte ich nicht geweint. Dank Kolja und seinen Ablenkungsqualitäten. Allerdings war ich nicht sicher, ob es mich nicht doch zerreißen würde, wenn ich wieder anfing, intensiver darüber nachzudenken oder zu sprechen. Außerdem müsste ich dann eine Entscheidung treffen. Wollte ich ihn wiederhaben? Oder einen Haken hinter das Kapitel setzen? Ich wusste es nicht und wollte es, um ehrlich zu sein, im Moment auch nicht wissen. Es war ja nicht mal sicher, ob überhaupt eine Chance bestand, selbst wenn ich ihn zurückwollen würde.

»Nein, wir haben keinen Stress«, antwortete ich und schob mich an ein paar Leuten vorbei zur Essensausgabe. »Und er hat sich nicht versteckt. Er war nicht zu Hause.«

Julien war vormittags weggegangen und ultraspät zurückgekommen, ich lag schon im Bett, als ich ihn hörte. Willow hatte mich vor dem Essen gefragt, ob sie auch für ihn decken sollte und sich nach einem *Nein* vom Thema ablenken lassen. Es war nicht ungewöhnlich, dass er durch Abwesenheit glänzte. Jeder bei uns in der WG wusste, dass Julien nicht der geselligste Typ war und Gemeinschaftsveranstaltungen nichts für ihn waren. Oh, mit Ausnahme natürlich, sie wurden von BH-losen

Verbindungsschwestern organisiert.

»Wo hat er sich denn rumgetrieben? Halt, ich kann ihn das gleich selbst fragen.« Davis deutete mit dem Kinn zum Ende der Mensa.

Ich folgte der Bewegung mit meinem Blick und sah Julien zusammen mit Jacky und einer Freundin von ihr an einem der länglichen Tische sitzen. Es war Montag und montags hatte er seinen ersten Kurs erst um eins. Er musste gerade erst eingetroffen sein.

Na prima. Ich fand nicht, dass es meine Aufgabe war, Davis zu erzählen, dass wir nicht mehr zusammen waren. Julien stand ihm näher als ich, die beiden kannten sich, bevor wir in der WG eingezogen waren. Er hätte es ihm sagen müssen, eigentlich schon am Freitag, als sie ohne mich gemeinsam zur Uni gefahren waren. Warum behielt er das für sich? Ich hatte keine Lust, dass er Davis darüber aufklärte, während ich direkt daneben saß. Und heile Welt würde ich sicherlich auch nicht spielen, falls ihm das vorschwebte. Dass er mich in eine so unbequeme Situation brachte, ärgerte mich.

Ich zog meinen Studentenausweis aus der Tasche meines beigen Parkas, nahm ein Tablett von einem Stapel links der Ausgabe und stellte mich neben Davis in die Reihe, um mir ein Stück Auflauf zu holen.

»Wir haben Schluss gemacht«, sagte ich, den Blick auf die Auslage mit dem Nachtisch gerichtet. Es war unvermeidbar, ihn aufzuklären.

»Ihr habt *was*?«, fragte er ungläubig.

»Schluss gemacht. Eine Pause eingelegt. Was auch immer.« Ich zuckte die Schultern.

»Du meinst, so wie Jacky und ich kurz bevor sie eine Prüfung hat und wieder mal ausflippt, weil sie behauptet, ich würde sie vom Lernen abhalten?«

»Nein, ich meine nicht wie Jacky und du.« Vor einer Prüfung verkündete Jacky jedes Mal, dass sie ein Time-out nahm. Ihre Beweggründe waren total charmant, sie erklärte nämlich, dass sie sich nicht auf ihre Bücher konzentrieren könnte, wenn ihr unwiderstehlicher Freund in der Nähe wäre. Kein Vergleich zu Juliens Wunsch nach Abstand von mir.

»Hast du ihn verlassen?«, hakte er nach. Ein unterschwelliger Vorwurf schwang in seiner Stimme mit.

»Nein. Und vielleicht lässt du dir den Rest besser von ihm erzählen.«

Davis atmete kräftig aus. Ich fühlte seinen Blick auf meinem Gesicht. »Ich weiß nicht, was zwischen euch vorgefallen ist, aber wenn er behauptet hat, eure Beziehung beenden zu wollen, kann ich dir sagen, dass das Schwachsinn ist. Wir haben uns letzte Woche noch darüber unterhalten, ob wir im Sommer nicht zu viert für zwei Wochen ein Ferienhaus in Savannah mieten sollen. Jacky stammt doch aus der Gegend und es war Juliens Idee gewesen, dass ihr uns begleitet.«

Er hatte letzte Woche noch Urlaubspläne mit Davis gemacht, die mich einschlossen? Das war ... unfassbar. Vielleicht war ihm erst danach bewusst geworden, dass er Chancen bei Audrey hatte. Oder er war zu feige gewesen, Davis zu sagen, dass voraussichtlich ein anderes Mädchen mitfahren würde. Er war noch nie irgendwo mit mir hingefahren, mit Ausnahme der beiden Male, als wir zusammen unsere Familien besucht hatten. Möglicherweise nahm er aber auch an, dass er sich die Sache mit mir warmhalten konnte, weil er davon ausging, dass sich sein Flirt mit Audrey bis zum Sommer erledigt hatte.

Davis nahm mir meinen Ausweis ab und reichte mir dafür einen Teller mit überbackenen Makkaroni. Er übergab den in Folie eingeschweißten Wisch zusammen mit seinem an die Frau hinter der Theke und schob ihn mir kurz darauf zurück in die Tasche. Als wir uns umdrehten, sah ich mich nach einem freien Platz um.

»Du willst dich nicht an einen anderen Tisch setzen? Das ist doch albern.«

»Nein, das ist nicht albern. Die Stimmung zwischen uns ist angespannt, ich will euch nicht das Essen verderben.« Vor allem wollte ich es mir nicht vermiesen lassen, aber meine Antwort kam mir höflicher vor.

»Du verdirbst es mir, wenn du mich von meiner Freundin fernhältst. Du und Julien wohnt zusammen. Nicht gerade eine gute Ausgangsposition, um ihm aus dem Weg zu gehen.«

»Ich halte dich nicht von Jacky fern. Geh schon zu ihr.« Es war ja nicht so, als ob wir ständig in der Cafeteria aufeinanderhockten. Es kam sogar ausgesprochen selten vor, dass er und Jacky bei mir und Julien saßen, obwohl er und Julien einige Kurse zusammen besuchten.

Davis war anzusehen, dass er mit seinem Gewissen kämpfte. Es war edel von ihm, dass er mich nicht allein lassen wollte, allerdings hatte ich kein Problem damit. Er und Julien waren nicht die einzigen Leute, die ich hier an der Uni kannte, auch wenn die meisten meiner Bekannten aus Juliens Ecke kamen. Glücklicherweise fiel mein Blick im richtigen Moment auf eine Kommilitonin von mir, die nur ein paar Schritte entfernt mit ein paar Mädels am Tisch saß. Es gab noch einen freien Stuhl.

»Oh, da ist Hanna. Ich habe sowieso noch eine Frage zu der Vorlesung in Algorithmik heute Morgen. Also, lass dir den Auflauf schmecken«, entband ich ihn von seinem Solidaritätsdenken.

»Soll ich Julien den Kopf waschen?«, fragte er, bevor ich mich unsichtbar machen konnte.

»Danke, Davis. Aber das ist eine Sache zwischen Julien und mir. Ich glaube, es wäre besser, wenn das auch so bleibt.«

Er nickte verständnisvoll.

Mir klemmte ein Seufzer in der Brust, als ich mich auf den Weg an Hannas Tisch machte. Ich sorgte mich ein bisschen wegen Davis' Verhalten. Würden unsere Mitbewohner oder Freunde, die wir teilten, das Gefühl haben, sich für eine Seite entscheiden zu müssen? Julien oder Novalie? Kols Worte an Julien lagen mir noch gut im Gedächtnis; sie hatten etwas Ähnliches angedeutet. Mir gefiel der Gedanke nicht, dass sich vieles verändern würde, wenn das Ende von meiner Beziehung erst die Runde gemacht hatte. Ich mochte mein Leben. Ich hatte keine Lust, es komplett umzukrempeln. Die tausend Gewohnheiten, die Julien betrafen, über den Haufen zu werfen, reichten mir völlig.

»Warum einfach, wenn es auch kompliziert geht«, murmelte ich vor mich hin und beförderte ein Lächeln auf meine Lippen, um einen guten Eindruck zu machen, als ich den freien Stuhl an Hannas Tisch erreichte. Schließlich konnte es sein, dass ich mich ab jetzt öfter zu ihr gesellen musste. Zumindest, bis ich bereit dafür war, über alles andere nachzudenken.

XOXO

Ich war müde wie ein Hund, der lange Tag steckte mir in allen Knochen und mein Haar roch nach Kuchen, als ich den Haustürschlüssel an meinem Bund suchte und die Stufen der schmalen Veranda hochstieg. Immer, wenn ich eine Schicht in *Hapers Bakery* hinter mir hatte, klebte ein süßer Geruch an mir. Er störte mich nicht. Im Augenblick störte mich gar nichts; alles, woran ich denken konnte, war mein Bett und daran, die Augen zu schließen. Normalerweise standen wir nachmittags zu zweit in der Konditorei, aber die neue Aushilfe hatte das Handtuch geworfen. Da man in so einem Fall in der Regel *mich* anrief, um den Ausfall zu kompensieren, *ich* aber schon da gewesen war, weil Isobel ein paar Tage frei hatte, war ich in den Genuss gekommen, die Arbeit allein zu bewältigen. Zu allem Überfluss hatte ich noch knapp den Bus verpasst und einen Umweg in Kauf nehmen müssen, der mich zweimal zum Umsteigen zwang.

Ich schloss die Tür auf, betrat den Hausflur und ... sah Julien auf der Treppe nach oben sitzen. Ich hatte noch nie gesehen, dass er oder sonst jemand dort herumlungerte, weshalb mich der Anblick irritierte. Unwillkürlich schlug ich die Stirn in Falten und musterte ihn. Er trug dunkelblaue Jeans und mein Lieblingssweatshirt. Es war hellgrau und hatte einen asymmetrischen Reißverschluss, der sich vom Kragen aus quer über die Brust zog. Seine Füße steckten in Socken, keine Schuhe und ich konnte weder hinter ihm noch sonst wo in seiner Nähe eine Jacke ausmachen. Es schien nicht so zu sein, als ob er darauf wartete, von irgendwem abgeholt zu werden.

Mein Mund wurde seltsam trocken und ich konnte spüren, wie sich ein dumpfes Gefühl in mir breitmachte. Es war nicht so stark wie vergangenen Freitag, ich war sicher, dass ich es händeln konnte. Aber es ließ sich auch nicht leugnen. Wie ein sich aufblähender Ballon dehnte es sich in meinem Brustkorb aus. Er hatte mich verletzt. Es tat immer noch weh und wahrscheinlich würde es noch eine ganze Weile wehtun. Zumindest, wenn ich ihm Auge in Auge gegenüberstand. Genau aus diesem Grund wollte ich das vermeiden.

»Hey«, sagte ich, da ich spontan beschloss, auf die unerwartete Konfrontation wie eine Erwachsene zu reagieren. Es wäre kindisch gewesen, ihn zu ignorieren.

»Hey«, erwiderte er.

Ich drückte die Tür hinter mir zu und hing den Schlüssel ans Brett. Eigentlich hatte ich mir den gesamten Nachhauseweg über vorgestellt, sofort nach oben zu gehen und in mein Bett zu fallen. Mich auszustrecken und Kraft zu tanken, bevor ich irgendwann noch mal aufstand, um das Bad zu benutzen. Leider sah es nicht danach aus, als ob Julien den Weg räumen wollte und es widerstrebte mir, mich an ihm vorbeizuschieben und ihn dabei womöglich zu berühren. Ich wollte ihn auch nicht bitten, mir Platz zu machen oder ihn fragen, was er auf den Stufen verloren hatte. Deshalb ging ich zunächst – feige – in die Küche, die ich zu meinem Bedauern leer und dunkel vorfand. Ich schaltete die Lampe über dem Esstisch ein und trat dann an den Kühlschrank, um eine Flasche Mineralwasser aus dem Seitenfach zu nehmen.

»Du kommst heute spät nach Hause.«

Ich zuckte leicht zusammen und fuhr herum, weil ich nicht gehört hatte, dass er mir gefolgt war. Schlich er neuerdings wie Dutch durch die Räume, um Leute zu erschrecken? »Ja, ich hab den Bus knapp verpasst und musste den langen Weg nehmen«, erklärte ich perplex darüber, dass er mit mir redete.

»Du hättest anrufen können.« Julien lehnte sich mit einer Schulter an den Türrahmen.

Stopp. *Was*? »Warum sollte ich das tun?«

»Na ja, weil du immer anrufst, wenn du den Bus verpasst hast.«

Okay, das war verwirrend. Ich scheute mich nicht, meiner Verwunderung Ausdruck zu verleihen, indem ich die Augen etwas zusammenkniff und ihn anstarrte. »Das war, bevor du mir gesagt hast, dass ich dich ankotze, Julien.«

Er rieb sich verlegen das Kinn. »Du weiß, wie das gemeint war. Es sollte nicht heißen, dass du mich nicht anrufen kannst, wenn du in Schwierigkeiten steckst.«

»Ein verpasster Bus sind keine Schwierigkeiten. Und ja, ich weiß, wie es gemeint war. Du hast keinen Raum für Interpretationen gelassen und dich klar ausgedrückt«, erinnerte ich ihn.

»Du hast Davis heute gesagt, dass wir uns getrennt hätten.«

Daher wehte also der Wind. »Ist das ein Problem? Ich hatte keine Lust, ihn anzulügen, als er mich fragte, ob wir Streit haben. Warum sollte ich unsere Trennung verheimlichen?«

»Ich dachte, wir legen eine Pause ein, Novalie. Von Trennung war doch gar nicht die Rede. Ich muss sagen, dass es sich nicht besonders gut angefühlt hat, aus seinem Mund zu erfahren, dass für dich unsere Beziehung beendet ist.«

Beinah hätte ich aufgelacht. Der Kerl besaß neuerdings Humor. »Ernsthaft, Julien? Ich hätte dir ein bisschen mehr Rückgrat zugetraut. Du solltest lernen, zu deinen Entscheidungen zu stehen.«

»Ich habe nie gesagt ...«

»Stimmt, hast du nicht«, fuhr ich dazwischen. »Dafür warst du nicht Manns genug. Du hast um den heißen Brei herum- und Quatsch von einer Pause geredet, in der wir auf Abstand gehen und uns mit anderen treffen sollen. Glaubst du, du kannst mich verletzen, wie Luft behandeln und Audrey ein paar Wochen lang vögeln? Hast du gedacht, ich sehe mir das Spielchen geduldig an und tue dann später so, als wäre nie was gewesen? Entschuldige bitte, aber offensichtlich bin ich nicht die Idiotin, für die du mich hältst.«

Er richtete den Blick auf den Boden. Seine Ohren waren rot. »Ich dachte, dass es uns guttun würde, wenn wir mal nicht ständig aneinanderkleben. Ich habe nicht erwartet, dass du deshalb unsere Beziehung infrage stellst.«

»Du warst das Wochenende mit einer anderen Frau zusammen«, presste ich hervor. Und ich mit einem anderen Mann. Ich würde ihm das sicherlich nicht an den Kopf werfen – anders als Julien lag es mir fern, Menschen absichtlich zu verletzen. Warum sollte ich ihm wehtun und sagen, dass ich mit Kolja geschlafen hatte? Für meine Begriffe waren wir getrennt. Ich musste ihm also nichts beichten. Falls es je noch mal dazu kommen sollte, dass wir in Erwägung zogen, es noch mal miteinander zu probieren, konnte ich immer noch reinen Tisch machen. Alles andere wäre nur ein Auf-Gefühlen-Herumtrampeln gewesen.

»Novalie ...«

»Was, willst du abstreiten, dass du mit Audrey zusammen gewesen bist?«

Er hob den Blick. »Nein.«

Gott, seine Antwort traf mich unvorbereitet. Wie ein Giftpfeil. Meine Frage war rhetorisch gewesen. Ich wollte nicht hören, dass er es mit ihr getrieben hatte. Das stille Wissen darum war schon demütigend genug.

Ich schloss die Finger fester um die Wasserflasche und ging auf ihn zu, in der Hoffnung, dass er zur Seite weichen und mir Platz machen würde. Ich hielt es keine Sekunde länger in Gegenwart von diesem Arsch aus. Das dumpfe Gefühl wurde zunehmend stärker. Bis eben hatte sich mein Leiden im Rahmen gehalten und ich hasste ihn in diesem Moment dafür, dass er damit wohl nicht zufrieden war. »Geh mir aus dem Weg.«

»Novalie.«

»Ich schwöre dir, Julien, wenn du nicht sofort zur Seite gehst, werde ich dich schubsen.«

»Wir müssen das klären.«

Ich legte eine gehörige Portion Wut in meine Stimme. »Du bist nicht in der Position, mir zu sagen, was ich tun muss. Vielleicht hast du das nicht begriffen, aber du hast alles kaputtgemacht. Ich habe ehrlich darüber nachgedacht, was ich tun könnte, um dich zurück*zubekommen*, und ich schäme mich entsetzlich dafür. Die Lage sieht nämlich anders aus. *Du* bist in der Situation, dir Gedanken darüber machen zu müssen, was *du* tun könntest, damit ich dich zurück*nehme*.«

Julien wirkte erstaunt über meine Ansage und meinen Ausbruch, er machte einen Schritt nach hinten und gab langsam den Weg frei. Sein Blick lief mir wie ein Schauer über die Haut, aber gleichzeitig fühlte ich mich befreit.

Vielleicht hatte ich mich deswegen innerlich gewehrt, mich schärfer mit unserer Lage auseinanderzusetzen. Sie lag nicht in meiner Hand. Es war nicht an mir, um ihn zu kämpfen, er musste bitte schön auf Knien vor mir herumrutschen. Mit viel Gnade konnte ich dann darüber nachdenken, ihm eine zweite Chance zu geben. Aber zunächst war er am Zug. Schließlich hatte er mein Vertrauen missbraucht.

Ich überquerte den Flur und erreichte die Treppe, als die Tür von Kols Zimmer aufging und er mit schlecht gelaunter Miene heraustrat. Sein Blick streifte meinen, flüchtig und unbeteiligt. Ich blieb stehen, um ein paar Worte mit ihm zu wechseln, allerdings ließ er nur ein knappes *Hi* von sich hören, bevor er in abweisender Haltung in die Richtung verschwand, aus der ich gekommen war.

»Ja, hi«, rief ich ihm nach und konnte den verärgerten Tonfall über diese *Begrüßung* nicht unterdrücken.

Was war nur los mit den Kerlen? Glaubten die wirklich alle, sie konnten ein Mädchen so behandeln, wie es ihnen gerade in den Kram passte? Erst ewige Liebe versprechen und dann eine andere vögeln oder Sex mit einer Frau haben, um ihr am nächsten Tag die kalte Schulter zu zeigen? Das war mehr als daneben.

Eine Sekunde lang überlegte ich, darauf zu warten, dass er aus der Küche zurückkam, aber Julien war ebenfalls dort verschwunden und die beiden schnauzten sich an. Deshalb beschloss ich, schnellstens das Weite zu suchen und die Männer ihren Hahnenkampf lieber allein austragen zu lassen.

13. KAPITEL

Kol (13 Jahre alt)

»Mom? Du musst aufstehen.« Ich stehe im abgedunkelten Wohnzimmer vor der weißen Ledercouch, auf der meine Mutter schläft, und weiß nicht, was ich tun soll. Sie hat mir bereits fünfmal versichert, dass sie in einer Minute da sein wird, aber sich dann nur auf die andere Seite gedreht. Raisa muss gleich in den Kindergarten, ich zur Schule und mein Dad ist nicht da, um uns zu fahren. »Mom?«

»Es ist noch früh«, murmelt sie verwaschen.

»Nein, es ist nicht früh. Wir hätten schon vor zehn Minuten losfahren müssen«, sage ich barsch. Mein Blick schweift über die leeren Weinflaschen auf dem Glastisch. Sechs an der Zahl, die siebte ist noch halb voll. Ich bin kein Idiot. Ich weiß, dass sie nicht aufstehen wird. Es ist nicht das erste Mal, dass das passiert. Sie trinkt, wenn sie abends mit Dad gestritten hat, was mehrmals die Woche vorkommt. An den übrigen Abenden trinkt sie aus anderen Gründen. Wahrscheinlich wäre es keine gute Idee, wenn sie sich in dem Zustand ans Steuer setzt, aber welche Wahl habe ich? Ich könnte notfalls zu Fuß zur Schule gehen und zu spät kommen. Aber Raisas Kindergarten ist noch ein paar Blocks weiter entfernt und ich kann meine vierjährige Schwester schlecht mit unserer betrunkenen Mom allein lassen.

»Weißt du was? Vergiss es«, schnaube ich, wende mich ab und stampfe mit hart schlagendem Puls zurück in die Küche.

Raisa sitzt am Esstisch vor einer leeren Cornflakesschale. Das rosafarbene T-Shirt mit den Elefanten darauf ist etwas zu klein, aber ich konnte heute Morgen kein anderes finden. »Ist Mommy krank?«, fragt sie mit ihrer piepsigen Stimme.

»Mom geht es nicht gut«, antworte ich. »Wir müssen zu Fuß gehen.«

»Ich will nicht. Mommy soll uns fahren.«

»Ich will auch nicht, aber wir müssen.« Wenn wir uns beeilen, schaffe ich es vielleicht pünktlich zum Englischtest in der zweiten Stunde. Ich kann es mir nicht leisten, schon wieder eine Klausur zu verpassen. »Hol deinen Rucksack.«

Raisa hat Tränen in den Augen. »Mommy soll uns fahren.«

»Mommy wird uns aber nicht fahren«, sage ich härter, als ich eigentlich will. Falls sie losweint werde ich irgendwo dagegentreten. Ich weiß, dass sie nicht heult, weil wir zu Fuß gehen müssen, sondern weil sie sich Sorgen um unsere Mutter macht. Das macht es noch schlimmer. »Jetzt hol deinen Rucksack, sonst komme ich zu spät zu meinem Test.«

»Wo ist Daddy?«

»Keine Ahnung, wahrscheinlich arbeiten«, lüge ich. Er hat die Nacht nicht zu Hause verbracht. Wahrscheinlich war er bei dieser Frau – Ivana –, mit der ich ihn manchmal telefonieren höre.

Raisa rutscht vom Stuhl. Sie wischt sich über die Augen und kommt meiner Aufforderung nach. Sie verschwindet aus der Küche, ein paar Sekunden später knarrt die Treppe, da sie auf dem Weg in ihr Zimmer ist, um ihren Rucksack zu holen.

Ich nehme die Cornflakesschale und das Milchglas vom Tisch, spüle es unter dem Wasserhahn aus und stelle beides in die Geschirrspülmaschine. Dutch, Raisas launischer Monsterkater, springt auf die Anrichte und schlägt mit einer Pfote nach mir.

»Richtig, dich habe ich beinah vergessen.« Ich nehme eine Puddingschüssel aus einem Hängeschrank und schütte ein paar Brocken Trockenfutter hinein. Dutch fällt sofort hungrig über sein Frühstück her und ich verspüre ein schlechtes Gewissen, weil ich glaube, ihn wirklich seit zwei Tage vergessen zu haben.

Mist, meine Schwester wird mich köpfen, wenn das Vieh eines Tages verhungert.

Als ich meine Jacke anziehe und meine Schultasche vom Haken im Flur nehme, kommt Raisa die Treppe herunter. Sie hat nicht nur ihren Pinky-Dinky-Doo-Rucksack, sondern auch ihren Stoffbären geholt. Außerdem hält sie ein Glitzerhaargummi in der Hand. »Kann Mommy mir einen Zopf machen?«, fragt sie.

»Nein. Aber ich kann das. Komm her und dreh dich um.« Ich klinge genervt, weil uns die Zeit davonläuft. Aber Raisa wird keine Ruhe geben, bis ihr jemand diesen blöden Zopf gemacht hat.

»Mom nimmt immer die Bürste«, meckert sie, als ich ihre Haare mit den Fingern durchkämme.

»Mom ist auch nicht so cool wie ich. Nur Loser nehmen eine Haarbürste, Raisa.«

Sie kichert.

»Was ist daran lustig?«

»Du hast Mommy einen Loser genannt.«

»Im Gegensatz zu mir ist sie ja auch einer.«

»Wird Mommy sterben?«, fragt sie, als ich mein Kunstwerk an ihrem Hinterkopf festziehe. Die Frage bringt etwas in mir zum Erliegen. Ich weiß nicht, was ich darauf antworten soll, denn manchmal hab ich dieselben Gedanken. Es könnte sein, dass sie stirbt. Ihren Bruder hat es schließlich auch erwischt, weil er ein Suchtproblem hatte.

»Vermutlich nicht«, sage ich dennoch, um Raisa zu beruhigen, und denke,

dass ich wahrscheinlich zuerst unseren Vater umbringen werde. Er ist meistens der Grund dafür, dass sie trinkt, das habe ich öfter beobachtet. Vielleicht wäre es gut, wenn nur noch Raisa und ich übrig wären und meinetwegen noch Dutch. Dann könnte ich mir einen Plan überlegen, wie es weitergeht, ohne dass der von Leuten über den Haufen geworfen wird, die sich schon lang nicht mehr um uns scheren.

XOXO

Gegenwart

Mein Kopf wollte seit vier Tagen platzen. Ich hatte meinem Vater die Stirn geboten und versucht, ihn in seine Schranken zu weisen, war aber nicht sicher, ob er sich davon beeindrucken ließ. Die Tatsache, dass er, was Raisa betraf, alle Karten in der Hand hielt, drückte mir wie eine Faust auf den Magen.

Die Kosten für *Hedders Ridge* – so hieß die Einrichtung, in der meine Schwester wohnte – waren so verdammt hoch, dass Mom und ich sie nicht stemmen konnten. Wie ich es auch drehte, wir waren auf Andrejs Wohlwollen angewiesen und ich hasste nichts mehr, als auf die Güte dieses Mannes zu hoffen. Er war nicht gütig. Ich kannte ihn von klein auf nur als Egoisten. Einen, der nun offensichtlich beschlossen hatte, Raisas Versorgung infrage zu stellen. Einfach beunruhigend.

Ich schob die Hände in meine Hosentaschen und überquerte die Einbahnstraße auf Höhe der Konditorei, in der Novalie arbeitete. Der Laden war bereits geschlossen, doch durch das große Fenster konnte ich sehen, dass sie noch dabei war, hinter der Auslage aufzuräumen. Aus irgendeinem Grund verhielt sie sich mir gegenüber die letzten Tage, als wäre ich ihr auf die Zehen getreten und da ich zufällig in Downtown gewesen war, um Motoröl für den *Fury* zu besorgen, wollte ich sie unter vier Augen fragen, was genau ich verbrochen hatte. Zumindest lautete so der offizielle Grund. Der inoffizielle war, dass ich unbestreitbar ihre Nähe suchte. Ich brauchte Ablenkung von dem beschissenen Gespräch mit Andrej und zu Hause schwirrte ständig einer der Nervensägen um sie herum. Es erschien mir eine gute Idee, sie von ihrer Schicht abzuholen, da mein Wochenende mit einem Besuch bei Raisa verplant war.

Das *Geschlossen*-Schild hing am Eingang, allerdings hatte Novalie die Konditorei noch nicht zugesperrt. Ich drückte mit der Hüfte gegen die Tür, um sie aufzuschieben und betrat den Laden.

Sie war hinter der Theke abgetaucht, um den vollen Müllbeutel aus einem Abfalleimer zu nehmen und das Teil zuzuknoten.

»Wir haben geschlossen«, sagte sie, weil sie wohl meine Schritte hörte und fügte dann ein überraschtes *Kol* an, als sie sich aufrichtete und ich vor der leeren Backwarenvitrine auftauchte.

Ich schenkte ihr ein Lächeln. »Novalie.«

»Was machst du hier?«

Die Frage war berechtigt. Die Male, als ich in *Hapers Bakery* gewesen war, ließen sich an zwei Fingern abzählen.

»Sieht so aus, als würde ich dich von der Arbeit abholen.«

Sie blinzelte verwirrt. Ihre langen Wimpern strichen über ihre Haut, bevor sie sich mit der Hand, in der sie nicht den Müllbeutel hielt, an einer Augenbraue kratzte. »Wie komme ich zu der Ehre?«

Ich ließ meinen Blick langsam über sie gleiten, als wäre das Antwort genug. Brauchte ein Kerl wirklich eine Erklärung dafür, um ein hinreißendes Mädchen, deren verführerisch langen Beine in schwarzen Leggins steckten, von der Arbeit abzuholen? »Ich hatte das Gefühl, du wärst sauer auf mich«, fügte ich meiner Geste hinzu, da sie offenbar nicht auf Anhieb verstand, was ich meinte.

»Wie kommst du darauf?«

»Ich weiß nicht, vielleicht, weil wir diese Woche höchstens dreimal ein *Hi* gewechselt haben?«

»Dir waren nicht mehr Worte zu entlocken«, behauptete sie.

Vielleicht war das sogar die Wahrheit. Meine Laune war zurzeit nicht die beste. »Ich hatte ein paar beschissene Tage.«

»Nein, du hast es vermieden, mit mir zu reden«, stellte sie klar.

»Das stimmt nicht. Ich habe es generell vermieden, viel zu reden, nicht bloß mit dir. Aber dreimal ein *Hi* waren selbst für meinen Geschmack etwas wenig. Ich finde, wir hätten mindestens fünf Sätze mehr austauschen müssen.«

Ihre Mundwinkel zuckten vorsichtig. »Ich bin hier in zwei Minuten fertig, meinetwegen kannst du mich dann vollquatschen, falls dir der Sinn danach steht.«

»Und falls mir der Sinn nach etwas anderem steht?«, wollte ich wissen.

Sie öffnete den Mund, schloss ihn und sagte schließlich: »Dann bin ich hier auch in zwei Minuten fertig.«

»Gut, dann warte ich einfach.«

Novalie verschwand mit dem Müllbeutel in einem angrenzenden Hinterzimmer und ich hörte sie dort herumhantieren. Ich stand ein bisschen dumm in der Gegend rum, während ich darüber nachdachte, dass ich so was noch nie gemacht hatte. Ein Mädchen abgeholt, ohne dass wir eine Verabredung gehabt hätten. Es war kein typischer Kolja-Zug, ohne Ankündigung bei einer Frau aufzutauchen. Aber Novalie war auch nicht irgendein Mädchen; wir wohnten zusammen und ich mochte sie. Was nicht der Normalfall war. Meistens traf ich mich nur mit Frauen, die ich von vornherein als *nicht interessant genug für ein zweites Treffen* einstufte und das war pure Absicht. Meine Eltern hatten sich auf dem College kennengelernt, mein Dad war hier Austauschstudent gewesen. Die beiden hatten als abschreckendes Beispiel dafür, was aus einer Collegeliebe werden konnte, fungiert. Man sollte sich nicht dermaßen jung an einen anderen Menschen binden, weil die Gefahr, dass es schiefging, tausendmal größer war als die, dass es klappte. Deshalb war ich fest entschlossen, die Uni hinter mich zu bringen, ohne mich in eine Beziehung zu stürzen. Ich hatte noch weniger als anderthalb Jahre vor mir und mich bisher ohne Patzer an meinem Plan festgehalten. Vielleicht war es dumm, mich jetzt auf ein *interessant-genug*-Mädchen einzulassen, aber dafür war es wohl längst zu spät. Ich konnte nur hoffen, dass *interessant genug* nicht gleich für ein *Ich-will-was-Ernstes-von-dir* reichte. Dass ich sie mochte, bedeutete nicht, dass ich auch Lust hatte, irgendwelche romantischen Gefühle entwickeln zu wollen.

Als die zwei Minuten um waren, wie ich auf der Uhr an der Wand lesen konnte, umrundete ich die Auslage und bog durch den Durchgang, hinter dem Novalie verschwunden war.

Ich war noch nie in einer Backstube gewesen und der mit Edelstahlgeräten vollgestellte Raum kam mir, um ehrlich zu sein, etwas klein vor. Die Arbeitsfläche blitzte sauber, war allerdings nicht viel größer als die in unserer WG-Küche.

Novalie stand auf Zehenspitzen mit dem Rücken zu mir an einem langen, hohen Schrank und versuchte mit den Fingern, eine Packung Kaffee zu erreichen. Ich betrachtete ausgiebig die reizenden Rundungen ihres Hinterns, an den sich die Leggins wie eine zweite Haut schmiegte. Ihr dunkelblaues Shirt war ein Stück nach oben gerutscht und ließ einen Zentimeter ihrer weichen Haut über dem Bund erkennen. Ihr kunstvoll geflochtener Zopf erreichte beinah diese Stelle.

Scheiße, sie war einfach heiß und ihr Anblick sprach direkt

meinen Schwanz an. Das Verlangen, an sie heranzutreten und ihr zur Hand zu gehen, nur um meinen Körper dabei an ihren zu pressen, war plötzlich riesig. Ich wartete noch einen Herzschlag lang, in der Hoffnung, dass das Verlangen verebbte, aber gegen den Hormon-Tornado, den ihr süßer Arsch durch mein Blut wirbeln ließ, kam mein Verstand nicht an. Ich gab mich geschlagen, ohne es vorher besonders intensiv zu versuchen, ging zu ihr hinüber und blieb hinter ihr stehen. Sie erschreckte sich nicht, als meine Brust ihren Rücken berührte und ich an ihr vorbei nach dem Kaffee griff, den sie nicht erreichte.

»Das ist Folter und ich glaube, du hast es bewusst darauf angelegt«, sagte ich, den Mund direkt an ihrem Ohr.

Der winzige Schauer, den mein Atem auf ihrer Haut auslöste, trieb meinen Herzschlag nach oben. Mein gesamtes Blut floss in meinen Unterleib, ich wurde augenblicklich so hart, dass sich mein Penis gegen den Reißverschluss der Jeans drückte. Verdammt, ich hatte mich in ihrer Gegenwart echt nicht im Griff.

Novalie wollte sich umdrehen, doch ich ließ es nicht zu. Bevor sie zurück auf ihre Fußballen wippte, schlang ich einen Arm um ihre Taille, hielt sie fest und fuhr mit den Lippen über ihren Hals.

»Gib zu, dass das Absicht war.«

»Was genau meinst du?«, fragte sie mit zittriger Stimme, die offenbarte, dass sie die kleinen Küsse, die ich auf ihre Haut hauchte, nicht kaltließen.

Ich legte den Kaffee auf eins der Bretter weiter unten im Schrank und schlang den anderen Arm auch noch um sie. »Du hast mit deinen Reizen gespielt und mir deinen hübschen Hintern entgegengestreckt.«

Sie sagte nichts, was wohl bedeutete, dass ich richtiglag. Es amüsierte mich, dass sie ihre Köder auswarf und ich nur allzu bereit war, diese zu schlucken.

Ich ließ eine Hand unter ihr Shirt gleiten und streichelte ihren Bauch, während ich damit fortfuhr, ihren Hals zu küssen. So lang, bis jeder Zentimeter ihrer Haut unter Strom stand und ich mit der Zunge über die leichten Erhebungen fuhr.

Novalie stützte sich mit einer Hand auf einer Ablage des Schranks ab und legte die andere auf meine an ihrer Hüfte. Ein leises Stöhnen entfuhr ihr, als ich die Finger in ihre Leggins schob, aber kurz vor der interessantesten Stelle wieder zurückzog.

»Wenn du mehr als das hier willst, musst du das Codewort sagen«, forderte ich sie auf. Ich wollte von ihr hören, dass ich sie heiß gemacht hatte.

»Ich arbeite in dieser Backstube«, sagte sie stattdessen. Wenig überzeugend, ihre Stimme klang atemlos.

»Für heute hast du Feierabend. Du musst also erst morgen wieder hier arbeiten, jetzt könntest du mich bitten, dich zu vögeln.« Ich ließ die Hand über den Stoff ihrer Leggins in ihren Schritt rutschen und spürte, wie sie die Beine zusammenpresste.

Das konnte ich ihr beim besten Willen nicht durchgehen lassen. Ich rückte ein Stück von ihr weg, um meinen Fuß zwischen ihre zu schieben. Ich zwang mit dem Bein ihre Schenkel auseinander und hob das Knie etwas an, bis es gegen ihre Mitte stieß.

Sie fluchte rau, was mir ein leises Lachen entlockte.

»Sag es doch einfach. Es ist nur ein Wort. Ich bin sicher, du verbrennst dir nicht den Mund daran.«

»Ich will es sagen, aber ich kann nicht.«

»Warum kannst du das nicht?«, wollte ich wissen und knetete ihre Hüfte. Teufel noch mal, es war doch nicht so schwer, diese acht Buchstaben loszuwerden. Ich bettelte nicht um Sex und es wäre eindeutig Betteln gewesen, wenn es schon wieder aus meinem Mund kam.

»Weil es total verwerflich wäre, wenn ich das hier an diesem Ort täte.«

»Und wenn ich es sagen würde?«

»Dann könnte ich es später, wenn ich mit meinen Gedanken allein bin, auf deine Verführungskünste schieben, dass ich nicht in der Lage war, den Verstand einzuschalten.«

Ich lachte an ihrem Hals und rieb mein Knie an ihrem Geschlecht, bis ihr Atem flach wurde. Entsetzlicherweise war es um meinen nicht besser bestellt. Dieses Mädchen war wirklich Zucker. Sie redete von ihrem Verstand, dabei war sie es, die meinen lahmlegte.

Ich setzte den Fuß ab und drehte sie an der Hüfte herum.

»Nur fürs Protokoll: Ich bin so hart, dass ich wahrscheinlich gleich an einem Schock sterben werde, weil der Rest von meinem Körper dank meinem Schwanz nicht mehr mit Blut versorgt wird. Willst du mich auf dem Gewissen haben, Novalie?«

In ihren Augen blitzte Humor auf. »Und mich nanntest du letzte Woche suizidgefährdet?«, erinnerte sie mich an etwas, das ich am Telefon in ihrem Beisein zu Wes gesagt hatte.

Ich konnte nicht anders. Ich musste diesen Mund küssen, aus dem so ein Unsinn sprudelte. Sie war ein totaler Feigling, aber das änderte nichts daran, dass ich sie wollte. Ich drückte meine Lippen auf ihre und ließ meine Zunge in ihren Mund schlüpfen, um ihn mit schnellen Schlägen zu ficken.

Ein erregtes Ziehen wand sich durch meinen *Johnny*. Ich würde durchdrehen oder tatsächlich draufgehen, wenn sie ihm hier und jetzt den Zutritt verweigerte. Ich legte beide Hände auf ihren Hintern und versuchte, sie noch etwas schärfer zu machen, indem ich die Fingerkuppen in das feste Fleisch drückte.

»Es wäre ein *Desaster*, wenn wir es hier machen«, hauchte sie in unseren Kuss.

»Bei Gott, danke«, erwiderte ich, schob sie zur Arbeitsfläche und zog ihr mit einer einzigen Bewegung den Slip und die Leggins über die Schenkel. »In meiner linken Tasche ist ein Kondom.«

Ich fasste ihr zwischen die Beine, um herauszufinden, ob sie feucht genug war und meine Finger tauchten in unglaubliche Nässe. Sie war mindestens so willig wie ich, es bedurfte keiner weiteren Vorbereitung. Trotzdem konnte ich nicht widerstehen, sie zu streicheln und mit dem Daumen ihre Klit zu massieren, während sie stöhnend eine Hand in meine Jeanstasche schob.

Ich wollte unbedingt in ihren Körper eindringen. Mein Schwanz war noch verpackt, aber meine Finger befanden sich schon mal an der richtigen Stelle. Ich führte zwei davon in sie ein, stieß damit zwischen ihre heißen, feuchten Wände und entlockte ihr ein verdammt versautes Geräusch. Es wäre ein Leichtes gewesen, in meiner Hose zu kommen, wenn sie noch ein paar solcher Töne entblößt hätte.

Novalies Finger tasteten sich durch meine Tasche. Ich war sicher, dass sie sich absichtlich Zeit ließ und auf der Suche nach dem Präservativ durch den dünnen Stoff mehrmals an meinen Schwanz stieß. Ich musste heftig aufstöhnen. Es dauerte eine Ewigkeit, bis sie endlich die Hand aus meiner Tasche nahm und das Kondom in den Fingern hielt.

»Zieh dein T-Shirt aus«, verlangte sie. Ich will deine Haut spüren.«

Ich zog meine Hand aus ihrem Schritt hervor und kam ihrer Aufforderung nach. Gerade hätte sie alles von mir fordern können, vermutlich hätte ich ihr sogar mein Auto geschenkt.

Ich warf mein Shirt auf die Anrichte und öffnete meine Jeans. Es gestaltete sich unglaublich schwierig, den Reißverschluss hinabzuziehen, weil mein Schwanz steinhart und schmerzhaft dagegen drückte.

Novalie packte das Kondom aus. Sie griff in die Shorts und befreite meine Erektion aus dem Stoff. Das Gefühl ihrer Finger an meinem prallen Glied ließ erste Tropfen aus der Spitze hervortreten. Sie strich mit einem Finger über meine Eichel und legte ihren Mund auf einen meiner Nippel – Scheiße, ich musste mit den Zähnen knirschen, weil das Pochen darin durch meinen kompletten Körper hallte. Ich liebte es, wenn ein Frauenmund mit meinen Brustwarzen spielte. Sie leckte mit der Zunge darüber, saugte fest daran und drückte die Zähne hinein. Parallel dazu bewegte sie die Finger über meinen Schaft und rollte schließlich mit der freien Hand das Kondom darüber.

»Für dich braucht man beachtliche Selbstbeherrschung, *Kisska.*«

Ihr Lachen kitzelte auf meiner Haut, bevor sie klug genug war, sich zurückzunehmen. Sie blickte mich an und schob den Finger, mit dem sie meinen Lusttropfen abgewischt hatte, langsam zwischen ihre sündigen Lippen.

Mir brannten die Sicherungen durch.

»Dreh dich um«, sagte ich und weil sie nicht schnell genug reagierte, umfasste ich ihre Unterarme und sorgte dafür, dass sie meinen Worten Folge leistete. Ich konnte unmöglich noch länger warten. Ungeduldig drängte ich sie gegen die Edelstahlplatte und versetzte ihrem sexy Hintern einen Klaps, bevor ich meine Hände auf ihre legte und sie unter meinen über die Arbeitsfläche schob. Weit genug, um mich leicht über sie zu beugen und ihren Körper zu strecken.

»Ich hoffe, dir ist klar, dass die Tür nicht abgeschlossen ist, Baby«, raunte ich ihr ins Ohr.

Ich gab ihr keine Zeit, um darauf zu antworten, sondern drückte mein Glied gegen ihren Po. Ich nahm kurz eine Hand zur Hilfe, um es an die richtige Stelle zu bringen, bevor meine Finger zurück auf ihren landeten und ich die Hüften vorstieß.

Heißes, nasses Königreich.

Ich stöhnte vor Erleichterung auf. Sie fühlte sich wahnsinnig perfekt an. Die Art, wie sie sich um meinen Penis schmiegte, war aufregend und elektrisierend. Ich hatte schon in einigen Frauen gesteckt, aber in keiner hatte ich das Gefühl gehabt, mich verlieren zu können. Ich schloss die Augen, weil ich das heftige Pulsieren in meinem Schwanz kaum ertragen konnte, während ich in sie glitt. Ich stieß sie mit Kraft, aber ohne Eile und konnte spüren, wie ihre harten

Nippel dabei über die kalte Platte unter uns rieben.

»Du schrecklicher Sadist«, keuchte sie. »Du wunderbarer, schrecklicher Sadist.«

Ich biss ihr sanft in den Nacken, grinste und beschleunigte das Tempo meiner Bewegungen. Versuchte, anstößig tief in sie reinzukommen. Die Geräusche, die entstanden, wenn meine Hüften gegen ihren Po trafen, ließen meinen Atem und meine Muskeln vibrieren.

Novalie versuchte, die Finger unter meinen Händen zu krümmen und sich aus dem Käfig zu winden, den mein Körper um sie baute. Kleine Beben erschütterten ihren Bauch, ich drang so weit in sie ein, dass ich die Krämpfe an meiner Schwanzspitze spürte.

»Du fühlst dich so gut an, *Kisska*«, hauchte ich ihr an die Wange.

Sie legte den Kopf in den Nacken und ließ mich ihren Mund stürmisch küssen, während mir die Kontrolle über meine Hüften entglitt. Zuckend stießen sie schneller zu, mein Penis rieb heiß in ihrem Innersten.

Ich fühlte ihre Erlösung wie rauschende Wellen, die gegen felsige Klippen schäumten. Ihre Pussy schien mich komplett zu verschlingen, sich um meine Schaft zu klammern, und ihr leises, sich überschlagendes Stöhnen jagte mir Schauer über die Haut.

Ich brauchte es auch. Ich wollte so dringend kommen. Und ich stand so kurz davor.

Mir wich die Kraft aus dem Körper, als ich das kaum auszuhaltende, perfekte Ziehen durch meinen Unterleib strahlen fühlte. Novalie bewegte ihr Becken, um meinen überwältigenden Orgasmus bis zur letzten Sekunde auszureizen.

Schwer atmend lehnte ich meine Stirn an ihren Hinterkopf und saugte den Geruch ihrer Haare in meine Lunge, während ich meine Hüften fest an sie presste, um noch einen Moment tief in ihr zu verweilen.

»Ich kann nicht glauben, dass wir es in der Backstube gemacht haben«, sagte sie, als sich ihr zitternder Körper langsam erholte.

Ich lachte los. Den erschöpften Muskeln in meinem Bauch tat das nicht gut, aber ich konnte so schnell nicht aufhören. »Und ich kann nicht glauben, dass wir es noch nicht vorher in dieser Backstube gemacht haben«, brachte ich irgendwann hervor.

»Du bist ein Spinner, Kol.«

»Touché, Novalie.«

Ich ließ ihre Hände los und stemmte mich hoch, fuhr mit den

Fingern über die Wirbel ihres durchgebogenen Rückens. Ihre Haut war noch sensibel, sie seufzte leise und dann ein bisschen beschwerlich, als ich hinter ihr wegtrat.

»Präge dir das Erlebnis gut ein. Normalerweise bin ich nicht allein im Laden. Noch mal wird meine Arbeitsstelle also nicht für die Umsetzung deiner schmutzigen Gedanken herhalten können«, erklärte sie, während sie sich den Slip und die Leggins über den Hintern zog und sich mir zuwandte.

»*Meine* schmutzigen Gedanken?«, hakte ich nach. Mein Blick glitt über die Edelstahlfläche. Unsere verschwitzten Finger und unser Atem hatten Abdrücke darauf hinterlassen. »Soweit ich mich erinnere, hast du das Zauberwort diesmal gesagt. Ich habe mich nur an die Regeln gehalten und dir meinen Körper zur Verfügung gestellt.«

Sie rümpfte die Nase, da sie angestrengt versuchte, ein Lächeln zurückzuhalten.

Ich streifte das Kondom ab und knotete es zu, verstaute meinen Freund in den Hosen. Da sie den Müllbeutel bereits verschlossen hatte, schob ich mir das benutzte Teil kurz entschlossen in meine Tasche.

»Ich hoffe, dass du das gerade zum ersten Mal gemacht hast«, meinte sie mit bestürztem Blick auf meine Jeanstasche. »Ich hab schon öfter deine Wäsche gewaschen und die Vorstellung ...«

»Keine Sorge, normalerweise ist mir egal, wo ich die Dinger herumliegen lasse, aber wir müssen ja nicht deinen Job riskieren. Irgendwas sagt mir, dass dein Chef nicht erfreut wäre, wenn er herausfinden würde, was hier passiert ist.«

»Nein, vermutlich nicht.«

»Dann sollten wir die Arbeitsfläche besser noch mal polieren. Gib mir einen Lappen, ich putze schon seit fast einer Woche in der WG das Bad und bin gerade in Übung.«

Sie ging an mir vorbei, um ein Putztuch zu holen, und ließ dabei eine Hand über meinen Bauch und meine Seite streichen. Diese Geste hatte etwas zärtlich Vertrautes. Ich hielt sie an ihrem Handgelenk zurück, um ihren Mundwinkel zu küssen.

Das war seltsam und neu für mich, aber es fühlte sich gut an. So gut, dass ich schon wieder ein leichtes Kribbeln zwischen meinen Beinen verspürte, als sie den Kopf etwas drehte und sich unsere Lippen verbanden.

»Schlechte Idee, wenn du es hier heute noch mal rausschaffen willst«, flüsterte ich.

»Spiel dich nicht so auf, es ist unmöglich, dass du so schnell schon wieder kannst«, entgegnete sie belustigt.

»Glaub mir, mich wundert das auch, aber allein dein Lächeln pumpt mir das Blut in den Schwanz.«

»Das ist ... schmeichelhaft und auch ein kleines bisschen pervers.« Sie wandte sich ab und ich ließ ihr Handgelenk los.

»Denkst du, es ist okay, wenn wir zusammen nach Hause fahren?«, fragte sie und öffnete einen Schrank unter der Spüle.

»Hast du Angst, mit mir in einem Auto zu sitzen?«

»Nein, ich frage mich bloß, was die anderen denken, wenn sie mitbekommen, dass du mich von der Arbeit abgeholt hast.«

»Die werden denken, dass ich dich anmachen will, aber davon ausgehen, dass du mich abblitzen lässt.« Es störte mich, dass sie sich so sehr den Kopf darüber zerbrach, was andere denken könnten. Besonders, da ich wusste, dass ihre Sorgen nur einer bestimmten Person galten. Sie wollte nicht, dass Julien herausfand, dass sie und ich miteinander schliefen, weil dieser Vollidiot es irgendwie geschafft hatte, sich in ihrem Herz einzunisten.

»Hm. Vermutlich hast du recht.

»Ich kann dich auch noch mal aufgeilen und dann mit feuchtem Höschen den Bus nehmen lassen«, bot ich großzügig an.

Novalie kicherte los und warf mir einen Lappen entgegen. »Manchmal redest du einfach zu viel.«

»Was meinst du?«

»Man muss nicht jeden Gedanken aussprechen.«

»Tue ich nicht«, stellte ich klar. Ich sprach nicht all meine Gedanken aus. Nur jene, die ihre Wangen aufflammen ließen. Weil es so echt und natürlich aussah, wenn sie verlegen wurde, dass ich mich glatt in ihr Gesicht verlieben könnte. Nur ... verliebte ich mich nicht in Gesichter, ganz gleich, wie attraktiv sie waren. Denn von da an war es nur ein kleiner Schritt in die gefährliche Zone, in der Gefühle ins Spiel kamen.

14. KAPITEL

Novalie

Wir fuhren über die Forbes Ave und die Lichter entgegenkommender Fahrzeuge zuckten an uns vorbei. Ich saß zum ersten Mal in Koljas Wagen. Er roch ebenso nach Lederpolitur wie nach ihm, ein bisschen wie ein Wald im Frühling. Ich kannte mich nicht besonders gut mit Autos aus, wusste aber, dass es ein alter *Plymouth* war, den er liebevoll *Schätzchen* nannte. Das Schmuckstück hatte sicher schon Oldtimerstatus und wirkte trotz seiner vielen Jahre gepflegter als Juliens Halbneuer.

»Diese Anlage wirkt wie ein Fremdkörper in deinem Wagen«, sagte ich und tippte mit einem Finger gegen einen der vielen Regler, die in schwachem Grün leuchteten. Die Stereoanlage hatte sicher ein paar hundert Dollar gekostet.

»Wenn ich die Karre irgendwann verkaufe, baue ich das Originalradio wieder ein. Aber bis dahin will ich vernünftige Musik hören können, wenn ich unterwegs bin.«

»Warum solltest du das Auto verkaufen?«, wollte ich wissen. Auf mich machte es den Eindruck, als ob er den Wagen vergötterte. Niemand steckte so viel Mühe in die Instandhaltung eines Oldtimers, wenn er sich nichts daraus machte. Außerdem war der Wagen garantiert eine Spritschleuder. Nur ein Liebhaber würde ihn fahren.

»Weil es irgendwann fünfzig Riesen wert ist.«

»Das Auto ist weniger wert als fünfzigtausend Dollar?« Ich wollte damit nicht sagen, dass das wenig Geld war. Aber ich hatte gedacht, alte Autos seien richtig gute Wertanlagen.

»Der *Fury* ist ein Blender. Er hat keinen besonders hohen Sammlerwert.«

»Dann fährst du ihn nicht, weil du eine Leidenschaft für Oldtimer hast?«

Er warf mir lächelnd einen langen Seitenblick zu. Wahrscheinlich fand er es lustig, von mir verhört zu werden. »Ja, Novalie. Ich habe keine Leidenschaft für Oldtimer. Allerdings lassen sich die Frauen leicht von so einem Teil beeindrucken. Er ... taugt zum Mädchen Aufreißen.«

»Stimmt, du armer Kerl hast es ja nötig, mit deinem Auto anzugeben, damit man dich ranlässt.«

Er lachte, ein umwerfendes Grübchen tauchte auf seiner Wange auf, als er den Blick zurück auf die Straße richtete.

Oh Mann, ich musste dringend aufpassen, es nicht *zu* umwerfend zu finden. Genauso wie ich auf der Hut davor sein musste, mich *zu sehr* von seinem Abholen geschmeichelt zu fühlen oder seinen Humor *zu* anziehend zu finden. Er war keine stichelnde Riesennervensäge, wenn man ihn etwas besser kannte. Ich konnte über ihn und mit ihm lachen und es war charmant, dass er sich selbst nicht ganz ernst nahm. Nur durfte ich nicht vergessen, dass er auch ein Chauvi war, ich gerade erst meine Beziehung mit Julien beendet hatte und das zwischen uns auf keinen Fall mehr werden durfte als Freundschaft und Sex. Jetzt, wo ich zum ersten Mal solche Freiheiten genoss, musste ich zugeben, dass sie mir gefielen. Sich nicht um die Gefühle des anderen kümmern zu müssen, sich keine Gedanken darum machen zu müssen, ob die eigenen Gefühle erwidert wurden oder man plötzlich sterbenslangweilig geworden war, kam mir total befreiend vor.

Wir waren nur noch zwei Minuten von zu Hause entfernt. Trotzdem schaltete ich in einem Anflug leichtsinniger Neugier die Stereoanlage an und drückte den Knopf für die MP3-Wiedergabe. Der Player war angeschlossen, er lag in der Ablage unter der Handbremse und ein Kabel schlängelte sich nach oben.

»Du liebe Zeit, was ist das?«, rief ich aus und suchte panisch nach dem Lautstärkeregler. Der harte Bass und die meiner Meinung nach ziemlich schrillen Gitarrenklänge ließen mein Trommelfell vibrieren. *Nein*, das komplette Auto vibrierte. Ich widerstand nur mit allergrößter Not dem Drang, die Hände auf meine Ohren zu pressen, und zog stattdessen nur eine Grimasse.

Kol half mir, den Krach – anders konnte ich das, was ich hörte, nicht beschreiben – leiser zu stellen und ... lachte sich kaputt. Blödmann. Ich machte mir ernste Sorgen, einen Hörschaden davongetragen zu haben. Ich drehte den Regler noch weiter nach unten, als er seine Hand wegzog.

»Du wohnst seit über einem Jahr in dem Haus, in dessen Mietvertrag *mein* Name steht, und bist schockiert darüber, dass ich Undergroundrock auf meinem Player habe?«

»Das klingt wie auf einer Baustelle«, sprach ich meine Gedanken frei aus. »Und woher soll ich wissen, was du auf deinem Player hast? Wir hatten bislang nicht sonderlich viel miteinander zu tun.«

»Ich weiß, was auf deinem Player ist«, behauptete er voller Überzeugung. »Ziemlich viel *Green Day*.«

»Woher weißt du das?«

»Ich nehme ihn manchmal, wenn ich Laufen gehe. Du lässt ihn dauernd irgendwo liegen.«

»Deshalb ist ständig der Akku leer?«

»Vermutlich.« Kol bog in unsere Straße ein.

Ich löste den Sicherheitsgurt und nahm meine Tasche vom Rücksitz. Ein nervöses Kneifen machte sich in meinem Magen bemerkbar. Ausgerechnet am Donnerstag hatte er sich entschieden, mich von der Arbeit abzuholen. Das war bisher Juliens Abholtag gewesen. Wahrscheinlich war es albern, aber ich fragte mich, ob Will oder Davis vielleicht Parallelen ziehen und sich ihren Teil denken würden. Ich wollte nicht, dass sie auf die Idee kamen, zwischen Kol und mir könnte was laufen. Nicht, dass ich mich dafür schämen würde, nur war ich der Überzeugung, dass es niemanden etwas anging, mit wem ich schlief. Eine Beziehung trug man nach außen, das war normal, wenn Gefühle im Spiel waren. Aber eine Sexfreundschaft? Das hielt ich für unangebracht, insbesondere nach einer frischen Trennung.

Ich stieg nach ihm aus dem Wagen, den er an der anderen Bürgersteigseite geparkt hatte. Kol schloss das Auto ab und gesellte sich zu mir, als ich die Straße überquerte.

»Es war lieb von dir, dass du mich abgeholt hast«, sagte ich, weil ich es loswerden wollte, bevor wir das Haus betraten.

»Es war lieb von mir?«, fragte er mit einem leicht spöttischen Unterton, der wohl so viel hieß wie: Das ist keine passende Bezeichnung für das, was wir gemacht haben.

»Ja. Ich finde, es war lieb von dir. Immerhin brauchte ich heute Abend nicht zweimal die Buslinie zu wechseln.«

»Okay«, zog er in die Länge.

Kol hatte den Schlüssel noch in der Hand, weshalb ich darauf verzichtete, meinen aus der Tasche zu kramen. Wir waren gerade die Stufen zur Veranda hinaufgestiegen, als ... *wunderbar* ... Julien aus dem Haus kam.

Unsere Blicke trafen sich. Er war genauso perplex wie ich, mir plötzlich gegenüberzustehen. Warum musste es so komisch sein, ihm zu begegnen?

Unwillkürlich musterte ich ihn; sein vom Duschen noch feuchtes Haar, die grüne Kapuzenjacke, seine Collegetasche, die er sich über eine Schulter geworfen hatte. Sie sah verdächtig vollgestopft aus und mir war auf Anhieb klar, dass er die Nacht nicht hier verbringen würde. Warum sollte er seine Bücher abends irgendwohin schleppen?

»*Jules*«, begrüßte Kol ihn schon wieder mit diesem unsäglichen Spitznamen, der aus seinem Mund eher wie *Arschloch* klang. Er machte Julien Platz, damit er an ihm vorbei die Stufen hinabsteigen konnte.

»Hi«, sagte Julien, allerdings an mich gewandt. Er ließ Kolja links liegen und in seinen Augen lag ein fragendes Schimmern.

»Hi«, antwortete ich.

Wir waren uns nach unserem Streit am Montagabend ein paarmal im Haus und auf dem Campus über den Weg gelaufen und hatten uns ziemlich neutral verhalten, da meistens Willow oder Davis dabei gewesen waren, und nur das Nötigste miteinander gesprochen. Er hatte nicht durchblicken lassen, ob er sich Gedanken über unseren Streit und meine Worte gemacht hatte. Ich wusste nicht, wie er dazu stand, was ich gesagt hatte und ob er sich weiterhin mit Audrey treffen würde. Bis jetzt. Nun stand wohl fest, dass er auf dem Weg zu ihr war und mal wieder die Nacht bei ihr verbrachte.

»Ich bin verabredet«, erklärte er, als ob es seine Pflicht wäre, mir das zu sagen. Vielleicht wollte er mir auch durch die Blume stecken, dass er sich entschieden hatte, nicht um uns zu kämpfen.

Enttäuschung machte sich in meiner Mitte breit. Dass ich ihm nach zweieinhalb Jahren keinen sauberen Schnitt und ehrliche Worte wert war, machte mich traurig und wütend. Es war, als ob ich den Kerl, dem ich mein Herz geschenkt und vertraut hatte, kein bisschen kannte.

Kol schloss die Tür auf, während Julien direkt an mir vorbei die Stufen der Veranda hinuntertrat. Ich quetschte mich an die Hausfassade, um ihn auf keinen Fall zu berühren.

»Alles in Ordnung?«, wollte Kol wissen, als Julien sich vom Haus entfernt hatte.

»Ja, alles bestens.« Er war wohl kaum der Mensch, mit dem ich besprechen sollte, dass Julien meine Gefühle verletzte. Ich sollte überhaupt nicht verletzt sein, nach dem, was am Wochenende und heute Abend zwischen mir und ihm passiert war.

»Wie ich schon mal erwähnte, bist du eine schlechte Lügnerin, Novalie.«

»Es ist nur ...« Ich sah ihn an und wusste nicht, wie ich ihm erklären sollte, dass er mir aus tausend unterschiedlichen Gründen wehtat, wenn sich Julien mit Audrey traf. Ich konnte das nicht erklären, ohne Kol damit auf die Füße zu treten. Zwar war das zwischen uns nichts Ernstes, aber ich wollte nicht, dass er dachte, er würde nur als eine Art Trostpflaster herhalten. So war es nicht. Ich verbrachte gern Zeit mit ihm, unabhängig davon, dass er mich von Julien ablenkte.

»Es nervt dich, dass er sich ständig mit deiner Nebenbuhlerin trifft.«

»Sie ist nicht meine Nebenbuhlerin.«

Kol zog skeptisch eine Braue nach oben.

»Nein, ich bin raus aus dem Spiel. Er hat sich mir gegenüber unfair und gemein verhalten. Oder halt, nein. Er verhält sich sogar aktuell noch unfair und gemein. Anfang der Woche hat er mich zur Rede gestellt, warum ich Davis erzählt hätte, wir seien getrennt, obwohl wir doch nur eine Pause einlegen würden. Was denn, eine *Pause*, in der er eine andere vögelt, und irgendwann, wenn er die Nase voll von ihr hat, kommt er wieder in mein Bett gekrochen? Er hat eine mordsmäßig bepackte Tasche dabei, er verbringt die Nacht also nicht hier. Und ... das alles lasse ich nicht mit mir machen. Deshalb bin ich raus aus dem Spiel.«

Ich atmete durch und registrierte, dass Kol mich nachdenklich ansah. Verdammter Mist. Ich wollte das nicht bei ihm abladen. Ich war mindestens ein so taktloser und schändlicher Mensch wie Julien, wenn ich bei ihm meinen Frust abkippte. Und es war scheinheilig. Schließlich vögelte ich auch mit einem anderen Mann – mit Kol – und hatte überhaupt kein Recht, mich zu beschweren. Bestimmt glaubte er jetzt, dass ich vorgehabt hatte, zurück in Juliens Bett zu kriechen, sobald ich mir seiner überdrüssig war. »Tut mir leid. Ich wollte damit nicht sagen, dass ich ...«

»Schon okay«, unterbrach er mich, bevor ich es noch schlimmer machen konnte. »Du hast Glück, dass ich nicht besonders sensibel bin. Ich weiß, dass du den Typ liebst.«

»Dann weißt du mehr als ich«, versuchte ich zu retten, was noch zu retten war. So viel zum Thema: Die Freiheit genießen, keine Rücksicht auf die Gefühle des anderen nehmen zu müssen. Selbst wenn das zwischen uns keine bedeutende Sache war, wollte Kol bestimmt nicht hören, dass mein Herz noch an Julien hing. Ich würde jedenfalls nicht hören wollen, dass er Zuneigung für ein anders Mädchen empfand. Das war einfach falsch.

»Wenn es dich dermaßen trifft, dass er die Nacht über ausgeflogen ist, könnte ich dir anbieten, dasselbe zu tun. Und hey, ich erlaube nicht vielen Menschen, in meinem Bett zu schlafen.«

Ich fühlte mich ... überrumpelt. Und ein wenig verwirrt. Meiner Meinung nach war es keine normale Reaktion, einer Frau sein Bett anzubieten, nachdem sie gerade einen Gefühlsausbruch wegen ihres Exfreunds erlitten hatte. Es ziepte in meiner Brust, da ihm das offenbar total gleichgültig war. Natürlich wollte ich nicht, dass er sich auf den Schlips getreten fühlte, aber dass es ihn überhaupt kein bisschen kränkte, bedeutete, dass ich ihm zu einhundert Prozent egal sein musste.

»Hab ich was Falsches gesagt?«, fragte Kol, weil ich ihm eine Antwort schuldig blieb.

»Nein. Ich finde es nur etwas riskant, in deinem Bett zu schlafen. Es würde ziemlich verdächtig wirken, wenn ich morgen früh aus deinem Zimmer komme«, offenbarte ich ihm einen Teil der Wahrheit.

»Ich bin durchaus im Besitz eines Weckers.« Er grinste und es war dieses leicht verwegene Grinsen, dem kein weibliches Geschöpf auf diesem Planeten widerstehen konnte. Es ließ mein Blut pulsieren und meine Gedanken ganz neblig werden.

»Okay, wenn du darauf stehst, schon vor sechs rausgeklingelt zu werden.«

»Ich bin sicher, du wirst mich dafür entschädigen.« Er drückte die Tür auf und hielt sie fest, nachdem er ins Haus gegangen war. Ich schob mich an ihm vorbei in den Flur und hörte Geschirr in der Küche klappern.

»Ich glaube, ich sollte unter die Dusche springen und mir den Muffingeruch aus den Poren waschen«, sagte ich, weil ich nicht wusste, was er erwartete. Wollte er sofort mit mir in seinem Zimmer verschwinden? Während die anderen noch durchs Haus schwirrten? Das erschien mir keine gute Idee.

»Ich gehe nicht davon aus, dass du mir vorschlagen wolltest, dich zu begleiten?«

»Richtig, das wollte ich nicht.«

Sein Blick leuchtete auf, bevor er die Haustür ins Schloss drückte. »Hast du Hunger? Ich bin zwar der schlechteste Koch in diesem Haus, aber ich kann prima Erdnussbutter auf Sandwiches schmieren. So toll wie ich kriegt das keiner hin«, meinte er.

Oh mein Gott, war das süß oder war das süß? Er wollte *mir* Sandwiches machen? Ein warmes Kribbeln zerlief in meinem Bauch wie Kräuterbutter auf einem Steak.

»Klar«, sagte ich leichthin, als hätte mich diese Frage nicht unerwartet heftig aus der Fassung gebracht.

»Schön, dann geh duschen und wir treffen uns gleich in der Küche. Ich muss auch noch schnell was erledigen.« Er zog an meinem Zopf und wandte sich ab, um in sein Zimmer zu verschwinden. Vermutlich war *auch noch schnell was erledigen* ein Synonym für *aufräumen* im männlichen Wortschatz, kurz nachdem man einer Frau sein Bett angeboten hatte.

»Novalie?«, rief Willow aus der Küche.

»Ja?«

»Ah, okay. Ich wollte nur wissen, wer da gekommen ist.«

Ich überlegte, ob ich einen Abstecher zu ihr machen sollte, bevor ich mein Zeug wegbrachte und unter die Dusche stieg. Allerdings hatte ich das Gefühl, dass man mir zehn Meilen gegen den Wind ansehen musste, dass alles an mir aufgeregt glühte.

»Ist das Badezimmer frei?«, rief ich zurück.

»Jepp, müsste frei sein«, antwortete Willow.

Ich nahm die Treppe nach oben und merkte bei jedem Schritt, dass meine Knie weich waren und ein kribbelndes Gefühl in meinen Gliedern steckte. Es war nicht so, dass mich die Vorstellung, bei Kol zu schlafen, nervös machte. Eher versetzte mich der Gedanke, dass es eine Art abenteuerliches und schlüpfriges Versteckspiel werden würde, in einen trunkenen Zustand. Ich tat selten etwas Verbotenes und es kam mir *sehr* verboten vor, mit einem Kerl die Nacht im gleichen Bett zu verbringen, wenn es noch andere Leute im Haus gab, die nichts davon mitbekommen sollten. Ja, das war tollkühn und nervenaufreibend und das machte mich zum absoluten Gegenteil von dem, was Julien als langweilig bezeichnete.

15. KAPITEL

Novalie

Willow bewies außergewöhnliches Sitzfleisch. Zuerst hatte sie es sich auf dem Sofa bequem gemacht und dabei durchs Fernsehprogramm gezappt, doch als ich aus dem Bad gekommen war, saß sie bereits mit Kol am Esstisch. Dort hatte sie sich die letzten anderthalb Stunden nicht von ihrem Stuhl bewegt und unermüdlich auf uns eingeplappert.

Ich warf Kol, der seinen Kopf gegenüber von mir auf eine Hand gestützt hatte, einen leidlichen Blick zu. Um ehrlich zu sein, war ich müde. An Tagen, an denen ich nach der Uni noch in der Konditorei arbeiten musste, ging ich nie nach elf ins Bett. Vielleicht war es eine total dämliche Idee gewesen, sich auf eine gemeinsame Nacht einzulassen. Mit mir war nicht mehr viel anzufangen und er hatte mir dieses Angebot sicher nicht gemacht, weil er unbedingt neben mir einschlafen wollte.

»... jedenfalls finde ich, er hätte mich vorher fragen müssen«, beendete Willow ihre Geschichte, von der ich nur die Hälfte mitbekommen hatte, da es anstrengend war, ihren schnellen Worten zu folgen. Irgendwie hatte Buck dafür gesorgt, dass sie am Wochenende seine Eltern traf. Der Junge machte Nägel mit Köpfen. Will, deren Beziehungen im Schnitt zwei oder drei Monate hielten, war das wohl eine Spur zu ernst.

»Wenn du seine Eltern nicht kennenlernen willst, solltest du Schluss machen«, meinte Kol.

»Hast du keinen anderen Rat? Du bist wie so ein Teddybär, an dem man eine Strippe zieht, und der dann immer wieder die drei gleichen Worte ausspuckt. Ich will nicht mit ihm Schluss machen. Er ist süß, ich mag ihn. Ich habe nur keine Lust, in einem spießigen Restaurant mit seinen Eltern zu sitzen und darauf aufzupassen, was ich sage.« Sie schob sich eine Hand ins schwarze Haar, das diese Woche kirschrote Strähnen hatte, und nahm dieselbe Position wie Kol ein, als sie den Kopf aufstützte.

»Vielleicht sind seine Eltern ja nett«, warf ich ein, um einen ersten sinnvollen Beitrag zu diesem Gespräch zu leisten.

»Klar, bestimmt sind sie nett. Und kleinkariert und bieder und angepasst. Was glaubst du, wieso er es sich leisten kann, uns jedes zweite Wochenende in teuren Hotels einzuquartieren? Sein Vater ist irgendein hohes Tier bei *Goldman Sachs* und seine Mom arbeitet für das Finanzamt.«

»Das klingt, als solltest du den Kerl heiraten, Will«, sagte Kol grinsend. »Damit wären deine Studienkredite abbezahlt und er würde dir sicherlich eine schicke Villa an der Westküste kaufen. Du willst doch unbedingt an die Westküste.«

»Haha, sehr witzig«, entgegnete sie.

Ich spürte ein Gähnen in meiner Kehle aufsteigen, konnte aber noch dagegen anatmen. In der Hoffnung, wieder wacher zu werden, schob ich meinen Stuhl zurück und sammelte die leeren Teller ein, die auf dem Tisch standen. Kol hatte für uns alle Erdnussbuttersandwiches gezaubert und zwar mit viel Liebe und kleinen Gurkenscheiben drauf. Sie waren wirklich lecker gewesen, ich gab ihm recht, dass das keiner besser machen konnte. Nicht mal meine Mom.

Meine Schultern fühlten sich verspannt an, als ich aufstand, um das Geschirr in die Spülmaschine zu räumen, und ich streckte mich demonstrativ, als ich Kols Blick in meinem Rücken spürte. Ich war nach der Dusche in Hotpants und ein langes T-Shirt geschlüpft und wusste, dass der Saum über meinen Hintern rutschte, als ich die Arme hochnahm. Wenn er nicht wollte, dass ich mich gleich in *mein* Bett verkrümelte, sollte er sich besser irgendwas einfallen lassen.

»Will, hattest du nicht erwähnt, dass du noch ein Ladekabel übrighast, das in mein Handy passt?«, reagierte er prompt auf meine verdeckte Botschaft.

»Ähm, ja. Aber hattest du deins nicht wiedergefunden?«

»Schon, aber das war vorgestern. Heute hat es schon wieder Beine bekommen.«

»Gott, wenn dein Kopf nicht festgewachsen wäre, Jerschow, würdest du den auch noch in dem Chaos unter deinem Bett verlieren«, neckte sie ihn, raffte sich aber auf, um sich von ihrem Stuhl zu erheben. Als sie die Küche verlassen hatte, sprang Kol von seinem auf und war innerhalb einer halben Sekunde bei mir.

»Sie wird die ganze Nacht hier sitzen«, flüsterte ich.

Seine Antwort bestand daraus, mir ein Lächeln zu schenken, eine Hand in meinen Nacken zu legen und meinen Mund auf seinen zu ziehen. Kurz. Prickelnd.

»Pass auf, wenn sie zurückkommt, wünschst du uns einfach eine gute Nacht und gehst in mein Schlafzimmer. Sie wird das nicht mitbekommen, ich lenke sie ab und komme dann in fünf Minuten nach.«

»Natürlich wird sie mitbekommen, wenn die Treppe nicht knarrt.«

»Bullshit, darauf achtet doch niemand. Und hey, du willst unbedingt ein Geheimnis daraus machen. Wenn es nach mir ginge, würde ich dich einfach schnappen, ihr sagen, dass wir noch was Besseres vorhaben und mich über ihren dummen Gesichtsausdruck amüsieren.«

»Oh mein Gott, das wirst du auf keinen Fall tun.« Nicht nur deshalb, weil ich fand, dass unsere Spielchen keinen was angingen. Will war meine Freundin. Sie war schon wütend gewesen, dass sie von Davis erfahren hatte, dass Julien mit mir Schluss gemacht hatte und sie hatte nur schwer akzeptiert, dass ich nicht darüber reden wollte. Nicht auszumalen, was für ein Donnerwetter ich erleben würde, wenn Kol mich einfach schnappen würde, ohne dass ich sie vorher über dieses ... *Verhältnis?* ... in Kenntnis gesetzt hatte.

»Dann machen wir es so, wie ich sage. Du gehst und ich komme in fünf Minuten nach.«

Ich wollte protestieren, aber ich hörte Willow zurückkommen. Kol drückte seine Lippen noch mal auf meinen Mundwinkel, bevor er genauso schnell wieder auf seinem Stuhl saß, wie er vorhin bei mir gewesen war und so tat, als hätte er sich keinen Zentimeter gerührt.

»Hier, ich bekomme fünf Dollar von dir.« Will legte ein Handykabel vor ihm auf den Tisch.

»Was, ich soll dir Kohle dafür geben?«, fragte Kol pikiert.

»Ich hab es auch nicht geklaut.«

Ich verbiss mir ein Lachen, da ich ja wusste, dass er sein Kabel überhaupt nicht verschlampt hatte. Dass ich die Nacht in seinem Bett verbrachte, kostete ihn jetzt quasi fünf Dollar.

»Ich werde mich mal ins Land der Träume begeben«, sagte ich, als er mürrisch einen Geldschein hinten aus seiner Jeans zog und Willow zuschob. »Gute Nacht, ihr beiden.«

»Nacht«, erwiderte Will, während Kol ein großspuriges *Wenn deine Träume heiß sind, handeln sie sicher von mir* von sich gab.

Als ich den Flur durchquerte, klopfte mein Puls plötzlich schnell. Es war leider die Wahrheit, dass ich ein total schlechter Lügner war und ich war auch nicht gut darin, etwas zu verbergen. Willow kannte mich gut und sie las mir meine Gedanken ganz oft auf dem Gesicht ab. Ich erwartete felsenfest, erwischt zu werden oder dass mein Herz jede Sekunde nicht nur schnell, sondern auch laut genug trommeln würde, dass man es in der Küche hören konnte. Meine Handinnenflächen waren feucht, als ich Kols Schlafzimmer erreichte und die Finger um den Drehknopf der Tür schloss. Extrem darauf bedacht, kein Geräusch zu machen, öffnete ich sie und schlich mich hinein.

Meine Lunge brannte, ich atmete erleichtert auf. Offensichtlich hatte ich unterbewusst die Luft angehalten. Es war dunkel um mich herum, ich wusste nicht, wo sich der Lichtschalter befand und ich tastete blind die Wand ab. Es dauerte sicherlich eine geschlagene Minute, bis ich ihn aufspürte und der Halogenstrahler an der Decke anging.

Mist. Will hatte eben die Küche verlassen, vielleicht hatte sie mitbekommen, dass in seinem Zimmer kein Licht gebrannt hatte. Man sah es durch den Türschlitz, wenn eine Lampe im Raum an war, allerdings hatte Kol bestimmt recht und auf solche Dinge achtete niemand. Zumindest nicht bewusst, eine Minute später hatte man es wieder vergessen. Oder?

Da es mir albern vorkam, das Licht wieder auszuschalten, machte ich ein paar Schritte ins Zimmer und ließ den Blick über die dunkle Schrankwand und den unaufgeräumten Schreibtisch gleiten. Es sah nach einer typischen Junggesellenbude aus, viel Chaos, kein Schnickschnack. Es roch nach dem Zitronenreiniger, den der Supermarkt an der Ecke im Dauerangebot hatte, und ganz viel nach Kol. Nach seinem Aftershave, seiner persönlichen Note *blühender Wald*. Ich war noch nie hier drin gewesen. Seltsam, man sollte meinen, dass man jeden Raum in dem Haus kannte, in dem man wohnte, aber Kols vier Wände waren immer etwas gewesen, dem ich mich nicht näherte. In erster Linie wegen ...

Ein eiskalter Schauer lief mir über die Haut.

Ach. Du. Scheiße.

Dutch!

Ich hatte mich freiwillig in ein Raubtiergehege begeben. Der verdammte Kater musste hier irgendwo lauern. Augenblicklich bekam ich es mit der Angst zu tun und ich besah mir sorgenvoll meine nackten Beine. Normalerweise hätte ich sofort wieder das Weite gesucht, aber ich wollte mich auch nicht durch eine dumme Aktion verraten. Es würde einen Haufen Fragen aufwerfen, wenn mich jemand dabei ertappte, panisch aus seinem Zimmer zu flüchten. Also atmete ich durch und dachte an *Siegfried und Roy*, die sich jeden

Tag in die Nähe von Tigern und Löwen trauten. Ich wollte definitiv nicht feiger sein als zwei alte Männer.

»Wo bist du?«, flüsterte ich.

Ich würde es keinesfalls auf einen Überraschungsangriff ankommen lassen, weshalb ich mich vorsichtig durchs Zimmer bewegte und jede Ecke inspizierte. Vielleicht war Dutch ja guter Laune, manchmal kam das vor und dann hatte ich nicht viel zu befürchten. An guten Tagen strafte das Monster jeden in seiner Nähe mit herablassender Ignoranz.

Es gab nicht viele Möglichkeiten, wo sich ein Kater seines Kalibers verstecken konnte. Als ich jeden Winkel des Schlafzimmers durchforscht hatte und nur noch ein Ort übrig blieb, den ich noch nicht überprüft hatte und an dem er vielleicht seine Krallen wetzte, nahm ich meinen Mut zusammen und sank in die Hocke. Die Adern in meinen Handgelenken pochten, als ich mich flach auf den Boden legte und unter dem Bett nachsah – in einigem Abstand natürlich.

»Was zur Hölle machst du da?«

Ich fuhr zusammen, als Kol hinter sich die Tür schloss. »Ich ...« ... *wünsche mir gerade, mich in Luft aufzulösen.*

»Unter meinem Bett herrscht kein Chaos, auch wenn Will das eben behauptet hat. Ich bin unordentlich, aber *so* unordentlich auch wieder nicht.«

Ich stemmte mich hoch und zog die Beine unter den Hintern, um im Schneidersitz auf dem Boden zu hocken. Konnte man sich noch dämlicher vorkommen wie ich in diesem Moment? Wahrscheinlich dachte er, ich wollte in seinen Sachen rumschnüffeln.

»Ich suche Dutch«, erklärte ich und hoffte, dass es sich nicht nach einer Ausrede anhörte. »Ich wollte nicht, dass er mich aus dem Hinterhalt angreift.«

Kol blickte mich entgeistert an und brach kurz darauf in Gelächter aus.

Ich mochte es, wenn er lachte, so tief und männlich, dass allein davon meine Nippel hart werden konnten. Aber angesichts unserer Situation und der Tatsache, dass niemand wissen sollte, dass ich hier war, empfand ich es vor allem als ausgesprochen laut. »Könntest du mich ein bisschen leiser auslachen?«, ermahnte ich ihn.

»Nein«, presste er hervor und bei meinem Glück würde er sich nie wieder von diesem Anfall erholen. Gluckernde Töne mischten sich zu den rauen, bassartigen, die aus seinem fantastischen, verräterisch lauten Mund sprudelten. Verdammt. Es war schwer, sich nicht mit ihm kaputtzulachen.

»Will wird uns hören«, sagte ich beherrscht, schnappte mir eine Ecke seines Shirts und zog mich an ihm hoch, um auf die Beine zu kommen. Ich fasste sein Kinn und wendete ein bisschen Gewalt dabei an, seinen Mund auf meinen zu ziehen. Vielleicht konnte ich ihn ja so zum Verstummen bringen.

»Das ist nicht witzig, Blödmann«, sagte ich, da meine Idee scheiterte.

Er nahm mich in eine Umarmung und drückte sein Gesicht an die empfindsame Stelle unter meinem Ohr, bis er sich langsam beruhigte. Seine Lippen vibrierten an meiner Haut und sein Atem löste kleine wohlige Schauer aus.

»Es war ganz schön draufgängerisch von dir, das Zimmer zu betreten, obwohl du dachtest, Dutch wäre hier. Ich fühle mich geehrt, dass du dein Leben aufs Spiel gesetzt hast, um heute Nacht in meiner Nähe zu sein.«

Ich piekte ihm in die Seiten und er zuckte zusammen. »Ich hatte die Gruselkatze total vergessen.«

»Ich habe ihn vorhin rausgelassen, er ist Mäuse fangen. Du hast also nichts zu befürchten.«

Seufzend warf ich einen Blick zur Tür. »Meinst du, sie hat dich lachen gehört?«

»Willow? Und wenn schon. Wahrscheinlich denkt sie dann, jemand hätte mir einen versauten Witz aufs Handy geschickt. Sie hat nicht die höchste Meinung von mir«, versicherte er.

Ich nickte und sah ihn an, seine scharf geschnittenen Gesichtszüge, sein etwas kantiges Kinn. Tauchte in seine klugen, cappuccinofarbenen Augen. Mir wurde bewusst, dass er mich noch immer festhielt und sich sein wohlgeformter, männlicher Körper himmelsgleich an meinen schmiegte. Ich atmete heimlich etwas tiefer ein und hatte das Gefühl, dass mir jemand einen Baum in die Lunge pflanzte, weil sein Geruch mich sofort herrlich ausfüllte. Angezogen von der Wärme, die er ausstrahlte, schob ich die Hände unter sein Shirt und ließ sie die Seiten hinaufgleiten, weil das Bedürfnis, seine bloße, weiche Haut zu berühren, riesengroß wurde.

Gott, wen kümmerte es, ob ihn irgendwer lachen gehört hatte? Die Müdigkeit, die mich in der Küche befallen hatte, war plötzlich wie weggeblasen und ein aufregendes Kribbeln elektrisierte meine Fingerspitzen, unter denen sich seine gestählten, mit Samt überzogenen Muskeln bei jedem Atemzug bewegten.

»Komm mit«, sagte Kol und ließ mich los, um meine Arme hinunterzudrücken, sodass ich meine Finger unter seinem Shirt hervorziehen musste. Er umfasste eins meiner Handgelenke und führte mich zu seinem Bett, wo ich mich auf sein körperliches Drängen hin auf die Kante sinken ließ. Er machte einen halben Schritt zurück und zog sich – direkt vor meiner Nase – das Shirt über den Kopf. Jeder Quadratzentimeter von mir war angespannt und heiß, als er seinen Gürtel und die Jeans öffnete und sich einen Wimpernschlag später mit nichts weiter als einer dunkelblauen engen Shorts bekleidet neben mich setzte.

Meine Gedanken schmolzen und mein Körper löste sich auf, zerrann in flüssigem Begehren, als er einen Arm um meine Taille schlang und mit mir zusammen weiter nach oben rutschte.

Wie war das möglich? Dass ein Mann einen solchen Effekt auf mich hatte? Ich brauchte ihn nur anzusehen und wurde in einen Strudel sich vermischender Gelüste gezogen. Ich wollte ihn anfassen, das hübsche Bild, das er abgab, bewundern, meinen Mund auf zwei Millionen Stellen seiner Haut drücken.

Kol legte sich hin und ich drehte mich auf die Seite, streckte mich neben ihm aus, um zumindest die Sehnsucht danach, ihn zu bestaunen, zu stillen. Sein schlichtes Bett war mit einem weichen, glatten Stoff bezogen, dessen cremefarbener Ton seiner Bräune schmeichelte. Ich fühlte mich augenblicklich wohl an diesem Ort und stützte mich auf einen Ellenbogen, um die andere Hand auf die festen Partien seiner Brust zu legen. Langsam strich ich über seine ebene Haut und das Seufzen, das ihm dabei entfloh, ließ ein paar prickelnde Glückshormone durch meine Venen tanzen.

»Nur zu deiner Info, wir haben in der Konditorei mein letztes Kondom verbraucht.«

Ich wollte den Blick nicht von seinem eindrucksvollen, großartigen Oberkörper nehmen – Himmel, nie mehr wollte ich das –, aber seine Worte zogen meinen Kopf in den Nacken und ich blinzelte leicht verwirrt sein Gesicht an.

»Fällt dir das gerade erst ein?« Das war eine dämliche Frage, aber ich musste sie stellen. Warum hatte er mir angeboten, die Nacht bei ihm zu verbringen, wenn ihm klar gewesen war, dass zwischen uns nichts passieren konnte?

»Nein, das wusste ich schon, als deine hübschen Nippel die Arbeitsplatte in der Backstube berührten und ich tief in dir drin war«, antwortete er mit einem kleinen Lächeln. Er fuhr mit den Fingern über mein Shirt und drückte eine meiner Brüste mit seiner großen Hand.

Mein Atem stolperte, weil die Erinnerung an das, was er sagte, noch sehr präsent war und seine Finger auf mir meine Poren kribbeln ließen. »Wir hätten irgendwo anhalten können«, brachte ich mühselig hervor. Gott, meine Sinne vernebelten immer mehr, er hörte nicht auf, meine Brust zu liebkosen

»Ich tue jetzt mal so, als könnte man nicht darauf schließen, dass du mich auf meinen Penis reduzierst und als wäre das nicht verdammt kränkend. Zufällig habe ich noch ein paar andere Qualitäten, wie zum Beispiel geschickte Hände, einen hungrigen Mund und nicht zu vergessen ein unterhaltsames Wesen.« Er hörte sich belustigt an, nicht so, als hätte ich ihn tatsächlich gekränkt.

»Ich habe dich nicht auf deinen Penis reduziert«, war das Klügste, was mir einfiel, zu antworten. Gott, ich hatte das wirklich nicht getan, oder?

Er ließ die Hand auf meinem Shirt nach oben zu meinem Hals wandern und zog mein Gesicht hinab, sodass meine Lippen über seinen schwebten. »Kein Problem, ich verstehe, dass du verrückt nach ihm bist. Ich bin schließlich auch ziemlich in ihn verliebt.«

Kol küsste meinen lächelnden Mund. Er nahm meine Lippen zwischen seine, saugte daran, bis ich seinen Kuss in jeder Zelle meines Körpers spürte. Seine Zunge streichelte mich und ... ich hatte nicht erwartet, dass er so sanft sein konnte. Das hier war gefährlich intim. Sein harter Körper unter meinen Fingern, das Spiel unserer Münder – zeichnete eine Nähe, die mein Herz zum Anschwellen brachte.

Kol fasste mein Bein und hob es sich über die Hüften. Ich schob den Rest von mir auf ihn, streichelte seine Schultern und ein brennendes Gefühl lief mir über die Wirbelsäule, als er mein Shirt nach oben zog und den Verschluss meines BHs öffnete. Er unterbrach seinen Kuss nur für eine Sekunde, um mir das Oberteil auszuziehen, und nahm meine Lippen sofort wieder in Besitz, während er mir mit Fingerspitzen den Stoff und die Träger von den Armen streifte.

Ich konnte nicht widerstehen, mich an seinen Körper zu pressen. Seit Freitagnacht war ich nicht mehr in den Genuss gekommen, seine entblößte Brust an meiner nackten Haut zu fühlen. Es war ein schönes Gefühl, heiß und sinnlich und ich spürte, dass er es auch mochte. Sein Glied wurde in der Shorts härter und praller, drängte sich an mich und der Gedanke daran, dass ich ihn nicht in mir fühlen würde, ließ mich qualvoll in unseren Kuss stöhnen.

»Was ist los, *Kisska*?«, fragte er scheinheilig. So, als ob er sehr genau wusste, was los war.

»Du bist ein Folterkönig, das ist los.«

»Warum, habe ich dich etwa scharfgemacht?«

Ich legte meine Hände auf seine Bauchmuskeln und setzte mich auf. Ich hatte auch einige Spielchen drauf, er war nicht der Einzige, der foltern konnte. Langsam bog ich meinen Rücken durch, streckte die Brust raus und sein Blick verlor meine Augen. Ich wusste, dass er eine Schwäche für meine beiden Schätze hatte und verspürte Genugtuung, als sich ein leises Knurren seine Kehle hochwandte.

Kol richtete den Oberkörper auf, stützte sich mit einer Hand seitlich ab und dann war sein Mund da, wo gerade noch sein Blick gebrannt hatte. Er nahm einen meiner Nippel zwischen die Zähne und biss fest genug hinein, dass sich ein süßer Schmerz durch meinen Körper schlängelte. Mein Aufkeuchen veranlasste ihn, die zärtliche Marter zu wiederholen, und ich konnte praktisch spüren, wie mein Verlangen nach ihm von meinen Brüsten abwärts nach Süden schoss. Es war, als wäre jeder Nerv von mir mit meinen Nippeln verbunden, die er auf wunderbare Weise quälte. Wieder und wieder. Mit Lippen und Zähnen und feuchten Zungenschlägen. Mein Becken zuckte und ich drückte die Finger in seinen starken Rücken.

»Ich halte das die ganze Nacht aus, *Kisska*. Ich kann deine harten Spitzen so lange necken, bis du um Gnade winselst. Aber wenn du meine Zunge lieber woanders willst, musst du das sagen.«

Ich war viel zu erregt, um ihm eine richtige Antwort zu geben. Ich stöhnte und rieb mich an seinen Shorts, um ihm zu verstehen zu geben, dass ich seinen hinreißenden Mund auf jeden Fall woanders spüren wollte. Genau dort, wo sich seine Erektion dagegen presste.

Er hob meine linke Brust an und schloss seine weichen, vollen Lippen wieder um den Nippel, um an ihm zu ziehen und sich daran festzusaugen. Verdammt, konnte eine Brustwarze einen Knutschfleck bekommen? Ich wusste es nicht, aber vielleicht würde ich es gleich herausfinden. Ich kratzte über seine Schultern und mir wurde schon fast schwindelig vor Erregung, als er mich endlich aus seinem Mund entließ.

»Ich will deine Zunge woanders«, flüsterte ich heiser.

»Wo?«, fragte er. »Hier?« Es leckte über mein Schlüsselbein.

»Da fühlt sie sich auch toll an, aber ich meinte etwas anderes.«

»Ich brauche genaue Anweisungen. Du weißt doch, wir kennen uns noch nicht gut genug, dass ich deine Gedanken erraten kann.«

»Mistkerl«, stieß ich hervor, als er sein Lachen an meiner Haut erstickte. »Ich will deine Zunge zwischen meinen Beinen.«

»Sieh einer an, sie ist mutig geworden, seit sie sich in Lebensgefahr gebracht hat und es allein wegen meiner Leckkünste mit Dutch aufnehmen wollte.«

»Sei nicht so albern«, schimpfte ich, musste aber selbst kichern.

Kurzentschlossen packte mich Kol an den Hüften und drehte sich mit mir um. Einen Moment lang schwebte er über mir, bevor er mit seinem Gewicht auf mich sank und mein Kinn küsste. »Vertraust du mir ein bisschen?«

»Ich würde nicht halb nackt unter dir liegen, wenn ich es nicht tun würde.«

»Gutes Mädchen, dann warte kurz.« Er stieg von mir herunter und sprang aus dem Bett.

Ich hatte keine Ahnung, was er vorhatte und folgte ihm mit meinem Blick zum Kleiderschrank. Ich konnte erkennen, dass seine Sachen ordentlich gefaltet waren, als er ihn öffnete und hinter einem Stapel T-Shirts nach etwas suchte.

»Was hast du vor?«, fragte ich ihn.

»Moment.« Er zog einen langen schwarzen Schal heraus und dann einen blauen. Beide hatte er im Winter öfter getragen, ich hatte ihn einige Male damit gesehen.

Adrenalin flutete in meinen Kreislauf, als mir klar wurde, was es damit wohl auf sich hatte. Oh mein Gott. Ich war nicht sicher, ob ich mich für diese Art Spielchen eignete. Ich war noch nie von jemandem gefesselt worden.

Er warf mir beide Schals zu und kam zurück ins Bett, nachdem er den Schrank geschlossen hatte. Die Matratze gab seinem Gewicht nach und er schob eine Hand unter meine Schenkel, um mich etwas schräger ins Bett und ein Stück nach unten zu ziehen. »Hände über den Kopf«, verlangte er.

»Ich weiß nicht, ob ich dir *dafür* genug vertraue«, gestand ich. Die Vorstellung, ihm ausgeliefert zu sein, war gleichermaßen beängstigend wie verlockend.

»Natürlich tust du das.« Er griff den Bund meiner Hotpants und streifte sie mir ohne Vorwarnung von den Beinen. »Weißt du, das hier ist auch ein Vertrauensbeweis von mir.«

»Was?«, wollte ich wissen, weil ich nicht so klar denken konnte, wie ich vorgab.

Mit sanftem Druck öffnete er meine Schenkel, beugte sich hinab und ...

Verdammt, verdammt. Er wusste, was er tat. Er presste seinen Mund auf meine Scham und ich bäumte mich etwas auf, packte ein paar Strähnen seines kurzen Haars, als er mit der Zunge meinen Kitzler berührte. Einmal, zweimal stieß sie neckend dagegen. Dann hob er den Kopf und befreite seine Strähnen aus meinen Fingern.

»Das hier. Dass ich deine Pussy lecke, ist ein Vertrauensbeweis. Vor dir habe ich zwei oder drei Jahre kein Mädchen mehr oral verwöhnt.«

Mir war nicht klar, was ich von diesem Bekenntnis halten sollte und es fiel mir auch schwer, das zu glauben. »Wenn du nicht darauf stehst ...«

»Das wollte ich damit nicht sagen, Novalie«, fuhr er dazwischen. Er legte eine Hand auf mein Geschlecht. Ich war furchtbar nass zwischen den Beinen und er tauchte seinen Mittelfinger in meine Erregung und schob ihn vorsichtig ein Stück in mich rein. Unwillkürlich bewegte ich mich ihm entgegen, weil ich ihn tiefer in mir fühlen wollte. Aber er zog sich aus mir zurück, nahm die Hand weg und leckte sich meine Feuchtigkeit vom Finger. »Ich reibe nur meinen Mund nicht an Frauen, die sich nach zwei Drinks von mir abschleppen lassen. Denn wenn sie sich mit mir mitgehen, dann garantiert auch mit anderen. Und deshalb ist das ein Vertrauensbekenntnis. Ich vertraue dir und ich will, dass du jetzt die Arme über deinem Kopf ausstreckst.«

Es war schlichtweg unmöglich, sich ihm zu widersetzen. Er hätte mich sicher gelassen, ich wusste, dass ich nichts tun musste, was ich nicht wollte. Außerdem verriet mir das zuckende Grübchen an seiner Wange, dass er seinen Befehlston nicht ernst meinte. Aber ... ich wollte es. Ich war dabei, ganz gleich, was dieser Mann mit mir anstellen wollte. Das kribbelnde Verlangen und die Neugier waren stärker als meine Scheu. Also ließ ich mich zurück auf die Matratze sinken und nahm brav die Hände über meinem Kopf zusammen.

Ein Lächeln blitzte auf seinen Lippen auf, bevor er sich auf die Knie hob und zum Kopfteil hochrutschte. Aus meiner Position war es schwer, zu verfolgen, was er da tat, aber ich glaubte, dass er beide Schals um ein und denselben Bettpfosten wickelte. Anhand seiner Bewegungen mutmaßte ich, dass er sie fest verknotete. Dann fasste er meine linke Hand und streckte den Arm durch, ließ zwei Finger leicht über die Innenseite und durch die Ellenbeuge gleiten, wodurch mein Atem erzitterte.

Mein Puls vibrierte nervös unter dem Stoff des Schals, als er ihn um mein Handgelenk band. Der Knoten drückte mir direkt auf die Ader und das heiße Pochen hallte durch meinen Körper.

»Zu fest?«, fragte er.

Ich schüttelte den Kopf und konzentrierte mich auf das faszinierende Empfinden, das mich erfasste, als er den zweiten Schal um mein anderes Handgelenk schlang. Ich fühlte mich ... machtlos. Ausgeliefert. Bis in die Haarspitzen aufgewühlt. Ich war so heiß wie noch nie.

Ich zog leicht an meinen provisorischen Fesseln und stellte fest, dass ich meine Hände nun wirklich nicht mehr herunternehmen konnte. Mein Bewegungsspielraum war minimal.

»Alles okay?«, wollte Kol wissen.

»Ja, alles bestens«, antwortete ich, obwohl das nicht ganz die Wahrheit war. Mein Körper verzehrte sich nach seinen Berührungen. Ich wollte seine großen Hände auf mir fühlen, seinen Mund, seine Zunge. *Alles bestens* würde erst zutreffen, wenn meine Erregung etwas abschwoll. Im Moment stand ich kurz davor, an der Hitze in meinem Innersten zu verbrennen. Ich hatte keine Ahnung gehabt, dass es mich anmachte, meinen Körper in seine Gewalt zu übergeben. Ich schloss die Augen, als er neben mich kam und mich von meinem Wunsch nach seiner Berührung erlöste.

Er streichelte meine Achseln, meine Seiten und ich konnte anhand seines Atens hören, dass es ihn genauso antörnte wie mich, mich völlig ergeben zu sehen. Mal zärtlich, mal fest fuhren seine Finger über meine Haut und machten mich sensibel.

»Das fühlt sich unglaublich an«, teilte ich ihm mit.

Seine Berührungen kamen mir viel intensiver vor, jetzt, wo ich ihnen nichts entgegenbringen konnte. Mein Bauch bebte, als er die Finger um meinen Nabel kreisen ließ und sie langsam tiefer bewegte. Seine warmen Lippen trafen auf meinen Hals und im gleichen Tempo, wie sich seine Hand der Stelle näherte, die sich zutiefst nach ihm sehnte, küsste sich sein Mund eine Spur zu meinen Brüsten. Ein heißer Sturm durchwirbelte mich, ließ Hormone ins Blut schießen. Zur selben Zeit erreichten seine Finger mein pochendes Zentrum und seine Zunge meine schmerzhaft harten Spitzen. Ich machte ein furchtbar lautes Geräusch.

»Verdammt, *Kisska.* Du bist so feucht. Es ist ein Jammer, dass ich dich nicht vögeln kann«, raunte er, während er mit zwei Fingern in mich eindrang.

Ich packte die beiden Schals, weil ich das Gefühl hatte, mich festhalten zu müssen. Er war die perfekte Mischung aus Sexappeal und Dirty Talk, eine Kombination, die mich schier in den Wahnsinn trieb. Er stieß seine Finger in einem wunderbaren Rhythmus in mich und saugte immer wieder an meinen Nippeln. Der unbezwingbare Drang, ihm ebenfalls Lust zu verschaffen, rang mir ein frustriertes Stöhnen ab, da meine Hände festgebunden waren.

»Entspann dich«, flüsterte er.

Mich entspannen? Wie sollte das denn bitte schön gehen? Ich war nur einen keuchenden Atemzug davon entfernt, mich von dem Verlangen in meinen Zellen niederstrecken zu lassen und zu kommen – als er einfach aufhörte. Er stahl mir seine perfekten Finger und seinen noch perfekteren Mund.

Das Bett schaukelte, als er an mir entlang nach unten rutschte, um sich zwischen meine Beine zu legen. Mir fiel auf, dass ich, ohne es zu wollen, die Schenkel gespreizt hatte und er leicht dazwischen gelangen konnte. An den Knien drückte er sie noch weiter auseinander und ich schob mich ihm in prickelnder Erwartung entgegen.

Ich schnurrte und machte damit garantiert der mäusejagenden Monsterkatze Konkurrenz, als er seine rauen, stoppeligen Wangen an meinen Beinen rieb und mir so die Frage beantwortete, die ich mir am Wochenende gestellt hatte. Sein unrasiertes Gesicht fühlte sich unbeschreiblich auf meiner Haut an.

Ich hob die Lider und meinen Kopf, weil ich den Moment nicht verpassen wollte. Ich *musste* hinsehen, wenn er seine Lippen auf mein Geschlecht drückte. Mein vernebelter Blick brauchte eine Sekunde, um schärfer zu werden, doch er klärte sich im richtigen Augenblick.

Keine Ahnung, was mich mehr erregte: Diesen großen, kräftigen Mann zwischen meinen Schenkeln zu betrachten, der mich hingebungsvoll bediente, oder die Gefühle, die seine Zunge auslösten. Seine Lippen waren heiß und fordernd, sein Atem kribbelte, sein Lecken durchzuckte mich.

»Kol«, wimmerte ich peinlicherweise seinen Namen.

Er stöhnte, als ob es ihn tierisch anmachen würde, mir auf diese Art Lust zu verschaffen, und fuhr mit den Händen bis zu meinen Hüften, um mich seiner stoßenden Zunge entgegenzuziehen.

Heiliger Strohsack, ich hätte so gern dasselbe für ihn getan. Ihn mit meinem Mund gevögelt, denn wie mich seiner vögelte, war einmalig. Noch nie hatte sich jemand so ausgiebig um mich gekümmert.

Er ließ meine Hüften los und ich bewegte sie selbstständig weiter. Drängte mich seinen forschen Lippen entgegen, die an mir saugten. Ich presste Laute hervor, für die ich mich eigentlich abgrundtief schämen sollte, aber ich war in einem Paralleluniversum gelandet, in dem das Wort Scham nicht existierte. Hemmungslos rieb ich mich an seinem Gesicht und schreckte nicht mal zusammen, als er seine Finger ins Spiel brachte. Mit gleich dreien tauchte er in mich und sie ersetzten seine Zunge, die ein Stück tiefer glitt, als ich den Rücken durchbog.

Oh.

Dort sollte er sie wirklich nicht hintun. Für Zungen war dieser Ort eine Tabuzone. Ich wollte ihm sagen, dass mir das eine Nummer zu hart war, aber sein Handballen massierte meinen Kitzler und ich brachte kein Wort hervor. Nur abgehackte, stöhnende Laute. Seine Finger glitten schneller und härter in mich und das, was sich in meinem Bauch zusammenbraute, würde mich vermutlich in zwei Hälften reißen, sobald es sich entlud. Mein ganzer Körper zitterte. Zu meiner allergrößten Betroffenheit fühlte sich sein Mund in der verbotenen Zone gar nicht so schlecht an.

Als mich der nicht mehr länger herauszuzögernde Höhepunkt erfasste und meine Beine verkrampften, grub Kol mir seine Zähne in einen Schenkel. Er biss einfach ganz frech hinein und der brennende Schmerz trieb mich höher, als ich jemals gewesen war. Ich konnte nicht aufhören, zu zittern, und schluckte verzweifelt gegen ein Aufschreien an.

Er hob den Kopf, sein Blick streifte flüchtig meinen, bevor er ihn auf mein Geschlecht legte. »Deine Pussy ist verdammt hübsch, wenn du kommst. Du bist echt eine süße Maus *Kisska*«, raunte er, während ich mich wieder und wieder um seine stoßenden Finger zusammenzog.

Irgendwann – ich stand zweifellos kurz vor dem Sterben – glitten sie langsam aus mir hinaus. Es drehte sich alles, ich spürte Tränen über mein Gesicht perlen und hörte mich aufschluchzen. Ich hatte überhaupt keine Kontrolle mehr über mich, nicht über meinen Körper und erst recht nicht über meine Gefühle. Alles war miteinander verklebt, ich konnte gut und schlecht nicht mehr unterscheiden und für ein paar Sekunden war ich nicht mal sicher, ob ich noch wusste, wo ich mich befand. Erst als ich Kols heiße nackte Brust an meiner Haut spürte und er sich zu meinen Handgelenken streckte, war ich in der Lage, mich ein wenig zu beruhigen.

Er löste die Knoten und massierte meine Unterarme, küsste meine salzigen Wangen. »Geht es dir gut? Ich wollte dich nicht zum Weinen bringen.«

Ich nickte und schüttelte gleichzeitig den Kopf. Es dauerte einen Moment, bis ich meine Gedanken so weit sortiert hatte, dass ich ihm antworten konnte. »Mir geht es gut. Es war nur ... Ich bin ... überwältigt.«

»Also war es gut?«

»Ja, es war gut.« *Gut* – was für ein blödes Wort für das naturgewaltige Erlebnis, das er mir geschenkt hatte.

Er drückte seine Lippen auf meine und zog mich eng an seinen Körper. Ich war kraftlos, schaffte es aber irgendwie, mich zu ihm zu drehen und eine Hand in sein Haar zu schieben. Eine Weile küssten wir uns langsam, als ob unsere Münder Liebe machten. Er strich mir über den Rücken und ich fühlte seinen Herzschlag an mir.

Die abebbenden Gefühlswellen intensivierten mein Bedürfnis nach Nähe. Ich legte ein Bein über seins, was dazu führte, dass ich seine steinharte Erektion registrierte. Mist, was war ich für ein schrecklicher Egoist? Er hatte es mir gemacht und war dabei nicht auf seine Kosten gekommen.

Pflichtbewusst ließ ich meine noch zitternde Hand auf seine Brust fallen und schob sie über seine angespannten Muskeln nach unten. Doch er hielt mich auf, als sie gerade an seinem Bauch angelangt war.

»Nicht nötig, ich kann mir selbst helfen. Du bist viel zu erledigt.«

Ich *war* erledigt, aber deshalb würde ich ihn doch nicht verzweifelt zurücklassen.

Kol legte eine Hand auf meine und zog sie zurück nach oben, wo er sie auf seiner Brust platzierte. Er küsste mich wieder, streichelte meinen Körper hinab bis zu den Hüften und langte dann zwischen uns. Ich hörte den Stoff seiner Shorts rascheln und schnappte an seinen Lippen nach Luft, weil ich nicht glauben konnte, dass er das vorhatte. Nur ließen die Bewegungen seiner Hand keine Möglichkeit für Zweifel.

»Rutsch ein Stück weg, damit ich dich ansehen kann«, bat er mich.

Unglaublich, war der Kerl verdorben. Ich meine, wie schmutzig musste man sein, um auf solche Gedanken zu kommen?

Ich gehorchte, ein bisschen perplex darüber, dass er kein Problem damit hatte, sich in meiner Gegenwart selbst anzufassen, und nahm mein Bein von seinem. Ich rückte näher zum Rand, bis etwa ein halber Meter Abstand zwischen uns war, sodass er mich von oben bis unten anblicken konnte. Bei Gott, ich schwöre, sein Blick fickte mich, wie mich zuvor sein Mund gefickt hatte und ich sah fasziniert zu, wie er mit groben Zügen seinen aus den Shorts ragenden Schwanz rieb. Seine Finger glitten geübt den langen, dicken Schaft rauf und runter und sein leises Stöhne wurde lauter. Ich fragte mich, wie oft er sich wohl selbst befriedigte. Entweder tat er das ziemlich oft und wusste genau, wie er am schnellsten Erlösung fand oder er war einfach viel zu erregt. Er brauchte keine Minute, um sich mit bebenden Hüften in seine Hand zu ergießen.

Ich hatte mich eigentlich wieder gefasst, geriet aber noch mal innerlich in Aufruhr, als sich sein Blick mit meinem verhakte. Er forschte in meinen Augen und ich erkannte einen Funken Belustigung in seinen, da er offenbar bemerkt hatte, dass ich neben mir stand.

»Guck mich nicht so entgeistert an. Willst du behaupten, du machst es dir nie selbst?«

»Nein. Aber ich behaupte, ich tue es nicht vor Publikum.«

»Ich hatte gerade meine Zunge zwischen deinen Pobacken. Ich glaube nicht, dass ich hierfür hätte ins Bad verschwinden müssen«, erinnerte er mich an einen sehr langen, heiklen Moment.

Kol drehte sich zur Seite und hob sein Shirt vom Boden auf, um sich daran die Hand abzuputzen. Er zog den Bund seiner Shorts wieder nach oben – und Himmel. Für dieses anrüchige Grinsen auf seinen Lippen wollte ich ihn küssen und schlagen.

»Hinter dir steht ein Wecker«, sagte er. »Es ist zwanzig nach eins und ich schätze, wir sollten uns aufs Ohr hauen, auch wenn ich viel mehr Lust dazu hätte, dich noch mal meinen Namen hecheln zu hören.«

Ich blickte mich suchend um. Der Wecker stand auf der Nachtkonsole und ich musste mich dafür bewegen und strecken. Sicherheitshalber stellte ich die Weckfunktion auf sechs Uhr ein, da um diese Zeit definitiv noch keiner der anderen wach war.

»Weißt du, wo mein T-Shirt und mein Slip gelandet sind?«, fragte ich.

»Liegen auf meiner Seite auf dem Boden, aber ich werde nicht zulassen, dass du dich anziehst. Ich brauche heute Nacht Hautkontakt«, antwortete er, bevor er aus dem Bett stieg, um das Licht auszuschalten.

»Du bist auch nicht nackt«, entgegnete ich.

»Lässt sich ändern, wenn du das wünschst.« Ich bekam mit, dass er sich die Shorts auszog und dann zurück ins Bett kroch.

Im Dunkeln wühlte ich mich unter die Decke. Normalerweise konnte ich in fremder Umgebung nicht besonders gut schlafen, aber ich war so erschöpft und ausgelaugt, dass ich mir keine Sorgen machte, noch lang wach zu liegen. Uni, Konditorei und Kol – das war mehr, als ein Mensch an einem Tag verkraften konnte. Ich drehte mich auf die Seite, auf der ich am liebsten lag, und kuschelte mich in das Kissen.

»Kannst du schlafen, wenn ich ganz aufdringlich einen Arm um dich lege?«, wollte er wissen.

»Ja«, erwiderte ich und versuchte, mir meine Verwirrung nicht anmerken zu lassen. Ich hatte ihn nicht für so anhänglich gehalten.

Kol glitt zu mir unter die Decke und rutschte dicht an mich ran. Seine Oberschenkel berührten meine und er legte tatsächlich einen Arm über mich. Sein Atem bewegte mein Haar und ließ meine Kopfhaut kribbeln.

»Normalerweise hält Dutch dafür her, aber den musste ich ja deinetwegen nach draußen scheuchen«, wollte er mir weismachen.

»Klar, Dutch ist ja auch eine so anschmiegsame Schmusekatze.«

»Er ist nicht so übel, wenn man sich auf ihn einlässt.«

»Ich war wegen ihm in der Notaufnahme«, erinnerte ich Kol daran, dass die Wunde, die mir der Kater zugefügt hatte, genäht werden musste.

»Weil du ihn hochheben wolltest. Er mag das nicht. Man muss seine Eigenheiten kennen, um mit ihm klarzukommen, aber dann ist er eigentlich ganz in Ordnung.«

»Du bist sein Besitzer, es ist deine Pflicht, ihn zu lieben. Mir jagt er einfach nur Angst ein. Woher hast du ihn überhaupt?«

Kol drückte seine Lippen in meinen Nacken und hauchte einen Kuss auf meine Haut. »Meine Schwester hat ihn, als wir klein waren, von meinen Eltern zum Geburtstag bekommen.«

»Und dann die Lust an ihm verloren? Das ist typisch. Aus diesem Grund verschenkte man keine Tiere zu Geburtstagen.«

»So ähnlich. Dann ist unser Haus niedergebrannt und Dutch in den Flammen fast umgekommen. Er hat es irgendwie rausgeschafft, war aber danach so verstört, dass er eine echte Gefahr darstellte. Wenn du glaubst, sein Verhalten wäre Hardcore ... Du hättest ihn in den ersten Wochen nach dem Brand erleben müssen. Die Tierärztin, die seine Verletzungen behandelte, wollte ihn einschläfern, weil sie dachte, dass er sich nie mehr von dem Trauma erholt. Allerdings ist er ein Jerschow und kein Schlappschwanz. Natürlich hat er das also doch.«

Ich lächelte. Es war süß, dass er mir etwas Privates von sich erzählte und herzerweichend, wie er von dem Kater redete. So, als hätte er einen Platz in seinem Leben. Außerdem war es verantwortungsbewusst, sich weiterhin um ein verstörtes Tier zu kümmern, anstatt den leichten Weg zu wählen. Auch wenn ich Dutch nicht ausstehen konnte, konnte ich zumindest Kolja verstehen. Ich hatte auch eine Schwester, sie war zwar älter als ich, aber ich hätte ihr jederzeit Arbeit abgenommen, wenn sie mich darum gebeten hätte. Vermutlich hätte ich sogar einen Monsterkater für sie bei mir einziehen lassen.

»Dein Zuhause ist abgebrannt?«, fragte ich und als mir ein schlimmer Gedanke kam, fügte ich vorsichtig an: »Ist jemand gestorben?«

»Nein, es haben alle überlebt.«

Ich legte meine Hand auf seine, die er auf meinem Bauch ausgebreitet hatte, und fühlte mich erstaunlich beschützt und geborgen. Es wäre undenkbar gewesen, mit Julien in einer solchen Position einzuschlafen. Schon mein Atmen hatte ihn gestört, jede Bewegung weckte ihn auf und er hatte immer seinen Freiraum gefordert. Ich hingegen war eigentlich anlehnungsbedürftig. Ich fand es schön, Kols festen, starken Körper an meinem zu spüren. Ich mochte es, dass sich sein Brustkorb gegen meinen Rücken bewegte und er an meinem Haar schnupperte.

»Kol?«

»Hm?«

»Dein Bett ist viel gemütlicher als meins.«

Er gab ein leises Lachen von sich, seine Bauchmuskeln spannten sich an. »Ich bin zwar am Wochenende verabredet und nicht hier, aber wenn du willst, kannst du es trotzdem benutzen.«

Ein leichtes Brennen schlängelte sich beim Luftholen durch meine Atemwege und meine Brust verwandelte sich in ein vertrautes Nadelkissen. Er war verabredet? Ich wusste, dass ich keinen Anspruch auf ihn erheben konnte, wir waren kein Liebespaar, aber der Gedanke, dass er sich neben mir noch mit anderen Frauen traf und nicht mal ein Geheimnis daraus machte, durchbohrte mit einem beißenden Gefühl meine Körpermitte.

Novalie, halt dein Herz da raus. Ihr hattet nur ein paarmal wirklich guten

Sex.

Ich wollte nicht vom Regen in die Traufe kommen. Sich nach Julien in einen Kerl wie Kolja zu verlieben, wäre mehr als bescheuert und konnte nur in einer Katastrophe enden. Auf keinen Fall durfte ich es so weit kommen lassen.

»Kannst du doch ein kleines Stück wegrutschen?«, fragte ich ihn und ließ meine Hand von seiner gleiten. »Dein Arm ist ziemlich schwer.«

Er machte ein Geräusch, als ob ihm die Frage nicht gefiel, nahm jedoch den Arm von mir und schob sich ein Stück nach hinten. Mein törichter, naiver Körper sehnte sich sofort wieder nach seiner Wärme und dem Kontakt zu seiner Haut. »Kann ich, aber ich übernehme keine Verantwortung dafür, falls ich dir im Schlaf wieder auf die Pelle rücke.«

»Ich weiß mir dann sicher zu helfen«, entgegnete ich, bettete meinen Kopf auf meinem eigenen Arm und schloss die Augen.

Ich war froh, so unglaublich erschöpft und müde zu sein, dass meine Gedanken nur langsam kreisten. So konnte mich das aufmüpfige Gefühl der Eifersucht in meinen Zellen nicht auf Trab halten und sich mein Verstand keine unschönen Bilder ausmalen. Zum Beispiel von einem Mädchen wie Audrey, das die durch das Oberteil schimmernden Nippel an seinen harten Körper drückte.

16. KAPITEL

Kol

Zweier Dinge war ich mir, noch bevor ich die Lider aufschlug, unwiderruflich bewusst: Erstens war es später, als es sein sollte. Zweitens lag ich mit einem Halbsteifen und nahezu meinem kompletten Gewicht auf Novalies weichem Körper.

Ich hatte ein Bein über sie gelegt, auf diese Weise ihre Knie eingeklemmt, mein *Johnny* drückte sich an ihren prächtigen Hintern. Sie musste sich irgendwann in der Nacht auf den Bauch gedreht und ich ihren schmalen Rücken als Ablage für meinen Arm missbraucht haben, um eine Hand unter sie zu schieben und ihre linke Brust festzuhalten. Eine Position, die ich nicht unbedingt aufgeben wollte, denn ihre Rundungen fühlten sich viel zu perfekt dafür an. Allerdings hockte das unbestimmte Wissen darum, dass es besser wäre, schleunigst aufzustehen, unangenehm in meinem Hinterkopf.

Verdammt.

Ich öffnete widerwillig meine Augen. Es war noch ziemlich dunkel im Zimmer, besonders spät konnte es nicht sein. Die Geräusche, die vom Flur oder aus der Küche hereindrangen, beunruhigten mich jedoch ein wenig. Außerdem war da ein Kratzen, das aus Richtung des Fensters kam.

Vorsichtig zog ich meine taube Hand unter Novalies Brust weg und nahm das Gewicht meines Arms von ihr. Sie seufzte im Schlaf, als ob ihr das nicht gefiel. Ich war erleichtert über dieses Lebenszeichen von ihr, da es bedeutete, dass ich sie dank meines Bedürfnisses nach Körperkontakt nicht versehentlich letzte Nacht im Schlaf zerquetscht hatte. Behutsam zog ich mein Bein von ihr, wälzte mich auf die Seite und hob mit einem Stöhnen auf den Lippen den Kopf. Mein Blick suchte den Wecker, bevor ich mich wie erschlagen zurück ins Kissen fallen ließ.

Fünf vor halb acht.

Fuck.

Draußen herrschte also allgemeine Aufbruchsstimmung.

Sie wird dich umbringen.

»*Kisska?*«, flüsterte ich und konnte mich dem Verlangen nicht widersetzen, die Finger auf ihre Wirbelsäule zu legen und über die kleinen Erhebungen zu streichen. Selbst im Schlaf hatte das eine Wirkung auf sie. Eine leichte Gänsehaut zog sich unvermittelt wie eine Spur ihren Rücken hinab. Ich konnte spüren, wie sie leise unter meiner Berührung erschauerte. Das Laken bedeckte bloß ihre Beine, die sich anspannten, als meine Finger an ihrem Po angelangten. »Kätzchen, dass du so reagierst, ist überhaupt nicht gut für meinen Schwanz. Uns fehlt nämlich die Zeit, uns noch mit ihm zu beschäftigen.«

»Was redest du da?«, brummte sie ins Kissen.

Ha, sie war wach.

»Ich rede davon, dass wir in weniger als fünf Minuten angezogen sein müssen«, sagte ich und legte mein ganzes Bedauern in diesen Satz.

»Was?« Sie fuhr zusammen und drehte sich blitzschnell zu mir um. Ihr herrlich verschlafener Blick verfing sich mit meinem, sie blinzelte mich an und rieb sich dann mit einer Hand über die Augen. »Wie spät ist es?«

»Kolja?« Willow hämmerte an meine Tür.

»So spät«, flüsterte ich.

Novalie hielt den Atem an und ich konnte sehen, wie sich die Gedanken hinter ihrer Stirn überschlugen. Sie hatte ihre Sinne noch nicht ganz beisammen, weshalb sich eine entzückende Verwirrtheit in ihren Zügen breitmachte. Das Haar hing ihr wirr im Gesicht, als sie den Kopf anhob und sich – wie ich glaubte – panisch nach einem Versteck umsah.

»Entspann dich, ich regle das.« Ich schob ihr die sich nach vorn verirrten Haarsträhnen aus den Augen und kroch lustlos aus dem Bett. Auf dem Weg zur Tür machte ich am Kleiderschrank Halt, um mir eine Boxershorts überzuziehen. Verzweifelt versuchte ich, meinen dummerweise hart gewordenen Penis darin zu verstauen, und gab die Mühe auf, als Will zum zweiten Mal mit den Händen an meine Tür schlug.

»Kol, verdammt. Wir müssen los. Kannst du deinen Arsch auf den Flur schaffen?«

Ich streckte mich und rieb mir den Nacken, bevor ich mich zur Tür bewegte und sie einen Spalt öffnete. »Ich hab verpennt. Du musst allein fahren.«

Will stand komplett angezogen und mit geschulterter Tasche vor mir. Ihre Augenbrauen schossen ungläubig nach oben und sie reckte das Kinn etwas vor. Normalerweise passierte es mir nicht, dass ich zu spät aus dem Bett fiel. »Dann beeil dich zur Hölle noch mal.

»Nein, im Ernst, ich brauch noch 'ne Weile«, versuchte ich sie abzuwimmeln, da ich befürchtete, dass sie sonst auf mich warten wollte. Sie wusste, dass ich eigentlich keinen Kurs ausfallen lassen konnte und war loyal genug, sich um meine Stunden zu sorgen.

»Kol, du liegst mir andauernd wegen deiner Stundenzahl in den Ohren.«

»Ich schreib mich für irgendeine Extravorlesung ein. Heute Morgen müssen die ohne mich klarkommen.«

Will rümpfte die Nase und sah mich sträflich an. So, als hätte ich ein Verbrechen begangen. »Schön, ist ja dein Ärger, den du dir einhandelst.«

»Ich weine mich später bei dir aus.«

Sie verdrehte die Augen und wandte sich glücklicherweise von mir ab, ohne den Blick an mir hinabgleiten zu lassen.

Ich drückte die Tür zu und hörte, wie sie draußen ihre Wagenschlüssel vom Brett nahm, während ich meine Aufmerksamkeit wieder auf Novalie richtete. Sie hatte sich aus dem Bett gewühlt und erhob sich gerade nackt auf ihre Füße.

»Ich muss es irgendwie aus deinem Zimmer schaffen, bevor Davis das Haus verlassen will. Er geht davon aus, dass er mich mitnehmen muss«, sagte sie und hob parallel dazu ihr Shirt und die Hotpants vom Fußboden auf.

Ich war nicht damit einverstanden, dass sie sich anziehen wollte und verflucht, es ärgerte mich, dass sie so ein großes Geheimnis aus der Sache zwischen uns machte. Davis war ein Kerl und er kümmerte sich garantiert nicht um die Bettgeschichten anderer Leute. Es war ihm sicher scheißegal, dass Novalie und ich ein bisschen nett zueinander waren. »Du übertreibst.«

»Ich übertreibe nicht.« Sie streifte sich das Shirt über den Kopf und schlüpfte in ihre Hose.

»Ist es dir peinlich, dass wir miteinander schlafen?« Das war die einzig logische Schlussfolgerung und sie tat meinem Ego nicht gut.

»Was? Nein, natürlich ist es mir nicht peinlich. Es geht nur keinen was an.«

»Es würde niemanden interessieren, Novalie.«

»Falsch. Willow würde mir den Kopf abreißen.«

»Warum sollte sie das tun?«

»Weil ...« Sie zuckte mit den Schultern. »Keine Ahnung, aber sie würde mir garantiert einen Vortrag darüber halten, wie würdelos es ist, sich auf einen Typen einzulassen, der ...« Sie brach den Satz ab und blickte mich plötzlich schuldbewusst an.

»Der?«, hakte ich nach und konnte den angepissten Tonfall nicht zurückhalten. Sie fand, es war entwürdigend, mit mir zu vögeln? Ich hatte sie letzte Nacht so intensiv zum Kommen gebracht, dass sie vor aufschäumenden Gefühlen geweint hatte. Das war nicht entwürdigend, sondern verdammt heiß. Die Erinnerung daran zuckte wie ein Blitz durch meinen Schwanz.

»Es ist kein Geheimnis, dass du dir nicht viel aus den Frauen machst, mit denen du schläfst. Und ja, Mädchen halten es für entwürdigend, mit einem Mann ins Bett zu gehen, der sie nicht sonderlich wertschätzt. Willow würde das nicht verstehen.«

Das war eine verflucht einseitige Sichtweise. Natürlich machte man sich nicht viel aus einem Menschen, mit dem man bloß eine Nacht verbrachte. Wollte sie mir erzählen, bei Frauen wäre das anders? *Aus den Augen, aus dem Sinn* galt nicht nur für den männlichen Part einer schnellen Geschichte. Aber ich war doch kein gottverdammter Eisklotz. Bloß weil ich kein Interesse an einer Liebesromanze hatte, war sie mir doch nicht völlig egal. Ich mochte sie. Mir gefiel ihre Art und ich hatte erstaunlichen Spaß mit ihr. »Ich bin gestern bei deiner Arbeitsstelle aufgetaucht, weil ich das Gefühl hatte, du wärst wütend auf mich. Sieht das für dich so aus, als würde ich mir nichts aus dir machen?«

»Du bist bei meiner Arbeit aufgetaucht, weil du Sex mit mir wolltest.«

»Das ist nur ein Teil der Wahrheit, *Kisska*. Ich hatte nicht geplant, über dich herzufallen.«

Sie kam auf mich zu und ihr Gesichtsausdruck war unergründlich. »Wir können das gern ein anderes Mal klären, jetzt sollte ich wirklich versuchen, meinen Hintern unbemerkt hier hinauszubefördern.«

»Nein, nicht nötig. Das ist kein Thema, das ich noch mal aufgreifen möchte.« Ich hatte keine Lust auf eine Diskussion oder ein Drama. Deshalb hielt ich die Dinge lieber unkompliziert. Dennoch fühlte ich mich beschissen, als ich zur Seite wich, um ihr den Weg zur Tür freizumachen.

»Sei nicht sauer, okay?« Sie schob die Unterlippe etwas vor und sah mich besorgt an.

»Ich bin nicht sauer.«

»Sicher?«

»Ja, verdammt sicher«, log ich.

Ein Lächeln schlich sich auf ihre Lippen, das mich aus irgendeinem Grund etwas besänftigte. Sie war einfach viel zu süß, um richtig wütend auf sie zu werden. »Wir sehen uns heute Abend.«

»Nein, da bin ich unterwegs. Ich komme erst am Sonntag zurück«, brachte ich sie auf meinen Stand. Ich hatte Raisa versprochen, sie zu besuchen, und ich brach mein Wort nicht. Falls sie wirklich mitbekam, was um sie herum passierte, würde sie das sonst schwer enttäuschen.

»Okay, dann wohl bis Sonntag«, sagte Novalie in plötzlich verstimmten Tonfall, bevor sie die Tür öffnete und sich in allerbester Spionagemanier wie ein Profiagent aus meinem Schlafzimmer stahl.

Es sollte mir nichts ausmachen, dass sie mich für ein gefühlloses Arschloch hielt oder es ihr unangenehm war, vor anderen zuzugeben, dass wir was am Laufen hatten. Aber es machte mir etwas aus. Es war ein Scheißgefühl und ich verspürte einen unbändigen Groll im Magen, als ich zum Fenster ging, um Dutch reinzulassen. Er kratzte schon eine Ewigkeit am Rahmen des Fensters.

»Komm rein, Kumpel«, begrüßte ich ihn und bekam zu allem Überfluss auch noch ein schlechtes Gewissen, weil ich ihn noch nie wegen einer Frau aus dem Schlafzimmer verbannt hatte. Mit einem kläglichen Mauzen sprang er an mir vorbei. »Ich sag dir was, Fellknäuel, mach da draußen bloß einen gehörigen Bogen um all die herumstreunenden Katzendamen. Die bringen nichts als Chaos in dein Leben.«

Dutch setzte sich vor meine Füße und blinzelte mich an. So, als wollte er sagen, dass ich der jämmerliche Teil von uns beiden war, der das offensichtlich noch nicht verstanden hatte.

17. KAPITEL

Novalie

»Wie sehe ich aus? Meinst du, ich kann mich in diesem Aufzug Bucks Eltern präsentieren?« Will prüfte den Sitz ihres Dekolletés im Badezimmerspiegel, fuhr mit einem Finger unter ihrem Mund entlang, um eine Korrektur des Lippenstifts vorzunehmen, und drehte sich dann zu mir um.

»Du siehst aus wie ein Model«, sagte ich ehrlich.

Sie hatte sich das dunkle Haar hochgesteckt und ihr Make-up auf die kirschroten Strähnen abgestimmt. Das schwarze Vintage-Kleid floss schmeichelnd ihren schlanken Körper hinab, die Pumps passten farblich zu der Tönung und ihrer Schminke. Nach meiner stressigen Woche in der Konditorei kam ich mir neben ihr vor wie eine zerzauste Fledermaus in abgetragenen Jeans.

»Herrgott noch mal, Novalie. Ich weiß, dass ich heiß aussehe, das brauchst du mir nicht zu sagen. Ich will von dir hören, ob ich seriös genug wirke, um den Investmentbanker und die Finanzamtstussi zu treffen? Man bekommt keine zweite Chance, einen ersten Eindruck zu hinterlassen.«

»Du bist nervös«, stellte ich grinsend fest. *Das* war der Grund, warum sie sich darüber aufregte, von Buck vor vollendete Tatsachen gestellt zu werden. Sie hatte Angst davor, seine Eltern zu treffen. Sie meinte es tatsächlich ernst mit ihm.

»Ich bin nicht nervös. Der Abend soll nur nicht noch unangenehmer werden, als er ohnehin schon wird«, widersprach sie übereifrig.

»Du magst ihn.«

»Wen?«

»Na, Buck. Du bist bis über beide Ohren in ihn verknallt. Und du hast Schiss, dass dich seine Eltern nicht mögen und er sich von ihnen beeinflussen lässt.«

Will sah mich an, als hätte mir jemand irgendein ordinäres Wort auf die Wange geschrieben. Gleichzeitig nahmen ihre einen rötlichen Hauch an. »Natürlich mag ich ihn, aber deshalb habe keine Angst vor seinen Eltern.«

»Sicher nicht«, stimmte ich mit einem Zwinkern zu. »Und um auf deine Ausgangsfrage zurückzukommen: Du siehst *sehr* seriös aus. Der gute erste Eindruck ist dir sicher, wahrscheinlich planen sie nächste Woche schon eure Verlobung.«

Sie griff nach einem Handtuch, das auf dem Waschbeckenrand lag, und schlug damit in meine Richtung. »Du hörst dich schon an wie Kolja.«

Ich wich lachend einen Schritt zurück, obwohl ich mich definitiv nicht wie Kol anhören wollte. Hoffentlich färbte seine Art nicht auf einen ab, wenn man eine gewisse Zeit mit ihm verbrachte. »Na ja, vielleicht hat er ja ausnahmsweise mal recht und du solltest an deine Studienkredite denken.«

Mein Witz stieß nicht auf Humor. Der Blick, den sie mir schenkte, hätte einen Bullen tot umfallen lassen können. Sie warf das Handtuch in den Wäschekorb unter dem Waschbecken und scheuchte mich aus dem Badezimmer.

»Vielleicht sollten wir uns beide eine andere Bleibe suchen. Eine reine Mädchenwohnung. Sieh dir an, wie aufgeräumt es hier aussieht, wenn keiner der Chaoten zu Hause ist«, wechselte sie das Thema, als wir die Küche betraten und deutete auf die blitzsaubere Zeile.

»Ich komme auf dein Angebot zurück, falls ich mir wirklich eine neue Bleibe suchen muss.«

Ich hoffte nicht, dass es so weit kommen würde, aber realistisch betrachtet, standen meine Chancen, bis zum Ende des Studiums hierbleiben zu können, wohl eher schlecht. Julien würde nicht freiwillig das Feld räumen und ich würde deswegen nicht mit ihm streiten. Davis hatte *ihn* damals gefragt, ob wir die beiden freien Zimmer haben wollten. Ich war nur das Anhängsel gewesen, das sich seiner Entscheidung angeschlossen hatte. Und Kol war sogar Hauptmieter des Hauses. Sobald wir unser Spielchen beendeten, würde es komisch zwischen uns werden. Es war sogar schon ein bisschen komisch. Der Gedanke, dass er sich gerade mit einem anderen Mädchen traf, obwohl *ich* die letzte Nacht in seinem Bett verbracht hatte, war ... nicht schön. Nicht auszumalen, wie es sich anfühlen würde, wenn er oder auch Julien irgendwann eine Frau mit nach Hause brachten. Über ein Jahr konnte diese Konstellation – gemeinsam unter einem Dach – einfach nicht gut gehen, und ich war inzwischen auch sicher, dass ich Julien nicht verzeihen würde. Nie.

»Du bist verrückt, Novalie. Du wirst auf keinen Fall diejenige sein, die ausziehen muss. Julien hat mit dir Schluss gemacht. Es ist nur fair, wenn er dann auch die Konsequenzen dafür trägt, falls du es mit ihm zusammen hier nicht mehr aushältst«, meinte Will und zog ihren rot abgesetzten Parka von einer Stuhllehne am Esstisch. Buck musste jeden Augenblick auftauchen, um sie abzuholen; sie hatten für halb neun einen Tisch in irgendeinem Luxusrestaurant reserviert.

Ich ging zum Kühlschrank und holte eine Flasche Milch heraus. »Ihr habt *ihm* damals die beiden Zimmer angeboten. Und warum sollte er die Konsequenzen für meine Sensibilität tragen müssen? Es ist ja nicht so, als würde er verlangen, dass ich gehe.«

Willow seufzte, während sie ihren Mantel zuknöpfte. »Bist du sicher, dass ihr euch nicht doch wieder zusammenrauft? Ich weiß, du willst nicht darüber reden und ich hab nur am Rand mitbekommen, was er gemacht hat. Aber ihr wart immer mein Vorzeigepärchen. Vielleicht lässt sich das ja doch wieder einrenken.«

Wir waren ihr Vorzeigepärchen gewesen? »Du findest also, ich soll darüber hinwegsehen, dass er sich mit einer anderen trifft?«, fragte ich, bereute es aber sofort, als ich Wills wie vor den Kopf geschlagenen Gesichtsausdruck sah.

»Was? Um Gottes willen, nein. Er trifft sich mit einer anderen? Ich dachte ...«

»Schon gut«, unterbrach ich sie. Ich hatte ihr gegenüber nur angedeutet, warum zwischen uns Schluss war, da ich, wie sie richtig anmerkte, nicht darüber reden wollte. Will war zu einer engen Freundin geworden. Ich wusste, dass sie Julien die Augen auskratzen würde, wenn sie alle Details erfuhr. Es wäre meine Schuld gewesen, wenn fortan Weltuntergangsstimmung geherrscht und sich das Haus in ein Mad-Max-mäßiges Outback verwandelt hätte. Also behielt ich die Einzelheiten lieber noch eine Weile für mich, selbst wenn ich ihr damit auf die Zehen trat. »Es ist kompliziert. Ich erzähle dir ein andermal, was passiert ist.«

»Geht es dir denn gut? Kommst du damit klar?«, wollte sie in besorgtem Ton wissen.

»Ja, ich komme zurecht. Du kannst also dein Date genießen und die spießigen Reichen beeindrucken, ohne dir darüber den Kopf zu zerbrechen, ob die todtraurige, verlassene Novalie gerade allein daheim an ihren Tränen erstickt«, sagte ich mit einem Lächeln, da Will dazu neigte, überfürsorglich zu sein. Unter ihrer rauen Schale saß ein butterweicher Kern und sie machte sich um alles und jeden Gedanken, auch wenn sie das mit ihrer Footballcoach-Art immer gut überspielte und sich meistens so anhörte, als wollte sie einen bevormunden oder drillen.

»Du hast auch was vor, oder? Du wirst nicht das komplette Wochenende vor dem Fernseher hängen und dir irgendwelche Reality-Soaps reinziehen?«

»Ich hatte überlegt, nach York zu fahren und meine Mom und meine Schwester zu besuchen, nur lohnt es sich nicht. Wenn ich heute nicht hätte arbeiten müssen, wäre ich in den Zug gestiegen, aber Samstag hin und Sonntag zurück, ist mir zu stressig. Also doch, ich werde vor dem Fernseher sitzen, mir Reality-Soaps reinziehen und mich entspannen. Meine Woche war so anstrengend, dass ich mir nichts Besseres vorstellen kann.« York, wo ich aufgewachsen war, lag am anderen Ende von Pennsylvania. Ich besuchte meine Familie im Sommer, an Thanksgiving und zu Weihnachten. Spontane Wochenendausflüge dorthin waren bloß selten drin, obwohl die Vorstellung, für zwei Tage das Julien-Kol-Chaos zu vergessen und mich bei meinen Lieben zu verkrümeln, verführerisch war.

»Nimm meinen Wagen«, schlug Will vor.

»Ach nein. Blödsinn, Will.«

»Warum? Du wärst nicht auf die Bahnverbindungen angewiesen, könntest morgen in aller Frühe aufbrechen und erst spät am Sonntag zurückkommen. Es sind drei Stunden mit dem Auto. Es würde sich lohnen.«

»Ich überlege es mir«, versprach ich. Sie würde nicht lockerlassen, wenn ich etwas anderes sagte.

Vor dem Haus erklang ein Hupen. Mein Blick folgte dem von Willow zur Uhr. Buck war meistens überpünktlich.

»Er ist wirklich in jeder Hinsicht das Gegenteil von mir«, meinte sie mit einem Seufzen, nahm ihre winzige schwarze Handtasche vom Stuhl und sah mich noch mal durchdringend an. »Ich werde Buck bitten, dass wir morgen Früh hier vorbeifahren. Wenn mein Auto dann noch vor dem Haus steht, komme ich rein und wir stopfen dich in den Kofferraum seines Sportwagens, um dich zu deinen Leuten zu bringen. Verstanden?«

Ich lachte und brachte sie – die Milchflasche noch in der Hand – zur Tür. »Viel Spaß und sei umwerfend.«

»Ich bin immer umwerfend.« Sie drückte mir einen Kuss auf die Wange und öffnete die Haustür.

Buck war aus seinem schnittigen roten Cabrio gestiegen und wartete vor der Veranda auf Willow. Er hatte sich ebenso in Schale geworfen wie sie und machte in seinem dunklen Mantel, unter dem ein weißes Hemd und eine Krawatte hervorlugten, einen sonderbar erwachsenen Eindruck.

»Hey, Novalie.«

»Hey. Bring sie mir am Sonntag heil wieder.«

»Habe ich sie je nicht heil wiedergebracht?«, fragte er vergnügt und ich schüttelte den Kopf.

Als die beiden im Auto saßen und ich die Tür hinter mir zugedrückt hatte, trug ich meine Milchflasche ins Wohnzimmer, wo ich mich auf die Couch fallen ließ.

Vielleicht sollte ich Wills Angebot doch annehmen und das Wochenende bei meiner Familie verbringen. Relaxen konnte ich auch bei meiner Schwester Bianca, Weihnachten war ein paar Monate her und ich hatte wirklich Sehnsucht nach meinen Mädels. Seit mein Dad vor drei Jahren gestorben war, stand ich meiner Mom und meiner Schwester näher denn je, vorher war ich ein Daddy-Kind gewesen.

Ich erhob mich noch mal, um mein Handy zu holen, das auf der Frühstückstheke lag, und öffnete das Kurznachrichten-Postfach.

Ich: *Hey, Schwesterherz. Bist du das Wochenende verplant oder hast du Lust, der Nervensäge, die dir schon ein Leben lang auf den Geist geht, morgen eine Nacht Unterschlupf zu gewähren?*

Es dauerte nur eine Minute, bis sie antwortete.

Bianca: *Alles in Ordnung?*

War es so verwunderlich, dass ich sie besuchen wollte?

Ich: *Klar. Darf ich meine Familie nicht besuchen, wenn es mir gut geht?*

Bianca: *Du darfst mich immer besuchen, Nervensäge. Nur nicht morgen. Ich begleite Bernard auf ein Geschäftsessen.*

Ich machte es mir auf der Couch bequem und schaltete den Fernseher ein. Biancas Mann hieß eigentlich Keith, aber mein Dad hatte ihn, nachdem er ihn abgecheckt und für gut befunden hatte, in Bernard umgetauft, als Anspielung auf den *Walt Disney*-Film *Bernard und Bianca*, da Keith ein Cop war. Bianca war anfangs wütend darüber gewesen, dass wir ihn *den Mäusepolizisten* nannten und hatte sich fürchterlich für uns geschämt. Inzwischen nannte sie ihn aber selbst so.

Ich: *Auf dich war auch mal mehr Verlass.*

Bianca: *Stress mit Julien?*

Ich: *Wenn das bedeutet, dass du mir wieder schmalzige Beziehungstipps geben willst, antworte ich lieber mit Nein.*

Meine Schwester besaß einen Blog, auf dem sie ihren Followern Liebesroman-Tipps präsentierte. Ich zog sie gern deshalb auf, obwohl ich es eigentlich ziemlich cool fand, dass sie diese Leidenschaft hegte. Außerdem waren die meisten ihrer Tipps nicht schmalzig, sondern echt zu gebrauchen.

Bianca: *Haha. Willst du am Sonntag herkommen?*

Das wäre der reine Wahnsinn. Die Fahrt zweimal an einem Tag auf mich zu nehmen ... Ich hatte mich schon gesträubt, mit der Bahn zu fahren, weil es doch ziemlich weit war.

Ich: *Kriegst du es hin, dass Mom kocht?*

Bianca: *Soll das ein Scherz sein?*

Ich: *Okay, dann überredet.*

Als nichts mehr zurückkam, legte ich das Handy auf den Tisch, machte mich auf dem Sofa lang und beschloss, Amerikas dümmsten Menschen eine Weile dabei zuzusehen, wie sie sich vor der ganzen Welt zum Affen machten. Nur heute Abend, nicht das komplette Wochenende über. Wenn Bianca keine Zeit für mich hatte, würde ich morgen in die Stadt fahren und mir irgendwas Hübsches zum Anziehen kaufen. Frustshoppen. Das taten doch alle Frauen. Und am Sonntag würde ich nach Hause fahren – aller Meilen zum Trotz, was eine kleine Verzweiflungstat war. Hauptsache, Kol würde, wenn er am Sonntag zurückkam, nicht glauben, dass ich das ganze Wochenende auf ihn gewartet hatte oder es mir etwas ausmachte, dass er mit weiß Gott welchem Miststück in einem Bett abgetaucht war. Es sollte mir nämlich nichts ausmachen. Es musste mir einfach egal sein.

18. KAPITEL

Kol

Die Besuchszeiten waren längst vorbei, als ich die Tür zu Raisas Zimmer öffnete. Ich hatte den kompletten Tag blaugemacht, war mittags von der WG losgefahren und – wie sollte es auch anders sein – von einem Stau in den nächsten gekommen. Glücklicherweise kannten mich die meisten Pflegekräfte von *Hedders Ridge*, seit ich ein Teenager gewesen war und da sie mir erlaubten, auf dem Sofa in Raisas Zimmer zu schlafen, war es kein Problem für mich, nach acht noch hier aufzukreuzen.

»*Rajetschka*, ich weiß, dass du nicht schlafen willst, wenn du die Chance hast, mit mir abzuhängen«, sagte ich und warf meinen Rucksack auf die gepunktete Ausziehcouch unter dem Fenster. Fast alles hier hatte Punkte. Die Tapete, ihr Bettzeug, die Vorhänge – jedoch in unterschiedlichen Farben. Raisas Zimmer sah aus wie ihr Zimmer damals bei uns zu Hause. Wie das einer Siebenjährigen. Die Ärzte hatten gesagt, dass es ihr helfen würde, sich wohlzufühlen und sich zurechtzufinden, wenn sie wach werden würde. Aber das war, bevor wir wussten, dass sich ihr Gehirn nie wieder richtig erholen würde.

Ich ging zum Bett, schaltete die Nachttischlampe ein und zwickte ihr sanft in die Wange. Ein Muskel in ihrem kindlichen Gesicht zuckte und ihre Lippe bewegte sich leicht. Sie schlief also nicht, auch wenn sie die Augen geschlossen hatte und mit dem dunkelblonden, auf dem Kissen ausgebreiteten Haar an Dornröschen erinnerte.

»Du weißt, dass ich hier bin. Du kannst also aufhören, dich schlafend zu stellen. Sonst haue ich direkt wieder ab.«

Meistens war es, als würde man mit einer Wand sprechen, aber heute hob Raisa ein winziges Stück ihre Lider. Zwei Sekunden lang. Laut Bonnie, ihrer Bezugspflegerin, war ich der Einzige, der ihr eine Reaktion abringen konnte. Bei allen anderen agierte sie bloß, tat Dinge unwillkürlich. Nicht weil ihr jemand sagte, dass sie etwas tun sollte.

Ich ließ mich auf den Rand ihrer Matratze sinken, trat die Schuhe aus und nahm das Kissen, mit dem man ihr Gewicht auf eine Seite verlagert hatte, aus ihrem Rücken. Dann hievte ich die Beine ins Bett, stopfte das Kissen unter meinen Kopf und zog Raisa an meinen Körper. Sie schlang sofort einen Arm um mich. So, als ob sie mich festhalten wollte. Die Ärzte behaupteten zwar, dass das auf einen Reflex zurückzuführen war, der dem frühkindlichen Greifreflex ähnelte, aber Bonnie widersprach ihnen da vehement. Die Halbgötter in Weiß wussten auch nicht alles, sie verbrachten nicht mehrere Stunden des Tages mit ihr.

»Ich habe dir zwei Fotos mitgebracht, die ich in der Garage gefunden habe. Wir werden sie uns morgen bei Tageslicht ansehen, wenn wir dich aus dem Bett holen. Aber weißt du, was ich dir heute schon erzählen kann, *конуша*? Meine süße Schlafmütze. Es hat sich hoher Besuch angekündigt. Andrej will tatsächlich seinen Arsch in einen Flieger setzen und überprüfen, ob es dir gut geht. Ist das nicht lächerlich?«

Raisa öffnete die Augen. Ein träges Lächeln blitzte in ihren Mundwinkeln auf und sie machte ein Geräusch, das man mit viel Fantasie als Beschwerde deuten konnte. Es war laut und unkontrolliert, da sie eigentlich keine Kontrolle über ihre Stimmbänder hatte. Ihr Gehirn verband die Gedanken – falls da welche waren – und ihren Mund nicht mehr.

»Scheiße, da sollen sie noch mal behaupten, du kriegst nichts mit. Du lachst dich auch kaputt darüber, oder? Als wäre er plötzlich ein fürsorglicher Vater. Vielleicht trägt er dieses Kostüm ja zu Halloween und will schon mal für die Rolle üben.«

Sie blinzelte mich an.

Manchmal fragte ich mich, wie Raisa wohl aussehen würde, wenn dieses schreckliche Feuer sie nicht beinah umgebracht hätte. Sie hatte keine Brandnarben, aber die Gesichtsnerven funktionierten nicht mehr so wie bei gesunden Menschen, wegen des Schadens im Kopf. Deshalb wirkte sie viel jünger als dreizehn. Wahrscheinlich hätte ich alle Hände voll damit zu tun gehabt, irgendwelche Idioten von ihr fernzuhalten.

»Kol?« Bonnie hatte die Tür einen Spalt aufgedrückt und lugte ins Zimmer. »Kann ich Sie fünf Minuten sprechen?«

»Wie hältst du es nur mit dieser Frau aus, *Rajetschka*? Sie geht einem schon auf den Geist, wenn man gerade mal drei Minuten lang hier ist«, witzelte ich und zwinkerte Bonnie zu, bevor ich Raisas Arm von mir löste.

Die dunkelhaarige, kleine Krankenschwester ging zurück in den Flur, und ich schlüpfte noch mal in meine Schuhe. Bevor ich ihr aus dem Zimmer folgte, schob ich das Kissen wieder zurück in Raisas Rücken.

»Was ist denn so wichtig, dass es nicht bis morgen warten kann, Bonnie?«, fragte ich, nachdem ich die Tür hinter mir angelehnt hatte.

»Ich komme morgen erst zur Nachtschicht her, deshalb dachte ich, ich sage Ihnen besser gleich, dass wir noch mal mit Ihrem Vater gesprochen haben.«

»Erst meldet er sich zwei Jahre lang überhaupt nicht und dann fällt er euch auf die Nerven. Tut mir leid.«

»Muss es nicht. Ich dachte nur, Sie sollten wissen, dass er uns gebeten hat, Raisas Akte an ein Übersetzungsbüro zu mailen.«

»*Was*? Warum?«

Bonnie zuckte die Schultern, allerdings wirkte sie dabei nicht ahnungslos. »Da bin ich überfragt.«

Dieser verdammte Scheißkerl. Er dachte darüber nach, Raisa mit nach Russland zu nehmen? »Sie werden sich dagegen aussprechen, oder?« Ich sah Bonnie an, dass sie dieselben Schlussfolgerungen daraus zog wie ich.

»Natürlich werden wir uns gegen eine Verlegung und erst recht gegen einen so langen Flug aussprechen, falls das wirklich der Grund ...«

»Was für einen Grund hätte er sonst, ihre Patientenakte übersetzen zu lassen? Er spricht fließend Englisch. Er selbst bräuchte den Mist nicht auf Russisch.«

»Wir können nur mutmaßen.« Sie zuckte erneut die Schultern und blickte mich hilflos an.

»Er hat überhaupt kein Recht dazu, sie mitzunehmen. Meine Eltern teilen sich das Sorgerecht für sie. Er kann sie nicht einfach aus dem Land verschleppen«, sagte ich aufgebracht. Es stimmte, er brauchte die Zustimmung meiner Mom, allerdings war sie gerade kaum in der Lage, sich gegen ihn aufzulehnen. Ich war nicht sicher, ob er versuchen würde ...

»Nein, er kann sie nicht ohne Weiteres mitnehmen ...« Da war noch etwas, das Bonnie nicht aussprechen wollte.

»Aber er kann sich weigern, länger für ihren Aufenthalt hier zu bezahlen und uns damit an die Wand stellen«, sagte ich, was ihr nicht über die Lippen kam. Das *Hedders Ridge* war keine Sozialeinrichtung. Wenn die Unterbringung für Raisa nicht mehr bezahlt werden würde ...

Wow, wie abgrundtief konnte man einen Menschen eigentlich

hassen? Jede Zelle in mir war plötzlich mit Wut aufgeladen. Ich hatte noch knapp anderthalb Jahre an der Uni vor mir. So lang sollte er für Raisas Kosten hier aufkommen. Danach konnte ich versuchen, sie allein zu stemmen oder Raisa zu mir nach Hause holen. Ich machte dieses beschissene Sonderpädagogikstudium nicht ohne Grund.

»Ich wollte Sie nicht beunruhigen, Kolja. Ich dachte nur, es ist besser, wenn Sie es erfahren, bevor er in zwei Wochen herkommt.«

»Es ist gut, dass Sie mir das gesagt haben. Ich werde mir was einfallen lassen. Er wird sie nicht mitnehmen«, entgegnete ich mit vorgetäuschtem Optimismus. Nur ... die Wahrheit sah leider anders aus: Ich hatte keine Ahnung, was man in so einer Situation tun konnte oder wie ich Andrej Jerschow noch ein paar weitere zehntausend Dollar aus den Rippen leiern sollte, wenn dieser Bastard sich entschlossen hatte, keinen Cent mehr für Raisa zu zahlen.

19. KAPITEL

Novalie

Frustshoppen hieß garantiert Frustshoppen, weil es total frustrierend war, sich an einem Samstag durch die überfüllte Mall zu schieben und man für jedes Teil, das man anprobieren wollte, etwa fünfzehn Minuten in der Schlange vor den Umkleidekabinen anstehen musste.

Ich streckte mich vor dem Spiegel und zog an dem weißen glatten Stoff des Neckholders, das im Preis heruntergesetzt war. Ich fand, dass es ziemlich hübsch an mir aussah, die Glitzersteinchen unterstrichen meine weiblichste Seite. Leider war es aber eine Nummer zu klein und die Aussicht darauf, es in einer anderen Größe zu suchen und mir *noch mal* die Beine in den Bauch zu stehen, um eine freie Kabine zu ergattern, ließ mich genervt die Luft ausstoßen.

»Warum könnt ihr nicht einfach ein bisschen schrumpfen?«, fragte ich meine Brüste, über die sich das Oberteil fürchterlich spannte. Die süßen Pailetten am Ausschnitt würden abfallen, weil sie der Spannung nicht standhalten konnten.

In einem letzten Versuch, das Teil allein durch die Kraft meines Blicks von *small* in *medium* zu verwandeln, sah ich es intensiv an und gab auf, als – oh Wunder – nichts passierte.

Ich war schon beinah dabei, es auszuziehen, als mir eine Idee kam. Eine dumme Idee, denn die Leute vor den Kabinen würden mich lynchen. Aber es konnte kaum zwanzig Sekunden dauern, mir das Oberteil eine Nummer größer zu holen und wenn ich währenddessen meine Sachen in der Umkleide ließ ... Es war auf jeden Fall die dümmere Idee, mir diesen Ansteh-Zirkus für dasselbe Teil ein zweites Mal anzutun.

Ich straffte entschlossen den Rücken, bereit, den Ärger auf mich zu nehmen und drückte die Schwenktür der Kabine auf. »Es tut mir leid, ich muss ...«, setzte ich vorsorglich zur Entschuldigung an und begriff erst, warum mir plötzlich die Stimme versagte, als Audrey bereits honigsüß ihre Stimme erhob.

»Novalie. Das ist ja eine Überraschung.«

Ich wollte ihr weiß Gott nicht auf die Möpse starren, aber der Gedanke, dass sich ihre Mädels wahrscheinlich blendend in ein *small* packen ließen, lenkte meinen Blick dorthin. Vielleicht wollte ich mir auch unterbewusst bloß nicht ihr falsches Lächeln ansehen.

»Ich bin in einer Sekunde hier drin fertig«, hörte ich mich sagen, ohne dass ich es vorher gedacht hatte. Um nichts in der Welt würde ich sie um einen Moment Geduld bitten. Und ich wollte nicht länger in der Kabine sein, wenn sie wie ein Drache, der eine Höhle bewachte, direkt vor der Tür herumlungerte. Bei dem Wort *Frust-shoppen* lag die Betonung eindeutig auf dem ersten Wortteil, wie ich feststellte.

»Lass dir ruhig Zeit. Du solltest dieses Oberteil definitiv eine Nummer größer nehmen. Wo hast du es her? Soll ich mal nachsehen, ob ich es in deiner Größe auftreiben kann?«, bot sie an.

Ich hob die Augenbrauen, um ihr zu verstehen zu geben, dass sie sich ihr *freundliches* Angebot sonst wo hinschieben konnte, wandte mich um und schnappte meine Jacke, Tasche und Bluse vom Haken. »Nicht nötig. Ich kaufe dieses und behalte es gleich an.« Lieber setzte ich dreißig Dollar in den Sand, als mich auch nur einen Wimpernschlag länger in ihrer Nähe aufzuhalten.

»Oh, Novalie?«, hielt sie mich auf, als ich sie und ihre schrecklichen Nippel schon drei Schritte hinter mir gelassen hatte. Dämlicherweise warf ich einen Blick zurück, nur um zu sehen, wie sie ein winziges rotes Seidenhöschen nach oben hielt. »Könntest du Julien sagen, ich brauche noch fünf Minuten? Er wartet am Eingang. Du weißt ja, wie er ist. Erst reißt er sich darum, mit einem Unterwäsche kaufen zu gehen, und dann verliert er nach zwei Stunden die Lust. Richte ihm doch aus, dass sich das Warten sicher lohnen wird.«

Er begleitete sie? Scheißkerl. Die beiden passten wirklich hervorragend zusammen. Die fiese Schlange und der Heuchler. »Er steht nicht auf Rot. Du solltest es besser mit Schwarz probieren«, entgegnete ich. Keine Ahnung, ob Julien auf rote Wäsche abfuhr oder nicht, aber ihr Lächeln verrutschte, und das war die Bemerkung allemal wert.

Ich machte einen Bogen um den Ausgang, da ich Julien auf keinen Fall über den Weg laufen wollte. Wahrscheinlich hätte ich ihn sonst kratzen und treten oder ihm auf eine andere Art wehtun müssen. Mit mir war er nie Unterwäsche kaufen gewesen. Er war überhaupt nicht mit mir in die Mall gegangen. Genauer betrachtet, war *er* der Riesenlangweiler in unserer Beziehung gewesen. Und es war so unfair, mir diesen Titel in die Schuhe zu schieben.

Vielleicht ist Kol auch gerade mit einem Flittchen rote Höschen kaufen, schoss es mir durch den Kopf. Aber nein ... So schätzte ich ihn nicht ein. Er zog den Frauen rote Höschen bloß über die Schenkel.

Ich musste – ausgerechnet – durch die Dessous-Abteilung laufen, um zur Kasse zu gelangen. Eine dunkelhaarige Frau, die vor einer Stange mit Seidennachthemden stand, machte plötzlich einen Schritt zurück und ich stieß fast mit ihr zusammen. Sie entschuldigte sich, trat aus dem Weg und ...

»Novalie?«

Blendend. Sie gab damit den Blick auf Julien frei, der sich nur drei Meter entfernt Spitzenwäsche ansah. Um genau zu sein, war das Zeug mehr Spitze als Wäsche.

Warum wartete er nicht am Eingang auf sein Flittchen? Was tat er hier? In der Damenabteilung, zwischen winzigen Höschen und Büstenhaltern?

Mein Blick fuhr an ihm hinab, und ich bekämpfte den lächerlichen Impuls, mich abzuwenden und die Flucht zu ergreifen. Ich würde ihm nicht die Genugtuung geben, davonzulaufen, sondern meine Frau stehen. Auch wenn die Situation verdammt demütigend war, ihm hier zu begegnen, während seine *Freundin* in der Nähe Slips anprobierte.

Julien hielt eine fast durchsichtige Soft-Corsage in der Hand, an der sich mein Blick aufhängte. Meine Wangen fühlten sich mit einem Mal taub an, wahrscheinlich weil sie augenblicklich vor Scham und Wut so heiß wurden, dass es mir die Gesichtsnerven verbrannte. Ich brauchte geschlagene fünf, sechs Sekunden, um mich zusammenzureißen und meine Aufmerksamkeit zurück in seine Augen zu richten.

Julien sah mich schuldbewusst an. Er besaß die Frechheit, zerknirscht zu wirken. Ich befürchtete kurz, dass ich meine Gedanken von vorhin in die Tat umsetzen und ihm eine runterhauen würde, doch dann glitt sein Blick über das viel zu knappe Top, in dem ich noch steckte. Und ... er verweilte eindeutig zu lang auf meiner Oberweite, um es als Zufall abzutun.

Selbstbewusst reckte ich das Kinn und setzte meinen Weg zur Kasse fort. »Wenn du auf der Suche nach einem Geschenk für Audrey bist, solltest du besser in der Kinderabteilung stöbern. Ich bin sicher, ihre winzigen Möpse passen nicht in die Reizwäsche, die du da in der Hand hältst«, brach es mir über die Lippen, genau in dem Moment, in dem ich an ihm vorbeiging.

Ich hörte ihn nach Luft schnappen. Normalerweise war Julien schlagfertig, aber meine Bemerkung hatte ihm offensichtlich die Stimme geraubt. Sie war spitz gewesen und gemein, und sie sah mir überhaupt nicht ähnlich. Ich war kein Miststück und ich ließ mich für gewöhnlich nicht darauf ein, mich auf ein so niedriges Niveau zu begeben, auf dem Audrey sich dauernd duellieren wollte. Aber Julien machte mich einfach fuchsteufelswütend. Ich war sauer auf ihn und ich war sauer auf mich, weil er jetzt garantiert dachte, ich wäre eifersüchtig. Aber am allersauersten war ich auf Kolja. Es war seine Schuld, dass ich heute *Frustshoppen* musste. Weil er keinen Deut besser als Julien war und sich mit irgendeinem Audrey-Verschnitt durch die Laken wühlte. Warum? Was zum Teufel war so langweilig an mir, dass man sich zwischendurch eine Abwechslung gönnen musste?

Ich wusste, dass ich die Sache mit ihm beenden musste, weil mir solche Gedanken nicht guttaten. Es tat mir nicht gut, mich zu fragen, welche Fehler ich hatte, dass ich keinem Mann genügte, sondern sie sich zusätzlich noch mit anderen Frauen treffen mussten. Es zerstörte mein Selbstwertgefühl und wenn ich eins nicht gebrauchen konnte, dann die Katastrophe, nach allem auch noch meine Würde zu verlieren.

20. KAPITEL

Kol

Ich verzichtete darauf, den *Fury* abzuschließen. Ich wollte einfach nur schnell ins Haus. Keine Ahnung, was sich das Universum dabei dachte, mir jedes Mal in die Schuhe zu pissen, aber für die dreihundertzwanzig Meilen von Trenton nach Pittsburgh hatte ich diesmal geschlagene acht Stunden gebraucht und zu allem Überfluss schüttete es bei meiner Ankunft wie aus Eimern. Mir tat der Nacken weh, da Raisas Couch nicht dafür geeignet war, zwei Nächte darauf zu verbringen, und mir steckte noch immer die Wut auf Andrej in den Knochen. Fünfmal hatte ich seine Nummer gewählt, um ihm zu sagen, was für ein Bastard er war, es dann aber doch gelassen. Insgesamt ließ sich meine Verfassung also als miserabel und nassgeregnet bezeichnen, als ich die Haustür aufschloss und den Schlüssel auf die Kommode donnerte, anstatt ihn an den Haken am Brett zu hängen.

»Oh mein Gott, ist es Thor? Ich wusste nicht, dass wir einen Gott unter uns haben. Und offensichtlich hat er zwei linke Füße«, hörte ich Willow aus der Küche rufen. »Hast du dir wehgetan, Kol?«, fügte sie an.

Ich war nicht in der Stimmung für ihre Scherze und ich wollte erst mal aus den nassen Sachen raus. Auf dem Weg zu meinem Schlafzimmer schälte ich mich aus der Jacke und zog mir das Shirt über den Kopf. Scheiße, wie konnte man auf den zehn Metern vom Wagen ins Haus dermaßen durchweichen?

»Verdammt, Dutch!«, fluchte ich, als ich das Licht eingeschaltet und das nasse Zeug auf den Boden geworfen hatte – direkt neben die Leiche einer Maus. Das braune Ding lag zerbissen neben einigen Bluttropfen und sein Mörder hatte sich reuelos auf meinem Kopfkissen zusammengerollt. Er ignorierte mich und tat so, als hätte er sich nicht prächtig amüsiert, als er seinen Perversionen nachging. »Ich schwöre, wenn ich das nächste Mal wegfahre, stelle ich dir das Futter nach draußen und lasse das Fenster zu. Das hier ist mein Schlafzimmer und kein Tierfriedhof.«

Genervt machte ich einen Bogen um die krepierte Maus und schob das Fenster nach unten. Die Fensterbank war klitschnass, es hatte reingeregnet und ich nahm mein Shirt, das ich eben auf den Boden geworfen hatte, um sie trocken zu wischen – mit mäßigem Erfolg. Dann holte ich am Schreibtisch ein Blatt Papier aus dem Drucker und versuchte, es irgendwie unter das Mordopfer zu schieben, um den Kadaver zu entsorgen. Nach Bonnies Schreckensnachricht über die Akte, die an ein Übersetzungsbüro gegangen war, musste das Wochenende wohl so beschissen enden.

»Alles okay?« Willow tauchte in der Tür hinter mir auf.

»Nein, es ist nicht alles okay. Dieser unverschämte Kater glaubt, er könnte morgen Früh in meinem Bett frühstücken.«

»Ich habe dir gesagt, diese Katze macht nichts als Ärger. Sie greift Menschen an und jetzt tötet sie offensichtlich schon Unschuldige. Es wird allmählich Zeit für deine Hinrichtung, Dutch.«

»Nicht witzig, Will. Könntest du die Tür von außen schließen? Ich habe einen grauenhaften Tag hinter mir und brauche gerade keine Gesellschaft«, komplimentierte ich sie raus und schaffte es, das Papier unter die Maus zu kriegen. Ein bitterer Geschmack sammelte sich in meinem Mund, als ich das Blatt an den Ecken hochhob, in den Papierkorb am Schreibtisch warf und den Müllbeutel zuknotete.

»Verstehe, ein *grauenhafter Tag*. Hattest du schlechten Sex?«

Ich ignorierte die Frage und trug den Leichensack zum Fenster, um ihn draußen neben die Mülltonne zu werfen. Wenn man auf Willows dämliche Frage einging, neigte sie dazu, weitere dämliche Fragen zu stellen, und sie war nicht meine erste Wahl, mein Herz auszuschütten. Ich mochte die laute und lustige Willow, ich wollte nicht plötzlich mit einer vorsichtigen und stillen befreundet sein, denn sie war – auch wenn sie es nie zugeben würde – sehr zartbesaitet und sie würde wahrscheinlich anders mit mir umgehen, wenn sie von Raisa erfuhr. Ich wollte nicht der Kerl mit einer schlimmen Vergangenheit sein, den man mit Samthandschuhen anfassen musste. Die letzten Jahre auf der Highschool war das so gewesen. Der, den man beim Sport nicht mehr rannahm, weil seine Schwester im Krankenhaus ums Überleben kämpfte und man deshalb zimperlich mit ihm sein musste. Der, in dessen Nähe man keine Witze mehr riss, da er bei seiner humorlosen, schrulligen Nachbarin lebte, weil er sein Zuhause verloren hatte und seine Mom sich nicht mehr um ihn kümmern konnte. Hier in Pittsburgh war ich wieder ich.

»Stand sie auf schräges Zeug? Seltsame Stellungen aus dem Kamasutra, bei denen du dir was eingeklemmt hast und jetzt Schmerzen leidest?«, neckte sie mich weiter, während ich zum

Kleiderschrank ging, um mir ein trockenes Shirt überzustreifen. »Oh, Novalie. Vielleicht kriegst du aus ihm raus, worauf die Kleine abfuhr, mit der er die letzte Nacht verbracht hat. Es muss was ziemlich Abgefahrenes gewesen sein, was unseren Haus-Playboy in schlechte Stimmung versetzte.«

»Du gehst mir auf die Nerven, Will.« Ich hob das nasse Zeug vom Boden auf, schob mich an ihr vorbei auf den Flur, um es ins Badezimmer zu bringen, und stieß fast mit Novalie zusammen, die gerade die Treppe heruntergekommen war. Unsere Blicke trafen sich kurz und ich schenkte ihr trotz meiner miesen Laune ein Lächeln.

Sie war genau der Mensch, den ich nach dem beschissenen Wochenende sehen wollte. Bis eben war mir das nicht wirklich klar gewesen, obwohl ich viel an sie gedacht hatte, aber das plötzliche warme Gefühl in meinem Bauch ließ sich nicht anders erklären. Sie musste nicht viel tun, nur dastehen mit ihrem offenen, seidigen Haar, in Trägertop und Trainingshosen und mich mit ihren dunkelblauen, mandelförmigen Augen ansehen, damit es mir etwas besser ging. Ich brauchte dringend ein paar Streicheleinheiten von jemandem, der keine tausend Fragen stellte oder mich wie Will analysierte. Und vor allem von jemandem, der wusste, dass meine Stimmung nicht auf schlechten Sex zurückzuführen war. Unserer war schließlich großartig.

»Wie war dein Wochenende?«, fragte ich sie.

»Danke, gut.« Novalie senkte den Blick, ohne mein Lächeln zu erwidern, und ging geradewegs in die Küche.

Ich folgte ihr den halben Weg und war verwirrt darüber, dass sie mich nicht beachtete und mit einer knappen Antwort abspeiste. Ich hatte gedacht, dass wir unsere Unstimmigkeiten am Freitag geklärt hätten. Sie wollte ein Riesengeheimnis aus uns machen und ich konnte damit umgehen, auch wenn ich es albern fand. Kein Grund, mir die kalte Schulter zu zeigen. Außerdem war das Letzte, was sie zu mir gesagt hatte, bevor sie aus meinem Schlafzimmer geschlichen war, dass ich nicht sauer sein sollte. War ich nicht. Warum war sie es?

Als ich, nachdem ich meine Sachen in die Waschmaschine gestopft und sie angeschaltet hatte, das Badezimmer verließ, stand Novalie neben der Spüle und schenkte sich ein Glas Wasser ein. Will hatte wohl beschlossen, dass es besser war, mir nicht länger auf den Zeiger zu gehen, und sich – hoffentlich – auf ihr Zimmer verdrückt.

»Alles okay?«, fragte ich deshalb, da ich glaubte, dass wir allein waren. Eigentlich wollte ich sagen: Alles okay zwischen uns?

»Ja, natürlich. Und bei dir?«, antwortete sie gelangweilt, ohne mich anzusehen, als ob sie es in Wahrheit nicht interessieren würde, wie es mir ging. Sie trank das Glas in ein paar Zügen leer, stellte es ab und schaltete die Beleuchtung über der Küchenzeile aus. Dann kam sie direkt auf mich zu, um aus der Küche zu gehen.

»Was genau habe ich getan, um mir deinen Missmut zuzuziehen?«, wollte ich wissen und machte mich vor der Tür breit, damit sie sich nicht einfach an mir vorbeizwängen konnte.

»Ich weiß nicht, was du meinst.«

»Du bist ganz offensichtlich angepisst und sauer auf mich. Also muss ich irgendwas gemacht haben. Ich weiß nur nicht, was.«

Sie befeuchtete die Lippen und atmete laut aus. »Ich bin nicht sauer auf dich.«

»Dann bist du auf irgendjemand anderen sauer. Du ziehst ein Gesicht passend zum Wetter. Wir könnten die Gunst der Stunde nutzen, dass gerade niemand in der Nähe ist, uns in mein Schlafzimmer schleichen und rumknutschen, bis du ein Lächeln aufsetzt. Oder es uns bequem machen und ich kraul dir den Rücken, während du mir erzählst, wem ich die Nase brechen muss, weil er dich geärgert hat.«

»Das ist beides keine gute Idee«, sagte sie leise und verschränkte die Arme vor ihrem Bauch. Ihr war anzusehen, dass sie sich unwohl fühlte.

»Ich halte das sogar für eine grandiose Idee«, widersprach ich.

»Hör zu, Kol«, setzte sie an und ich seufzte. Unterhaltungen, die mit *hör zu* begannen, waren in der Regel keine, die ich führen wollte. »Ich denke, es ist besser, wenn wir das nicht mehr tun.«

»Wenn wir was nicht mehr tun?« Ich hob eine Augenbraue.

»Wir sollten mit diesen Spielchen aufhören und einfach nur wieder Mitbewohner sein.«

»Oh«, entfloh es mir und da das reichlich dämlich klang, fügte ich an: »Warum?«

Ich bereute die Frage, als sie den Blick senkte. Ich mochte es, in ihre Augen zu sehen. Sie waren hübsch und klar und ehrlich. Wenn sie meinem Blick nicht standhalten konnte, musste das, was sie sagen wollte, unschön sein. Vielleicht hatte sie sich wieder mit Julien zusammengerauft. Jetzt am Wochenende, während ich bei Raisa gewesen war. Mir gefiel der Gedanke nicht und noch weniger gefiel mir, dass ich ein Stechen zwischen den Rippen spürte. Ich wollte nicht, dass wir mit unseren Spielchen aufhörten und ich wollte nicht, dass sie zurück zu diesem Armleuchter Julien ging. Ich wollte sie für mich und das war verdammt beunruhigend, denn ich stellte normalerweise keine Besitzansprüche.

»Novalie?«, fragte ich, als sie nicht antwortete.

»Ich dachte, ich könnte das. Ich habe geglaubt, dass es okay für mich ist, wenn du dich auch mit anderen Frauen triffst. Aber ich lag falsch. Ich weiß, dass wir nicht zusammen sind, damit komme ich auch gut zurecht. Ich will nicht mehr als ... Sex und Freundschaft. Aber dass wir am Donnerstag die Nacht gemeinsam verbracht haben und du dich direkt danach mit einer anderen triffst und heute wieder fragst, ob wir ... Das geht zu weit. Ich fühle mich nicht gut damit und diese Sache zwischen uns sollte sich gut anfühlen. Deshalb ist es besser, wenn wir ab sofort bloß wieder Mitbewohner sind.«

Meine Mundwinkel zuckten. Sie dachte, dass ich das Wochenende mit einem anderen Mädchen zusammen gewesen war? Genau genommen, stimmte das ja sogar, allerdings war besagtes Mädchen meine Schwester. Es sollte mich nicht freuen, dass sie eifersüchtig war oder sich das Wochenende über meinetwegen mies gefühlt hatte, aber meine Laune wurde schlagartig richtig gut.

»Zu deiner Info: Ich war am Wochenende bei meiner Familie.«

Sie hob das Kinn und ihre Wangen nahmen eine rosige Farbe an. »Du hattest gesagt, dass du verabredet wärst.«

»Weil ich auch verabredet war. Ich habe meiner Schwester versprochen, sie zu besuchen.«

»Du hast nicht gesagt ...«

»Du hast nicht gefragt.« Ich zuckte mit den Schultern. Sie war so beschäftigt damit gewesen, ihren Hintern unbemerkt aus meinem Zimmer zu schaffen, dass ich nicht den Eindruck gewonnen hatte, es würde sie interessieren, mit wem ich verabredet war. Ich hätte es ihr gesagt, wenn sie mich angesprochen hätte.

»Damit stehe ich jetzt wohl wie eine Idiotin da.«

»Nein, überhaupt nicht. Es ehrt mich, dass du eifersüchtig warst.«

»Ich war nicht ...«

»Stopp«, unterbrach ich sie. »Wir sollten das vielleicht klären. Du willst, dass die Sache zwischen uns exklusiv ist? Schön, das will ich auch. Solang wir ... Wie nanntest du es? Ach ja, befreundet sind und Sex haben, haben wir das ausschließlich miteinander. Keine Ausflüge in andere Betten.« Ich hielt ihr eine Hand hin, damit sie den Deal besiegeln konnte.

Sie hielt ein Lächeln zurück und etwas Helles blitzte in ihren

Augen auf. »Ernsthaft? Wir vereinbaren das per Handschlag?«

»Per Handschlag sind schon ganze Imperien verkauft worden, Novalie.«

Sie lachte und bei Gott, es war das beste Geräusch, das ich die letzten zwei Tage gehört hatte. Zeit mit Raisa zu verbringen, bedeutete immer, Selbstgespräche zu führen und irgendwie mit seinen Gedanken allein zu sein.

Novalie nahm meine Hand, um in unseren Deal einzuschlagen. Gott sei Dank. Mit mir hatte noch nie irgendwer Schluss gemacht und das eben hatte sich beinah so angefühlt.

Ich warf einen Blick über die Schulter, um mich zu vergewissern, dass keiner von den anderen auf dem Flur herumschwirrte, zog sie näher und küsste kurz ihre Lippen, die sie überrascht geöffnet hatten.

»Keine Ausflüge in andere Betten gilt übrigens auch für Juliens Bett«, stellte ich klar, meinen Mund nah an ihrem und wusste, dass ich ihr quasi ein Geständnis machte.

»Es ehrt mich, dass du eifersüchtig bist«, benutzte sie meine eigenen Worte.

»Ich bin nicht eifersüchtig. Du sollst nur wissen, dass ich ihm ganz offiziell eine reinhauen werde, falls er versucht, dir wieder näherzukommen. Und ich werde ihn rausschmeißen.«

»Warum solltest du das tun, wenn du nicht eifersüchtig bist?«, fragte sie erheitert.

»Um endlich einen Grund dafür zu haben. Ich kann ihn kein bisschen leiden.«

Sie grinste, ihr Gesicht sah nicht mehr nach Regenwetter aus und ich küsste sie.

»Lass uns zu mir gehen und da weitermachen. Ich musste zwei Tage lang auf diese Lippen verzichten und bin quasi auf kaltem Entzug«, flüsterte ich, während ich mit meiner Zunge ihre Halsseite entlangfuhr. Ihre Haut war so verführerisch weich und roch so fruchtig, dass ich meine Lippen am liebsten für immer daran gerieben hätte.

»Hast du ...«

»... Kondome gekauft? Nein. Aber das wird mich nicht davon abhalten, dich die halbe Nacht lang zu küssen.«

21. KAPITEL

Novalie

»Erzähl mir von deinem Wochenende.«

Ich lag in Unterwäsche in Kols Bett und versuchte, mich auf die Worte zu konzentrieren, die er mit warmen Lippen gegen meine Wange murmelte – was alles andere als leicht war. Seine definierten Muskeln an meinem Körper, da er auch nichts weiter trug als eine Shorts, seine Finger, die Linien auf meinen nackten Arm zeichneten, sein Atem, der mein Gesicht streichelte, waren eine viel zu große Ablenkung.

Ich hatte nicht gedacht, dass der Abend hier enden würde. Ich war sicher gewesen, dass es das Beste war, wenn wir aufhören würden, miteinander intim zu werden. Weil es nicht gut war, dass ich mehr über ihn nachdachte als über Julien und befürchtete, dass ein kleines Stück von meinem Herz schon in die Sache zwischen uns involviert war. Von Ich-will-nicht-dass-er-sich-mit-anderen-Frauen-trifft zu Ich-will-mehr-als-Sex-und-Freundschaft war es nur ein verdammt kleiner Schritt und er war nicht der Typ, mit dem man eine Beziehung führte. In dem einen Jahr, das wir uns jetzt kannten, hatte ich nicht einmal erlebt, dass es ihm mit einem Mädchen auch nur ein bisschen ernster gewesen wäre. Ich hingegen hatte immer nur ernste Sachen gehabt und die Gefahr, dass ich mich verliebte, war mehr als gegeben. Insbesondere, wenn er so süß und anhänglich war wie heute. Doch obwohl ich das alles wusste, war ich jetzt hier, in seinem Schlafzimmer, ließ mich von ihm küssen und streicheln, was intimer war als alles, was wir bislang miteinander gemacht hatten. Und ... ich fühlte mich gut dabei. Ich war plötzlich überglücklich darüber, dass es nicht vorbei war und er sich auch nicht mit einer anderen Frau getroffen hatte.

Du bist so dumm, Novalie. Spiel nicht naiv mit dem Feuer.

»Am Samstag war ich shoppen, hab aber nichts Passendes gefunden und heute habe ich meine Mom und meine Schwester besucht«, brachte ich zerfetzt hervor, da ich zwischendrin die Luft anhalten musste. Er strich mit seiner Nase mein Ohr entlang, küsste mich flüsterzart auf den Kiefer und streifte mit der Hand meinen Arm hinab, um unsere Finger miteinander zu verschränken. Dann führte er meine an die harte Fläche seiner linken Brust, unter der sein Herz heftig klopfte.

Gott, was war los mit ihm? So zärtlich und liebeshungrig kannte ich ihn nicht, dabei hatte ich gedacht, seine sanfte Seite inzwischen kennengelernt zu haben. Damit, dass er sich wie ein zuneigungsbedürftiger Golden Retriever benahm, wurde ich nicht fertig.

»Das hast du schon erzählt. Ich will wissen, was ihr gemacht habt.«

Wie sollte ich über meine Mom reden, wenn er an meinem Hals knabberte, mit seiner Zunge sacht gegen meine Haut stupste und ich die Berührung bis in meinen Bauch spüren konnte? Das war einfach nicht möglich. Es war überhaupt nicht möglich, einen klaren Kopf zu behalten.

»Novalie, rede mit mir, sonst komme ich auf Gedanken, die sich nicht umsetzen lassen, da uns die Mittel fehlen.«

Ich kam auf dieselben Gedanken und sie würden sich nicht wegwischen lassen, bloß, weil ich mit ihm redete. »Wir haben gegessen«, antwortete ich.

Er lachte, beim Beben seiner Lippen bekam ich eine Gänsehaut überall am Körper. »Die ganze Zeit?«

»Nein. Meine Mom hat gekocht.«

»Was gab es denn?« Er saugte die Haut an meinem Schlüsselbein in seinen Mund.

Ich schloss die Augen und streckte den Hals, als ich seine Zähne über die Stelle kratzen spürte, die er gerade noch zwischen den Lippen gehabt hatte.

Verdammt. Das war doch Folter. Er wollte mich eindeutig quälen.

Ich zog meine Hand unter seiner weg und ließ sie auf seinen angespannten Bauch gleiten. Die trainierten, sexy Wölbungen zuckten, als ich die Finger darüber schob und meine Nägel einsetzte. Kol stöhnte rau, erhob sich auf einen Ellenbogen und küsste heiß und feucht meinen Mundwinkel.

»Es gab Hähnchenauflauf«, sagte ich und die Bewegung meiner Lippen beförderten sie direkt auf seine. Kols Zunge schlüpfte in meinen Mund, so wundervoll süß und meine bespielend, dass hinter meiner Stirn alles nebelig wurde und ich nach Atem ringen musste, als er sich von mir löste.

»Was habt ihr nach dem Essen gemacht?«

»Ich kann nicht denken. Hör auf, mir Fragen zu stellen, das ist Quälerei.«

»Weißt du, was Quälerei ist?« Er drückte meine Hand weiter nach unten, bis sie auf seiner mächtigen Erektion zum Liegen kam. Ich konnte jeden köstlichen Zentimeter unter seinen Shorts spüren. »Dass mein Schwanz so prall und hart ist, dass ich jemanden damit totschlagen könnte. Ich stehe ganz kurz davor, ihn dir unvernünftig zwischen die Beine zu schieben, deshalb musst du auf meine Fragen antworten. Sie halten mich davon ab.«

Vielleicht sollte ich ihm sagen, dass ich ganz kurz davorstand, ihn zu bitten, ihn mir unvernünftig zwischen die Beine zu schieben. Ich musste dringend zum Arzt und mir ein Verhütungsmittel besorgen. Als ich noch mit Julien zusammen gewesen war, hatte er sich um diese Angelegenheit gekümmert, aber jetzt war es vielleicht an der Zeit, die Dinge selbst in die Hand zu nehmen. Wenn das zwischen Kol und mir exklusiv war, würde ja sicher auch ein Hormonpräparat infrage kommen, um ein gewisses Risiko zu vermeiden.

»Ich musste zurückfahren, weil der Weg so weit ist. Aber vorher habe ich mit Bianca ein paar DVDs angesehen«, erzählte ich vorsorglich, weil er sonst garantiert danach gefragt hätte.

»Bianca ist deine Schwester?«

»Ja.«

»Älter?«

»Ein paar Jahre.«

»Welche Filme habt ihr geschaut?« Er streichelte kreisend meine Hüfte und fuhr mit dem Daumen den Rand meines Slips nach.

»Keine Ahnung«, stieß ich peinlich atemlos hervor.

Er lachte wieder. Ich war sicher, dass es für mich viel anstrengender war als für ihn, an meiner Beherrschung festzuhalten.

»Ich weiß es nicht, weil wir die meiste Zeit über gequatscht haben«, erklärte ich, weil dieser umwerfende Mistkerl nicht glauben sollte, dass er mir so leicht den Kopf verdrehen konnte.

»War ich Thema?«

»Was?«

»Habt ihr über mich geredet? Hast du deiner Schwester erzählt, wie überaus talentiert ich darin bin, dich zum Kommen zu bringen?« Er schob die Hand seitlich in mein Höschen.

»Im Moment versteckst du dein Talent ziemlich gut.«

»Das hättest du nicht sagen sollen, Novalie.« Er zog die Hand aus meinem Slip und ich stöhnte auf, als ich sie an meinem Oberschenkel fühlte. Er schob meine Beine auseinander und sein Gewicht auf mich drauf, um mich nach hinten zu drücken. Kol stützte sich links und rechts von meinem Kopf ab und sein Geschlecht pulsierte gegen meins, nur von unserer Wäsche getrennt. Er bewegte sein Becken, rieb seinen Penis an einer Stelle, die so sensibel und empfindlich war, dass ich hinter geschlossenen Lidern Blitze sah und kleine Krämpfe meinen Körper befielen.

Himmel. Ich konnte mir vorstellen, wie es wäre, wenn er in mich hineingleiten würde. Ich wusste genau, wie es sich anfühlte, wenn er mich mit tiefen Stößen nahm und seine Hüften dabei gegen meine drängte. Ich stöhnte wieder, diesmal heftiger und das Verlangen zwischen meinen Beinen wurde stärker und stärker.

»Du hast recht, ich bin wirklich untalentiert darin. Die Mühe, es zu versuchen, lohnt sich also nicht.« Er erhob sich auf die Knie, als ob er tatsächlich vorhätte, mit seiner wunderbaren Folter aufzuhören.

Ich öffnete die Augen und sein Grinsen knisterte in meinem Bauch. Es knisterte überall. Er war so groß und stark und schön, wie er da zwischen meinen Beinen kniete und ich war so aufgeputscht und voller Sehnsucht nach ihm, dass ich die tausend Gefühle in meinem Innersten nicht klar benennen konnte.

»Manchmal lässt sich fehlendes Talent mit ausreichend Übung beseitigen«, sagte ich.

Die Grübchen in seinen Wangen wurden tiefer und seine Augen leuchteten, als hätte man zwei Sterne in sie hineingesteckt. »Du stellst dich als Übungsobjekt zur Verfügung?«

»Ja, so großzügig bin ich.«

»Wenn das so ist ...«

Er fasste meinen Slip und zerrte ihn mir mit einem Ruck nach unten. Mir entfuhr ein kleiner Schrei und ich presste schnell eine Hand auf den Mund, weil ich befürchtete, das ganze Haus aufzuwecken. Ziemlich eilig befreite er meine Beine aus dem Höschen und packte mich an den Hüften, um meinen Unterleib auf seine kräftigen Oberschenkel zu ziehen. Als er mich dort, wo ich meinen Puls spüren konnte, mit den Fingern berührte, stand ich kurz davor, in Ohnmacht zu fallen.

»Ich würde wetten, ich habe noch nie eine Frau nasser gemacht«, sagte er stöhnend. Sein Blick war direkt zwischen meine Beine gerichtet, während er über die kleine harte Perle an dieser Stelle rieb. »Wie viele Finger müssen dich ficken, damit du kommen kannst? Einer?« Er stieß einen Mittelfinger in mich. »Zwei?« Er führte den Zeigefinger mit ein, während sich sein Daumen noch mit meiner Klit vergnügte.

Er brauchte nicht lang, um mich über die Schwelle zu schicken, ich war einfach schon viel zu heiß gewesen durch seine Folter. Ich konnte nicht sagen, was erregender war: Sein faszinierter Blick, den er nicht eine Sekunde von meinem Geschlecht nahm, die Art, wie er sich dabei die Lippen leckte und leise keuchte oder das atemberaubende Gefühl, dass seine Finger in meinem Innersten verursachten. Heftig pochend zog sich meine Mitte zusammen, ein glutheißes Feuer wand sich mein Rückgrat hinab und ich kam zitternd und mit einem Stöhnen, das ich mit der Hand abdämpfte, die ich immer noch auf meinem Mund liegen hatte.

»Zwei Minuten. Ich würde sagen, niemand hat mehr Talent als ich«, meinte er in neckendem Spott, bevor er meine Hand ergriff und mich nach oben zog. So, dass ich nun vollends auf seinen Schenkeln saß, die Ausbuchtung in seinen Shorts gegen meine entblößte Vagina drückte und er meinen Mund küsste. So lang, bis mein Zittern abklang.

»Ich will mich revanchieren«, flüsterte ich gegen seine Lippen. »Lass mich dafür sorgen, dass es dir auch gut geht. Ich will dich mit meinem Mund verwöhnen.«

Ein leises, zustimmendes Knurren mischte sich in unseren Kuss. Er ließ eine Hand über meinen Rücken gleiten und auf meinen Hintern rutschen, um mich noch einmal fest an seine Erektion zu pressen. Dann packte er mich und warf mich verspielt aufs Bett zurück, um sich aufzurichten und seine Shorts auszuziehen.

»Bist du sicher, dass er da reinpasst?«, fragte er, während er seinen Penis in die Hand nahm und rieb und sein Blick auf meinen Mund fiel. Ich hörte seiner Stimme an, dass er einen Witz machte. Dennoch konnte ich nicht anders, als die Augen zu verdrehen.

»Du bist unerträglich eingebildet. Du bist nicht der schönste Mann der Welt und du hast auch nicht den größten Schwanz.«

»Aber ich bin der schönste Mann, mit dem du bisher im Bett warst und mein Penis ist größer als die der anderen, die es dir besorgt haben.«

Ich richtete mich lachend auf und zog mich an seinen Beinen auf die Knie. »Den Gefallen, da jetzt zuzustimmen, tue ich dir nicht.«

»Zu viele Gefallen will ich auch nicht einfordern. Ich begnüge mich mit dem, den du mir gerade anbietest.«

Ich fuhr mir mit der Zunge über meine Unterlippe und strich mit den Händen über seine Schenkel. Ich war tatsächlich nicht sicher, ob er meinen Mund nicht überfordern würde. Der einzige Kerl, dem ich bisher einen Blowjob verpasst hatte, war Julien gewesen und der war um einiges schlechter bestückt. Aber ich wollte es unbedingt. Ich wollte Kol auf meiner Zunge fühlen und ihm schöne Gefühle schenken. Ich wollte ihn mit meinem Mund befriedigen, wie er mich auch schon mit seinem befriedigt hatte. Also nahm ich die Herausforderung an, legte die Finger um sein Handgelenk und sorgte dafür, dass er sein Glied losließ.

»Allein der Ausblick von hier oben könnte mich zum Explodieren bringen«, sagte er mit seltsam belegter Stimme. »Du auf Knien vor mir und verdammt, wie der BH deine Brüste zusammendrückt ... Sei lieb zu ihm, Novalie, er ist sehr empfindlich und reagiert gerade auf die kleineste Berührung.«

Ich hatte vor, lieb zu ihm zu sein. Äußerst lieb. Ich schob meine Hand von seinem Schenkel auf seinen Bauch und nahm ihn mit der anderen in die Finger. Er war schwer und hart und – falls ein Penis das überhaupt sein konnte – ganz hübsch anzusehen. Aus nächster Nähe hatte ich ihn noch nie betrachtet und zugegeben, er ... imponierte mir. Männer mit hübschen Schwänzen durften vielleicht ein bisschen eingebildet sein, weil es nicht so häufig vorkam, dass man ein Geschlechtsteil als schön einstufen konnte.

Ich ließ die Finger über die seidige Haut seines Schafts gleiten und rückte ein kleines bisschen näher an ihn heran, bis mein Atem ihn streifte. Kol verhielt sich ganz still, ich spürte seinen Blick auf meinem Gesicht. Ich lehnte mich etwas vor und küsste die glänzende Kuppe.

Ein Stöhnen grollte in seiner Brust und seine Muskeln spannten sich an. »Du flirtest mit meinem Schwanz. Gott, das ist heiß.«

»Ich mag ihn. Ich denke, wenn du dich mit meinen Brüsten befreunden kannst, kann ich deinem Penis auch meine Freundschaft anbieten«, sagte ich und neckte ihn vorsichtig mit der Zunge. Er schmeckte salzig und nach Kol und ich fand das ziemlich betörend. Sicher konnten er und ich gute Freunde werden.

»Wenn du mit *revanchieren* meintest, dass du mich umbringen willst, dann bist du auf einem verdammt guten Weg, kleines Biest.«

»Halt die Klappe.« Ich nahm ihn zwischen die Lippen. Ein kleines Stück und dann noch eins. Kol legte eine Hand auf meine Finger an seinem Bauch und atmete vernehmlich ein.

Es war ein unglaubliches Gefühl, ihn in meinem Mund zu nehmen. Ich konnte seinen Herzschlag durch den Schafft spüren, schnell und unruhig, und die Zurückhaltung, zu der er sich zwang.

Seine Hüften bebten, als ich an ihm saugte und mit meiner Zunge die harten Zentimeter erkundete.

Erstaunlicherweise passte er viel besser in mich hinein, als ich gedacht hatte. Groß und prall schmeckte ich ihn. Ich schloss mutig meine Lippen fester um ihn und spannte den Kiefer etwas an. Langsam glitt ich mit meinem Mund auf und ab.

Kol legte seine Hände an meinen Kopf. Es verlangte ihm sicher einiges ab, das Becken stillzuhalten und mich einfach machen zu lassen. Aber es war nicht zu leugnen, dass ihm gefiel, was ich tat. Er stöhnte leise, lauter, wenn ich meine Zunge gegen die Spitze drückte und atmete flach und bebend. Mit den Fingern zerwühlte er mir das Haar, ballte eine Hand um ein paar Strähnen, als ich ihn tief in mich aufnahm und immer wenn ich spürte, dass er fast die Kontrolle verlor, rief er sich mit eiserner Selbstbeherrschung zur Besinnung und lockerte seine Faust.

Ich hatte Spaß, es war heiß und berauschend, Macht über ihn zu haben. Ich rieb meine Zunge an ihm, presste ihn an meine Wange, bis er Geräusche wie ein wütender Bär machte. Erregt durch seine Erregung, fuhr ich mit der freien Hand zwischen seine Beine, um ihn noch an anderer Stelle zu stimulieren. Der Ruck, der durch seinen Körper ging, als ich seine Hoden leicht drückte, entlockte mir ein kehliges, gedämpftes Stöhnen.

»Ich halte nicht mehr lang durch«, warnte er mich mit zusammengebissenen Zähnen.

Ich saugte an seiner Eichel und schlug mit der Zunge dagegen, um ihn dann wieder weit in meinen Mund gleiten zu lassen.

»*Kisska*, fünf Sekunden.«

Ich hob den Blick in sein Gesicht und sein Ausdruck haute mich um. Er war hochkonzentriert, die Brauen leicht zusammengeschoben, seine Kieferpartie angespannt. In seinen Cappuccinoaugen lag ein so tiefes Begehren, leuchteten Flammen der Lust, und er öffnete die Lippen, als ich seinen Bauch zucken fühlte. Er legte den Kopf in den Nacken und ich spürte sein Glied so intensiv an meinem Gaumen und auf meiner Zunge pulsieren, dass es mir einen Schauer über die Haut jagte, als er kam. Ich streichelte ihn weiter mit meinen Lippen, presste sie fest um seinen bebenden Schaft und saugte an ihm, bis ich den Schluckreflex nicht mehr unterdrücken konnte und seine salzige Erlösung meine Kehle hinabrann.

Ich bemerkte erst, dass sich seine Finger in meinem Haar verkeilt hatten, als er an den um seine Faust geschlungenen Strähnen zog und ich mich aufrichten musste. Er senkte seinen Mund auf meinen und sein Kuss war so ausdauernd, atemraubend und ... intim, dass meine Knie ganz weich wurden, ich ernsthafte Gleichgewichtsprobleme bekam und die federnde Matratze unter meinen Füßen mich ein wenig zur Seite taumeln ließ.

Kol stieg rückwärts vom Bett, schlang die Arme um mich und hob mich hinunter. Er klemmte mir das Haar hinter die Ohren und zog mich mit sich, als er sich auf die Bettkante setzte. Ich war immer noch benommen von seinem Kuss, seinem Geschmack, von dem, was ich soeben mit ihm gemacht hatte, und ich hatte ihm nichts entgegenzusetzen, als er sich gegen mich lehnte und wir beide zurücksanken. Er öffnete meinen BH und streifte ihn mir ab, um sein Gesicht auf meine Brüste zu betten, als wären sie ein Kissen.

»Ihr habt mir gestern gefehlt«, sagte er und küsste abwechselnd meine Nippel, bevor er den Kopf hob und mir ein schiefes Lächeln schenkte. »Du auch ein bisschen.«

Mir floss heißes, flüssiges Glück in die Magengrube, was keine Fehlinterpretationen mehr zuließ: Ich war verknallt. Nicht verliebt mit tiefen Gefühlen, dafür kannten wir uns nicht gut genug. Sondern aufregend kribbelnd, mit flügelschlagenden, wilden Schmetterlingen und emsigen Ameisen, die mir über die Haut liefen. Ich war hingerissen von ihm und vernarrt in seine Art, sein Aussehen, seinen lächerlich blöden Humor. Die Leidenschaft, die ich für ihn empfand, war ... überwältigend.

»Vielleicht könnte ich dasselbe behaupten.« Mehr konnte ich nicht zugeben. Ich war verknallt, aber das bedeutete nicht, dass er auch verknallt war. Er flirtete mit allen Frauen in seiner Nähe, neckte sie und spielte mit seinem Charme. Er küsste nur nicht alle Nippel, doch wahrscheinlich bloß deshalb nicht, weil er Angst hatte, eine runtergehauen zu bekommen. Ich konnte ihm nicht sagen, dass ich verrückt nach ihm war. Meinen Glücksgefühlen tat das jedoch keinen Abbruch. Ich durfte ihn exklusiv küssen und berühren und mehr wollte ich auch gar nicht. Ich wollte, dass wir etwas teilten, was er mit anderen nicht teilte.

»Vielleicht?«, fragte er amüsiert.

»Ich bin noch unentschlossen, ob das eine passende Bezeichnung dafür ist, dass ich ab und zu an dich denken musste.«

Er legte einen seiner kräftigen, tätowierten Arme um mich, rutschte mit mir nach oben und knautschte ein Kissen zusammen, das er mir unter den Kopf schob, bevor er dasselbe für sich tat.

»Wenn du ab und zu an mich denken musstest, ist das ein guter Anfang.« Er streckte sich zum Nachtisch, um nach seinem Handy zu greifen, und quetschte mich dabei unter seinem Körper ein. »Wir versuchen es diesmal besser mit der Weckfunktion des Telefons, bevor wir morgen wieder eine Überraschung erleben.«

»Wo ist Dutch überhaupt?«, fragte ich ihn, als er eine Decke über uns ausgebreitet und mich dicht an sich herangezogen hatte. Haut an Haut. Der Regen trommelte gegen das Fenster und der Gedanke, dass er den Kater wegen mir ausgesperrt hatte, tat mir irgendwie weh. Ich mochte das Monster nicht besonders, aber es sollte sich deswegen nicht gleich den Tod holen.

»Du machst dir Sorgen um meine Katze?«

»Ich mache mir Sorgen darum, dass du mich hassen wirst, wenn deine Katze wegen mir an einer Lungenentzündung stirbt.«

Er lachte. »Du klingst wie Raisa. Sie hat auch immer davon geredet, dass er sich erkältet, wenn er bei schlechtem Wetter draußen rumstromert. Aber Katzen sind ziemlich zäh. Außerdem liegt er vermutlich gerade in deinem Bett und schläft.«

»Was? Du hast ihn in mein Zimmer gebracht?« Ich wollte keine Monsterkatze in meinem Schlafzimmer.

»Entschuldige, Novalie, aber es ist nur fair, dass er bei dir schläft, wenn du ihm sein Bett streitig machst.«

Ich hob den Kopf und blickte ihn vorwurfsvoll an. Eigentlich machte es mir nichts aus, dass er Dutch mein Zimmer untervermietet hatte. Ich wollte genau hier sein und mit dem Killer wäre das ohne Angst nicht möglich gewesen. Aber ich wollte, dass er wenigsten ein bisschen ein schlechtes Gewissen bekam. »Wehe er pinkelt auf den Teppich.«

»Könnte passieren, denn er kann nicht raus und ist alt. Seine Blase ist nicht mehr die beste.«

»Kol«, schimpfte ich entsetzt.

Er zwickte mir in die Seite und küsste meine Schläfe, als ich zusammenzuckte. »Ich mache nur Spaß. Er wird es sich verkneifen. Hoffentlich.«

Ich funkelte ihn noch mal böse an und legte dann mein Gesicht auf seine Brust, um mein Lächeln zu verstecken. Ich fand es ausgesprochen süß, dass er so für diesen Kater eintrat und gleichzeitig versuchte, mich vor ihm zu beschützen. Unwillkürlich atmete ich Kols Geruch tief ein und entspannte mich bis in die Zehen dabei.

»Wohnt deine Familie weit weg?«, fragte ich ihn, während wir so dalagen und er meinen Rücken kraulte. Er hatte schon mehrmals erwähnt, wo er herkam, aber ich hatte die Information nicht gespeichert.

»Kommt drauf an, von welchem Part meiner Familie wir sprechen.«

»Na deine Eltern und deine Schwester. Oder wen hast du am Wochenende besucht?«

»Ich war bei meiner Schwester. Sie lebt in Trenton.«

»New Jersey?« Das waren knapp vierhundert Meilen.

»Ja, Trenton liegt in New Jersey, *Kisska*«, wiederholte er schmunzelnd darüber, mich unnötigerweise in Geografie zu unterrichten. Meine Frage war rhetorisch gewesen. Ich *wusste*, wo Trenton lag.

»Sind deine Eltern getrennt?«

»Wird das ein Verhör?«

»Nur ein kleines. Es sei denn, dir ist es unangenehm, über private Dinge zu sprechen.«

Er atmete kräftig ein, sein harter Brustkorb dehnte sich unter mir. »Du hast gerade ein sehr privates Körperteil von mir in den Mund genommen. Also ... mein Vater ist vor sechs Jahren zurück in die Heimat gegangen. Er wohnt in Moskau. Meine Mom lebt eigentlich in Norristown, hier in Pennsylvania. Ich bin da aufgewachsen. Aber im Moment ist sie für ein paar Monate in Philadelphia.«

»Was du da erzählst, ist ganz schön verwirrend.«

»Was ist daran verwirrend?«

»Dein Vater ist in Moskau, deine Mom in Philadelphia, obwohl sie eigentlich in Norristown lebt, aber deine Schwester wohnt in Trenton, New Jersey? Sagtest du nicht, sie sei dreizehn?« Ich hoffte, dass ich mit meiner Fragerei nicht zu weit ging, aber ich war einfach neugierig und wollte mehr über ihn wissen.

Er hörte auf, mit seinen Fingern über meinen Rücken zu streichen, seine Hand ruhte zwischen meinen Schulterblättern. »Raisa ist dreizehn, ja. Aber sie ist krank und braucht medizinische Betreuung. Sie kann nicht bei unserer Mom leben.«

Seine Antwort erschütterte mich. Meine Brust zog sich zusammen, ich war offenbar ins Fettnäpfchen getreten. »Tut mir leid, dass ich gefragt habe. Ich wusste das nicht.«

»Braucht dir nicht leidtun. Du konntest es nicht wissen. Das ist keine Geschichte, mit der man hausieren geht. Ich spreche selten darüber.«

Ich legte einen Arm um seine Lenden, rieb mit dem Daumen über seinen Hüftknochen und schmiegte mein Gesicht fester an ihn. Ich wollte ihn nicht drängen, mir mehr zu erzählen, obwohl ich natürlich wissen wollte, was seine Schwester hatte. Ob sie sich bei dem Feuer verletzt hatte? Eine Krankheit, wegen der medizinische Behandlung notwendig war, die offensichtlich nicht zu Hause durchgeführt werden konnte, ließ etwas Schlimmes vermuten. Hoffentlich war sie nicht unheilbar krank.

»Zerbrich dir jetzt nicht den Kopf.« Kol drehte sich eine Haarsträhne von mir um einen Finger.

Das kleine Detail, das er mir anvertraut hatte, dieses Stück Familie, warf auf jeden Fall noch mal ein besonderes Licht auf ihn. Er hatte Dutch aufgenommen, weil seine Schwester sich nicht um ihn kümmern konnte. Das war mehr als herzerweichend. Und ich Idiotin hatte letztens angemerkt, dass man Tiere nicht zu Geburtstagen verschenkte und dem Mädchen unterstellt, das Interesse verloren zu haben.

»Mein Dad ist vor drei Jahren an einer Herzmuskelentzündung gestorben«, sagte ich leise, weil ich das Gefühl hatte, ihm auch etwas Privates über mich erzählen zu müssen. Vertrauen gegen Vertrauen. »Zuerst war es nur eine lächerliche Erkältung gewesen. Sie war hartnäckig und wollte nicht weggehen. Mein Dad arbeitete aber gerade an einem Entwurf für ein neues Onlinegame und wollte sich nicht krankschreiben lassen. Er war Spieledesigner, ihm gehörten Anteile einer kleinen, aber durchaus erfolgreichen Firma. Er ist erst zum Arzt gegangen, als sein Herz von der Entzündung schon sehr geschädigt war. Er hat sich nicht mal anmerken lassen, dass es ihm schlecht ging. Er ...« Meine Stimme brach weg. Es tat so entsetzlich weh, darüber zu sprechen. Tagelang hatten wir auf ein Spenderorgan gewartet, die Ärzte hatten immer wieder betont, dass er auf der Liste ganz oben stehen würde und die Chancen gut aussähen. Nur hatte es zu lang gedauert.

»Ich weiß.« Kol drückte mich fester an sich und hakte ein Bein unter meins. »Das ist der Grund, warum du Informatik studierst, oder?«

»Das wollte ich schon vorher. Mein Dad und ich standen uns ziemlich nah. Ich wollte immer in seine Firma einsteigen. Seine Anteile gehören uns auch noch, obwohl seine beiden Partner sie uns damals abkaufen wollten.«

»Damit ist dir deine Zukunft auf jeden Fall sicher.«

»Nein, ist sie nicht. Um ehrlich zu sein, weiß ich noch nicht, ob ich seinen Posten will. Ich hatte das immer von Julien abhängig gemacht. Er wäre bestimmt nicht mit mir nach York gegangen.«

»Ich fände es nicht so schlecht, wenn du nach York gehen würdest«, warf er ein.

»Findest du, es wäre meine Pflicht, in der Firma meines Dads zu arbeiten?«

»Nein, ich wollte damit sagen, dass es nur achtzig Meilen von Norristown entfernt ist.«

Mein Herz kribbelte. Er fände es gut, wenn ich nach dem Studium nach Hause zurückgehen würde, weil seins in erreichbarer Nähe lag? Wie bitte schön sollte ich denn keine Gefühle für diesen Mann entwickeln, wenn er solche Sachen sagte? Wir hatten beide noch über ein Jahr in Pittsburgh vor uns. Das war eine verdammt lange Zeit und bis dahin hatten wir unsere Freundschaft-und-Sex-Sache bestimmt schon beendet. Aber dass er heute darüber nachdachte, in diesem Moment, in dem wir zusammen im Bett lagen, und die winzige Eventualität nicht ausschloss, dass wir das mit uns bis dahin vielleicht eben nicht beendet hätten, ließ meinen Körper merkwürdig leicht werden. Ich krümmte die Zehen und hauchte ihm einen Kuss auf den Kehlkopf.

»Erinnerst du dich daran, dass ich letztens behauptet habe, dein Arm wäre mir zu schwer, um unter ihm einzuschlafen?«

»Entschuldige.« Er wollte sich von mir lösen und seinen Arm wegziehen, aber ich reagierte schnell und hielt ihn davon ab.

»Das war eine Lüge. Ich war ... sauer, weil du gesagt hattest, dass du das Wochenende nicht zu Hause verbringen würdest und verabredet wärst. Deshalb wollte ich Abstand.«

»Du hättest einfach sagen können, dass dich das stört. Ich hätte deine Sorgen aus der Welt schaffen können«, meinte er und seiner Stimme war ein Lächeln anzuhören.

»Ich wäre mir wie eine Idiotin vorgekommen. Ich habe kein Recht ...«

»Doch, hast du«, widersprach er, bevor ich ausreden konnte.

»Vielleicht jetzt. Aber wir hatten noch nicht ausgemacht, dass wir ... die Exklusivrechte aneinander haben.«

Sein Brustkorb und sein Brauch vibrierten, als würde er gegen ein Lachen ankämpfen.

»Was ist so witzig?«

»Wir müssen in vier Stunden aufstehen. Das finde ich witzig«, behauptete er, obwohl das garantiert nicht der wahre Grund seiner

Erheiterung war. Der Blödmann machte sich über mich lustig. »Kommst du an den Schalter der Nachttischlampe?«

Ich drehte mich etwas zur Seite, tastete hinter mich und musste mich strecken, um ihn zu erreichen. Als es dunkel um uns herum wurde, holte mich Kol wieder an seine Brust. Ihm schien zu gefallen, dass ich es dort bequem fand.

»*Kisska*?«

»Hm?«

»Bitte steig nicht ins Lizenzgeschäft ein.«

»Ins Lizenzgeschäft?«, hakte ich verwirrt nach.

»Na ja, wenn du von Exklusivrechten sprichst ...«

Ich verdrehte die Augen, was er leider nicht sehen konnte. War klar, dass er sich innerlich über mich kaputtlachte. Ich wusste nicht, wie ich sonst ausdrücken sollte, dass wir nun ausgemacht hatten, nicht mit anderen zu schlafen. »Haha.«

Er hob mein Kinn an, legte seine grinsenden Lippen auf meine und in dieser Position blieben wir, bis mich der Schlaf eingeholt hatte.

XOXO

»Fertig? Noch ist alles still da draußen.« Kol stand an der Tür und horchte, ob die Luft rein war und ich ungesehen aus seinem Schlafzimmer schlüpfen konnte.

Ich strich mir das weiße T-Shirt über die Dreiviertelhose, prüfte den Sitz meines Zopfes, den ich soeben gebunden hatte, und unterdrückte ein Seufzen. Eigentlich hatte ich überhaupt keine Lust, mich klammheimlich zu verdrücken. Im Gegensatz zu mir war Kol noch nicht angezogen, er hatte sich noch nicht mal die Mühe gemacht, eine Shorts überzustreifen, und sein leckerer Anblick war verdammt verlockend. Am liebsten hätte ich mich auch wieder ausgezogen, zurück ins Bett gekuschelt und ihm gesagt, dass wir noch fast eine Stunde hatten, bis wir *wirklich* aufstehen mussten. Es war mein Wunsch gewesen, die Sache mit uns vor den anderen geheim zu halten, aber nach letzter Nacht, wo wir uns nähergekommen waren und ich vor mir selbst eingeräumt hatte, irgendwie verknallt in ihn zu sein, kam mir dieser Wunsch ziemlich bescheuert vor. Mit Julien war es endgültig aus, ich hätte ihn nicht mal dann zurückgenommen, wenn er auf Knien bettelnd vor mir herumgerutscht wäre und Will würde es sicher wegstecken, wenn sie erfuhr, dass zwischen Kol und mir etwas lief. Immerhin war es meine Sache, ob ich mit einem chaotischen Frauenhelden ins Bett ging oder nicht. Nur leider wusste ich nicht, wie ich erklären sollte, meine Meinung geändert zu haben. Ich wollte nicht, dass Kol dachte, ich würde falsche Schlüsse aus unserem Exklusiv-Arrangement ziehen. Mir war klar, dass das nicht bedeutete, dass wir plötzlich so was wie Freund und Freundin waren.

»Fast fertig.« Ich ging zu ihm und zog sein Gesicht vor meins, um sein unrasiertes Kinn zu küssen. Hölle, ich liebte es, wenn er noch nicht rasiert war, er sah dann tierisch sexy und männlich aus und fühlte sich auch tierisch und sexy an. »Jetzt bin ich fertig.«

»Dann schwing deinen süßen Arsch nach draußen, bevor ich ihn zurück ins Bett zerre und meine unanständigsten Gedanken an ihm auslebe.«

»Du machst dir unanständige Gedanken über meinen Hintern?«

»Das werden wir jetzt nicht weiter ausführen, sonst bekomme ich ein Problem.« Er ließ den Blick an sich hinabgleiten und meiner folgte.

»Ich würde sagen, du hast bereits ein halbes Problem.«

»Deshalb musst du jetzt verschwinden.« Er öffnete die Tür und schob mich, ohne meinen Protest zu beachten, hinaus auf den Flur. Na, wenn das mal kein Rausschmiss war.

Ich wandte mich um und blickte ihn ungläubig an, aber das wunderschöne Lächeln auf seinem noch wunderschöneren Gesicht zog sofort an meinen Mundwinkeln. Dieser Kerl machte mich wirklich andauernd fröhlich, alles war so leicht und unkompliziert mit ihm. Mit Julien hatte ich nie so oft gelacht.

Er schloss die Tür und ich wollte die Treppe nach oben gehen, um mein Zeug zu holen, als mir einfiel, dass Kol ja erst noch den kurzweiligen Untermieter aus meinem Schlafzimmer holen musste, und wir eben vereinbart hatten, dass er das tat, während ich duschte. Also machte ich auf dem Absatz kehrt und bewegte mich stattdessen Richtung Badezimmer. Mit einem vermutlich ziemlich dumm wirkenden Grinsen bog ich in den Durchgang zur Küche und ... spürte, wie mein Grinsen verrutschte.

Julien war bereits wach. Er saß mit feuchten Haaren am Esstisch und blickte mich argwöhnisch an. So, als hätte er mitbekommen, dass ich aus Kols Zimmer geschlüpft war.

Zum Teufel, ich hätte darauf kommen müssen, dass er neuerdings nicht auf seinen Kaffee verzichtete, weil er mir aus dem Weg ging, sondern einfach früher aufstand. Normalerweise kam er erst aus seinem Mäuseloch, wenn ich gerade das Haus verließ, da er ja später zur Uni musste. Die letzte Woche war das allerdings nicht passiert, ich war nicht mal sicher, ob er zu Hause gewesen war.

Einen Moment lang rührte sich mein schlechtes Gewissen. Auch wenn er mit mir Schluss gemacht hatte und sich seitdem mit Audrey vergnügte, war unsere Trennung noch nicht lang her. Sich so schnell auf jemand Neuen einzulassen, wirkte, als ob es mir nichts ausmachen würde, einen Menschen zu verlieren, der mich so lang begleitet hatte. Aber so war es nicht. Es machte mir etwas aus, es tat in der Brust weh. Aber ich könnte ihm niemals verzeihen, selbst wenn er sich plötzlich die Mühe machen würde, mich zurückgewinnen zu wollen. Und das tat er ja nicht mal. Also war es nur richtig, mich nicht mit diesen schlechten Gefühlen aufzuhalten, sondern für gute zu sorgen, damit ich über ihn hinwegkommen konnte. Und diese guten Gefühle vermittelte mir nun mal Kol.

»Wird es jetzt immer so zwischen uns sein?«, fragte Julien plötzlich, als ich schon die Tür zum Bad erreicht hatte.

Ich hielt den Atem an und überlegte, ob es besser war, ihm keine Angriffsfläche zu bieten und im Badezimmer zu verschwinden, bevor er mich darauf ansprach, wo ich heute Nacht geschlafen hatte. Aber ich entschied mich dagegen und drehte mich um. Ich konnte dieser Frage sowieso nicht bis in alle Ewigkeit ausweichen. »Was meinst du damit?«

»Dass wir nicht miteinander reden und es unangenehm ist, sich im selben Raum aufzuhalten?«

»Ich hoffe nicht, dass das immer so sein wird«, erwiderte ich.

»Ich liebe dich, Novalie.«

Die vier unerwarteten Worte rutschten mir in den Bauch, wo sie sich wie ein Eisklumpen anfühlten. »Hör auf damit, Julien. Du kannst mir nicht sagen, dass du mich liebst und mir gleichzeitig weiterhin wehtun.«

»Ich kann das mit Audrey beenden. Ich wollte das mit dir und mir nicht kaputtmachen. Ich wollte doch nur ...« Er ballte seine Hände auf dem Tisch zusammen und sah ehrlich verzweifelt aus. »Wenn du willst, kann ich es beenden.«

Ich wusste nicht, was ihn plötzlich dazu bewegte, zu der Erkenntnis zu kommen, dass er das mit uns kaputtgemacht hatte oder wieso er jetzt mit Audrey Schluss machen wollte. War er eifersüchtig? Weil ich bei Kol gewesen war?

»Um dich dann wieder von mir gelangweilt zu fühlen?«, fragte ich. »Tut mir leid, Julien. Aber es ist zu spät. Zwischen dir und mir gibt es in dieser Hinsicht nichts mehr zu retten.«

Ich meinte, was ich sagte. Die Wunde, die er uns zugefügt hatte, konnte nicht mehr verheilen. Nur mein Herz konnte das. Kol konnte es dazu bringen, nicht mehr zu bluten, er hatte das bereits zum Großteil geschafft. Lieber hatte ich eine exklusive Sex-Freundschaft mit jemandem, der mich glücklich machte, als eine Beziehung mit jemandem, der mich verletzte. Ich wollte einen Mann, der mich zum Lachen brachte, der mich in erotischer Weise verzauberte und dem ich vertrauen konnte.

Ich wollte Kol.

22. KAPITEL

Kol

Ich war kein Fan davon, mit dem Wocheneinkauf an der Reihe zu sein. Jeder der Spinner, mit denen ich zusammenwohnte, schrieb seinen Quark unsortiert auf den Zettel und man musste die verdammte Liste in jeder Regalreihe des Supermarkts aufs Neue durchgehen. Eine zeitfressende, nervtötende Angelegenheit. Aber das wirklich Schlimmste war, dass – besonders den Mädels – erst einfiel, dass sie vergessen hatten, etwas aufzuschreiben, wenn man den Kram längst in den Wagen geladen hatte. So wie Novalie, die mir gerade eine SMS geschickt hatte.

Novalie: *Dairy Milk Fruit & Nut.*

Ernsthaft? Sie wollte, dass ich mich für ein paar Schokoriegel noch mal an der Kasse anstellte? Ich warf genervt die Kofferraumklappe zu und lehnte mich mit dem Rücken gegen den *Fury*. Der Fahrer eines blauen Geländewagens schickte einen verärgerten Blick in meine Richtung; wahrscheinlich hatte er es auf meinen Parkplatz abgesehen.

Ich: *Bin fertig. Für Süßkram gehe ich nicht noch mal rein.*

Novalie: *Du MUSST. Wenn ich mein Dairy Milk nicht kriege, unterzuckere ich während meiner Kurse. Und dann bin ich müde. Wahrscheinlich sogar abends zu müde für Sex.*

Ich musste widerwillig lachen.

Ich: *Du erpresst mich echt damit, nicht mehr mit mir zu schlafen, wenn ich dir die verdammte Schokolade nicht hole?*

Novalie: *JA!!!*

Diese Frau war einfach unglaublich. Die letzten fünf Nächte hatte sie in meinem Bett verbracht und ich wagte es, die Behauptung aufzustellen, dass sie sich genauso selbst bestrafen würde, wenn sie meinem besten Stück den Zutritt verweigerte. Sie war wie eine unzähmbare Raubkatze, die sich erst zufrieden an meine Brust schmiegte und leise schnurrte, wenn wir uns völlig verausgabt hatten. Nicht, dass ich mich darüber beschwerte ... Nur war ihre Drohung ziemlich haltlos.

Ich: *Ich schätze, das kann ich in Kauf nehmen.*

Novalie: *Waaas? Ich mag dich ab sofort nicht mehr.*

Ah, die Nachricht war nett. Sicher war ihr nicht klar, dass sie gerade zugegeben hatte, mich eigentlich zu mögen. Normalerweise hörte ich nur von ihr, dass sie mich für einen eingebildeten Blödmann hielt.

Ich: *Für das Geständnis gehe ich dir jetzt doch noch deine Schokolade holen.*

Novalie: *Welches Geständnis?*

Ich: ☺

Ich stieß mich am Wagen ab und schüttelte über mich selbst den Kopf, während ich das Handy in meiner Hosentasche verstaute und den weitläufigen Parkplatz überquerte. Dass mich eine Frau dazu brachte, mit ihr SMS auszutauschen oder freiwillig noch mal in den Supermarkt zu gehen, sollte mir eigentlich zu denken geben. Ich machte so einen Bullshit normalerweise nicht, aber für dieses Exemplar Frau konnte ich das schon über mich bringen. Wahrscheinlich spielte es auch keine Rolle, ob ich mich noch ein bisschen mehr von ihr rumschubsen ließ oder nicht. Sie hatte es geschafft, sich das *Exklusivrecht* an mir zu sichern, klaute mir jede verdammte Nacht meine Decke und ließ sich von mir Erdnussbuttersandwiches schmieren, weil ich das angeblich viel besser machte als sie. Ich konnte nur hoffen, dass ihr Hintern den Ärger wert war und ich nicht am Ende ein großes Drama erlebte.

»Kolja?« Jemand berührte meinen Unterarm und ich wandte mich um. Ich glaubte, die Stimme erkannt zu haben.

»Audrey. Und ...«, ich machte eine Pause und zeigte mit einem Finger auf Julien, den sie im Schlepptau hatte, »... ich dachte, *du* hättest schon dein Begräbnis hinter dir. Dass du nur abgetaucht und nicht gestorben bist, konnte aber auch keiner ahnen.« Er hatte sich zu Hause quasi in einen Miete zahlenden Geist verwandelt.

Audrey warf mir ein hinreißendes Lächeln zu und ließ meinen Arm los, den sie festgehalten hatte. »Ihr kennt euch?«

»Er wohnt in meinem Haus.« Noch.

Julien hatte einen schlecht gelaunten Gesichtsausdruck aufgesetzt und sah mich so verdrießlich an, dass man hätte meinen können, er hielte sich für *Superman* und hätte diesen tödlichen Feuerstrahlblick. Die letzten Tage waren wir uns nicht über den Weg gelaufen und offensichtlich hatte er in der Zeit beschlossen, den Schein nicht länger zu wahren. Er fand mich genauso zum Kotzen, wie ich ihn seit dem ersten Tag und er steckte es wohl nicht so einfach weg, dass ich ihm gesagt hatte, im Ernstfall würde *er* sich eine neue Bleibe suchen müssen. Nicht seine Verflossene.

Audrey wirkte überrascht. »Die Welt ist ein winziger Ort.«

»Nein, Pittsburgh ist bloß keine riesige Stadt.«

»Wolltest du ...?« Sie deutete mit einer Kinnbewegung zum Supermarkt.

»Ja, ich bin mit dem Wocheneinkauf dran und habe die Tampons für deine *Freundin* vergessen. Muss also wohl noch mal rein«, antwortete ich, allerdings mehr an Julien gewandt. Keine Ahnung, warum ich ihn unbedingt provozieren wollte; zu meiner Verteidigung war allerdings anzumerken, dass er mir eine Steilvorlage bot, indem er nur dastand wie ein übellauniger Bär, dem man sein Fell abgezogen hatte.

»Was ist eigentlich plötzlich dein Problem, Jerschow?«, fragte er.

»Nichts für ungut, *Jules*. Aber du bist nicht der Typ, vor dem man seinen Weltschmerz ausbreitet. Falsches Studienfach«, antwortete ich mit einem Zwinkern, als hätte ich seine Frage anders interpretiert und wollte mich abwenden. Aber dann sagte er etwas, das mich unvorbereitet traf.

»Fickst du meine Exfreundin?«

Beinah musste ich auflachen. Eine solche Direktheit hatte ich ihm nicht zugetraut. Aber Audreys finstere Miene ließ mich das Lachen in letzter Sekunde herunterschlucken. Ihr war sein harter Tonfall ebenso wenig entgangen wie mir. Ihm passte der Gedanke nicht, dass Novalie und ich im Bett gewesen waren und ihr passte nicht, dass Julien deswegen eifersüchtig war. Audrey mochte ein Miststück sein, wenn es um Männer ging, aber sie war kein durch und durch schlechter Mensch. Ich hatte damals viel Spaß mit ihr gehabt und ich konnte nicht behaupten, sie nicht leiden zu können. Deshalb straffte ich meine Gesichtszüge und ließ meinen Blick bloß zwischen ihr und Julien hin und her gleiten. »Das ist ja witzig. Ich wollte dich eigentlich dasselbe Fragen.«

Julien biss die Zähne aufeinander, der Rand seines Unterkiefers bildete plötzlich eine verdammt harte Linie. Vielleicht dachte er kurz darüber nach, mir eine reinzuhauen, obwohl es meiner Meinung nach dafür keinen Grund gab. Doch Audrey bewahrte ihn vor dieser Dummheit, indem sie ihn mit einem verbalen Tritt in meine Richtung besänftigte.

»Mein Geschmack hat sich in den letzten drei Jahren zum Glück deutlich verbessert.«

Darüber ließ sich nun streiten. »Ich verschwinde jetzt besser, damit ihr das ausdiskutieren könnt.« Ich schenkte Audrey ein kleines Lächeln, das sie mit einem Du-bist-so-ein-Arsch-Blick an sich abprallen ließ, und drehte den beiden den Rücken zu.

Die Eingangstüren des Supermarkts glitten auseinander und ich sah zu, dass ich Land gewann.

Julien wusste also Bescheid – woher auch immer. Novalie würde nicht erfreut darüber sein und ich sollte es eigentlich auch nicht. Wenn die Sache zwischen uns kein Geheimnis mehr war, würde sie bald sehr real und sehr offiziell werden. Keine Ahnung, ob wir schon bereit dazu waren, Stellung zu beziehen. Die Wahrheit war nämlich: Wenn zwei Menschen ausschließlich Sex miteinander hatten, sich nicht mit anderen trafen und die meiste Zeit über ein Bett teilten, dann steckten sie in einer verdammten Beziehung. Unabhängig davon, ob sie diese Beziehung *Exklusivrecht-Arrangement* nannten oder sie mit einem anderen Codewort umschrieben. Und genau das – eine Beziehung – hatte ich eigentlich nicht gewollt. Nur war es vermutlich zu spät, jetzt noch den Schwanz einzuziehen.

23. KAPITEL

Novalie

Ich war eine hundsmiserable Billard-Spielerin. Kol und ich hatten uns mit Wes in einer Bar in South Side Flats getroffen und ein Team gebildet, um ihn beim Pool fertigzumachen. Allerdings war der Kerl ein Billard-Gott oder so was. Wahrscheinlich hätte Kol nicht mal eine Chance gegen ihn gehabt, wenn ich mich mit meinen zwei linken Händen zurückgehalten und er allein gegen ihn gespielt hätte.

»Nach diesem Stoß geht die nächste Runde auf euch.« Wes streckte seinen kräftigen Körper und trank sein Bier aus, bevor er den Queue in den Fingern rollte und für den nächsten Stoß positionierte. Sein Gesicht wirkte hochkonzentriert, er grub die Zähne in seine Unterlippe und verengte die Augen, bevor er sich noch etwas mehr nach vorn beugte und ... die schwarze Acht versenkte.

»Verdammter Mistkerl!«, rief ich aus.

Wir hatten fünfmal verloren. Fünfmal war die *nächste* Runde auf *uns* oder besser gesagt auf Kol gegangen – den ich so empört wie möglich ansah, obwohl meine Verärgerung nur aufgesetzt war. »Du hast mich unter Vortäuschung falscher Tatsachen überredet, mit euch auszugehen. Ich betone, es ist kein *Heidenspaß* fünfmal in Folge zu verlieren und du spielst auch nicht *brillant.*«

»Ich hab nie behauptet, ich wäre brillant«, verteidigte er sich.

»Doch, hast du. Und du hast gesagt, Wes würde all unsere Drinks zahlen müssen, weil er keine Chance hätte, gegen dich zu gewinnen.«

Wes lachte, während er das Plastikdreieck von einem Stehtisch nahm und es auf den Billardtisch legte, um die Kugeln einzusortieren. »Tja, da hat er leider gelogen. Aber nimm ihm das nicht krumm. Wenn er immer die Wahrheit sagen würde, hätte er keine Chance bei den Frauen.«

Kol griff nach meinem Queue und hängte ihn zusammen mit seinem in die Halterung an der Wand hinter uns. Er schenkte mir ein Lächeln, das in meinem Bauch ein kleines Feuerwerk entfachte, und forderte mich mit einer Kopfbewegung auf, ihm an die Bar zu folgen.

Ich schob mich mit einem Schritt Abstand zu ihm an den vielen besetzten Tischen vorbei und wusste nicht, was ich von Wes' Bemerkung halten oder wie ich reagieren sollte, wenn er so etwas sagte. Er war nicht im Bilde über uns; Kol und ich verhielten uns heute Abend wie ganz normale Freunde – was völlig in Ordnung war. Ich hatte darauf bestanden, es vor unseren Mitbewohnern geheim zu halten, dass zwischen uns etwas lief, daher war es logisch, dass er es auch Wes nicht erzählt hatte. Nur kam ich dann bei Kommentaren über Kols Frauengeschichten ins Straucheln. Ich wollte nicht wissen, mit welcher Masche er Mädchen aufriss, wenn die beiden allein unterwegs waren. Ich kam mir dabei seltsam vor und verspürte auch ein kleines Ziehen in der Brust.

»Was soll ich dir bestellen?«, fragte Kol über einen *Calvin Harris*-Song hinweg, der aus den Lautsprechern über der Theke drang, als wir bei der Bar angelangt waren. Eine rhetorische Frage, ich hatte mich den Abend bisher wie er an Bier gehalten und auch nicht vor, auf ein anderes Getränk umzusteigen.

»Du könntest die Runde ruhig mal an mich abtreten«, antwortete ich, da ich heute Abend noch für keinen einzigen Drink bezahlt hatte und allmählich ein schlechtes Gewissen bekam.

»Kommt nicht infrage.«

»Warum? Du hast nicht allein wie ein Loser gespielt. Wir haben zusammen verloren.«

Kol hob die Hand, um den Barkeeper auf uns aufmerksam zu machen, und rief ihm zu, dass wir drei Bier haben wollten. Dann wandte er sich wieder mir zu und legte den Kopf etwas schräg. »Hübsche Mädchen zahlen nichts für ihre Drinks, wenn sie mit mir unterwegs sind. Selbst dann nicht, wenn sie ihr hellblaues Kleid nur angezogen haben, um mich zu foltern.« Er ließ den Blick anerkennend über mich gleiten. So langsam, dass er sich anfühlte wie eine Berührung.

»Ich hatte nicht die Absicht, dich zu foltern.« Ich wollte bloß gut aussehen, wenn wir schon mal ausgingen. Das hellblaue Kleid reichte mir bis zu den Knien, es betonte meine Hüften und hatte einen relativ tiefen Ausschnitt. Ich mochte es an mir, ich fühlte mich wohl darin und es war wichtig, dass ich das tat, wenn ich mit dem vermutlich größten Aufreißer-Gespann Pittsburghs unterwegs war.

»Und mich nennt man einen Lügner.« Er fuhr mir mit dem Daumen über die Wange und schob mir die gedrehte Haarsträhne aus dem Gesicht, die sich immer wieder in meine Stirn verirrte. Ich war überrascht und wollte mich umdrehen, um herauszufinden, ob Wes gesehen hatte, dass er mich berührt hatte, aber Kol hielt mich davon ab, indem er anfügte: »Er weiß es.«

Ich schlug die Stirn in Falten. »Er weiß es?«

»Ich habe ihm nicht direkt was gesagt, aber er ist schließlich kein Idiot. Er kennt mich und wird mitbekommen haben, dass ich die Augen nicht von dir lassen kann und jedem anderen die Pest an den Hals wünsche, wenn er dich ansieht. Außerdem könnte es sein, dass ich vor ihm erwähnt habe, du wärst ein Tabu und dass er nicht mit dir flirten soll. So was habe ich wirklich noch nie von ihm verlangt.«

Ich musste unwillkürlich lächeln und fühlte, wie sich ein warmes Gefühl in mir ausbreitete. Er hatte Wes gesagt, dass er die Finger von mir lassen sollte? Das war ... süß. Ziemlich machomäßig, aber süß.

»Ich glaube nicht, dass ich sein Typ wäre«, entgegnete ich mit einem Zwinkern. Zumindest waren die Frauen, die er heute Abend intensiver begutachtet hatte, allesamt blond gewesen. Ich kannte Wes nicht unbedingt gut, er war ein paarmal bei uns zu Hause gewesen, um mit Kol abzuhängen, aber anhand der letzten Stunden erlaubte ich mir ein Urteil über ihn. Wenn Kol von allem ein bisschen *too much* war, war Wes extrem *too much*. Männer wie er standen auf extrovertierte Frauen wie Audrey und nicht auf herausgeputzte Informatikstudentinnen. Kol hatte also keinen Grund, sich Sorgen zu machen, aber dass er es dennoch tat, gefiel mir leider ein wenig zu gut.

»Nur ein Tauber und Blinder würde behaupten, dass du nicht sein Typ wärst.« Er zog mich an der Taille näher und strich mit seinen Lippen über meine Wange bis hin zum Ohr, was meinen Atem beschleunigte, bevor er mich wieder losließ. »Es fällt mir schwer, mein Revier nicht zu markieren. Nur damit du es weißt.«

»Ich bin dein Revier?«

»Mir gehören die Exklusivrechte, schon vergessen?«

»Nein, nicht vergessen. Wie könnte ich?« Ich schmolz leichtsinnig dahin, als sein hübscher Mund von einem Lächeln erfasst wurde.

Kol zog ein paar Dollarnoten aus der Tasche und legte sie auf den Tresen, als der Barkeeper das Bier vor uns abstellte. Er reichte mir eine geöffnete Flasche und ich heftete mich an seine Fersen, um zurück zu Wes zu gehen, dessen imposante Gestalt und hellbrauner Haarschopf aus der Menge hervorstachen. Seiner Familie gehörte ein Gartenbauunternehmen und es war nicht zu übersehen, dass er körperlich anstrengende Arbeit verrichtete. Er hatte so breite Schultern wie Kol, dazu war er allerdings mindestens so groß wie Davis. Einschüchternd, wenn man ihn nicht kannte.

»Damit haben wir unsere Schulden beglichen.« Kol übergab Wes unseren Spieleinsatz und nahm einen Schluck aus seiner Flasche.

»Erinnerst du dich an die beiden?« Wes deutete mit dem kleinen Finger auf die beiden Mädels am Pooltisch. Die eine war blond, die andere schwarzhaarig und beide hatten verdammt knappe Tops und tiefsitzende Jeans an. Sein Blick war unverhohlen auf den Hintern der Blonden gerichtet, die gerade mit einem Stoß das Spiel eröffnete.

»Sollte ich?«, fragte Kolja und sah beunruhigt zu mir. So, als wollte er nicht, dass Wes ihn in meiner Gegenwart auf andere Frauen ansprach. Nur konnte er offensichtlich auch nichts dagegen unternehmen.

»Sag du es mir. Du bist doch mit der kleinen Schwarzhaarigen vor ein paar Wochen nach Hause gegangen.«

»Keine Ahnung. Wird kein einschneidendes Erlebnis gewesen sein, wenn ich mich nicht erinnere«, meinte Kol ausweichend und ich wusste, dass er das nur wegen mir sagte.

Verdammt, ich hatte geahnt, dass ich in ein paar unangenehme Situationen geraten würde, wenn ich mit den beiden ausging. Dass Kolja kein Unschuldslamm war, war mir klar, aber mit irgendwelchen Mädchen konfrontiert zu werden, mit denen er vor mir mal was gehabt hatte, versetzte mich nicht gerade in Euphorie.

Ich betrachtete die Dunkelhaarige und musste gestehen, dass sie umwerfend aussah. Sie hatte eindeutig einen leicht asiatischen Touch, die reinste Modelfigur und ich nahm an, dass sie ein paar Jahre älter war als er. Vielleicht Ende zwanzig. Ihre riesigen goldenen Kreolen, die unter dem glatten, hüftlangen Haar hervorlugten, passten zu ihrem Armband, das eng um ihr schlankes, sonnengebräuntes Handgelenk lag. Mein Selbstbewusstsein war nicht unbedingt klein, aber dass ich solchen Mädchen nicht das Wasser reichte, war unverkennbar. Ich hasste sie spontan ein bisschen.

»Oh mein Gott, Kolja?«, rief sie in dieser Sekunde zu meinem Bedauern, als ihr Blick zufällig auf ihn fiel. Ich wünschte mir mit jeder Faser, dass sie nicht zu uns herüberkam, aber mein Wunsch blieb wie immer unerhört.

»Hey«, sagte er zu ihr und erwiderte verhalten die Geste, als sie ihn überschwänglich kurz in den Arm nahm.

»Ich hätte nicht gedacht, dass wir uns noch mal treffen.« Sie schüttelte ihr beneidenswert glänzendes Haar nach hinten.

Ich trank einen großen Schluck von meinem Bier und schloss danach die Finger fest um die Flasche, als die Blonde ihren Queue ablegte und sich auch zu uns gesellte. Sie nickte Wes nur knapp zu und blieb dann neben ihrer Freundin stehen, die Kol aufdringlich in ein Gespräch verwickelte – mit Körpereinsatz. Sie berührte ihn am Oberarm und lächelte geschult, während sie irgendwas zu ihm sagte.

Ich wich instinktiv um den Stehtisch herum aus und ging auf Abstand, weil ich nicht hören wollte, worüber sich die drei unterhielten. Die seit einer ganzen Weile verstummte Wölfin in mir ließ nämlich ein leises Knurren von sich hören, und ich wollte vermeiden, dass sie lauter wurde. Es gab keinen Grund, eifersüchtig zu sein, und vielleicht geschah es mir auch ganz recht, dass sich ein bitteres Gefühl in meiner Mitte festsetzte. Ich hatte schließlich darauf bestanden, aus unserer Exklusivsache ein Geheimnis zu machen. Hätte ich das nicht getan, wäre es mir möglich gewesen, dazwischen zu gehen, wenn ihn andere Frauen in Beschlag nahmen. Jetzt musste ich da wohl einfach durch, auch wenn mich der Moment kurz daran erinnerte, wie es war, daneben zu stehen, wenn sich Audrey und Julien in meinem Beisein unterhalten hatten.

»Lächle, du kannst sie nicht alle töten. Dafür sind es zu viele«, sagte Wes, und ich bemerkte, dass er mich amüsiert anblickte.

»Was?« War mir so deutlich anzusehen, dass ich Miss Supermodel gern die Augen auskratzen wollte? Himmel, bitte nicht.

»Ich meine, ich habe nichts gegen einen Frauenboxkampf, die sind ziemlich sexy. Aber ich befürchte, Kolja wäre das nicht so recht.«

»Ich habe keine Ahnung, wovon du redest.«

»Nein, sicher nicht«, entgegnete er grinsend. »Dein Gesichtsausdruck ist auch kein bisschen verräterisch.«

Meine Wangen wurden warm. »Du liegst falsch. Es ist nicht so, dass ...«

»Du kennst ihn doch«, fuhr er dazwischen. »Ihr wohnt zusammen. Du solltest wissen, dass er eine sehr ... abenteuerliche Vergangenheit hat.«

Vergangenheit? Was bedeutete das denn? Wes konnte nicht wissen, dass wir ausgemacht hatten, uns nicht auf andere einzulassen. Er konnte nur ahnen, dass zwischen Kol und mir etwas lief. »Das ist allein seine Sache.«

»Wenn du das so siehst, entspann dich. Oder du bittest mich um Hilfe. Ich könnte die beiden ganz leicht verjagen.«

»Wie?«, fragte ich aus einem Impuls heraus.

Wes nahm einen Bierdeckel und rupfte eine Ecke davon ab. Er legte sie auf den Tischrand und schnippte mit den Fingern dagegen, sodass das Pappstück an Kols Nacken landete.

»Jerschow, gib mir mal dein Handy«, sagte er, als sich Kol zu uns umdrehte. »Ich hab meins nicht dabei und will Novalie eine SMS mit meiner Nummer auf ihres schicken, damit sie mich morgen anrufen kann.«

Kols Blick fuhr entgeistert von ihm zu mir. Na super, jetzt dachte er wahrscheinlich, ich wollte mich an seinen Freund ranmachen. Er hob eine Augenbraue und sein Ausdruck verfinsterte sich etwas, bevor er seine Aufmerksamkeit, ohne auf Wes Nachfrage einzugehen, wieder auf die Asiatin lenkte.

»Toll, wie leicht du sie verjagen kannst«, sagte ich und registrierte, damit praktisch eingestanden zu haben, die beiden loswerden zu wollen und dass es mich fuchste, wenn Kol sich mit einer anderen Frau unterhielt.

»Warte eine Minute. Er wird sie gleich wegschicken. Ich kenne den Kerl. Manchmal muss man ihn ein bisschen schubsen.«

»Du glaubst, er hätte was dagegen, dass du mir deine Nummer gibst?« Dass wir uns nicht mit anderen trafen, bedeutete nicht, keine Telefonnummern auszutauschen, oder?

»Er hat mir gesagt, dass er mir die Eier rausreißt, wenn ich versuche, dich anzugraben. Keine Ahnung, was zwischen euch läuft, aber ich gebe dir einen gut gemeinten Rat: Wenn du ihn magst, zeig ihm das. Die Frauen stehen Schlange bei ihm und am Ende kommt dir sonst jemand zuvor.«

Wes traf mit seiner Zeitangabe ins Schwarze und seine Taktik zeigte den gewünschten Effekt. Es dauerte nur eine knappe Minute, bis er sich von der abrupt enttäuscht wirkenden Asiatin abwandte und wieder näher an unseren Tisch kam.

»Du bekommst mein Handy nicht. Sie würde dich sowieso nicht anrufen. Oder, Novalie?« Kols Augen leuchteten, als er seinen Blick in meine Augen senkte und ein Zucken seiner Lippen verriet, dass er unser Spielchen durchschaut hatte.

»Nein, vermutlich nicht«, stimmte ich zu und ... fasste mir ein Herz. Ich fand es schon seit dem Wochenende albern, noch länger ein Geheimnis aus uns zu machen. Deshalb streckte ich eine Hand nach ihm aus, berührte seinen bunten Unterarm und holte ihn um den Tisch herum, um meinen Mund auf seinen zu drücken. Hier. In aller Öffentlichkeit.

Kol schien perplex zu sein. Eine Sekunde, die sich wie eine Minute anfühlte, erwiderte er meinen Kuss nicht. Aber dann vernahm ich den leichten Druck seiner Lippen. »Wann hast du beschlossen, dich nicht mehr dafür zu schämen, mit mir rumzuknutschen?«, fragte er überrascht, als ich mich vorsichtig von ihm löste.

»Ich dachte, es wäre an der Zeit, mein Revier abzustecken«, benutzte ich dieselben Worte wie er vorhin an der Bar.

Er lachte darüber und küsste mich wieder, diesmal um einiges länger und ungeachtet dessen, dass Wes und hundertfünfzig andere Menschen – inklusive der Asiatin – es uneingeschränkt mitbekamen. Er war wohl voll und ganz einverstanden damit, dass ich über seinen Kopf hinweg entschieden hatte, die Deckung aufzugeben, und ich fand mich deswegen ziemlich mutig.

XOXO

»Ich kann es nicht erwarten, dich aus diesem Kleid rauszuholen.« Kol schob die Hand, die er mir aufs Knie gelegt hatte, höher und ließ sie leicht zwischen meine Schenkel gleiten. Er rieb seine Lippen an meinem Hals und mir lief ein zarter Schauer den Rücken hinab, ausgehend von der Stelle, an der sein Mund meine Haut liebkoste. Verdammt, er wusste ganz genau, wo ich sensibel reagierte.

Wir saßen im Taxi und waren glücklicherweise in ungefähr zwei Minuten zu Hause. Ich konnte es nämlich auch nicht erwarten, dass er mich aus meinem Kleid herausholte. Es hatte eindeutige Vorteile, sich nicht zu verstecken und öffentlich zu zeigen, dass man sich voneinander angezogen fühlte. Man konnte ohne Probleme seinen Sehnsüchten nachgehen. Seit meiner mutigen Entscheidung, ihn in der Bar zu küssen, hatte Kol unentwegt mit mir geflirtet, mich berührt, mich an sich gezogen und meinem Körper auf diese Weise eine aufregende Nacht versprochen. Meine Zellen standen seit geraumer Zeit unter Strom und ich wünschte mir nichts weiter, als endlich mit ihm allein zu sein und seine Versprechen einzufordern.

»Hör auf, sonst kommt mir das kleine Stück Weg doppelt so lang vor«, flüsterte ich an seinem Mund, als er mich küssen wollte und ich spürte sein Grinsen an meinen Lippen.

»Womit?«, hakte er scheinheilig nach, während seine Hand dem Ziehen zwischen meinen Beinen so nah kam, dass ich die Luft anhalten musste, um nicht peinlicherweise in Gegenwart des Taxifahrers zu stöhnen. Kols Finger strichen über die Strumpfhose und meinen Slip hinweg und meine Lider flatterten.

»Nur um sicherzugehen: Es stört uns gleich nicht, dass Willow hier ist?«

»Es fällt mir schwer, zu denken oder zuzuhören, wenn du deine Hand dort nicht wegnimmst«, presste ich hervor.

Er zog sie einen Millimeter zurück und zeigte ein kleines bisschen Erbarmen.

»Nein, es stört uns nicht, dass Willow dieses Wochenende hier ist«, beantwortete ich erleichtert über seine Gnade die Frage und spürte bei dem Wort *uns* ein Kribbeln im Bauch. »Ich werde ihr das mit uns sagen.« Und sie würde mir deswegen vermutlich den Kopf abreißen. Aber ich hatte sie schon viel zu lang ausgeschlossen. Sie erzählte mir alles, was mit Buck zusammenhing, und früher hatte ich auch mit ihr über Julien geredet. Es war also nur gerecht, sie endlich einzuweihen.

»Perfekt. Dann werde ich darauf verzichten, Dutch in dein Zimmer zu bringen, dich sofort mit in die Dusche nehmen und dich da ausgiebig vögeln.«

Ich drückte ihm einen Ellenbogen in die Seite, da er so laut gesprochen hatte, dass der Taxifahrer das gehört haben musste. Kein Geheimnis mehr aus uns zu machen, bedeutete schließlich nicht, alle Welt an Privatangelegenheiten dieser Art teilhaben zu lassen.

Kol nahm seine Hand unter meinem Kleid hervor und zog Geld aus seiner Jeanstasche, um unsere Heimfahrt zu bezahlen. Ich verfolgte seine Bewegungen und knetete meine Unterlippe zwischen den Zähnen, denn obwohl es dunkel im Wagen war, konnte ich sehr genau die große Wölbung ausmachen, die gegen seinen Reißverschluss drückte. Keine Ahnung, wann aus mir ein so lüsternes Geschöpf geworden war, aber dieser Mann ließ einfach all meine Sicherungen durchbrennen.

Wir öffneten zeitgleich die Türen, als das Taxi vor unserem Haus zum Stehen kam, allerdings war Kol so schnell um das Auto herum, dass er meine noch zudrücken konnte. Er zog mich auf den Bürgersteig und dort eng an seinen Körper, um meine Lippen glühend heiß werden zu lassen, indem er sie ungezähmt küsste.

Mir war leicht schwindlig von dem Adrenalin und den Glückshormonen in meinen Venen und vielleicht auch ein bisschen vom Bier, als ich ihm auf die Veranda folgte und er meine Hand in seiner festhielt.

»Noch kannst du einen Rückzieher machen«, meinte er und schob den Haustürschlüssel ins Schloss. »Falls Will noch wach ist ... Jetzt ist kein guter Zeitpunkt für eine ausgewachsene Diskussion. Ich will dich ganz schnell nackt unter mir haben. Also wenn du es ihr erst morgen sagen willst ...«

»Keine Diskussion, schnell nackt unter dir, verstanden«, wiederholte ich schmunzelnd. »Ich bin absolut einverstanden. Trotzdem keine Versteckspielchen mehr.«

Er drückte sanft meine Finger, bevor er mich in den Hausflur schob.

Mist. In der Küche brannte Licht, ein Streifen fiel vor die Treppe. Insgeheim war ich nicht davon ausgegangen, dass Will noch wach sein würde. Sie hatte angekündigt, das gesamte Wochenende zu schlafen, um sich vom letzten mit Bucks Eltern zu erholen, und schien sich jetzt nicht daran zu halten.

Ich war ziemlich nervös, als Kol von hinten einen Arm um meine Hüften schlang und mich der Lichtquelle entgegendrängte.

»Machen wir es kurz und schmerzlos«, flüsterte er mit beneidenswerter Selbstsicherheit.

Ich machte mich darauf gefasst, dass Will in Ohnmacht fallen würde und ging in Gedanken die Schritte einer Wiederbelebung durch. Doch sobald wir die Küche erreicht hatten – ich eine Sekunde vor Kol –, wich mir sämtliche Anspannung vor Schreck aus dem Körper.

Audrey und Julien saßen am Esstisch. Beide starrten uns an, ließen den Blick gleichermaßen abwertend über uns gleiten. Ich wollte mich instinktiv aus Kols Umarmung befreien, seine Hand lag plötzlich erdrückend schwer auf meiner Hüfte, aber er presste mich einfach fester an seine Brust und ließ nicht zu, dass ich von ihm abrückte. Schön, also gleich die Feuerprobe. Die schlimmste Hürde, die mir bevorstand.

Einen Moment lang war ich hin- und hergerissen. Ich wusste nicht, ob ich entrüstet darüber sein sollte, dass er dieses Miststück mit ins Haus brachte oder ich mich schlecht fühlen sollte, weil Julien auf diese Weise von Kolja und mir erfuhr. Aber dann sah ich Julien direkt in die Augen und ... nichts davon spielte noch eine Rolle. Das mit ihm und mir war vorbei, er hatte mich schrecklich behandelt und Kol mich gut. Es gab keinen Grund, mich mies zu fühlen, und es gab auch keinen, Audrey noch länger zu verfluchen.

»Hoher Besuch«, brach Kol zuerst das Schweigen. Sein Atem streifte meinen Hals und ich legte eine Hand über seine.

»Kolja«, sagte Audrey zu meiner Verwirrung und ein falsches Lächeln schlich sich in ihr Gesicht. Sie hatte sich die blonden, kurzen

Locken zu einem winzigen Zopf gebunden und ich konnte erkennen, dass das Lächeln ihre Augen nicht im Ansatz erreichte. »Ich muss sagen, ich war verblüfft, als ich von Julien erfuhr, dass du seine Exfreundin vögelst.« Ihr Blick wanderte zu meiner Hüfte, auf der unsere Hände lagen, bevor sie ihn in meine Augen hob. »Das sollte natürlich keine Beleidigung sein, Novalie. Im Gegenteil. Seit wir uns damals getrennt haben, hat er sich nur mit Frauen unter seiner Würde eingelassen. Ich bin froh, dass er jetzt offenbar noch mal einem *netten* Mädchen die Chance gibt und auch darüber, dass diese unschöne Sache nun nicht mehr zwischen uns steht. Ich meine, du kannst es mir wohl kaum noch nachhalten, dass ich mit Julien zusammen bin, wenn du und Kol jetzt ... was auch immer seid.«

Mir wurde schlecht. Es war, als hätte mir jemand eine Keule in den Magen gerammt. Audrey und Kol waren ein Paar gewesen? Wann? Mein Blick verschwamm und ich schob seine Hand von meiner Hüfte.

»Wir wissen beide, dass du nicht so ein Biest bist, wie du gerade vortäuschst, zu sein«, sagte Kol gelassen. Zu gelassen. So, als wäre es keine große Sache, dass er und sie eine Geschichte hatten.

Verdammt, ich hatte nicht mal gewusst, dass sie sich kannten. War ihm klar gewesen, dass sie die Frau war, gegen die Julien mich ausgetauscht hatte? Meine Gedanken sprangen von links nach rechts und ein paar besonders unschöne drängten sich dann in den Vordergrund.

Warum hatte er mir nichts gesagt? Er hatte nicht mal erwähnt, dass er eine Beziehung während der Uni gehabt hatte. Er hatte nur was von einem Mädchen auf der Highschool erzählt, das nymphomanische Züge gehabt hatte. Der hässliche Verdacht, dass er mit mir schlief, weil Audrey und Julien es miteinander trieben und ihm das vielleicht einfach nicht passte, keimte plötzlich in meiner Brust.

»Ich täusche nicht vor, ein Biest zu sein. Ich will mich bloß mit Novalie vertragen. Wenn wir uns jetzt öfter hier über den Weg laufen – was nicht ausbleiben wird –, dann sollte zwischen uns alles klar sein.«

Ich wandte mich um und schob Kol aus dem Weg, um in den Flur zu gelangen. Es war mir völlig egal, dass ich mir die Blöße gab, vor ihr einzuknicken. Sie hatte mich mit ihrer Stichelei ganz bewusst treffen wollen und sie hatte getroffen. Scheiße, was war nur an dieser Frau, dass alle Kerle, für die ich etwas empfand, auf sie abfuhren?

»Novalie.« Kol war mir gefolgt. Er holte mich mit zwei Schritten ein, noch bevor ich die Treppe erreicht hatte und versperrte mir mit seinem kräftigen Körper den Weg nach oben. Sein Blick war ernst und meine Brust brannte entsetzlich, als er ihn in meine Augen senkte. »Ich dachte, du wärst über ihn hinweg.«

»Über ihn?«, fragte ich aufgebracht. Hier ging es nicht um Julien. »Seit wann weißt du, dass er mit *ihr* zusammen ist?« Das war die einzig wichtige und alles entscheidende Frage. Hatte er es gewusst, bevor wir das erste Mal miteinander geschlafen hatten? Wenn ja, dann konnte ich ihm nicht vertrauen. Dann war es möglich, dass er Julien nur eins auswischen wollte, weil er mit Audrey ... Gott, bei der Vorstellung drehte sich mir der Magen um.

»Ein paar Wochen.« Er zuckte die Schultern.

»Wusstest du es, bevor wir beide ...?«

Er schüttelte verständnislos den Kopf. »Was spielt das für eine Rolle?«

»Ich muss das wissen, Kol.«

Er berührte meinen Oberarm und ich konnte das Seufzen sehen, das in seiner Kehle feststeckte. »Ich dachte nicht, dass es wichtig ist. Das mit Audrey und mir ist lang her. Es war keine nennenswerte Sache.«

Nicht *nennenswert*? So wie das Erlebnis mit der Schwarzhaarigen, die wir in der Bar getroffen hatten? Da hatte er auch nur meinetwegen behauptet, es wäre nicht nennenswert gewesen. »Wie lang wart ihr zusammen?«, wollte ich wissen.

»Audrey und ich? Wir waren nicht zusammen.«

»Sie hat gerade etwas anderes behauptet«, sagte ich fest. Ich würde mich nicht zum Narren halten lassen.

»Wir waren kein richtiges Paar. Wir haben bloß ein paarmal gefickt. Ich verstehe nicht, was dein Problem ist.« Er klang ehrlich so, als würde ihn meine Reaktion verwirren.

Wow. Sie waren also kein richtiges Paar gewesen und hatten bloß ein paarmal gefickt? So wie wir kein richtiges Paar waren und nur ein paarmal gefickt hatten? Ich wollte keine Vergleiche ziehen – zur Hölle. Ich hatte mich schon viel zu oft mit dieser Zicke verglichen. Aber ... »Du meinst, ihr hattet die Exklusivrechte aneinander, aber es waren keine Gefühle im Spiel?«

Er zog seine Hand von meinem Arm und sah mit einem Mal richtig wütend aus. »Oh nein. Du wirst jetzt wegen so einem Scheiß kein Drama abziehen. Das mit Audrey und mir war nicht dasselbe, was zwischen dir und mir ist. Okay? Und das sage ich nur ein Mal.«

»Leider kann ich dir das nicht glauben, Kol. Lass mich bitte vorbei.«

»Du machst Witze, oder?«

»Nein, ich mache keine Witze.«

Er stieß ein abwertendes Geräusch hervor. »Du bist nicht über ihn hinweg und überträgst deine Wut auf mich, obwohl du eigentlich wütend auf ihn bist. Das ist unfair. Du hast mit mir gespielt, Novalie, nicht umgekehrt.«

Ich konnte und wollte mir das nicht anhören. Ich war zu durcheinander, meine Knie zu schwach, das erstickende Gefühl in meiner Brust unerträglich. Deshalb tat ich das Einzige, was ich in meiner Situation tun konnte. Ich versuchte erst gar nicht, an ihm vorbeizukommen, sondern machte auf dem Absatz kehrt und lief den Flur entlang zu Willows Zimmer. Ich musste durchatmen. Ich musste ganz dringend atmen.

»Novalie?«, fragte sie verschlafen, als ich ihre Tür hinter mir zudrückte und den Schlüssel herumdrehte. Kleine Schluchzer verließen unkontrolliert meinen Mund und anhand derer musste sie mich erkannt haben.

Ich presste mich mit dem Rücken gegen das Holz, schloss die Augen und ... konnte nicht antworten. Mein Hals war wie zugeschnürt. Warum? Wieso musste ich andauernd an irgendwelche verlogenen Mistkerle geraten?

Ich hörte Bettzeug rascheln, während ich mich darauf konzentrierte, Luft zu holen und wieder auszuatmen. Ein und aus, meine Lunge schmerzte. Trotz geschlossener Lider bekam ich mit, dass es um mich herum heller wurde, vermutlich hatte Will die Nachttischlampe eingeschaltet und ich wünschte mir, dass sie das Licht wieder löschte. Ich wollte nicht, dass sie mir dabei zusah, wie ich heulte, aber ich konnte die Tränen nicht aufhalten, die meine Wangen hinabrollten.

»Was ist denn passiert?«, horchte Will leise nach.

Ich riss mich zusammen, öffnete die Augen und wischte mir mit einer Hand über die Wangen.

Willow hatte sich aufgesetzt und blickte mich besorgt an. Ich wollte nicht, dass sie sich Sorgen machte, ich wusste, dass ich mich total lächerlich verhielt, wegen eines Kerls zu heulen, mit dem ich nur eine Weile gefickt hatte. Kol hatte mir nie etwas versprochen und selbst wenn er Julien und Audrey eins auswischen wollte, war ich dabei auch auf meine Kosten gekommen. Aber trotzdem fühlte es sich an, als hätte mir jemand einen Krater ins Herz gerissen.

»Es geht schon wieder«, brachte ich hervor. »Es ist nur ... Audrey ...«

»Ist es wegen Julien? Natürlich ist es wegen ihm. Ach, Süße. Komm her.« Willow rutschte näher zur Wand, um mir Platz zu machen, und schlug ihre Decke zur Seite.

Es war verlockend, auf ihr Angebot einzugehen. Die Tür war abgeschlossen, weder Julien noch Kol oder Audrey konnten hier rein. Nur Will und ich waren in diesem Zimmer, wir befanden uns in einer sicheren Zone, und es würde so ungemein guttun, mein Herz zu erleichtern. Wochenlang hatte ich alles immer nur in mich reingefressen.

»Es ist nicht wegen Julien. Es ist wegen Kol«, sagte ich und sein Name verursachte ein Beben in meiner Brust.

»Wegen Kol?«, fragte sie verwirrt.

Ich nickte und stieß mich vom Türblatt ab, um zu ihrem Bett zu gehen. »Ich glaube, ich muss dir was erzählen«, gestand ich, während ich auf die Kante sank. Und dann brach einfach alles aus mir heraus.

24. KAPITEL

Kol

»Du musst das in Ordnung bringen«, brach Willow das Schweigen zwischen uns, das bereits den halben Weg zur Uni anhielt. Schon die letzten vier Tage hatten wir nur das Nötigste miteinander gesprochen, um Streit zu vermeiden; sie war scheißwütend auf mich – völlig unberechtigt, wie ich fand.

»Nicht heute, Will. Verschone mich bitte mit deiner Predigt. Ich bin mit dem Kopf ganz woanders.« Ich zog den Wagen auf die Abbiegespur und bremste ihn ab, weil wir auf eine Ampel zufuhren, an der sich eine ekelhaft lange Schlange gebildet hatte.

Dass sie ausgerechnet heute das Thema Novalie noch mal ansprach, passte mir nicht in den Kram. Nach den Kursen wollte ich kurz in der WG vorbeisehen, um eine Tasche zu packen, und dann gleich zu Raisa losfahren. Mein Dad kam morgen an und ich musste vorher unbedingt noch mit Bonnie sprechen. Ich wollte sicherstellen, dass sie bei dem Gespräch, das Andrej mit der Einrichtungsleitung führen wollte, dabei war. Ich brauchte Bonnie als Ruhepol, da ich nicht sagen konnte, ob es mir gelingen würde, nicht aus der Haut zu fahren. Ich hatte mich erkundigt, was man machen konnte, falls mein Vater wirklich vorhatte, meine Schwester mit nach Russland zu nehmen. Das Ergebnis war ziemlich frustrierend: *Ich* konnte gar nichts tun, nur meine Mom konnte es ihm untersagen, aber ihr Zustand war nicht stabil genug für einen Sorgerechtsstreit. Ich hatte sie angerufen und vorsichtig angedeutet, was Andrej vorhaben könnte, doch sie hatte dazu nicht mehr zu sagen gehabt, als dass wir das erst mal abwarten sollten. Ich war beschissen im Abwarten, meine Nerven lagen blank und das frostige Klima in der WG trug nicht unbedingt dazu bei, dass ich zuversichtlicher wurde. Alles war scheiße, wo ich mich hindrehte nur Mist und am liebsten hätte ich den kompletten Tag lang in eine Ecke gekotzt.

»Schön, dass du mit den Gedanken woanders bist, aber ich halte das nicht mehr aus. Die Luft zu Hause ist zum Schneiden, ich hab das Gefühl, jeder ist sauer auf jeden. Julien blafft jeden an, der ihm nur einen guten Morgen wünscht, du stehst irgendwie neben dir und Novalie studiert jeden Tag die Wohnungsanzeigen in der Zeitung oder stellt das Internet auf den Kopf. Es ist nur noch eine Frage der Zeit, bis sie etwas Passendes findet. Deshalb, Kol, *musst* du das in Ordnung bringen. Ob du willst oder nicht. Wenn sie auszieht, bin ich nämlich auch weg. Ich kann sie nicht einfach hängen lassen.«

»Ich habe nichts Falsches getan, das ich in Ordnung bringen könnte, Will.« Novalie hatte keinen Grund, wütend auf mich zu sein. Sie reagierte maßlos über. Sie sollte einfach mit mir reden, anstatt Wohnungsinserate durchzublättern. Diese Woche war Raisa wichtiger als alles andere, sonst hätte ich längst die Konfrontation mit ihr gesucht.

»Du hast nichts falsch gemacht? Wieso konntest du deinen verdammten Schwanz nicht in der Hose lassen? Ich habe diese WG-Regeln nicht umsonst aufgestellt, sondern, weil ich genau so etwas vermeiden wollte. Ich wollte nicht, dass alles auseinanderbricht, ich hab mich bei uns zu Hause wohlgefühlt. Jetzt ist alles kaputt und für was? Damit du ein paar Nächte lang deinen Spaß mit ihr haben konntest? Ich bin so sauer auf dich, Kolja.«

»Du kannst dir überhaupt kein Urteil erlauben. Du weißt nicht, was gelaufen ist oder was meine Motivationen waren«, rechtfertigte ich mich, obwohl ich mich nicht rechtfertigen wollte.

Sie atmete hart aus und der strenge Blick, den sie mir zuwarf, machte dem meiner toten Granny Konkurrenz. »Willst du mir jetzt auftischen, du hättest ritterliche Absichten gehabt?«

Ich fuhr auf den Parkplatz des Campus' und zog den Schlüssel aus dem Zündschloss, während noch der Motor ausging. Es gab nur eine Möglichkeit, Will zum Schweigen zu bringen, und das war, mit der Wahrheit herauszurücken. Die würde sie eine Weile beschäftigen. »Ich mag sie, okay? Ich mag Novalie.«

Will starrte mich an, als hätte ich einen geschmacklosen Witz über einen Beinamputierten gerissen. »Du. Magst. Sie?«

»Tu nicht so, als wäre ich der letzte Arsch.«

»Du bist der letzte Arsch, Kol, wenn du ein Mädchen magst und dann dafür sorgst, dass es sich dermaßen mies fühlt. Sie ist weinend in mein Zimmer gekommen und jetzt will sie ausziehen. Bring das in Ordnung, okay?«, wiederholte sie ihren Wunsch.

Ja, so viel zum Thema, sie würde eine Weile beschäftigt sein. Ich antwortete nicht, sondern fasste zum Griff der Wagentür. Will war manchmal eine verflucht anstrengende Nervensäge. Es war nicht so, dass mich die Situation glücklich machte. Ich wollte mit Novalie sprechen, sobald die Sache mit Andrej und Raisa geklärt war und würde es auch. Ich würde mich wie ein Erwachsener benehmen. Aber meine Schwester stand jetzt nun mal an erster Stelle.

XOXO

»Es wird wahrscheinlich nach neun Uhr werden. Aber Sie müssen nicht warten. Es reicht mir, wenn Sie mir versprechen, dass Sie morgen bei dem Gespräch dabei sind«, sagte ich zu Bonnie, die ich am Telefon hatte, und drückte die Haustür hinter mir zu.

Ich spürte meinen Pulsschlag wie eine Kriegstrommel hinter der Stirn, ein hämmerndes und ziehendes Stakkato. In meinem ganzen Leben hatte ich noch keine so heftigen Kopfschmerzen gehabt.

»Natürlich werde ich dazustoßen. Mir liegt Raisa doch ebenfalls am Herzen. Wir schaffen das schon, Kol. Im Notfall besteht auch noch die Möglichkeit, ihren Aufenthalt hier über eine Stiftung finanzieren zu lassen. Ich habe verschiedene Anträge ausgedruckt und sie in die unterste Schublade ihres Nachtschranks gelegt, damit Sie sich die Papiere heute Abend gleich ansehen können.«

Obwohl ihre Worte gut gemeint waren und sie mir nur ihre Unterstützung zusichern wollte, stimmten sie mich nicht optimistisch. Vor ein paar Tagen hatte sie wenigstens noch versucht, so zu tun, als würde sie nicht fest davon ausgehen, dass mein Vater Raisa aus der Einrichtung holen wollte und jetzt suchte sie schon nach anderen Finanzierungsmöglichkeiten für ihren Aufenthalt. Wie lang dauerte es, bis ein Antrag genehmigt oder abgelehnt wurde? Zu lang, falls Andrej auf der Stelle die Bezahlung einstellen würde.

»Danke, Bonnie. Ich weiß gar nicht, was ich ohne Sie machen würde. Wir sehen uns dann morgen Nachmittag«, beendete ich das Gespräch, weil ich dringend ein Aspirin einwerfen und mich auf den Weg nach New Jersey machen musste.

»Gute Fahrt und passen Sie auf sich auf, Kol.«

Ich legte das Handy zusammen mit den Wagenschlüsseln auf der Kommode im Flur ab und ging Richtung Badezimmer, um den Tablettenschrank zu durchforsten. Allerdings stieß ich auf eine verschlossene Tür und hörte die Dusche drinnen rauschen.

Dass es nur ein richtiges Bad im Haus gab, war ein riesiger Nachteil. Immer, wenn man es eilig hatte, war es besetzt, dauernd kam man zu spät zu Terminen und Verabredungen. Ich stöhnte frustriert und beschloss, wenigstens schon mal mein Zeug zusammenzusuchen. Wie ich meinen Vater kannte, würde er morgen mit mir in irgendein Restaurant gehen wollen, sobald er seinen Koffer ins Hotel gebracht hatte. Deshalb reichte es wahrscheinlich nicht, ein sauberes Shirt und eine Zahnbürste einzupacken. Ich musste ihn schließlich bei Laune halten und einen guten Eindruck machen. Einen verantwortungsbewussten und erwachsenen. Ich musste Andrej irgendwie beweisen, dass Raisa bei mir in guten Händen war, wobei ich noch immer nicht wusste, wie um alles in der Welt ich meine Wut kontrollieren sollte. Wahrscheinlich würde ich es auf Anhieb vermasseln.

Ich suchte eine schwarze Jeans und ein dunkles Hemd aus dem Schrank. Letzteres sah zerknittert aus, aber ich warf es trotzdem zu den anderen Sachen in eine Sporttasche. Fünfzehn Minuten später stellte ich diese im Flur ab, ging zurück in die Küche und schwang mich auf einen Hocker an unserer Frühstückstheke. Mein Blick fiel auf eine aufgeschlagene Zeitung, in der zwei Wohnungsanzeigen mit einem Kugelschreiber eingekreist worden waren. Bei beiden Annoncen handelte es sich um überteuerte Zweizimmerapartments.

Verdammt, das war doch bescheuert. Warum waren Frauen so kompliziert und malten immer sofort den Teufel an die Wand? Novalie machte eindeutig aus einer Mücke einen gigantischen Elefanten. Wir waren aneinandergeraten, schön, aber deshalb musste sie doch nicht gleich ausziehen. Sie hatte mich damit getroffen, als sie mir an den Kopf geworfen hatte, ich hätte mich nur auf sie eingelassen, um Julien und Audrey eins auszuwischen. Wie kam sie auf diese schwachsinnige Idee? Noch mehr hatte mich allerdings geärgert, dass sie mir nicht mal die Gelegenheit gegeben hatte, mich zu erklären. Ich hatte ihr nicht erzählt, dass ich Audrey kannte, weil ich das Thema Julien nicht anschneiden wollte. Und weil es mir verdammt noch mal nicht wichtig erschienen war. Ich sollte sauer auf sie sein, nicht sie auf mich.

Ich drückte mir eine Hand auf die Augen und wünschte mir, endlich an das Röhrchen Aspirin ranzukommen, als endlich der Schlüssel der Badezimmertür herumgedreht wurde. Ein merkwürdiges Gefühl zog mein Innerstes zusammen, als Novalie aus dem Bad heraustrat.

Ihr braunes Haar war nass und lag schwer auf dem grünen Frotteemantel, der zusammengebunden war, und die Spitzen kringelten sich. Die Haut in ihrem Gesicht, ihr Dekolleté und ihre Beine waren leicht gerötet. So, als hätte sie die Wassertemperatur ziemlich heiß eingestellt gehabt. Sie blickte zu mir herüber, sagte aber nichts und wollte sich einfach abwenden.

Meine Lippen öffneten sich wie von selbst und die Worte stürzten einfach heraus. Will hatte recht. Die Stimmung in diesem Haus war unerträglich. »Es ist lächerlich, dass du nach einem Apartment suchst.«

Novalie hielt inne, über ihr Gesicht zuckten ein paar Empfindungen. Sie zog die schmale Stirn kraus, als ob sie über meine Worte erst nachdenken musste. »Vielleicht.«

Vielleicht? Ich hatte nicht erwartet, dass sie mir recht geben würde und war positiv überrascht. »Nein, nicht nur vielleicht. Du reagierst völlig über. Anstatt mit mir zu reden, durchforschst du Zeitungsanzeigen.«

Ihre Schultern hoben und senkten sich, als sie seufzend ausatmete. »Der Grund, warum ich nach einem Apartment suche, ist nicht unser Streit vom letzten Freitag. Ich weiß, dass ich mich idiotisch verhalten habe, als ich einfach in Wills Zimmer geflüchtet bin. Aber ... dieser Abend hat mir die Augen geöffnet.«

Also doch Julien. Meine Vermutung war richtig gewesen. Sie war noch nicht über ihn hinweg und konnte mit ihm nicht mehr zusammenleben. Dieses Eingeständnis kratzte mir mit scharfen Nägeln über die Brust. »Ich werde Julien sagen, dass er vier Wochen Zeit hat, sich eine andere Bleibe zu suchen. Es ist also unnötig, dass du den Wohnungsmarkt auf den Kopf stellst. Du kannst weiterhin hier wohnen«, entgegnete ich und glitt von meinem Hocker, um mich auf die Suche nach Aspirin zu begeben und das Risiko zu minimieren, etwas Dummes zu sagen. Ich würde ihr keine Vorwürfe machen. Das wäre nicht richtig gewesen.

Novalie sah mich irritiert an, als ich geradewegs an ihr vorbei zur Badezimmertür ging. »Du denkst, ich will wegen Julien weg?«

»Wenn unser Streit nicht der Grund ist, bleibt ja nichts anderes übrig.« Es gefiel mir nicht, dass ich ein dumpfes Gefühl in mir verspürte. Mir ging es mit meinen Sorgen um Raisa schon beschissen genug, ich wollte mich verdammt noch mal nicht auch noch wegen Novalie schlecht fühlen. Aber die Wahrheit war, dass mir ihre Bestätigung wehtat. Dass sie an Julien hing und ihn liebte und mich deshalb zurückgestoßen hatte, verletzte mehr als mein Ego.

Novalie folgte mir ins Badezimmer. Unsere Blicke kreuzten sich im Schrankspiegel, bevor ich die Tür öffnete und das Tablettenröhrchen heraussuchte.

»Es geht nicht um Julien, Kol. Es geht darum, dass ich etwas anderes von dir will als du von mir. Das ist mir am Freitag klar geworden. Ich meine, ich bin durchgedreht. Ich habe mir das Worst-Case-Szenario eingeredet und gedacht, es würde immerhin die Möglichkeit bestehen, dass du dich nur mit mir eingelassen hast, weil sich Julien mit deiner Exfreundin trifft. Und dieser Gedanke war schlimm. Er war schlimm, weil ich offensichtlich Gefühle für dich habe und mir klar ist, dass du nicht dasselbe für mich empfindest. Du bist auf eine lockere Sache aus. Ich dachte, ich wäre das auch. Nur bin ich vielleicht doch nicht der Typ dafür. Deswegen ist es besser, ich ziehe hier aus.«

Ich drehte den Wasserhahn auf und nahm zwei Tabletten aus der Röhre. Mein Mund war plötzlich staubtrocken und ich trank mehrere Schlucke aus dem Kran, um die Dinger hinunterzuspülen. Ich wusste nicht, wie ich auf ihr Geständnis reagieren sollte, und sammelte mich ein paar Sekunden, bevor ich den Mund und meine Finger an einem Handtuch abputzte und mich zu ihr umdrehte. »Du weißt doch gar nicht, was ich will. Du hast mich nicht gefragt.« Außerdem hatten wir bereits eine Exklusivabmachung. Was wollte sie denn noch? Einen Ring und dass ich Babys mit ihr plante? Das war wohl etwas verfrüht.

Novalie knetete verhalten die Hände ineinander und sah so hilflos aus, wie ich mich fühlte. Ich war nicht gut darin, meine Gefühle zu benennen, aber sie war darin noch beschissener. Und verflucht, mir fehlte die Zeit, dieses Gespräch *jetzt* fortzusetzen.

»Hör zu, ich muss mich dringend um eine private Angelegenheit kümmern. Ich bin am Sonntag zurück. Vielleicht können wir dann weiterreden«, sagte ich.

»Um eine private Angelegenheit?«, hakte sie nach und hörte sich dabei an, als wollte sie eigentlich sagen: *Das hier ist auch eine private Angelegenheit, Kol.*

Ich wusste, dass ich es den Leuten nicht immer leichtmachte, mir näherzukommen. Es gab einfach Themen, über die ich nicht gern sprach, die mich aber zum Großteil ausmachten. Aber Novalie hatte ich von Raisa erzählt. Sie wusste, dass meine Schwester krank war und in einer Einrichtung mit medizinischer Betreuung wohnte. Sie wusste, dass mein Dad in Russland lebte, ich hatte ihr von dem Feuer erzählt. Nicht ausführlich, aber sie war über die groben Details im Bilde. Was, wenn ich sie einfach bitten würde ... Nein. Ich konnte sie nicht fragen, ob sie mitfahren wollte. Das war eine Nummer zu groß. So weit waren wir nicht und vielleicht würden wir da auch nicht mehr hinkommen. Andererseits konnte ich ein bisschen Unterstützung an diesem Wochenende gebrauchen. Jemanden auf meiner Seite, der es mit mir zusammen mit Andrej aufnehmen konnte. Sie war in mancher Hinsicht das Gegenteil von mir und würde vielleicht verhindern, dass ich mit meinem hitzigen Gemüt die Fronten zwischen mir und meinem Dad noch verhärtete.

»Hast du am Wochenende schon was vor?«, hörte ich die bescheuerten Worte unüberlegt aus meinem Mund sprudeln, ehe ich richtig darüber nachdenken konnte. Plötzlich war die Vorstellung, sie bei mir zu haben, einfach erleichternd. Mir würde es weniger schwer fallen, mich zusammenzureißen, wenn sie mitkommen würde und wenn ich wusste, dass nicht mehr so viel Mist zwischen uns stand.

Novalie hob die Augenbrauen und schüttelte langsam den Kopf. »Nein. Nichts vor?«, antwortete sie fragend.

»Wenn du weiterreden willst, pack eine Tasche zusammen. Wir unterhalten uns auf dem Weg nach New Jersey. Ich möchte, dass du mit mir kommst.« Meine Stimme klang gefestigter, als ich mich fühlte. Aber sie hatte mir gerade gesagt, dass sie Gefühle für mich hatte. Das konnte ich nicht ignorieren. Ich war schlecht darin, meine in Worte zu packen, aber ich konnte ihr zeigen, dass sie mir wichtig war, indem ich sie in einen wichtigen Teil meines Lebens hineinließ. Ich wollte das. Und um ehrlich zu sein, brauchte ich sie.

25. KAPITEL

Novalie

Kol und ich verstanden definitiv jeder etwas anderes unter dem Begriff *weiterreden.* Hinter uns lagen knapp dreihundert Meilen, in denen wir uns nur über belangloses Zeug unterhalten hatten. Die ersten zwei Stunden der Fahrt hatte ich damit verbracht, über die schlechte Internetverbindung des Handys Hotels und Pensionen in Trenton herauszusuchen, und diese nacheinander angerufen. Es war schwerer, als man sich vorstellte, spontan eine bezahlbare Unterkunft zu finden, weshalb ich es im Anschluss etwas außerhalb der Stadt versucht und ein hübsches Bed & Breakfast gefunden hatte, in dem noch ein paar Zimmer frei waren. Dann war Panik in mir aufgestiegen und diese klammerte sich seitdem an mein Herz.

Die Frage, die ich mir immer wieder stellte, lautete: Was tat ich hier überhaupt? Wie in Dreiteufelsnamen war ich darauf gekommen, zuzustimmen, ihn nach New Jersey zu begleiten? Die Idee, mir mit Kolja das Wochenende über ein Zimmer zu teilen, kam mir inzwischen genauso absurd vor wie der Gedanke, mit ihm zusammen seine Schwester zu besuchen. Er hatte keinen Ton darüber verloren, was genau er in Trenton wollte, aber es lag auf der Hand, dass er vorhatte, bei Raisa vorbeizusehen. Nur ... Diese Spritztour in einen benachbarten Bundesstaat beschrieb eine Nähe zwischen uns, die wahrscheinlich nichts weiter als reine Illusion war. Ich sollte mir kein Zimmer mit ihm teilen, seine Familie nicht kennenlernen oder so eine Menge Zeit mit ihm verbringen. Ich hatte Angst, dass ich mir Hoffnungen machen würde, die sich nicht erfüllten, weil er inzwischen eine gute Freundin in mir sah – vielleicht eine, mit der man auch Spaß im Bett haben konnte –, aber nicht *seine* Freundin.

Seit vergangenem Freitag stand fest, dass ich mehr von ihm wollte als eine Freundschaft mit dem Exklusivrecht an Sex. Ansonsten wäre ich nicht vollkommen durchgedreht, als ich das mit Audrey und ihm erfahren hatte. Und er ... war und blieb nun mal Kol. Er hielt es lieber unkompliziert und führte keine richtigen Beziehungen. Wir wollten unterschiedliche Dinge und dass am Ende ich diejenige sein würde, der das Herz gebrochen wurde, stand somit fest. Es wäre also besser gewesen, ich hätte mich weiter mit der Suche nach einer Wohnung beschäftigt, anstatt mit ihm nach New Jersey zu fahren und meine Gefühle für ihn zu vertiefen. Sobald wir anfingen, unser Gespräch fortzusetzen, würde ich diesen Spontanentschluss sicher bitter bereuen. Es nicht fortzusetzen, machte mich jedoch auch wahnsinnig; ich konnte es nicht leiden, im Ungewissen darüber zu sein, was eigentlich Sache war. Ich musste deshalb den Anfang machen und aufhören, mich auf harmloses Geplänkel einzulassen und mit ihm über Dinge wie die Einstellung des Radiosenders zu reden. Ich fand nur den Mut nicht dazu.

»Alles okay?«, fragte er plötzlich in die Stille, die sich die letzten fünf Minuten zwischen uns ausgebreitet hatte. Manchmal war Stille okay, ich brauchte keine Nonstop-Unterhaltung, aber diese hatte sich unangenehm angefühlt. Die tausend Worte, die wir aussprechen mussten, hingen irgendwie in der Luft und sorgten für verkrampfte Spannungen.

»Ja«, hörte ich mich idiotischerweise sagen und ärgerte mich unmittelbar darüber, so ein Feigling zu sein. Die Unterhaltung hinauszuzögern, würde sie am Ende nicht besser machen oder anders ausgehen lassen.

Ich warf Kolja einen längeren Seitenblick zu. Er konzentrierte sich auf die Straße, feine Linien waren auf seiner Stirn zu sehen. Er wirkte ungewohnt erst, ich konnte nicht mal den Ansatz des hinreißenden Grübchens auf der glatt rasierten Wange entdecken. Der weiße Kapuzensweater, den er anhatte, schmeichelte seinem sonnigen Teint und dennoch sah er irgendwie blass aus. Ihm ging es nicht besonders. Ich kannte ihn inzwischen gut genug, um das zu beurteilen. Vielleicht fühlte er sich so unwohl wie ich. Vielleicht lag ihm die Situation zwischen uns auch wie ein Stein im Magen.

»Nein, weißt du was? Es ist nicht alles okay«, korrigierte ich meine Antwort.

»Okay?«, meinte er, ohne den Blick vom Highway zu nehmen. Das machte es irgendwie leichter. Seine hübschen cappuccinofarbenen Augen würden mich nur davon ablenken, meine Gefühle zu benennen. Sie lösten schließlich immer ein Kribbeln in meinem Bauch aus.

»Ich weiß nicht, was ich mir dabei gedacht habe, mit dir mitzufahren. Oder doch, ich weiß es schon. Ich wollte, dass wir miteinander reden, aber ich habe nicht durchdacht, dass es wahrscheinlich zwei fürchterliche Tage werden, nachdem wir dieses Gespräch hinter uns gebracht haben.«

»Wieso glaubst du, dass sie fürchterlich werden?«, wollte er wissen, als läge das nicht klar auf der Hand.

»Weil ich so nicht weitermachen kann. Ich kann nicht mit dir in einem Bed & Breakfast übernachten und ... keine Ahnung, was dir da vorschwebt, machen ... und mit dir deine Schwester besuchen. Meine Erwartungen haben sich verändert, deine sind dieselben geblieben. Du kannst nichts dafür, du hast mir nichts versprochen. Aber ich werde deine Vorstellungen von diesem Trip aus diesem Grund nicht erfüllen und die nächsten zwei Tage werden ein Krampf werden.«

»So, welche Erwartungen habe ich denn, die du nicht erfüllen wirst?«, fragte er mit angehobenen Brauen.

Prima, mussten wir an dieser Stelle ins Detail gehen? »Ich kann mit unserer Sex-und-Freundschaft-Sache nicht weitermachen«, umschrieb ich nett, was ich ausdrücken wollte. »Ich verliebe mich sonst in dich.« Dass ich längst verknallt in ihn war, musste ich ihm ja nicht gleich aufs Brot schmieren. Ich befand mich sowieso schon in der leidlicheren Position und ich wollte ihm außerdem kein schlechtes Gewissen machen. Kol war Kol, ich mochte ihn, wie er war. Und er war nun mal nicht der Typ für eine feste Beziehung. Das war jedoch nicht seine Schuld.

Er setzte den Blinker, weil wir an der nächsten Ausfahrt vom Highway runter mussten. Er fuhr die Strecke blind und hatte das Navigationssystem nicht eingeschaltet, aber ich hatte ein paarmal die Route auf dem Handy aufgerufen, um herauszufinden, wie weit es noch bis Trenton war.

»Ich war sechzehn, als sich meine Eltern getrennt haben und mein Vater zurück nach Moskau zog«, sagte er nach einer Minute und ich wusste nicht, warum er plötzlich das Thema wechselte. Vielleicht, weil ihm nichts mehr zu dem anderen einfiel. »Sie haben sich auf dem College kennengelernt, während des ersten Semesters. Er machte ein Auslandsjahr, studierte eigentlich in Russland und meine Mom war auf der Medical School, weil sie Ärztin werden wollte. Sie haben sich Hals über Kopf ineinander verliebt und ... sie waren unvorsichtig. Meine Mom war erst achtzehn, als sie mit mir schwanger wurde und sie hat ihr Studium sofort abgebrochen.«

»Achtzehn ist verdammt jung für ein Baby«, meinte ich, da er eine Pause machte.

»Es ist viel zu jung. Aber sie dachten, sie könnten es schaffen. Mein Dad ist in den Staaten geblieben und hat sein Studium hier beendet. Meine Mom hat sich unterdessen zu Hause um mich gekümmert. Ich glaube nicht, dass sie das wirklich erfüllt hat. Ich meine, sie wollte Ärztin werden und auf einmal war sie nur noch eine Mom. Als ich ins Kindergartenalter kam, wurde sie depressiv. Ich war den halben Tag nicht zu Hause und plötzlich hatte sie keine Aufgabe mehr. Ich bin sicher, dass das der Grund dafür war, dass sie psychisch kaputtging. Ich erinnere mich nur dunkel daran, aber sie hat angefangen, zu trinken. Mein Dad hat es erst spät gemerkt, er war mit dem Studium fertig und riss sich den Hintern für die Firma auf, die ihn eingestellt hatte. Die beiden stritten oft, aber irgendwann kam er hinter Moms Problem. Sie machte eine Therapie und meine Eltern bekamen Raisa. Ich denke, meine Schwester war der erste Versuch, ihre Ehe zu kitten und meiner Mom wieder einen Lebensinhalt zu geben. Ich ging inzwischen zur Schule.«

»Das klingt ... grauenhaft, Kol«, sagte ich ehrlich bestürzt. Ich wusste nicht, worauf er hinauswollte, aber dass er mir eine so persönliche Sache erzählte, ging mir mitten ins Herz.

»Natürlich hat das nicht funktioniert. Eine Frau, die psychisch nicht gefestigt ist und deren Mann sich den ganzen Tag außer Haus herumtreibt, kann nicht zwei Kinder großziehen. Sie war überfordert mit dem Baby, ich glaube, sie war sogar überfordert mit mir. Um den Stress zu bewältigen, griff sie abends wieder zum Wein. Meinem Vater fiel das nicht auf, denn er war immer seltener zu Hause, kam immer später von der Arbeit zurück. Er hatte zu diesem Zeitpunkt seine erste Affäre. Ich aber war alt genug, um zu sehen, dass sie ein Problem hatte. Irgendwann habe ich das meinem Grandpa erzählt, der damals noch lebte. Meine Mom machte erneut eine Therapie, Raisa und ich wohnten in der Zeit bei unseren Großeltern.«

Ich war in einem behüteten Elternhaus aufgewachsen. Meine Eltern hatten sich bis zu dem Tag, an dem mein Dad an einer Herzmuskelentzündung starb, gut verstanden und abgöttisch geliebt. Ich konnte nur bis zu einem gewissen Punkt nachvollziehen, wie schwer es sein musste, unter anderen Umständen groß zu werden, aber es reichte aus, um ein Brennen in meiner Brust zu verspüren.

»Die Ehe meiner Eltern war nicht mehr zu retten. Irgendwann verkündete mein Dad, dass er es keinen Tag länger mit meiner Mom aushielt und zurück nach Moskau wollte. Er musste das schon eine Weile geplant haben, denn es dauerte keine zwei Wochen und er war weg. Meine Mom stürzte deshalb in ein sehr tiefes Loch. Unser Haus brannte ab, weil Raisa ihr etwas zu essen machen wollte. Sie war klein und dachte, unsere Mom sei krank. Sie konnte nicht wissen, dass unsere Mutter ein massives Suchtproblem hat. Sie ließ den Herd an, ich war in der Schule ... Die Feuerwehr konnte beide aus den Flammen holen, aber Raisas Gehirn wurde eine sehr lange Zeit nicht mit ausreichend Sauerstoff versorgt. Sie behielt einen bleibenden Schaden zurück.«

Ich hatte unwillkürlich die Hand ausgestreckt und auf seinen rechten Arm gelegt und strich behutsam darüber, weil ich das Gefühl hatte, ihn berühren zu müssen. Ihn zu trösten, obwohl Jahre zwischen seiner Geschichte und heute lagen.

»Ich erzähle dir das, weil ich will, dass du weißt, dass ich kein gefühlloser Mensch bin, Novalie.«

»Das habe ich nie auch nur gedacht«, sagte ich.

»Ich halte es nur für falsch, sich bereits in den ersten Jahren auf dem College Hals über Kopf zu verlieben. Man weiß noch nicht, wer man ist, man muss das noch herausfinden. Ich hätte dir im ersten Semester nicht sagen können, wie ich mir meine Zukunft vorstelle«, überging er meinen Einwurf. »Hätte meine Mom meinen Dad nicht kennengelernt, wäre sie heute Ärztin gewesen. Vielleicht hätte sie jetzt auch Kinder, aber sie wäre nie in die Lage gekommen, sich allein über ihre Familie definieren zu müssen. Bestimmt würde es ihr gut gehen und sie wäre nicht zum wiederholten Mal in einer Suchtklinik in Pennsylvania, um irgendwie ihr Leben auf die Reihe zu kriegen. Sie hätte ein gutes Leben. Aber ... falls aus uns beiden was werden sollte ... aus dir und mir. Du bist in etwas über einem Jahr mit deinem Studium fertig und ich auch. Wir sind vielleicht an einem Punkt, wo es okay ist, über eine ernstere Sache nachzudenken. Also sag mir nicht, was für Absichten ich habe. Ich kann dir nicht versprechen, ob aus uns die große Liebe wird, falls du das erwartest. Aber ich kann dir versichern, dass ich dich sehr gern hab und in der Lage wäre, mich auf eine Beziehung einzulassen. Ich wollte es bisher nur nicht.«

Bisher. Dieses winzige Wort war entscheidend. Er wollte es bisher nicht, aber jetzt war er so weit, es mit einer Beziehung zu versuchen? Mehr brauchte ich nicht. Ich brauchte kein Versprechen, dass es die große Liebe werden würde. So was konnte keiner vorhersagen, schon gar nicht nach ein paar Wochen. Aber dass es eben nicht von vornherein ausgeschlossen war, machte einen gewaltigen Unterschied.

»Es tut mir leid, dass ich am Freitag durchgedreht bin. Ich hätte mit dir reden müssen und dir nicht einfach irgendeinen Mist unterstellen dürfen«, flüsterte ich.

»Stimmt. Und wenn du dich noch mal so bescheuert benimmst

und dich bei Willow versteckst, trete ich ihre Zimmertür ein und schüttle dich durch.«

»Ich denke nicht, dass das nötig sein wird. Ich wusste nur nicht, woran ich bei dir bin und diese Audrey ist für mich sowieso ein rotes Tuch. Sie bringt mich dazu, mich wie eine Wahnsinnige aufzuführen.«

»Sie ist ein Niemand. Für *mich* ist sie ein Niemand. Ich hatte mit ihr nicht dasselbe, was ich mit dir habe«, wiederholte er das, was er schon am Freitag zu mir gesagt hatte. »Und manchmal benimmst du dich auch wie eine Wahnsinnige, wenn sie nicht in der Nähe ist. Das nur mal zur Info.«

»Kol!« Ich gab ihm einen Klaps auf den Arm.

Ein kleines Lächeln blitzte in seinen Mundwinkeln auf und kribbelte auf meiner Haut. Dass mir ein riesiger Stein von der Brust gerutscht war, bemerkte ich erst, als ich tief einatmete und mich sein Geruch, der sich mit dem der Ledersitze im Wagen vermischte, bis in den hintersten Winkel ausfüllte. Er gab uns tatsächlich die Chance, mehr zu werden. Er hatte keine anderen Absichten als ich. Zu behaupten, dass ich in diesem Moment nicht vor Glück hätte platzen können, wäre die Lüge des Jahrtausends gewesen.

»Wir sind gleich da.« Kol drosselte das Tempo und ich warf einen Blick durch das Fenster. Ich hatte nicht mitbekommen, dass wir längst in Trenton angekommen waren und uns am Stadtrand entlang bewegten. Die Straße war links und rechts mit Bäumen gesäumt, sie hatte vier Spuren, aber wir befanden uns definitiv nicht in der Stadtmitte. »Es ist ziemlich spät, Raisa schläft bestimmt schon. Aber ich muss ein paar Unterlagen aus ihrem Zimmer holen. Möchtest du mit reinkommen, bevor wir uns auf den Weg in das Bed & Breakfast machen?«

»Wenn ich nicht störe?«

»Tust du nicht.«

Fünf Minuten später bog Kol auf einen mit Kies aufgeschütteten Parkplatz. Ein großes weißes Holzschild mit der Aufschrift *Hedders Ridge* zog meine Aufmerksamkeit auf sich und als ich die kleinen Worte darunter las, krampfte sich mein Magen zusammen. *Einrichtung für Wachkomapatienten.*

Oh mein Gott. Seine Schwester lag im Wachkoma? Seit – er hatte gesagt, dass er sechzehn gewesen war, als dieses Feuer ausgebrochen war – seit sechs Jahren.

Ich versuchte, mir nicht anmerken zu lassen, dass ich bis in die letzte Zelle erschüttert war. Wenn er damit so gefasst und stark umging, sollte ich das ebenfalls tun. Aber ich brauchte einen Augenblick, um diese Info zu verdauen.

Kol parkte seinen Oldtimer direkt vor dem Hintereingang eines großen gelben Gebäudes. Bunte Bilder waren an den vielen Sprossenfenstern angebracht worden und ich fragte mich, ob hier ausschließlich Kinder wohnten.

»Nein, hier leben bis auf wenige Ausnahmen nur Erwachsene«, erriet er meine Gedanken. »Aber visuelle Aspekte sind Teil der Therapie vieler Patienten.«

Ich stieg nach ihm aus dem Wagen und folgte ihm zum Hintereingang. Kol schien sich bestens auszukennen, er gab einen Code in ein Tastenfeld ein, damit die Tür aufging und wir eintreten konnten.

Ich war noch nie in einem Pflegeheim gewesen und hatte Krankenhausatmosphäre erwartet. Aber der im Schachbrettmuster geflieste Flur erinnerte mich eher an den einer Schule. Fotos hingen an den Wänden, von Patienten und dem Personal und es roch nicht steril, sondern nach Abendessen.

»Kolja«, begrüßte ihn eine ältere Krankenschwester mit gräulichem Haar, die in einem blauen Kittel steckte, als wir an einem gläsernen Raum vorbeikamen, in dem Schreibtische mit Computermonitoren standen. Sie lehnte sich gegen den Türrahmen und blickte erst ihn und dann mich an. »Und ... Begleitung.«

»Hey, Beatrice, das ist Novalie. Wir wollen nur kurz nach Raisa sehen. Bonnie hat ein paar Unterlagen für mich in ihr Zimmer gelegt. Richtig besuchen, kommen wir sie dann morgen.«

Sie lächelte mir zu und wandte sich dann wieder an Kol. »Ich muss Sie ja nicht hinaufbegleiten, oder?«

»Nur, wenn Sie Langeweile haben oder sich die Beine vertreten müssen.«

»Wir sind heute Nacht nur zu zweit. Ich werde also öfter als mir lieb ist, dazu kommen, mir die Beine zu vertreten.«

»Nur zu zweit? Soll ich meine bezaubernde Freundin allein ins Hotel schicken und hierbleiben, um euch zu helfen?«, fragte er.

Bezaubernde Freundin? Er nannte mich seine Freundin. Das klang so aufregend und neu und gut, dass mir ein bisschen schwindelig wurde. Unter diesen Voraussetzungen war ich sogar bereit, darüber hinwegzusehen, dass er mich allein ins B&B abschieben wollte.

»Sehe ich inzwischen so alt aus, dass du mir nicht zutraust, mit dem bisschen Arbeit fertigzuwerden?«

»Überhaupt nicht. Sie sehen jung, vital und fit aus. Ich wollte nur nett sein und ich sag Ihnen, Bonnie hätte mich auf mein Angebot festgenagelt.«

Sie lachte und Kol zwinkerte ihr zu, bevor ich seine Hand plötzlich an meiner fühlte. Er verhakte seinen kleinen Finger mit meinem, und ich sah die Grübchen auf seinen Wangen zucken, als er registrierte, dass mich deshalb ein kleiner Schauer durchlief. Ich hatte mich mehr danach gesehnt, von ihm berührt zu werden, als mir klar gewesen war.

»Du scheinst dich gut mit den Leuten hier zu verstehen«, sagte ich, als wir eine breite Holztreppe hochstiegen.

»Das Personal hat seit Raisas Einzug kaum gewechselt. Wir kennen uns halt schon eine Weile«, erklärte er. »Normalerweise schlafe ich bei meiner Schwester im Zimmer auf der Couch, wenn ich herkomme und hatte bisher kein Problem damit, mich nützlich zu machen, wenn bei ihnen kurzfristig jemand zum Nachtdienst ausfiel.«

Ich sagte ihm nicht, dass mir das imponierte, aber das tat es. Ich war hin und weg von dieser neuen Seite an ihm, die ich gerade erst kennenlernte. Wie konnte ich ihn nur anfangs für einen vorlauten Chaoten halten?

»Falls sie schläft, verschwinden wir sofort wieder. Aber wenn sie wach ist, würde ich gern fünf Minuten bleiben. Bist du einverstanden?«, wollte er wissen.

»Ja, natürlich.«

Kol blieb vor einer Zimmertür stehen, auf der Raisas Name angebracht war. Ein paar Katzen purzelten um ihren Namen und mit viel Fantasie sahen die Tiere ein bisschen wie Dutch aus. Himmel, den Killerkater würde ich ab jetzt mit anderen Augen sehen und versuchen, mich mit ihm anzufreunden.

»Bevor ich dir das Mädchen vorstelle, das bisher meine ungeteilte Zuneigung hatte, will ich die Frau küssen, die sie sich wohl ab sofort mit ihr teilen wird.« Kol fasste zum Türknauf, zog mich gleichzeitig näher und drückte seine Lippen auf meine.

Gott, ich hatte mich nach seinen Küssen gesehnt. Eine Woche lang war dieser wunderschöne Mund nicht mehr auf meinem gewesen, aber es kam mir vor wie ein Jahr. Ich unterdrückte ein Seufzen und legte ihm eine Hand auf die Wange, während sich unsere Zungen leicht streichelten und mein Herz fast zersprang. So viel Glück hielt es auf Dauer nicht aus.

Er löste sich behutsam von mir und wandte sich ab, um die Tür zu öffnen.

Ich war neugierig darauf, seine Schwester kennenzulernen. Nicht im Sinne von Sensationslust, weil ich noch nie einem Menschen begegnet war, der im Wachkoma lag, sondern weil ich wissen wollte, ob sie sich ähnlich waren. Ich schlüpfte hinter Kol ins Zimmer, in dem es dunkel war, und ging mit einem Schritt Abstand hinter ihm her an das Bett.

Das Licht, das vom Flur in den Raum fiel, erhellte einen Streifen von Raisas Gesicht. Sie hatte die Augen geschlossen und sah jünger aus als dreizehn, aber ich erkannte, dass sie dieselbe markante Nase, die gleichen Lippen wie Kol hatte. Sie waren unverkennbar Geschwister, obwohl sie unterschiedliche Haarfarben hatten und ich schloss das Mädchen mit dem traurigen Schicksal sofort in mein Herz. Man konnte nicht in ihn verliebt sein, ohne sein jüngeres Abbild nicht ebenfalls gern zu haben.

Kol schlich zu Raisa ans Kopfende. Er küsste ihre Stirn, bedacht darauf, sie nicht aufzuwecken, und strich ihr eine Haarsträhne aus der Stirn.

Himmel, ich musste aufpassen, nicht irgendein peinliches Geräusch von mir zu geben. Das Prickeln in meiner Brust, in meinem Bauch, überall in meinem Körper ließ mich beinah aufkeuchen. Kol war perfekt. Er war lustig und liebenswert, er war viel erwachsener, als ich zuerst geglaubt hatte. Er war sensibel und manchmal chaotisch. Hier, in diesem Zimmer, begriff ich, dass dieser Mann ein Glücksgriff war. Ich war verzaubert von ihm, unglaublich verliebt und konnte nicht fassen, dass dieser wunderbare Mensch nun zu mir gehörte.

XOXO

»Was sind das für Unterlagen?« Ich rollte mich auf die Seite und versuchte, einen Blick auf die Papiere zu erhaschen, die Kol seit geraumer Zeit durchblätterte.

Wir lagen nebeneinander auf dem Bett unseres furchtbar rosafarbenen Zimmers. Die Bettwäsche war geblümt und hatte Kol ein paar schlechte Seniorenwitze entlockt, aber er konnte nicht abstreiten, dass sie weich und bequem war. Dennoch hätte ich mich lieber an seine Brust anstatt an mein Kissen gekuschelt, allerdings schienen die Unterlagen, die er durchging, wichtig zu sein.

»Es sind Anträge für die Kostenübernahme von Raisas Unterbringung in *Hedders Ridge*.«

»Sie wird von einer Stiftung finanziert?« Eine dumme Frage, wie ich sogleich bemerkte. Sein Vater hatte sich aus dem Staub gemacht, seine Mom war in Therapie und Kol studierte noch. Wer sollte Raisas Aufenthalt in der Einrichtung sonst zahlen? So ein Platz kostete sicher ein paartausend Dollar im Monat.

»Nein, im Moment übernimmt mein Vater die Kosten. Er hat damals die Versicherungssumme wegen des Hausbrands bekommen, da er als alleiniger Hauseigentümer eingetragen war. Er nimmt das Geld davon, allerdings sieht es so aus, als würde er die Zahlungen bald einstellen wollen. Er kommt morgen hierher.« Kol legte die Zettel neben sich auf den Nachttisch und drehte sich zu mir um. Sein Blick glitt zärtlich über mein Gesicht, bevor er eine Hand auf meinen Hals legte und mir sanft mit Fingerspitzen über die Kehle fuhr.

»Dein Dad kommt hierher?«, fragte ich unter schwerer Not, mich nicht von seiner Berührung ablenken zu lassen. Warum hatte er mir das nicht vorher erzählt? Es war bestimmt eine große Sache für ihn.

»Er hat sich zwei Jahre lang nicht mehr blicken lassen, aber plötzlich will er *überprüfen*, ob Raisa gut untergebracht ist. Er hat ihre Patientenakte an ein Übersetzungsbüro schicken lassen, obwohl er perfektes Englisch spricht. Ich denke, er hat keine Lust mehr, für sie zu bezahlen, und bestimmt will er sie jetzt in irgendein billiges Heim in Moskau verfrachten.«

»Kann er das so einfach? Rechtlich?« Moralisch konnte er es auf keinen Fall tun. Ich hatte Kol mit Raisa erlebt. Es stand außer Frage, dass er seine Schwester mehr als alles andere auf der Welt liebte. Die beiden zu trennen, würde einem Verbrechen gleichkommen.

»Nein, aber er kann sich weigern, die Kosten zu tragen. Damit hat er uns in der Hand.«

»Warum hast du mir nicht erzählt, dass du so große Sorgen hast?« Diese Probleme quälten ihn doch nicht erst seit heute. Wir waren Mitbewohner gewesen, vielleicht sogar Freunde. Und die letzten Wochen ... Er hätte mit mir reden können. Immer.

Er lächelte schwach. »Es hat sich nicht ergeben.«

Ich griff nach seiner Hand, küsste sanft die einzelnen Knöchel und presste seine Finger an meine Wange. Hätte ich gewusst, was für eine enorme Belastung auf seinen Schultern lag ... Ich hätte mich letzten Freitag zusammengerissen. Mein schlechtes Gewissen, weil ich ihm noch mehr Kummer gemacht hatte, rumorte laut und hässlich in meinem Magen. »Kann ich irgendwas tun?«

»Du kannst morgen den Puffer spielen.«

»Den Puffer?«

»Ich glaube nicht, dass es hilfreich wäre, wenn ich Andrej eine reinhaue. Du solltest mich davon abhalten, falls du den Eindruck hast, dass ich kurz davorstehe.«

Halt. Er wollte, dass ich mitkam, wenn er sich mit seinem Vater traf? Das ... machte mich ein bisschen nervös. Ich hatte kein Problem damit, seine Eltern kennenzulernen, aber nach allem, was ich über seinen Dad erfahren hatte, schien er kein besonders guter Mensch zu sein. In jedem Fall war er ein Feigling, der seine kranke Frau und seine Kinder verlassen hatte. Keine Ahnung, ob ich es hinbekam, den *Puffer* zu spielen. Vielleicht stand mir selbst der Sinn danach, ihm die Meinung zu geigen. »Ich kann es zumindest versuchen. Oder es dir abnehmen. Wenn du das Gefühl hast, dass du ihn schlagen willst, dann gibst du mir schnell ein Zeichen und ich haue ihm an deiner Stelle eine runter. Das hätte vielleicht nicht ganz so gravierende Auswirkungen, als wenn du das machst.«

»Du spinnst. Wir werden uns beide bemühen, ihn nicht zu schlagen.« Er grinste und rutschte ein Stück näher, um seinen seidenweichen Mund mit meinem zu verbinden. So selbstverständlich, als wäre er nur dafür geschaffen. Mit einer Hand glitt er meine Seite hinab und streichelte über meinen Rücken.

»Solltest du dich nicht lieber weiter mit diesen Anträgen beschäftigen?«, fragte ich an seinen Lippen.

»Heute Abend kann ich da doch eh nichts mehr ausrichten. Aber mir fällt gerade etwas ein, das du noch für mich tun könntest.«

»Alles, was du willst, Liebster«, entgegnete ich albern, was mir einen Kneifer in die Seite einbrachte. Mir war klar, dass er sich nur ungern so bezeichnen ließ.

»Du könntest dafür sorgen, dass ich mich ein bisschen entspanne. Es wäre schließlich fatal, morgen schon verkrampft zum Flughafen zu fahren.«

»*Wie* soll ich dafür sorgen?«, fragte ich scheinheilig, obwohl mir klar war, worauf er hinauswollte, denn mein Körper reagierte auf seine Worte mit einem Gefühl, als wäre ich gerade in einen Sommerregen getreten. Alles in mir fühlte sich augenblicklich leicht und kribbelig an.

Kol löste sich von mir und stemmte sich hoch. Mit einem sehr zweideutigen Zwinkern kroch er aus dem Bett und streifte sich das T-Shirt vom Körper. Mein Blick fiel auf seine wie gemeißelte Brust, die seichten Bauchmuskeln und zu dem heißen, kribbeligen Empfinden in meinem Innersten mischte sich eine verzehrende Sehnsucht. Ich würde ihn niemals ansehen können, ohne dass mir das Wasser im Mund zusammenlief. Wie hatte ich nur eine Woche ohne diesen Anblick überlebt?

»Du, ich, Dusche. Jetzt«, sagte er bestimmend, bevor er sich umwandte und ich seinem sexy Hintern dabei zusah, wie er sich ins angrenzende Badezimmer bewegte. Ich genoss den Ausblick, bis er verschwunden war und schälte mich dann schleunigst aus den Kissen.

»Bist du sicher, dass eine Dusche mit mir entspannend ist?«, flüsterte ich, als ich direkt hinter ihm stand und küsste seine Rücken, während er das Wasser aufdrehte. »Auf mich wirkst du ziemlich angespannt.« Ich ließ meine Finger über seine straffen Muskeln gleiten und schob die Hand auf seinen Bauch.

»*Danach* wird es mir besser gehen«, meinte er überzeugend.

Ich wich einen Schritt zurück und wartete, bis er sich zu mir umgedreht hatte, bevor ich mich auszog. Langsam. Ich erlaubte ihm nicht, mir zur Hand zu gehen. Dafür fühlte sich sein Blick viel zu gut auf mir an. Er verfolgte jede meiner Bewegungen und das hungrige Schimmern, als mein BH auf den Boden glitt, verursachte ein Ziehen in meinem Becken. Ich war immer zufrieden mit meinem Aussehen gewesen, aber wenn er mich ansah, fühlte ich mich übernatürlich schön. Sein Blick streichelte meine Rundungen voller Bewunderung, als wäre ich das achte Weltwunder oder etwas in der Art. Er gab mir das Gefühl, ihm ebenbürtig zu sein.

Als ich den Slip losgeworden war, trat ich an ihm vorbei und stellte mich unter das Wasser. »Du bist dran«, forderte ich ihn auf.

Der heiße Duschstrahl prasselte auf meine erhitzte Haut, während ich beobachtete, wie er sich die Jeans von den Hüften streifte. Mir war durch und durch warm und mir wurde wärmer und wärmer, weil Kol sich genauso viel Zeit nahm, seine Haut zu entblößen, wie ich vorhin. Ich wagte es kaum, zu blinzeln, weil ich nicht den Bruchteil einer Sekunde von seiner Show verpassen wollte. Ich wollte mir jede Sequenz, jede Bewegung in mein Gedächtnis einbrennen. Ich fand ihn jedes Mal aufs Neue so umwerfend schön mit seinen bunten Tattoos und all den Erhebungen und Linien seines Körpers, dass es mir das Atmen erschwerte. Aber heute, mit dem Wissen, dass wir zusammen waren und jeder Zentimeter von ihm ab sofort mir gehören würde, musste ich sogar die Luft anhalten, als er nackt und wunderbar vor mir stand.

Kol stieg zu mir in die Dusche. Groß und stark und präsent wie er war, nahm er den ganzen Raum für sich ein. Er strich mit den Fingern durch mein nasses Haar und nahm meinen Kopf zwischen die Hände, bevor er mich küsste, wie er mich noch nie geküsst hatte. Sonst waren seine Lippen fordernd, heute waren sie unnachgiebig. Sein Atem war nicht warm, sondern heiß, seine Zunge nicht verspielt, sondern besitzergreifend. Ich hätte mich bis in alle Ewigkeiten so von ihm küssen lassen können. Ohne Pause. Nur seine sinnlichen Lippen auf meinen, bis ich vergaß, wo ich war, wie mein Name lautete oder wo oben und unten war.

Er verfolgte die Wassertropfen auf meiner Haut mit dem Mund und meine Finger taten dasselbe auf seinem Körper. Mit Schaum malte ich Herzchen auf seinem Bauch, er krönte damit meine Brustspitzen. Und ... ich konnte mich nicht satt an ihm sehen oder aufhören, ihn zu berühren. Eine Woche ohne ihn und ich hatte solche Entzugserscheinungen, dass ich vielleicht in ein Zwölf-Schritte-Programm gehört hätte.

Kol nackt? Umwerfend, perfekt. Kol nackt und nass? Pure Erotik. Zum Anbeißen und Niederknien. Ich würde einen Teufel tun und ihm das sagen, aber er hatte recht gehabt, als er meinte, dass sich noch nie ein schönerer Mann für mich ausgezogen hatte. Zur Hölle, ich war sogar sicher, dass es auf diesem Planeten keinen schöneren gab.

Ich stöhnte, als seine Finger das verlangende Pochen in meinem Schoß zu lindern versuchten, keuchte, als er meine Brüste mit Küssen bedeckte. Die heißen Wellen, die mich durchliefen, als er an meiner Haut und meinen Nippeln saugte, schickten einen Schwall Feuchtigkeit zwischen meine Beine.

»Ich glaube, wir sollten zurück ins Schlafzimmer gehen«, brachte ich hervor, als sich mein Kopf schon so neblig anfühlte wie das mit Wasserdampf erfüllte Bad.

»Ja, ich denke auch, dass wir das tun sollten«, stimmte er mir zu und ... dann packte er mich einfach.

Ich gab ein helles Quietschen von mir, das sicher bis unten an die Rezeption zu hören war, als er einen Arm unter meine Kniekehlen schob und mich hochhob. Mit einem Ellenbogen stellte er das Wasser ab und trug mich federleicht aus der Dusche.

»Wir sind patschnass. Kol, wir müssen ein Handtuch mitnehmen«, rief ich lachend, da er einfach daran vorbeiging.

»Diese geblümten Decken sollten sowieso ausgetauscht werden, darin will ich nicht schlafen. Geben wir dem Personal also einen Grund, uns neue zu besorgen.«

Ich kicherte und küsste seinen Hals, während er mich ins Schlafzimmer brachte. Er legte mich auf dem Bett ab, sank in die Hocke, um ein Präservativ aus seiner Tasche zu holen, und riss die Verpackung auf. Alles in mir summte, ich war bereit für ihn und ich nagte an meiner Lippe, als er sich das Latex über seine mächtige Erektion rollte.

Dann war er über mir. Sein nasser, warmer Körper schmiegte sich an meinen, feuchte Haut rutschte über feuchte Haut. Er küsste mich auf die Lippen und ich schlang einnehmend die Beine um seine Lenden, zog ihn näher, da sich jede Zelle von mir nach mehr von ihm sehnte.

»Mich hat es voll erwischt«, flüsterte er rau gegen mein Kinn. Er schob seine Hüften vor und ... glitt in mich. Widerstandslos. Tief.

Ich konnte nicht sagen, welche Gefühle unglaublicher waren. Die, die seine Worte in meiner Brust aufwirbelten, oder jene, die durch die sanfte Reibung seines Glieds zwischen meinen Beinen entstanden. Die Kombination war auf jeden Fall weltverändernd. Unser Sex war weltverändernd. Die Art, wie er seinen Körper gegen meinen bewegte, wie er in mich vordrang und mich eroberte.

Es war diesmal anders als die Male zuvor. Intensiver, zärtlicher. Ich wusste nicht mehr, wo seine Lust anfing und meine aufhörte. Ich wusste nur, dass wir nicht einfach nur vögelten. Wir machten Liebe, während unsere Augen unentwegt miteinander flirteten.

26. KAPITEL

Kol

»Du bist ein richtiger Mann geworden, *Koljinko.*« Andrejs Hand landete in meinem Nacken und er zog mich für eine kurze, kräftige Umarmung an sich.

Der Mann hatte erst fünf Minuten amerikanischen Boden unter den Füßen und schon ging er mir auf den Zeiger. Mir war entfallen, wie laut er war und wie wenig er sich um die Toleranzschwelle anderer Leute scherte, wenn es um körperliche Nähe ging. Mein Vater wahrte keine Distanz. Dass er Novalie, die er vor mir begrüßt hatte, nicht zerdrückt hatte, war sicher reines Glück gewesen. Auf jeden Fall sah sie nach seinem Überfall etwas blass um die Nase und leicht zerknautscht aus.

»Ja, was das betrifft ... es ist nicht so, dass man mich vorher gefragt hätte, ob ich in deine Rolle schlüpfen will. Du bist abgehauen und ich musste die Verantwortung für Mom und Raisa übernehmen. Obwohl, eigentlich musste ich das ja schon, als du noch da warst. Hat mich wohl ziemlich geprägt«, entwich es mir, obwohl ich mir geschworen hatte, nicht gleich in die Vollen zu gehen. Ich wusste nicht, wie ich jemals normal mit ihm umgehen sollte. Er meldete sich nie und wenn er es wie durch ein Wunder dann doch mal tat, bedeutete das in der Regel nichts Gutes. Ich konnte ihm nicht vorheucheln, dass mich sein Besuch freute oder mir der Anlass nicht wie ein kantiger Stein im Magen lag. Zu allem Überfluss hatte er sich optisch kaum verändert. Groß, athletisch, dunkelhaarig. Perfekt sitzender Anzug. Mit Anfang vierzig war er immer noch der Typ, der seine Familie im Stich gelassen hatte. Oder schlimmer: Er war ein Blender. Er mimte den russischen Geschäftsmann mit seinem schicken Seidenhemd, obwohl ich wusste, dass er trotz College-abschluss als Vorarbeiter in einer Metallfirma arbeitete.

»Kolja ...«, setzte er an, die Hand noch auf meiner Schulter.

»Hatten Sie denn einen guten Flug, Mr Jerschow?«, entsann sich Novalie, dass sie den Puffer spielen musste. Sie besah ihn mit ihrem liebreizenden Lächeln. Niemand konnte in Streitlaune geraten, wenn Novalie Watson sich entschloss, es einem zu schenken. »Und wo ist überhaupt ihr Koffer? Soll ich mich um einen Gepäckwagen bemühen?«

»Nicht nötig, Engelchen. Ich habe einen Service beauftragt, der mein Gepäck ins Hotel bringt.«

So verschwendete er also das Versicherungsgeld.

»Ich dachte, wir könnten sofort nach Trenton fahren. Ich habe um vierzehn Uhr einen Termin mit der Leiterin von *Hedders Ridge*. Außerdem will ich natürlich unbedingt deine Schwester sehen«, fügte er an mich gerichtet an, als wir uns in Bewegung zum Ausgang des Flughafens setzten. »Und abends gehen wir essen. Ich habe für neunzehn Uhr einen Tisch reservieren lassen. Eigentlich für zwei Personen, da du mir verschwiegen hast, dass du in reizender Begleitung kommst. Aber es wird sicherlich kein Problem sein, das noch zu ändern.«

Ich schob die Hände in die Hosentaschen. Keine Ahnung, ob ich mit dem Mann an einem Tisch sitzen konnte. Wahrscheinlich hing das davon ab, wie sein Termin mit Anna Clarkson, der Einrichtungsleiterin, verlief. »Du weißt, dass du sie nicht dort wegholen kannst, oder? Dir ist klar, dass ich das nicht zulassen werde?«

»Wir werden uns in Ruhe beim Essen unterhalten, Kolja. Bitte beginne nicht jetzt schon, mit mir zu streiten. Ich habe mich seit Wochen darauf gefreut, meine Kinder wiederzusehen.«

»Wochen? Nach meiner Berechnung ist es zwei Jahre her, dass du uns mit deiner Anwesenheit *beglückt* hast.«

Novalie schob einen Arm unter meinen, hakte sich unter und fing meinen Blick auf. Ein überdeutliches *Wenn das hier nicht gleich nach hinten losgehen soll, halte dich zurück* schimmerte in ihren Augen. Und verdammt, sie hatte ja recht. Ich sollte mich von meiner Schokoladenseite präsentieren und Andrej nicht verärgern. Wir waren auf sein Wohlwollen angewiesen.

Mein Vater war am International Airport in Philadelphia gelandet – absurderweise in der Stadt, in der meine Mom ihren x-te Entzug durchzog. Bis Trenton waren es nur fünfunddreißig Meilen, aber die Aussicht, eine knappe Stunde mit ihm ohne Fluchtmöglichkeiten im Auto zu sitzen, stimmte mich nicht unbedingt fröhlich. Es war eine beschissene Idee gewesen, ihn abzuholen, allerdings wollte ich ihn auf Schritt und Tritt verfolgen und nicht riskieren, dass er auch nur eine Minute mit Raisa allein war.

Wir folgten einer Traube Menschen nach draußen, während er irgendeinen belanglosen Mist über das Wetter in Moskau vor seiner Abreise redete.

»Du fährst den alten Gaul immer noch?«, fragte er anerkennend, als wir den riesigen Parkplatz vor dem Terminal überquert und den *Fury* erreicht hatten. Er fuhr mit einer Hand über die Motorhaube, als wollte er meinen Wagen streicheln.

»Er gehörte dem Vater meiner Mutter. Ich halte ihn also in Ehren«, entgegnete ich knapp und schloss die Türen auf.

Novalie griff nach meinem Kinn und hauchte mir einen Kuss auf die Lippen, bevor sie hinten einstieg. Zu meiner Erleichterung nahm Andrej ebenfalls auf der Rückbank Platz, während ich mich hinter das Lenkrad schob.

Die Fahrt verlief genauso, wie ich sie mir vorgestellt hatte. Mein Vater redete unermüdlich auf uns ein, sprang von einem Thema zum anderen, ohne auch nur ein wichtiges anzukratzen. Novalie erwies sich als meine Rettung in jeder Hinsicht. Sie täuschte Interesse vor, als er von seiner Eigentumswohnung erzählte und ging auf seine Fragen ein, wie ich es nicht gekonnt hätte. Ohne sie wäre ich wahrscheinlich auf halber Strecke nach Trenton daran verreckt, mich von ihm genervt zu fühlen.

»Wie läuft eigentlich dein Studium, *Koljinko*? Erzähl mir doch etwas Erfreuliches. Willst du immer noch Lehrer werden?«

»Für Sonderpädagogik. Für Kinder wie Raisa.«

»Er ist sehr diszipliniert«, fügte Novalie hinzu, bevor er meine Antwort so auffasste, wie sie gemeint war. Als Seitenhieb. »Wenn er nicht gerade in der Uni oder bei der Arbeit in der Musikschule ist, steckt er bei uns zu Hause die Nase in die Bücher«, log sie das Blaue vom Himmel.

»Ihr wohnt schon zusammen?«, wollte Andrej überrascht wissen.

»Seit über einem Jahr.«

Ich verbiss mir ein Grinsen. Sie war gut darin, ein falsches Bild von mir zu zeichnen. Eins, bei dem man vielleicht darüber nachdachte, dass man es riskieren konnte, mir die Obhut meiner Schwester anzuvertrauen. Nicht, dass man das nicht sowieso gekonnte hätte. Aber wenn Andrej mich für einen Kerl hielt, der imstande war, langfristige Beziehungen zu führen und ein Studium durchzuziehen, anstatt für jemanden, der gerade so seine Credits vollmachte, war das bestimmt ein Vorteil. Vorausgesetzt, Raisas Wohlergehen kümmerte ihn wenigstens ein Stück weit. Wenn es nur ums Geld ging ... dann hatten wir diesen Kampf sowieso schon verloren.

XOXO

Bonnie hatte Raisa aus dem Bett geholt. Sie saß in dem großen gelben Siestasessel, mit allerhand Kissen gestützt, damit sie das Gleichgewicht wahrte, im Speiseraum und die Flüssignahrung, die an einem Infusionsständer neben ihr hing, tropfte durch einen Sondenschlauch in ihren Magen. An guten Tagen nahm meine Schwester normales Essen zu sich, wenn man es ihr anreichte. Heute schien demnach kein guter Tag zu sein.

»*Rajetschka.*« Andrej umfasste ihr Gesicht und platzierte Küsse auf ihrer Stirn, was Raisa in ihrem Sessel in eine leichte Schieflage brachte, bevor er neben ihr in die Hocke sank und eine Hand von ihr in seine nahm.

Meine Schwester blieb völlig teilnahmslos, sogar teilnahmsloser als sonst. Sie hatte die Augen offen, blickte allerdings stoisch auf eine Stelle im Raum, sodass es wirkte, als ob sie nicht wirklich irgendwohin sah. Vermutlich tat sie das auch nicht. Die Pfleger hier nannten diese Phasen, die sich mit anderen abwechselten, ihre *nicht wachen Momente* und in diesen Momenten gab sie ein ziemlich bemitleidenswertes Bild ab. Ausgerechnet heute.

»Dein Haar ist heller geworden, kleine Prinzessin«, sagte unser Dad, während er ihr über den Kopf strubbelte.

Ich war in einigem Abstand mit Novalie stehen geblieben und beobachtete das Schauspiel, das er abzog. Wie er sich über die Augen fuhr, als hätte ihm die Wiedersehensfreude Tränen hineingetrieben. Wie er versuchte, mit ihr zu kommunizieren und mit ihr sprach, als würde er jede Sekunde eine Antwort erwarten. Bonnie, die uns ein Update über Raisas Verfassung gegeben hatte, als wir ankamen, stand hinter dem Sessel und übernahm es an Stelle meiner Schwester, mit ihm zu reden. Ich merkte ihr an, dass sie nervös war, und konnte nicht anders, als sie noch ein kleines bisschen mehr als sonst zu mögen. Dass sie sich Sorgen um Raisa machte, zeigte, dass ihr ihre Patienten und besonders dieses Mädchen am Herzen lagen.

»Ich, ähm ...«, holte sich Novalie meine Aufmerksamkeit. Ich sah sie an und registrierte, dass sie bedrückt aussah. Sie hatte Raisa gestern Abend nur schlafend erlebt. Ich konnte mir vorstellen, dass ihr Zustand ziemlich erschreckend auf sie wirkte. »Sie wird über eine Sonde ernährt?«, fragte sie leise.

»Manchmal. Sie ist nicht immer so drauf wie jetzt. Sie hat gute und schlechte Tage.« Ich nahm Novalies Hand in meine und war unglaublich froh, dass sie mit mir hier war, auch wenn ich ihr wahrscheinlich etwas zu viel zumutete. »Vielleicht tut sie auch nur so abwesend, weil sie keine Lust hat, sich mit dieser Plage von Vater herumzuschlagen. Sie ist klüger, als man denkt«, meinte ich.

Ich wusste, dass sich das ziemlich lahm anhörte, wenn man Raisa nicht kannte und sich nie mit Wachkomapatienten auseinandergesetzt hatte. Aber meine Schwester war schon immer stur gewesen und das Feuer hatte daran nichts geändert. Ich hatte ihr erzählt, dass unser Dad vorbeikommen würde. Ich traute ihr durchaus zu, dass sie sich einfach *Leck mich doch* dachte.

Ich zog Novalie einen Schritt zur Seite und versuchte, den Punkt zu erreichen, auf den Raisa starrte. Es war nicht leicht, den genauen Fokus ihres Blickfelds auszumachen, ich stieß gegen einen Tisch und musste mich bei zwei Frauen entschuldigen, die an ihm saßen. Doch als ich die richtige Stelle erwischte, ich das Gefühl hatte, dass sie, wenn sie irgendwas mitbekam, mich jetzt genau ansehen würde, setzte ich ein Lächeln auf. Und ... ich bekam eins zurück. Ein winziges, sie hatte nicht die volle Kontrolle über ihre Gesichtsmuskulatur, aber es war ohne Zweifel ein Lächeln. Vielleicht konnte ihr dieser halb fremde Mann, an den sie fast nur schlechte Erinnerungen hatte, keins abluchsen, aber ich war dazu in der Lage.

»Komm mit«, sagte ich zu Novalie und näherte mich mit ihr meiner Schwester. Raisas Blick folgte uns und ich schwörte bei Gott, er glitt kurz über unsere verschlungenen Finger.

»Du bist eine ignorante, kleine Hexe«, schimpfte ich, als ich Andrej einfach zur Seite schob. »Nicht, dass ich es dir verübeln kann, ich würde ihn auch echt gern ignorieren.«

Raisas Lächeln wurde breiter, während ich im Augenwinkel sah, wie sich unser Vater versteifte.

Ich löste mich von Novalies Hand und setzte meine Schwester wieder gerader hin, bevor ich mit dem Kinn auf meine Freundin deutete. »Das ist Novalie. Du kennst sie nicht, aber sie kennt dich. Du hast ihren ersten Besuch verschlafen. Sie ist jetzt mein Mädchen oder viel mehr könnte sie es sein. Wir bräuchten allerdings deinen Segen.«

Raisa bewegte den Kopf und sah Novalie an. Es war, als würde sie sie ganz genau betrachten und überlegen, ob sie mir und dieser Frau ihren Segen erteilen wollte. Ich unterdrückte ein Lachen, weil sich Novalie sichtlich unwohl in ihrer Haut fühlte und den Eindruck machte, als würde sie auf die Absolution des Papstes warten. Schließlich bekam sie ihre Gefühle in den Griff und setzte ein Lächeln auf.

»Hey, ich bin Novalie und es freut mich total, dich kennenzulernen. Kolja hat mir schon viel von dir erzählt.«

»Sie ist hübsch. Oder, Raisa? Ich meine, sie sieht nicht ganz so gut aus wie du, aber das wäre wohl auch zu viel verlangt. Sie ist in jedem Fall schöner, als ein Ochse wie ich es verdient hätte.«

Raisa atmete hörbar durch und dann entschlüpfte ihr etwas, was ihr in sechs Jahren nur zwei- oder dreimal entschlüpft war: ein Wort. Ein verdammt klares Wort. »Ja.«

»Ja, sie ist hübsch, oder ja, ich bin ein Ochse?«, fragte ich sie erheitert.

Raisa lachte auf. Es klang immer unkontrolliert und seltsam, wenn sie das tat, aber ich liebte es trotzdem. Wenn sie lachte, kam mir diese ganze beschissene Situation, ihre Situation, ein kleines bisschen erträglicher vor.

»Er *ist* ein Ochse. Ich stimme dir voll und ganz zu«, schlug sich Novalie auf ihre Seite und für eine Ewigkeit verhakte sich ihr Blick mit Raisas. Die beiden schienen stumm zu kommunizieren, bis Raisa plötzlich eine Hand nach ihr ausstreckte.

Ich blickte zu meinem Vater, der angespannt und fassungslos seine Tochter anstarrte. Vielleicht wurde ihm gerade klar, dass Raisa ihm zu verstehen gegeben hatte, nichts mit ihm zu tun haben zu wollen. Beinah tat er mir leid, denn sein Ausdruck war ehrlich erschüttert. Aber es geschah ihm recht, dass er sich ordentlich ins Zeug legen musste, wenn er ein Verhältnis zu seinem kranken Kind aufbauen wollte. Ohne Mühe kein Preis. Es war fair, dass sie es ihm schwermachte.

»Fremde haben es nicht leicht, einen Zugang zu ihr zu kriegen. Es dauert, sie ist eigensinnig«, erklärte Bonnie ihm, als wollte sie ihn trösten. Dass Novalie – eine völlig Fremde – es auf Anhieb geschafft hatte und er nicht, war ihm aber garantiert bewusst.

»Ich bin nicht fremd. Sie ist mein Kind«, sagte Andrej leise.

»Sie hat Sie eine lange Zeit nicht gesehen.«

Ich fing Andrejs Blick auf und strengte mich an, nicht selbstgefällig dreinzuschauen. Hier hatte er einen unumstößlichen Beweis. Raisa gehörte ins *Hedders Ridge*, in meine Nähe. Und nicht in ein anderes Heim oder sogar nach Russland. Er hatte uns verletzt, mich und sie und unsere Mom. Aber er konnte es wiedergutmachen. Wenn er jetzt aus Geldgründen keine falsche Entscheidung traf.

XOXO

Das Restaurant, in dem mein Dad einen Tisch reserviert hatte, war ziemlich gehoben. Er hatte darauf bestanden, allein mit Mrs Clarkson zu sprechen und ich hatte mich deswegen furchtbar mit ihm gestritten. Aber er war nicht kleinzukriegen gewesen, hatte sich nicht einschüchtern lassen und Bonnie und Novalie waren schließlich dazwischen gegangen. Dementsprechend angespannt war nun die Stimmung an dem mit Kerzen und weißem Tuch dekorierten Tisch, als ich mein Weinglas an den Mund führte und mit einem einzigen Zug leerte.

»Du hast mich heute in aller Öffentlichkeit angebrüllt und einen Versager genannt«, brach Andrej mit harter Stimme schließlich das Schweigen. Wir hatten die letzten Stunden kein Wort miteinander gewechselt und Novalie hatte sämtliche Überzeugung aufbringen müssen, mich in diesen Laden zu kriegen. »Zu allem Überfluss auch noch in Gegenwart deiner kranken Schwester.«

»Das liegt wohl daran, dass du einer bist, was das Vatersein anbelangt«, murmelte ich, jedoch laut genug, dass er es hörte.

»Ich werde das nicht noch mal dulden, Kolja. Du wirst mich mit dem Respekt behandeln, mit dem ein Sohn seinem Vater begegnen sollte.«

»Sonst was?«, provozierte ich ihn, weil er mich so maßlos provozierte.

»Sonst werde ich auch einmal ungemütlich werden«, antwortete er mit einem Akzent, den man seiner Stimme selten anhörte. Nur, wenn er aufgebracht war.

Ich stellte das Glas ab und verzog das Gesicht. »Du warst mein ganzes Leben lang ungemütlich, Andrej. Du hast meine Mom zerstört, du hast Affären gehabt, die dich mehr interessiert haben als deine Kinder. Du bist nach Russland abgehauen und hast Raisa und mich bei einer Trinkerin zurückgelassen. Es tut mir leid, dass ich dir keinen Respekt entgegenbringe, aber ich wüsste nicht, womit du ihn dir verdient hast.«

»Kol«, sagte Novalie und ich spürte ihre Hand auf meinem Knie.

Ich vermied es, sie anzusehen, weil sie in dem nachtblauen Kleid so wunderhübsch aussah, dass vielleicht meine Wut verrauchen würde. Ich brauchte diese Wut. Ich musste selbstbewusst auftreten, damit mein Vater begriff, dass ich mir Raisa nicht wegnehmen ließ. »Nein,

Novalie. Er muss das hören.«

»Ich höre seit Jahren nichts anderes aus deinem Mund. Ich denke, du hast dich inzwischen klar ausgedrückt.« Andrej stützte sich mit den Ellenbogen auf dem Tisch ab.

»Was erwartest du denn?«, fragte ich ihn.

»Ich erwarte, dass du begreifst, dass ich jung war und mir heute meiner Fehler bewusst bin. Du bist kein Kind mehr. Du kannst nicht für immer einen Groll auf mich hegen. Das bekommt uns beiden nicht.«

»Du warst Mitte dreißig, als du gegangen bist.« Er war nicht jung gewesen. Nicht zu dem Zeitpunkt, den er meinte. Er wusste ganz genau, was er tat, als er sich entschieden hatte, uns sitzen zu lassen.

»Und ich dachte, dass es die richtige Entscheidung war. Deine Mom und ich ... wir haben uns gegenseitig krankgemacht, Kolja. Ich war sicher, dass sie ... gesund werden würde. Ohne mich.«

»Aus deinem Mund höre ich auch dauernd dieselben Worte.« Es war seine Patentausrede. Er hatte geglaubt, meine Mom würde sich fangen, wenn er wegging.

»Und ich werde sie wiederholen, bis du verstehst, dass ich meine Entscheidung von damals bereue. Ich bin dein Vater und ich habe ein Recht auf eine zweite Chance.«

»Du hast kein ...«

»Lass mich aussprechen«, fuhr er energisch dazwischen. »Ich werde mir dieses Recht nehmen. Ich werde nicht hinnehmen, dass du mich darum bringst, eine Beziehung zu meiner Tochter aufzubauen. Raisa braucht die Unterstützung ihrer Familie. Ich habe mich schon viel zu lang von ihr ferngehalten und du bist in erster Linie dafür verantwortlich. Ich wusste, dass du mich nicht hierhaben willst und ich war lange Zeit gewillt, deinen Wunsch zu respektieren. Aber du bist jetzt erwachsen. Und deshalb wirst du dich ab sofort zusammenreißen. Du wirst keinen Einfluss auf sie ausüben und mich bei ihr schlechtreden. Du wirst alles in deiner Macht Stehende tun, meine Vorsätze zu unterstützen, denn ansonsten bin ich gezwungen, sie deinem Einfluss zu entziehen. Ich will eine zweite Chance, von ihr und von dir. Hast du das verstanden, Kolja?«

Elender Scheißkerl. Er war immer gut darin gewesen, Forderungen zu stellen. Dass er mir die Schuld gab, seinen Hintern zwei Jahre lang nicht hierher bewegt zu haben, war einfach lächerlich. »Du willst also, dass sie umzieht? Du willst sie aus *Hedders Ridge* nehmen?«

»Nein, das will ich nicht, weil es nicht gut für sie wäre. Aber es ist auch nicht gut für sie, ohne Eltern zu sein, Kolja. Deine Mutter ist nicht in der Lage ... Wir wissen beide, dass sie sich nicht um sie kümmern kann.«

»Im Moment«, warf ich ein. Ich glaubte an meine Mom. Daran, dass sie es diesmal schaffen würde. Ich hatte ihr nie die Schuld an irgendwas gegeben. Sie war krank und sie war labil. Sie konnte nichts für das, was mit uns allen geschehen war.

»Dieser Moment wird noch eine sehr lange Zeit andauern. Es ist meine Pflicht, für meine Tochter da zu sein. Ich habe diese Pflicht vernachlässigt. Das wird ab jetzt nicht mehr so sein. Ich werde ein paarmal im Jahr herkommen. Ich werde sie anrufen und ich will in Entscheidungen, die sie betreffen, miteinbezogen werden. Du wirst mir jede Woche berichten. Unter diesen Voraussetzungen lasse ich sie hier. Wenn das nicht klappt, bin ich gezwungen ... Du stehst kurz vor deinem Abschluss. Du kannst dich nicht allein um deine Schwester kümmern. Ich mache mir nicht nur Sorgen um sie, sondern auch um dich. Wusstest du, dass jeder Anruf und jeder Besuch von dir in ihrer Akte vermerkt ist?«

Das wusste ich, aber ich wusste nicht, worauf er hinauswollte. »Um es mal klar auszudrücken: Entweder ich vergesse alles, was zwischen uns war und bin dein Freund oder du nimmst mir Raisa weg?«

»Nein. Entweder du lässt zu, dass ich meine Fehler wiedergutmache und für euch beide da bin oder ich werde dafür sorgen müssen, dass du diese riesige Verantwortung loswirst. Für dich trage ich nämlich auch eine. Ich werde nicht zusehen, wie du unter dieser Last erstickst. Und ich bin dagegen, dass Raisa ihrem Vater vorenthalten wird, wo sie schon kaum eine Mutter hat, nur weil du deinen nachtragenden Sturkopf durchsetzen willst.«

»Ich finde, das klingt fair«, mischte sich Novalie plötzlich ein. Sie hatte sich bisher still verhalten. »Aber ich finde auch, dass Sie Kol Zeit geben müssen. Er wird Zeit brauchen, um Ihnen zu verzeihen. Und Sie sollten aufhören, ihn unter Druck zu setzen, das ist der falsche Weg, Andrej. Sie wollen wiedergutmachen, was Sie verbockt haben? Denn das haben Sie. Sie haben es verbockt. Dann hören Sie auf, Drohungen auszusprechen. Vielleicht ist Ihre Exfrau nicht in der Verfassung, sich um die Kinder zu kümmern. Aber Kolja ist nicht allein. Ich sitze genau hier, an diesem Tisch und ich stehe hinter ihm. Wenn Sie Ihr Recht mit Gewalt durchsetzen wollen, nur zu. Ich verkaufe die Anteile einer Firma, die mein Dad mir vermacht hat, an die anderen Inhaber. Ich bezahle Raisas Platz, bis er es mir irgendwann zurückgeben kann. Wenn Sie kämpfen wollen, kämpfen wir, aber glauben Sie nicht, dass Sie am längeren Hebel sitzen. Mein Vorschlag wäre allerdings, es mal mit Verständnis zu probieren. Zeigen Sie ihm, dass es Ihnen wirklich leidtut. Besuchen Sie Raisa, besuchen Sie uns. Backen Sie kleinere Brötchen.«

Kleinere Brötchen backen?

Ich starrte sie an. Ich hatte vieles erwartet, aber nicht, dass sie meinen Vater in seine Schranken weisen würde. Auf eine Art, wie ich es niemals gekonnt hätte. Weil meine Wut mir im Weg stand. Weil ich ich war und Novalie einfach umwerfend, klug, mutig und so atemraubend schön wie ein Engel. Diese Frau war über alle Maße perfekt.

Andrej und sie blickten sie an. Es war ein stilles Duell, das sie ausfochten. Ich befürchtete schon fast, dass Andrej sie anschreien würde und dann musste ich ihm leider die Nase brechen. Aber stattdessen brach er plötzlich in schallendes Gelächter aus.

»Du hast wirklich ein reizendes Mädchen an deiner Seite, Kolja. Sie ist ...« Er fuhr sich mit einer Hand über das Kinn. »Sie hat absolut recht mit dem, was sie sagt. Ich sollte dir nicht drohen. Wir sollten lieber endlich etwas zu essen bestellen und unsere Gläser nachfüllen lassen. Wo zum Teufel bleibt die Bedienung?«

Novalie neigte den Kopf zur Seite. Ihr Blick traf meinen und ging mir unter die Haut, bis tief in die Seele. Sie hatte heute nicht den Puffer gespielt. Sie war jemand gewesen, auf den ich mich verlassen konnte. Raisa hatte sie auf Anhieb gemocht und sie stand auf meiner Seite.

»Was?«, formte sie mit den Lippen, die ich dringend nichtrestauranttauglich küssen wollte.

Ich legte eine Hand auf ihre an meinem Knie und übte sanften Druck auf sie aus. »Ich bin verliebt in dich«, flüsterte ich und noch nie hatte ich etwas ehrlicher gemeint. Ich war zum ersten Mal in meinem Leben total verzaubert von einer Frau.

Novalie blinzelte belustigt. »Ich bin sicher, du hast deine Gründe.«

EPILOG

Novalie

»Ich kann den verdammten Pass nicht finden. Ich glaube, ich habe ihn zu Hause vergessen.« *Mist.* Seit geschlagenen fünf Minuten durchsuchte ich meine Handtasche, konnte das Teil aber zur Hölle noch mal nirgendwo finden.

Normalerweise passierten mir solche Missgeschicke nicht. Ich vergaß meinen Pass nicht, wenn ich es darauf anlegte, in einen Flieger zu steigen. Aber Kolja war am Freitag der Meinung gewesen, dass wir bis zur letzten Minute im Bett bleiben sollten, weil wir das Wochenende bei seiner Mom in der Nähe von Raisa verbrachten und dort ... gewisse Dinge nicht möglich waren. Am Ende hatte dann alles schnell gehen und hektisch ablaufen müssen und jetzt standen wir in ihrer Wohnung und hatten den Ärger. Das Taxi zum Flughafen wartete bereits vor der Tür.

»Nein, ich habe ihn eingesteckt. Nenn du mich noch mal chaotisch.« Kol schlang von hinten einen Arm um mich und hielt mir den Pass hin, während seine Lippen meinen Nacken entlangstrichen.

»Du *bist* chaotisch – und du reißt mich mit in den Abgrund. Wieso hast du meinen Pass?«

»Ich wollte ihn verschwinden lassen, damit es so aussieht, als wäre es deine Schuld, wenn wir den Flieger verpassen. Ich habe nämlich immer noch Bauchschmerzen wegen dieser Reise.«

Ich schnappte nach Luft und wandte mich ihm zu, um ihn auszuschimpfen. Aber seine Mundwinkel zuckten verräterisch und in seinen Augen spiegelte sich Belustigung wider. Er hatte einen Witz gerissen.

»Ich weiß, dass du dich auf Moskau freust. Ich würde dich nicht so enttäuschen und ich komme dir zuliebe mit. Ich hatte deinen Pass, weil du ihn sonst in der WG auf der Kommode liegen gelassen hättest.«

Ich seufzte und stellte mich auf meine Zehenspitzen, um sein kratziges Kinn zu küssen. »Wir können hierbleiben, wenn du wirklich nicht fliegen willst. Du musst das nicht meinetwegen tun, Kol.«

Andrej war vor zwei Wochen noch mal in den Staaten gewesen. Er hatte in Juliens altem Zimmer übernachtet, da mein Ex jetzt bei

Audrey wohnte, und er hatte uns bei seiner Abreise zwei Flugtickets geschenkt. Er wollte, dass wir ihn die ersten zwei Wochen der Sommerferien in Russland besuchten. Sein Vater gab sich wirklich Mühe. Er rief jede Woche an, obwohl Kolja ihn meist nach einer Minute wieder abwimmelte, er hatte an seinen Geburtstag gedacht und für Raisa ein neuartiges, teures Therapieprogramm gefunden, an dem sie zweimal die Woche eine Stunde entfernt von *Hedders Ridge* teilnahm. Ich war nicht sicher, ob der Mann eine zweite Chance verdiente. Aber ich fand, dass Kol verdiente, dass er es bis zum Rest seines Lebens versuchen würde, seine Fehler wiedergutzumachen. Das Gefühl, seinem Vater nicht völlig gleichgültig zu sein, tat ihm gut, auch wenn er das nie offen zugeben würde.

»Sei nicht albern, *Kisska*. Du hast mir Sex auf der Flugzeugtoilette versprochen, und da wollte ich es schon immer mal machen. Wir haben siebzehn Stunden Zeit, unsere schmutzigsten Fantasien auszuleben. Das lasse ich mir bestimmt nicht entgehen.«

Ich gab ihm einen Klaps auf den Hinterkopf. »Du bist unmöglich.«

»Du liebst, dass ich unmöglich bin.«

»Stimmt«, antwortete ich und ... wollte eigentlich noch etwas hinzufügen. Wir waren seit ein paar Monaten zusammen, aber so richtig hatten wir das L-Wort noch nicht ausgesprochen. Wir sagten uns, dass wir dies und jenes an dem anderen liebten, aber nicht, dass wir *uns* liebten. Dabei tat ich es. Ich liebte ihn. Vielleicht hatte ich ihn schon seit unserer ersten gemeinsamen Nacht geliebt. »Ich liebe es, dass du unmöglich bist, weil ich *dich* liebe.«

Er hob überrascht die Brauen und gewährte mir einen tiefen Blick in seine wunderschönen cappuccinofarbenen Augen. »*Das* musst du wiederholen.«

»Werde ich aber nicht. Vielleicht, wenn wir in Moskau gelandet sind«, meinte ich lachend und wandte mich ab, um meinen Koffer zu holen. »Und jetzt komm, das Taxi wartet schon ewig.«

»Sekunde, das Fenster im Bad ist noch offen. Wenn meine Mom nach Hause kommt, soll sie nicht ein leer geräumtes Apartment vorfinden. Außerdem haut Dutch sonst am Ende ab.«

Seine Mom ging jeden Sonntag zu einem Treffen der Anonymen Alkoholiker und danach fuhr sie immer bei Raisa vorbei. Auch heute, weshalb wir uns schon mittags von ihr verabschiedet hatten. Kol glaubte, dass sie es diesmal schaffen würde, sich vom Wein und den Tabletten fernzuhalten. Ich kannte sie nicht gut genug, um das zu beurteilen, aber auf mich machte sie einen ziemlich gefestigten Eindruck. Kol und ich waren uns einig gewesen, dass man ihr ausreichend vertrauen konnte, um ohne Sorgen den Killerkater zwei Wochen lang in ihre Obhut zu geben.

»Okay, erledigt. Aber stell den Koffer wieder hin.« Kol kam aus den Bad zurück und schnappte sich mein Gepäck, *bevor* ich es abstellen konnte.

»Hey. Warum?«, fragte ich.

»Weil das Mädchen, das ich *liebe*, kein schweres Zeug tragen muss, wenn ich direkt danebenstehe und meine starken Arme zur Verfügung stelle.«

»*Das* musst du unbedingt wiederholen«, witzelte ich, während sich meine Brust anfühlte, als würde sich ein Ballon voller Glück in ihr aufblähen. Er erwiderte es. Er liebte mich auch. Dieser wunderbare, viel zu attraktive und chaotische Mann. Ich hätte mädchenhaft Quietschen können.

»Werde ich aber nicht. Vielleicht auf der Bordtoilette«, entgegnete er mit demselben Humor.

Ich durchquerte lachend den Flur, um ihm die Wohnungstür aufzuhalten. Er war manchmal verdammt albern. Was gut war. Es war gut, weil wir praktisch nie stritten, andauernd lachten und ... weil es auf diese Weise niemals langweilig mit uns werden konnte. Wir waren das Gegenteil von Langeweile. Es war, als hätten wir uns gesucht und gefunden.

UNTIL LOVE: NICO
von Aurora Rose Reynolds

ISBN-Paperback: 978-3-903130-28-9
ISBN-EPUB: 978-3-903130-29-6

Sophie Grates hat mit genug inneren Dämonen zu kämpfen und keinen Kopf, etwas mit einem Mann anzufangen. Doch da hat sie die Rechnung ohne den verdammt charmanten Nico Mayson gemacht, der mit seinen Tattoos und Piercings vielleicht nicht so aussieht, aber mit seiner liebevollen Art ihren Alltag von einem auf den anderen Tag gehörig umkrempelt.

Nico zwingt sie, aus ihrer Komfortzone auszubrechen und wieder Risiken einzugehen. Schritt für Schritt will er Sophie helfen, ein besseres Leben zu führen, um irgendwann mit ihr gemeinsam glücklich werden zu können ...

PALACE OF PLEASURE: KINGSTON
Club der Milliardäre 2
von Bobbie Kitt

ISBN-Paperback: 978-3-903130-32-6
ISBN-EPUB: 978-3-903130-33-3

Kingston Everett weiß, was er will. Von der Frau an seiner Seite erwartet der reiche Anwalt absoluten Gehorsam. Als Antonia Soto einen Privatclub in Houston eröffnet, geraten seine bisherigen Vorstellungen gehörig ins Wanken, denn für die kühle Diva hat Kingston schon seit Jahren eine heimliche Schwäche. Obwohl Antonia durch private Umstände tabu für ihn sein sollte, lässt er sich auf ein heißes Katz- und Mausspiel mit ihr ein und muss schon bald feststellen, dass in ihr nicht nur ein verletztes Herz schlummert. Sie besitzt auch eine dunkle Seite, von der nie jemand erfahren darf ...

UNTERGROUND KINGS: KENTON
von Aurora Rose Reynolds

ISBN-Paperback: 978-3-903130-34-0
ISBN-EPUB: 978-3-903130-35-7

Kenton Mayson ist nicht gerade begeistert, als er der draufgängerischen Autumn Freeman Schutz in seinem Haus gewähren muss. Die sexy Stripperin wurde Zeugin eines fünffachen Mordes und muss nun untertauchen, bis der Fall geklärt und der Auftragskiller von ihrer Spur abgekommen ist.

Während Kenton versucht, seine Meinung über Frauen im Allgemeinen und Autumn im Speziellen zu überdenken, hat er alle Hände voll zu tun, den süßen Hintern seines Schützlings zu retten. Aber nicht nur Autumn schwebt in Gefahr, auch sein Herz, denn die Anziehungskraft dieser besonderen Frau stellt alles Bisherige in den Schatten. Dabei muss Kenton bald auf die harte Tour lernen, dass der Schein manchmal trügt ...

ROMANCE EDITION

Weil es kein schöneres Thema gibt als die Liebe

Entdeckt weitere sinnlich-romantische Romane und durchstöbert unser Programm für das Jahr 2017 auf unserer Homepage unter **www.romance-edition.com**

Oder besucht uns auf Facebook unter

www.facebook.com/RomanceEdition

wo spannende Diskussionen rund um den Liebesroman sowie tolle Gewinnspiele auf Euch warten!

Das Romance Edition Team freut sich auf Euren Besuch!